U0522512

北漂者说 2

读书记

全秋生 ◎ 著

中国文史出版社

图书在版编目（CIP）数据

北漂者说 . 2，读书记 / 全秋生著 . -- 北京：中国文史出版社，2024.12. -- ISBN 978-7-5205-5066-6
I. I206.7-53
中国国家版本馆 CIP 数据核字第 2025M11H15 号

责任编辑：金硕　胡福星

出版发行：中国文史出版社
地　　址：北京市海淀区西八里庄路 69 号　　邮编：100142
电　　话：010-81136602　81136603　81136606（发行部）
传　　真：010-81136655
印　　装：廊坊市海涛印刷有限公司
经　　销：全国新华书店
开　　本：700 毫米 × 1000 毫米　1/16
印　　张：21.25
字　　数：320 千字
版　　次：2025 年 2 月北京第 1 版
印　　次：2025 年 2 月第 1 次印刷
定　　价：68.00 元

文史版图书，版权所有，侵权必究
文史版图书，印装有错误可与发行部联系退换

目 录
CONTENTS

第一辑 文学是美丽的

003　硬汉烈女形象与燕赵文化

012　于无声处听惊雷

016　彼岸的诗与远方

020　拍案惊奇话九案

023　爱情手枪亦走火

025　高兴与不高兴之间

029　在灵魂的家园里放逐

033　书鱼之乐

037　作家的真实与虚构

043　荒诞语境背后的吴村世相图

048　在凉薄的世界里深情地守望

055　漂泊或漫游,总在故乡的影子里

060　玫瑰庄园里的爱情游戏

064　木棉花开英雄来

068　柔情似水　佳期如梦

072　深深的眷恋　浓浓的情歌

077　像钉子一样楔入骨髓的文字

081　爱情如画又似虹

086　少年米小乐的英雄梦

090　都市少爷叶斯年的爱情故事

095　寒门偏偏出贵子

100　情到深处便成劫

104　日月洞里乾坤大

108　在烟火中奋勇前行

113　家国天下英雄梦

118　敢为民营唱大风

122　赣东北的清明上河图

131　铁血荡倭寇,忠魂铸长城

134　《新兵》中的"特种兵"

139　多少天涯未归客,尽借篱落看秋风

144　谁才是世间那个最好的人

第二辑　风景这边独好

153　缘分天空　小题大作

- 162　大爱无疆　大音希声
- 170　情到深处爱无敌
- 174　鲁迅的真实与真实的鲁迅
- 177　谁的人生不似水
- 181　豪华落尽见真淳
- 186　铁血山河在　驱倭铸英雄
- 189　一生痴绝处，唯解花间语
- 194　画有诗书气自华
- 199　艺术家的社会责任
- 202　亦师亦友亦书生
- 207　师恩如山亦如诗
- 213　缘分，无处不在
- 218　走近缪局
- 224　大爱无疆
- 231　凤凰花开缘自来
- 236　缘寄川东

第三辑　坐看云起时

- 243　只要在这里，总会等到你
- 247　一部中国式的"廊桥遗梦"
- 251　"文艺范"电影背后的本土文化
- 255　好一位有胆有识、永不言败的"虾哥"

260　大爱无言

266　一位女公务员的亲民情结

272　坚守或者漂泊

278　坚强的母亲　诚信的楷模

283　谁说继母不如娘

287　师恩浩荡　父爱如山

292　远去的呐喊

300　鼓角声声犹入耳

306　一处灵魂栖居的精神家园

319　一块玉石的另类守望

324　平淡之中见真情

329　可不可以也做小小鸟

第一辑　文学是美丽的

　　文学讲究真善美,没有哪位作家不推崇真善美:唯其真,才能令读者心诚意正,视你心清如水,山涧幽谷穿行之时,潺潺流淌、清澈晶莹,江河大海奔腾之时,浩渺无边、博大精深,清浊顺其自然,无须做作掩饰;唯其善,才能使读者感觉你琴心剑胆、侠骨柔肠,你的娓娓道来与他息息相关;唯其美,才能使读者赏心悦目、流连忘返,徜徉在你精心构筑的文字大厦里面。

硬汉烈女形象与燕赵文化

——读中篇小说《蒲柳人家》

早在中学时代,就曾听语文老师说过"天才神童"刘绍棠写作的《青枝绿叶》收入他自己读高中时的语文课本;读大学的时候才知道天才作家刘绍棠曾被下放劳动长达二十二年,除此之外,我对作家刘绍棠知之甚少;到了北京以后,没想到居然会参与《刘绍棠逝世十周年纪念文集》的编校工作,从众多名家的悼念文章中我对先生"中国气派、民族风格、地方特色、乡土题材"的创作思想有了一个初步的了解;后来在与刘绍棠乡土文学研究会会长,著名作家、翻译家郑恩波先生的交往中,才得知许多关于刘绍棠创作当中的趣闻逸事,对刘绍棠其人其文也由陌生到了解进而喜欢研读起来。下面就想谈谈我读获奖中篇小说《蒲柳人家》时的几点体会,求教于大方之家。

结构精巧,独具特色。这是中篇小说《蒲柳人家》最吸引人眼球的特点之一,通篇小说都是由刚满六岁的京东通州北运河乡间幼童何满子的所见所闻所感所思串接起来,巧妙地从一个小孩的视角来叙述展开惊心动魄的抗日战争时期通州北运河两岸人民反抗殷汝耕伪政权压迫欺凌的斗争故事,使本来你死我活、刀光剑影的战争年代写得妙趣横生、痛快淋漓:因为何满子调皮不愿穿花红兜肚引出大运河两岸威风八面的奶奶"一丈青大娘"闪亮出场,继而引出名震通州北运河两岸、古北口内外的何大学问;由何满子被爷爷拴住引出救星望日莲姑娘带他到河滩上打青柴,继而引出望日莲姑娘的心上人、北运河才子周檎来;从何满子七月初七夜里偷偷溜到周檎家小后院的葡萄架下去偷听引出望日莲与周檎两人的爱情之路及望日莲所遭受的各种非人折磨,进而引出周檎暗暗发动北运河两岸各方豪杰仁人志士以及京东抗日救国会通州分会这个地下党组织打鬼子、除汉奸的庐山真面目;由何满子跟随周檎到处串联又引出了钉掌铺里的江湖好汉吉老秤、号称北运河两岸的活鲁班老木匠郑端午进而又引出了充满传奇色彩的船老大柳罐斗的行侠仗义之举,以及他和江湖女艺人云遮月之间那段不可为外人道的旷世奇缘……至此,以周檎校友、地下党员周文彬为首组织起来的京东抗日救国会通州分会的几个重要成员都一一登台亮相,小说自然就进入了"妙计锄奸凶"的高潮部分,就是这全文最为精彩的环节还是少不了何满子的穿针引线,因为河防局的巡长麻雷子骑着一辆贼光闪亮的自行车,吸引了何满子那百无聊赖中的好奇心,于是,河防局的巡长麻雷子与眼线花鞋杜四密谋抓捕周檎引出周文彬进而把何大学问、柳罐斗等平常看不惯的一干人马一勺烩的罪恶阴谋被何满子听了个正着,于是接下来就有了"渡口麻雷子丧命"和"周檎与望日莲成亲"的精彩场面。

  最让人忍俊不禁的是小说结尾部分,何满子为了逃避亲生父亲要带他进城读书的"劫难",居然又从柳枝空隙间偷眼看到了神龙见首不见尾的地下党组织领导人周文彬与"一个身穿警察制服的年轻巡长"交谈未来通州北运河两岸地下党组织的工作计划安排,小说在"望日莲生下的女儿二十三年后大学毕业与因为写文章而遭遇坎坷的何满子结了婚"的背景交代之中戛然而止。这种奇特的结构叙事手法正所谓"童眼看世界",作者通过何满子一双纯真的眼睛描绘了通州北运河两岸美丽无比的自然风光,行文如流水,在一环紧扣一环的巧妙叙事结构里勾勒出一幅通州北运河两岸路见不平拔刀相助的民情风俗图,进而折射出通州北运河两岸人民在我地下党组织领导下与汉奸恶势力展开不屈不挠、生死搏斗的高大形象,通篇文字干净利落,既没有血腥杀戮的恐怖场景,又不乏幽默风趣的田园生活,实在是描写抗日战争年代中国人民奋勇抗争的上乘之作。

侠骨硬汉,闪亮登场。是中篇小说《蒲柳人家》又一个独具特色的亮点,无论是哪一位好汉出场,作者就像说书人一样,一定会声情并茂地来一番介绍,让观众过足眼瘾、赚够噱头:何大学问人高马大,膀阔腰圆,面如重枣,浓眉朗目,一副关公相貌,年轻的时候,当过义和团,会耍大刀,拳脚上也有两下子……他不但是赶马的,还是保镖的,牲口贩子都抢着雇他……至于脚钱多少,倒在其次,要的就是刘皇叔那样的礼贤下士;吉老秤已经五十几岁,可是身体硬实得像一座石碑,从口外刚赶来的儿马蛋子,一蹶子踢到他的胸脯上,就像被跳蚤弹了一下,他的手艺高超,远近驰名,却只能混个半饥不饱……喝醉了就睡觉,扯起鼾声像打雷,打起喷嚏像放炮;柳罐斗是这个小村的头一条好汉子,他现年三十八九岁,高大魁梧,顶天立地,宽肩膀,细腰身,扇面胸脯,五官端正,一副庄严英武的神态,深沉大度的气势。寥寥几笔,几个通州北运河两岸的好汉子形象便跃然纸上,使读者如见其人、如闻其声。

单是这一出场亮相,读者就能感觉到这群生活在通州北运河两岸的燕赵硬汉个个特立独行,一股侠义之风扑面而来,何况作者笔下几位硬汉的所作所为是那样慷慨壮烈令人为之动容:何大学问身上那种"不知道钱是好的,伙友们有谁家揭不开锅,沿路上遇见老、弱、病、残,伸手就掏荷包,抓多少就给多少,也不点数儿;所以出一趟口外挣来的脚钱,到不了家就花个净光"的侠肝义胆、大方慷慨;吉老秤"又从小饭铺买了五斤大饼,就留牵牛儿吃饭。牵牛儿口羞,不好意思真吃;他就破口大骂,张手要打,牵牛儿被逼无奈,便放开肚皮吃起来。这个常年填不满肚子的苦孩子,饭量像口井,狼吞虎咽着烙饼卷子,吉老秤快活地大笑,笑得大肚囊儿直抖动"的慈善友好、豪爽热情;特别是柳罐斗与连副"割袍断义、划地绝交"的精彩典故,读来更是令人为之震撼。因为念念不忘当年北伐军中共产党员蒋先云的缘故,柳罐斗居然敢在关键时刻搭救自家性命的驻军连副面前喝令他摘下军帽,挂在一棵河柳枝权上,抬手一枪,打碎了帽檐上的国民党徽,然后猛一挥手,向那个连副厉声说:"你走吧!咱俩谁也不欠谁的情,清账了。"这样的冲天豪气更是勇绝千古、流芳百世,让读者为之一振,赏心悦目。

烈女辈出,交相辉映。这是中篇小说《蒲柳人家》最为引人注目的一幕,如果说自古以来江湖硬汉都不外乎是一些路见不平拔刀相助、锄强扶弱救困济贫的伟男子、真丈夫,那么刘绍棠笔下的燕赵烈女形象则是各具神态,如花开枝头,摇曳多姿,亦如落地花瓣,余香袅袅,毫无雷同之感。

在刘绍棠笔下诸多的烈女队伍中,何满子的奶奶一丈青大娘毫无疑问是通州北运河两岸的第一号烈女:大高个儿,一双大脚,青铜肤色,嗓门也亮堂,骂起人来,方圆二三十里,敢说找不出能够招架几个回合的敌手。一丈青大娘骂人,就像雨打芭蕉,长短句,四六体,鼓点似的骂一天,一气呵成,也不倒嗓子。她也能打架,动起手来,别看五六十岁了,三五个大小伙子不够她打一锅的。人物刚一出场就先声夺人、威风八面,尤其是"一丈青"的绰号很容易让人想起水泊梁山上横枪跃马、百万军中取上将首级如探囊取物一般容易的江湖女英雄一丈青。特别是描写"一丈青"大娘教训几个纤夫赤身露体有伤大雅的争斗场面,更是让人回味无穷、浮想联翩:"一丈青大娘勃然大怒,老大一个耳刮子抡圆了扇过去;那个年轻的纤夫就像风吹帐篷,转了三转,拧了三圈儿,满脸开花,口鼻出血,一头栽倒在滚烫的沙滩上,紧一口慢一口捯气,高一声低一声呻吟。几个纤夫见他们的伙伴挨了打,唿哨而上;只听咯吧一声,一丈青大娘折断了一棵茶碗口粗细的河柳,带着呼呼风声挥舞起来,把这几个纤夫扫下河去,就像正月十五煮元宵,纷纷落水……"活脱脱一个拳打南山猛虎、脚踢北海蛟龙的女中豪杰形象跃然纸上,令人叫绝。

倘若"一丈青"大娘仅仅会开口骂人动手打人的话,那充其量就是一乡间母老虎而已,可刘绍棠笔下的"一丈青"大娘又是一位勤劳能干兼具菩萨心肠的慈善长辈,一双长满老茧的大手,种地、撑船、打鱼都是行家。还会扎针拔罐子、接生、接骨、看红伤。平时村子里大人小孩有个头痛脑热,都来找她妙手回春。可以这么说,全村三十岁以下的人,都是她那一双粗大的手给接到人间来的。特别是隔壁花鞋杜四家的小童养媳可怜儿的悲惨遭遇,更是激起她满腔柔情,先是冒着生命危险从炮弹坑里救出可怜儿,继而不惜与邻居杜四豆叶黄夫妇撕破脸面,为了一个素昧平生的小丫头大打出手,最后以答应小丫头成亲之日赔上一笔嫁妆为代价把小可怜儿收为干女儿,帮她改名贵莲。对待自己的亲孙子何满子更是疼爱得没有了基本原则:何满子简直就是她的心尖子、肺叶子、眼珠子、命根子,含在口里怕化了,捧在手心里怕摔了,放他出去又怕让狗咬了,怕让鹰抓了,怕掉在土井子里,怕给拍花子的拐走,就算是何满子要天上的星星,她老人家也会赶快搬梯子去摘。为了留住小孙子在自己身边随意玩耍,她可以和亲生儿子与儿媳瞬间就翻脸反目;为了满足小孙子不愿读书的心愿,她敢把何大学问好不容易花大价钱请来授课的老秀才也给设法挤对走了。这就是刘绍棠笔下的"一丈青"大娘,一个慈善之时柔情似水、刚烈之时如怒目金刚的燕赵烈女形象。

相对于威风八面的"一丈青"大娘来说,每年入夏到运河滩走村串庄唱京东大鼓的女艺人云遮月就显得楚楚可怜,可是你要是认为云遮月是一个可以任意供人欺负的下贱艺人、乡间弱女子就大错特错:摆渡船的柳罐斗在何大学问的眼里可是村子里的头条好汉子,高大魁梧、端庄英俊,年轻时在恶霸董太师家里打工时就被董家千金小姐爱上了,后来董太师逼死亲生女儿,要生生活剥柳罐斗的人皮,柳投入北伐军后练就一身百发百中的好枪法。面对这样一条深明大义、人品出众的好汉子,多少人上门提亲都被他拒绝,就算是何大学问亲自保媒也毫不动心,最后一丈青大娘登门"兴师问罪"也无功而返;偏偏"沦落风尘又染上一口烟瘾,已经是残花败柳"的云遮月三下两下就把他给搞定了。不但搞定了柳罐斗,而且她自己的生活道路也来了个一百八十度的大改变:自从跟柳罐斗相好后,烟也戒了,也不搽胭脂抹粉了。不多日子,竟面如满月,像一朵枯萎了的花朵,沐浴春雨,又盛开怒放起来。她从小学艺,一不会烧火做饭,二不会针线女红。自从跟柳罐斗相好后,饭也能做了,针线活也学会了。面对两个人夜夜三更相会好得如胶似漆的传闻，一丈青大娘感到不安了，又一次登门"兴师问罪"，柳罐斗正色道："嫂子，她虽是个人下人，人品却高。"一丈青大娘又把云遮月找到自己家里去苦苦劝说，要云遮月答应嫁给柳罐斗兄弟，哪知却被云遮月断然拒绝："我这一条洗不净的脏身子，怎么配当他的妻室呢？他应该娶一个好人家的黄花闺女。等他看中了谁，明媒正娶，我就跟他一刀两断，绝不藕断丝连。"对爱情"不求天长地久，只求曾经拥有"的博大胸襟竟然在一个烟花女子身上出现，此举实在令现实生活中某些鸡肠狗肚的七尺男儿汗颜不已。

如果说一丈青之"烈"像金刚铁臂，威震八方，那么云遮月之"烈"就是绕指柔，以柔克刚，势不可挡。为了追逐心中的理想爱情，地位卑微一向任人践踏糟蹋的民间艺人云遮月在心上人柳罐斗面前露出了燕赵女子与生俱来的、深藏在骨子深处的真性情，竟然敢以自家性命相搏："你不请我到你的船舱里睡，我就唱一宿；砸了我的饭锅，断了你的生路，咱们一块饿死。"当柳罐斗半是玩笑半是考验她："我的船舱敞着门，你就过河来吧！"原本不会凫水的云遮月二话没说，"扑通"就跳下了河，明知不会游水却敢纵身跳入湍急的河流之中，这需要多大的勇气和胆识！果然一向拒人于千里之外的柳罐斗立马慌了神儿，赶忙下水，一个猛子，将她捞上了船。与其说是柳罐斗收留了她，不如说是柳罐斗被云遮月身上那鲜为人知的烈女性格给征服了，从此两个人像新婚宴尔的少年夫妻一般如胶似漆，成就了一段人间美好姻缘。

与一丈青和云遮月相比而言，出身低微的望日莲当属女儿辈分了，这个乳名叫"可怜儿"的小姑娘命运实在是可怜，从小缺吃少穿的她最后被逃荒的父母卖给黑心肝的杜四家做傻儿子的童养媳，从早忙到晚，身上总是被豆叶黄这个泼妇拧得青一块紫一块，十岁那年若不是一丈青大娘看不过眼舍命相救的话，差点就被炮弹掀起的大土坑给活埋，后来在一丈青和何大学问夫妇的直接干预下被收为干女儿，从此才得以苟延残喘，过着牛马不如的艰苦生活。可是望日莲就像那死不了的花儿一样，在饥饿、虐待和劳苦中发育长大，模样儿越来越俊俏，身子越来越秀美，谁知俊俏的小模样并没有给望日莲带来好运气，反而增添了许多意想不到的麻烦。终于有一天,花鞋杜四和豆叶黄的野男人同时打起了望日莲的坏主意,在一个月黑风高的夜晚,同时扑向望日莲的小百屋,只是他们做梦也没有想到的是,小小年纪的望日莲并不如他们所想象中的待宰羔羊,性子刚烈的她像古代武艺高强的侠女,奋力投出了镰刀和剪子,镰刀不偏不倚砍在花鞋杜四腿上,剪子十分准确地扎在野汉子胳膊上,命中敌人后,望日莲又机智地从窗口跳出去,大喊一丈青大娘救命。虎口脱险的望日莲从此住到了一丈青大娘的家里,并结识了在潞河中学读书的才子周檎,尽管望日莲名义上还是花鞋杜四的童养媳,套用一句老话说,那就是名花早有主了。人小心思大的望日莲可不管这些陈规俗套,她早已深爱上了周檎这个闻名北运河两岸的大才子,只是碍于脸皮薄不敢直抒胸臆,一腔深情久藏心底也!

  从追求理想爱情的角度来说,望日莲与云遮月两个年龄上有着辈分之差的女子确有许多共同之处!虽然望日莲自认是一个柴草穷命、黄连苦命,今生今世天意不能嫁给周檎,但一旦她的爱情之路受到阻挡之时,她还是要逆天而行,同样敢豁出自己的性命去搏一回:七月初七夜,望日莲找到了周檎倾诉心中的苦楚,"我的心整个儿给你了,今晚上我把身子也给你送来了;咱俩好一天,就是我一天的福气。"明知自己和周檎的爱情前途渺茫、凶多吉少,望日莲还是义无反顾地挺身而出,要把自己的清白身子献给心中最爱的人,作为一个黄花闺女、一个寄人篱下的童养媳,做出这样果敢而大胆的决定是需要多大的勇气啊!当周檎发出"我一定要娶你"的誓言时,望日莲再也控制不住自己埋藏在内心深处的苦楚,"我压根儿不想拖累你,等你进京上学一走,咱俩的缘分儿也就到了头。他们要糟践我,我就拼上一死,不活了。"一个敢爱敢恨、为爱而生为爱而死无怨无悔的燕赵奇女子形象跃然纸上,让人一赞三叹,久久不能平静。

  燕赵文化,慷慨悲歌。仁、义、忠、智、信,几乎是所有燕赵硬汉烈女们身上所表现出来的共有特质,尽管这些草莽英雄大多没有受过什么正规的文化教育,也懂不了多少"之乎者也"之类的"孔孟之道",就算是颇受四乡八里尊称的何大学问,也不过是一位"自家祖宗八辈儿,穷得房无一间,地无一垄。都是睁眼瞎。自个儿跳跶了大半辈子,已经年过花甲,不过挣下三间泥棚茅舍,八亩河滩洼地;虽然被人尊称大学问,可从没进过学堂一天,斗大的字认不得三筐,而且只会念不会写"的乡间野老罢了,可是他们个个心中存有大仁、大义、大忠、大智、大信,从不蝇营狗苟,斤斤计较个人得失,看不得人间任何不平之事,只要是路见不平,必定会挺身而出,打抱不平:为了救助沦为杜家童养媳、受尽百般折磨欺凌的逃荒小姑娘可怜儿,何大学问和夫人一丈青大娘不惜与隔壁邻居花鞋杜四夫妇大打出手,最终以"请了两桌酒席,答应给花鞋杜四和豆叶黄治疗养伤"为代价赢得了收可怜儿为干女儿的胜利告终;后来又联合钉掌铺吉老秤、老木匠郑端午、摆渡船的柳罐斗巧计淹死麻雷子,智逼花鞋杜四夫妇同意望日莲嫁入周檎家,成就了一桩美满的人间姻缘,让望日莲姑娘最终跳出了火海,何大学问一家为此又付出了三十元大洋和两亩地的嫁妆。

特别是隐居在家乡甘为摆渡船夫的柳罐斗,先是为了守寡的姐姐而拒人于千里之外;后来又为了无父无母的周檎而坚持独善其身,屡拒何大学问和一丈青大娘上门撮合牵线的好意,语气之坚决几近固执不近人情;最后却为了帮助沦为富家子弟取乐玩弄的女艺人云遮月跳出人间火海而改了初衷,心甘情愿接纳她并极尽鱼水之欢。此举虽然在外人看来有玷污清白变节丧志之嫌,实则伟岸男人能屈能伸的大丈夫行径,值得人们敬而仰之!像这样不计经济成本扶困济贫、不顾个人名誉拔刀相助的种种义举小说里还有很多,比如吉老秤之义救牵牛儿、逼走赵太师家的小管家、老木匠郑端午之收留荷妞做儿媳等等,刘绍棠就是这样妙笔如神,在半是叙事半是说书的细节当中巧妙地为通州北运河两岸上的纯爷们、烈女们塑像立传,且个个栩栩如生、活灵活现,这样的深厚功力使得小说《蒲柳人家》处处有着独到新颖的上乘表现。

众所周知,自古燕赵多慷慨悲壮之士,远的不说,单是战国时期荆轲刺秦王那种"风萧萧兮易水寒,壮士一去兮不复还"所表现出来的为正义而慷慨赴国难的献身精神、锄强扶弱的侠义精神和视死如归的豪迈气概就让我们后世子孙们钦佩有加、赞叹不已;何况还有以北魏时期

"三曹七子"为首构建的遒劲雄浑、阳刚大气、慷慨悲凉的"建安风骨",成为中国文学批评史上一个独特耀眼的典范;特别是两晋十六国时期民间乐府叙事长诗《木兰诗》里花木兰形象的横空出世,更是让中国妇女的英雄气概和高尚情操得到了淋漓尽致的表现和颂扬,正如史学大师范文澜先生在《中国通史》中所评价的那样:"北朝有《花木兰》一诗,足以压倒南北朝的全部士族诗人。"如此看来,俗话说:"种什么庄稼开什么花,开什么花来结什么果。一方水土养一方人,中原出才子,燕赵多壮士。"并非空穴来风,而是有着其深刻的社会根源和一定科学道理的。细细品读刘绍棠的《蒲柳人家》,恍惚之中我就像一位穿越时空隧道的游客,跟随作者的文字来到了二十世纪三十年代的燕赵大地,来到了战火纷飞的抗日战争年代,目睹了京东大地通州北运河两岸上发生的一幕幕硬汉烈女与汉奸恶霸抗争不屈的动人图画!

最后,我想篡改唐朝诗人张祜的代表作《宫词》(一说何满子)作打油诗一首,以表达我对京东通州北运河天才作家刘绍棠的由衷敬意:

成名十六岁,辞世十五年。

一声何满子,双泪落君前。

于无声处听惊雷

——读小说集《听画》

少年时读诗,有"夜阑卧听风吹雨,铁马冰河入梦来"之句,让我热血沸腾,梦想着长大能做一位金戈铁马的盖世英雄,有朝一日冲锋陷阵,杀敌驱寇于国门之外;中年时听雨,有"何当共剪西窗烛,却话巴山夜雨时"之句,让我沉湎于对未来与亲人团聚的憧憬,希望在未来的某一天,能够与亲人剪烛西窗,分享彼此的思念和经历;二〇一八年春夏之间,审读著名画家王为政先生笔下的中篇小说集《听画》,在字里行间,跟随主人公天庐居士去聆听书画江湖里特有的杀伐征战、巧取豪夺,去聆听情感世界里的凄风苦雨、贞烈悲壮,去聆听佛门高僧追求人生三境界、抛妻别子的悲欣交集,去聆听外敌入侵山河破碎时遁入空门的呻吟呐喊、奋勇搏杀。

因为一幅唐人画的真假之辨,才有了"未晚楼主"与"铁砚斋主"之间的生死对决。前者嗜书画如性命却又脾气暴躁,业界人称"丹青判官",鉴藏之精准放眼江南无出其右;后者伪托古人、制造假画惟妙惟肖,牟取暴利为收藏界所不齿。把唐人真迹当作唐寅仿作来欣赏把玩且大宴宾客,这事只有"丹青判官"这样的尊贵身份才可以大张旗鼓;把一幅真迹当作摹品来引诱"未晚楼主"上当并派女儿碧萝前来闹场只为出一口心中鸟气,这么下作的事也只有"铁砚斋主"才敢下手。

两个江湖大佬斗法,一个敢卖,一个敢买。尽管两个人一正一邪,却各怀心事,结果双双"打眼",栽倒在同一幅画上,这是天意,也算书画江湖的一桩趣事,本可一笑了之。无奈"丹青判官"自视过高,在大庭广众之中为一小丫头所羞辱,一时气冲牛斗,当场口吐鲜血,昏倒在地,可怜一代鉴藏大家,没有冷静下来参透碧萝诗中玄机,细究此画背后的真伪,反倒深感愧对先人,让家族蒙羞,断然绝食绝药,不久一命归天。未晚楼主一生鉴画无数,厘清过无数的画坛疑难,不想这次因见多识广反被学问所累,但他愿用生命的代价去维护家族的荣誉,此举令人扼腕叹息却也心生敬畏。

因为一场眼力较量引来惊天命案,内疚不已的碧萝只好再次现身,不动声色地指点天庐居士破解画作的庐山真面目,在"书画郎中"段阅古的帮助下,年轻气盛的天庐居士终于解开了"仿唐人笔意"的谜团,取名为《南唐高髻纤裳首翘鬓朵仕女图》,这幅价值连城、真假难辨的唐人真迹在气死"丹青判官"后又深深打动了天庐居士的心,当然也打动了碧萝的一颗芳心。而那位半世书画作伪、识画能力同样登峰造极的铁砚斋主闻讯登门索画,吓得天庐居士带着唐人真迹南下潜逃,从此浪迹天涯,聪明一世的铁砚斋主落得个偷鸡不成蚀把米的下场,最后把女儿碧萝一生的幸福与性命都亲手葬送了,小说读来令人唏嘘不已。

假作真时真亦假,无为有处有还无。这一红楼金句成了串联《听画》全篇的线索,从赝品到仿作,从仿作到真迹,天庐居士背负"未晚楼"第四代传人的空名,有家不能回,有妻不能爱,有爱不能娶,孤身一人,漂如浮萍。从某种角度来说,天庐居士是幸运的,因为出身名门望族,尽管人在逃难途中,家中却已明媒正娶马姓夫人,铁砚斋里还有非他不嫁的绝代才女碧萝小姐朝思暮想地念着他;天庐居士又是不幸的,年迈母亲面前从未膝下尽孝,祖传收藏产业不曾正式经营,从未谋面的马夫人为保护未晚楼的书画香消玉殒,多少价值连城的千年藏品化为灰烬,心中念念不忘的碧萝小姐相思成疾,惨死日寇铁蹄之下。而苦苦相思、苦苦等待抗战胜利回家团圆的他却双目失明,余生只能旅居海外,在无尽的黑暗之中苦苦守护着幸存下来的祖传书画。

画，本无所谓真，也无所谓假；无所谓实，也无所谓虚；无所谓存，也无所谓亡。画是人类智慧的一部分，它与人类同在。画是自然的一部分，它与天地同在。画是历史的一部分，它与日月同在。敬神如神在，对于挚爱艺术如同敬奉神明的人，画只在他心里，那是至真至善纯情纯美的境界，走进去是幸福的，任何人无权打破它。

这既是小说另一位主人公"我"看见弘一法师的遗作竟然是一张白纸时的"顿悟"，也是作家王为政先生借小说人物之口从哲学层面来解读"听画"二字的题中之义。假亦是真，真可能是假；无为处有为，有为处却无为。大千世界，滚滚红尘，其实又何止是书画鉴藏的命运如此？

王为政先生的《听画》是一部以传统书画典藏为创作素材的中篇力作：家国情仇、民族大义，书画渊源、史海钩沉，收藏品鉴、舍命保护，书中人物天庐居士、丹青判官、铁砚斋主、书画郎中、马小姐、碧萝、李叔同等人物形象众多，个个栩栩如生，特别是天庐居士与碧萝、马小姐三个人的旷世之恋，两位贞烈之女的情深似海，真是感天动地，读来催人泪下。书中对中国传统书画真伪的辩证理解，实乃点睛之笔，书中寻觅东坡手迹残篇"十年生死两茫茫，不思量，自难忘"的曲折经历，也正是天庐居士一生漂泊迷离的真实写照。小说构架宏大，作家对中华民族灿烂的书画历史烂熟于胸，对千年以降中国书画各种流派的优劣长短点评精当而富于哲理，至于书画史上各种奇闻趣事更是信手拈来，无不恰到好处，令人拍案！

比如，《傲骨》中的名画家盘老，早年名动江湖，年迈之后傲气尽失，其前倨后恭之状令读者身临其境，心酸不已；比如，《魔道》则以幽默戏谑的笔法勾勒了一组怪人，他们性情奇特，行为乖张，皆因心中之魔，一旦走火入魔，则人性扭曲，人格分裂，不能自已："老犍"终其一生研究"绘画"没有任何成果，最后倒因多年收藏的字画大发横财；学生时代就以贪吃著称的"饕餮"，日后更是欲壑难填，投机钻营于官场，屡屡碰壁而不知回头；身为学校先进典型，实患"花痴"暗疾的奇葩帅克，结局惨烈,令人唏嘘不已;一贯冷漠清高的政治教员,岂料却做出顺手牵羊之举,令人大跌眼镜。

同名小说集《听画》共收入中短篇小说九篇,均在国内各大刊物上公开发表,画人状物,无不惟妙惟肖,入骨三分;叙事抒情,文风如刀,处处直击人性幽微。小说取材新颖,主题思想积极健康,在歌颂真善美的同时不忘揭露人性深处的假丑恶,字里行间,常发纠结与幽微之思,文字犀利、辛辣,如庖丁解牛,于谈笑之间解剖红尘世俗。特别是传统诗词的深厚功底,信笔拈来,运用自如,风采飞扬。正所谓:一支铁笔,纵横书画诗文三界;满身傲骨,享誉文武昆乱不挡。

王为政先生以画名享誉海内外,丹青之余,烂漫诗文,画品文品人品,三剑合一,沉稳大气,标新立异,卓然大家气象,值得各界关注、收藏。

彼岸的诗与远方

——读小说集《彼岸是岸》

年轻曾听彼岸花,读懂彼岸已中年。

相传彼岸花分红色、白色两种,白色的开在天堂,红色的开在地狱。在天堂与地狱之间,世事偏偏无常,你若一味执着,坚持不懈,则彼岸是岸;你若慵懒散淡,无所事事,则彼岸亦非岸。温亚军的小说集取名《彼岸是岸》,既具此岸艰辛、坎坷、蹉跎之无奈与包容,又具彼岸梦幻、向往、缥缈之执着与偏激。在此岸与彼岸之间,作家力图架起一道跨越时空断层的桥梁,去搜寻主人公们在红尘俗世鲜为人知的人生故事,用文字给他们含辛茹苦的煎熬与挣扎打上独特而又个性的印记,记录他们内心世界不曾曝光的私密空间,解读芸芸众生某种神秘而又极具隐喻意象的顶礼膜拜,破译大自然肆虐淫威表象背后深层次的游戏密码,揭秘人性深处某些自私、阴暗乃至恶毒的另类面目。从另一个角度来解读,小说集以"彼岸是岸"来命名,于淡泊宁静中又平添一份温情,除了寄希望主人公命运在未来的某个日子里能够改天换日、苦尽甘来外,无疑还具有一种卑微的生命张力悠长而又内敛的意味深长。

《空巢》里鳏居的二舅,一人住着一幢三层的楼房,儿女不在身边,有点心事也无处诉说,于是卖豆花的老林成了无话不谈的朋友,补鞋的秋霞成了他心头挥之不去的念想。无奈,二舅患得患失、防秋霞吞并自己房产甚于防盗的"小九九",让老林如太监一样替皇上着急,人穷志不短的秋霞岂能受此污辱?最终二舅念叨的好事成了剃头匠的挑子一头热,又如老林碗里的豆花一般,彻底凉了!

《甘西的土甸子》里的八旬老汉,脸上沟壑纵横,仿佛数十年的风沙尘土早已深藏其间,对世间诸多行径亦见怪不怪,如智者一般冷眼旁观从城里来寻找西汉古城遗址的考古专家,在他们如无头苍蝇般东奔西突时,老汉在尘土飞扬的山冈上为他们搭建了一座"古城",正所谓"伤心秦汉经行处,宫阙万间都做了土"。一股苍凉的历史沉重感悄然袭上心头:兴,百姓苦。亡,百姓苦。世事如棋局局新,又何必强按牛头去喝水。当历史的帷幕尘埃落定之后,功过是非自有后人评说。

彼岸是岸,彼岸亦非岸。

当人们愿意放下自己高傲的头颅,放低魁梧豪放的身段,俯首帖耳于人生的尘埃低处去细细观望谛听,就会发现一个惊诧莫名的事实:红尘即是大千世界,尘土便是芸芸众生,在大自然风霜雷电、严寒酷暑的踩躏摧残下,地位卑微的尘土就会被塑成一个个活生生的、各具形态的"泥人"。纵使他们没有高大伟岸的外表,没有华丽高贵的着装,没有强大而恣睢的靠山,但他们的内心一定是充满着柔弱而又坚强的禀性、善良而又麻木不仁的谦恭,挺立于炎凉世态的风雨之中,用自己的骨血去续写彼岸的诗与远方。

《万克是一条鱼》里的随军家属叶纯子孤独无助,她的心里充满了不知所措,没有人指点没有人引导亦没有人陪伴,塔尔拉的苍凉与寂寞,让同样没有玩伴的小万克成了叶纯子形影不离的跟屁虫,他们都向往鱼游大海一般的自由。当叶纯子肚子里的小万克一而再、再而三地像游鱼一样逃离母体之后,整个塔尔拉都沉浸在巫术笼罩一般的惊恐与焦虑当中,在寂寞的虚空里,任何人为的阻拦已显苍白无力,万克追寻彼岸之小万克的茫然懵懂终于酿成一出无可救药的悲剧,似乎诠释了人类与自然神秘相处的不易与多变。故事还告诉我们,若想毁灭一具活生生的肉体,必先令其孤独无助、寂寞难熬,进而突破其精神防线的极限,冷漠、猜忌,对于一个柔弱的生命体来说,无疑更具致命的杀伤力。

这是我第一次阅读作家的短篇小说,刚一进入他构建的文字殿堂便震惊了:震惊于他小说思想的冷峻与深刻、小说题材的以小见大、小说故事的和风细雨、小说细节的奇思妙想,他的笔下少有惊世骇俗的大事件、少有苦口婆心的理论说教、少有暴风骤雨的争斗厮杀,但一滴水珠能藏乾坤,一粒沙尘几方世界。作家的小说无论是西域风情的悲壮与苍凉,还是漠北风光的神奇与玄秘,抑或是国际化大都市的灯红酒绿,他的小说主人公都是平凡得不能再平凡的小人物,但从中折射出来的人性光芒与阴暗,丝毫不亚于某些皇皇巨卷的长篇大论。小说主人公生存地理的纠结,与作家精神地域的变迁,相互融合,相互映衬,在温暖的生活底色上描绘出一幅变幻莫测的精神世相图。

《硬雪》里的"他"无疑是一位好酒又惧内的主,为了寻找走丢的母羊"黑眼圈",他只好带上忠心耿耿的黑鹰外出寻找,虽然黑眼圈找到了,可一场突如其来的暴风雪让他迷失了方向,一匹饥饿的恶狼也盯上了他。在茫茫的雪地里,他当机立断,宰杀黑眼圈携手黑鹰勇斗饿狼,一场持续了一天两夜的人狼大战,最终以狼死、鹰残、人虚脱告终。作家在几近白描的文字当中极力渲染暴风雪的狂暴肆虐、饿狼的凶残狡诈、猎鹰的忠心护主、黑眼圈自作自受的结局,突出了作为万物之灵的"人"求生欲望之强烈、内心世界之强大、爆发力和忍耐力超水平发挥的生存纠结。

作为第三届鲁迅文学奖得主,作家温亚军多年来致力于中短篇小说的创作,《彼岸是岸》既是他的第一百零一部短篇小说,又是一部短篇小说集的书名。小说语言精粹、耐读,故事情节跌宕起伏,常常令人深陷小说所营造的意境而不能自拔,貌似现实生活时时磕磕碰碰,实则柔韧刚硬、处处暗藏军人特有的风貌,或曰浩然正气激荡人心。文字里的诗与远方常在主人公命运走向的彼岸摇曳生姿,闪烁着人性深处的光芒:或忠厚老实,或刚强正直,或柔情蜜意,或愁肠百结,或文艺新潮,或豪爽耿直,正所谓:弱水三千,只取一瓢饮。

这种不盲从、不西化,有着自己独特地域印记的个性写作,无疑会有着强大的生命力和在红尘烟雨挤压重负下的抗争能力。

拍案惊奇话九案

——读小说集《九案》

古今多少事,尽付笑谈中。

大千世界,无奇不有,人有高低贵贱、旦夕祸福,兽有善恶美丑、温顺桀骜,鸟能振翅长空、翱翔八方,鱼可云游四海、跳跃龙门……正所谓:震开金锁走蛟龙,摇头摆尾再不回。世间之事,变幻莫测,只有你想不到的,没有你全知道的。石舒清的短篇小说集《九案》无疑是一部当代的"三言二拍"。

观今宜鉴古,无古不成今。

这是我第一次审读石舒清先生的短篇小说,眼前顿时一亮:与众不同的叙事风格、独特迥异的地域风情、信手拈来的古今故事、话里话外的弦外之音,更为神奇的是他能从历朝历代案例卷宗中发现被人忽视的独特小说元素,娓娓道来,文字近乎白描,貌似平淡无奇,细思则字里行间处处惊心动魄,一种发自灵魂深处的拷问,击破了岁月沧桑的外壳,流露出作家悲天悯人的博大情怀。

石舒清的小说还有一个神奇之处,虽然没有惊天动地的大事件、没有大起大落的故事情节、没有曲里拐弯的欲擒故纵、没有矫揉造作的装腔作势,但凡能识字者均可以读懂他的小说,就像老人口中所讲的古今一样,生命力极其顽强而又能口耳相传,这种罕见的创作现象,不禁让我想起北宋著名词人柳永"凡有井水处皆能诵柳词"的典故来。

西北黄土高原向来豪强辈出,各自雄霸一方,但同样不缺体恤民情、与民同乐的好县令,比如司徒县长,广东人,本名叫司徒清,是当时少有的清官,几十年后当地人还念念不忘,他一上任,就用怀柔政策让男人剪掉了辫子,让婆姨不再缠脚。他的做法不像大清王朝时"留发不留头,留头不留发"那样强硬冷酷,而是悄悄找到剃头师傅,交代他们,凡是不剪辫子的人理发多收钱,同意剪辫子的人不但不收钱,反而赏他一点钱,当然这钱是县长在背后给剃头匠的喽!还有司徒县长微服私访也与众不同,他穿上便衣,口袋里装满了钱,他装钱就是为了给百姓钱,但不是看你穿得破破烂烂就给钱,他的眼睛毒辣得很,确确实实是鳏寡孤独,确确实实是无依无靠,司徒县长才会摸出钱来给你。人心都是肉长的,人活脸,树活皮,墙洼活下一锨泥,只要是勉勉强强过得去,谁愿意在人前头伸手呢。这么做司徒县长的钱实在给到了该给的人手里,不像某些地方的救济款,上级部门实打实地拨下来了,但是到老百姓手里,就像麻雀吐了几遍的食,剩下的就是点唾沫星星了。

底层小人物的艰苦煎熬、卑微辛酸,常常命悬一线,任人宰割,但最后因忠诚守信而安度晚年,这也是小说集里的一大亮点:四十岁左右的曹顺义因为生计,年轻时给一家商号当站台相公,能干得很,也机灵得很,而且还会写几句打油诗,结果就因为这个特长,当地豪绅方家与大土匪王富清争斗,他却成了人质,等七天期限一到,如果方家不给王富清三千五百个袁大头,曹顺义就会被土匪打成筛子,好在最后方家言而有信,曹顺义才得以安全脱离狼窝虎穴。

至于商贾旅人的邂逅同行,本该相互提携赚钱养家,谁知却招来杀身之祸;戏台上弄假成真、义愤填膺的小红军拔枪而起,误杀场外小观众,最后却能死里逃生等内容更是让人读来拍案称奇……各种离奇而又真实的故事,在作家笔下娓娓道来,人性的光芒与阴暗,就在这文字当中摇曳多姿,吸人眼球。

　　作为第二届鲁迅文学奖得主,作家石舒清当年以短篇小说《清水里的刀子》享誉华夏大地,据该小说改编的同名电影一举夺得第二十一届韩国釜山电影节最高奖。他多年来致力于中短篇小说的创作,是西北黄土高原继张贤亮之后又一位实力作家,值得品读。

爱情手枪亦走火

——读小说集《爱情手枪》

问世间情为何物,直教人生死相许?

漫漫红尘,芸芸众生,期盼爱情的开花结果,是人类共同的美好心愿,但世俗的生活偏偏不愿轻易给出这个许诺。爱情是娇嫩的花朵,最易在风雨中坠落,坠落的姿态是一种心碎,也是一种痛苦:如花美眷,敌不过两地分居;恩爱夫妻,又怎经得起小人插足;隔壁邻居,可以凭空莫名单相思;花季少女,难挡恩威并施奸淫邪。于是乎,手枪便成了特定时代特定背景下的爱情信物:千里赴津,只为信誓旦旦传递恩爱深意;子弹上膛,瞬间击毁负心郎君半世虚情。正所谓:是非恩怨随风付诸一笑,聚散离合本是人生难免,爱情也许会老,真心永远年轻,有我有你有明天。

花开花谢花满天,一生一世一情缘。

这是我第一次审读作家肖克凡的中篇小说,分明看到了他小说天空里飘扬着五彩缤纷的旗帜:津味十足的语言色彩、个性独特的叙事风格、信手拈来的故事情节、童年时代的所见所闻,赵钱孙李的幸福生活,无不跃然纸上,活灵活现,勾起一段远去的岁月风云,令人感慨万千。正所谓:字里行间真情流露,人情世故汪洋恣睢。啼笑怒骂皆成文章,天马行空处处拷问。

肖克凡的小说还有一个最大的特点,就是小说语言的镜头感特别强。比如:

> 厨房天地小,孙质平在这里却享受着他的无限幸福时光。他开始淘米,这是泰国香米。孙质平知道一壁之隔的孟叶儿喜欢泰国香米,因此他就改吃这种价格不菲的泰国香米。精神之恋的特点就是默默追随着女主人公。这时候,厨房里的孙质平沉浸在极端的喜悦之中,他以为自己是在给孟叶儿做饭。他擅长的食谱其实就是孟叶儿喜爱的菜单。就其精神穿透力而言,小厨房的墙壁是不存在的。因此,孙质平极其赞许"地球村"这个词语。地球都成了一个村子,孙质平和孟叶儿必然同呼吸共命运了。
>
> 孙质平弄好电饭煲,转身开始洗菜,这是空心菜。孟叶儿爱吃空心菜。尽管"空心"二字对恋爱而言并不吉利。孙质平管它吉利不吉利,凡是孟叶儿拥护的,他绝不反对;凡是孟叶儿反对的,他肯定不会拥护。只要是孟叶儿爱吃的菜品,那必然成为孙质平厨房菜谱里的重点项目。
>
> 恋爱真好啊。恋爱的力量不声不响使得两个毫不相干的人,无形之中保持着高度一致,譬如说衣食住行。

这一段写中年油腻男单相思的文字,活脱脱的蒙太奇镜头,让读者如临其境,几可乱真。主人公一片相思痴迷仿佛能看得见、摸得着,落地之后却又无影无踪,颇有"故事里的事,说是就是不是也是;故事里的事,说不是就不是是也不是"之慨叹。

作为电影首席编剧,作家肖克凡当年以电影《山楂树之恋》享誉九州大地;作为第七届茅盾文学奖入围者,他多年来从事长篇小说创作且硕果累累,近年来又主攻中短篇小说,成绩斐然。中篇小说集《爱情手枪》内容题材全部来自津门地域,人性的光芒与阴暗出没闪现,格外吸人眼球,是继津门小说家冯骥才之后又一位实力作家。

第一辑 文学是美丽的

高兴与不高兴之间

——读小说集《高兴镇》

二〇二一年是一个特殊的年份,那一年有许多事情都令人难忘,记得在最为紧张的时候,有一部名叫《高兴镇》的小说集寄到了我的办公桌上。

作者人称"短篇小说之王",江湖美誉"中国当代作家里面最好的画家,画家里面最牛的作家",审读全稿后,我却高兴不起来:书内同名小说《高兴镇》里的花枝姑娘在一家照相馆工作,因得了"花痴"病,不幸遭到一圈同事的凌辱玩弄,后来竟然被堂哥刘建刚当作摇钱树去赚疯人院男病号的钱。小说围绕花枝姑娘一生的悲与喜、情与爱、哀与乐,勾画出了一幅小镇男人猥琐自私的世相图。

血气方刚的小朱、小苗,小权在握的高主任、牛主任,貌似忠厚的夏师傅、刘建刚,他们在可怜的花枝身体上费尽心机:或趁机发泄淫欲,或借花枝事件排挤他人安插亲信,或用花枝身体赚取不义之财……一个个都是披着羊皮的狼,平日里人模狗样,作为人类本该有的同情与温暖、怜悯与良知在这家照相馆里荡然无存,兽性的阴暗与冷漠笼罩了整个小镇,正应了那句"人是人性与兽性的结合体,当兽性占上风的时候,人就禽兽不如;当人性占上风的时候,人才堪称谦谦君子"。如斯,作家开门见山,高兴镇原本"狗心镇"也;结尾方才揭秘,只是因为当地人的口音出错了,小镇其实应该叫"高兴镇",小说最后以主人公花枝的莫名消失结束文本,得出了"人都是自己害自己"的辛辣结论,陡然提升了小说文本的反讽价值,读来令人意味深长了。

家乡有句古话:千金难买高兴,高兴又何止值千金?

因为省长要下来视察棚户区的改造成果,急坏了区委书记与区长两个人,找一个能说会道、不露破绽的人选实在太难了。所以,当棚户区的毕尔一夜之间成了预备党员,家里的破旧家具全部焕然一新,书记、区长轮流为他开设学习培训班,一天补助一百元,他的内心是高兴的,不但他高兴,一家人都为他感到高兴,甚至是全村人都为他感到高兴,区里的领导更是为他高兴,把他定为考察对象,他不但对答如流,还把省长哄得挺开心,与省长一起聊得投机,还一起嗑南瓜子,不但得到了省长的手机号,甚至还加上了省长的微信,这一波泼天而来的幸福让毕尔接住了,却也让区里领导和市县领导心里嫉妒得五爪挠心。

省长高高兴兴地打道回府了,区领导一颗悬着的心总算安全落地,但接下来的一顿操作却让毕尔高兴不起来了:区领导要求毕尔归还所有的家电家具,并安排车辆当天就过来搬走,暴怒的毕尔再也没有好心情了,他一手拿着手机,一手指着前来交接的办公室主任刘再新破口大骂,威胁如果把家具家电搬走,他就要打电话给省长告状,就是这一通根本就打不进去的电话愣是吓退了书记区长,此事最后不了了之。我们的毕尔又开始高兴了,凭空飞来一笔价值三十多万的横财,让毕尔一身蓝的牛仔服要多清爽有多清爽,真是又精神又好看。小说以近乎滑稽可笑的桥段告诉读者,为官一方者只有脚踏实地,真抓实干,让百姓真正得到实惠,从内心高兴起来才是造福一方;至于那些应付上级领导检查突击弄虚作假的所谓政绩,则是严重侮辱了平民百姓的智商,往往会弄巧成拙,最终搬起石头砸自己的脚,不得善终。

家乡还有一句俗话:高兴也是一天,难过也是一天;高兴也好,难过也罢,活一天就少一天,又何苦不高兴呢?

短篇小说《天堂唢呐》主人公天堂可谓是一生凄苦,哀怨无边,"高兴"二字貌似跟他没半毛钱的关系:六岁被拐,双目失明,四十多年后才得以返乡寻亲,结果父母双亡,唯有母亲临终前做的一双鞋子在等他。这样的人生何其悲凄,又何其心酸,天堂坐在父母的坟前一直吹着唢呐,一边吹一边流泪。天堂少时大大的眼睛,水灵灵地招人喜爱,怎么就瞎了呢?这是村民们心中的疑问,也是作家发自内心的灵魂拷问,四十多年的工夫里,每一个人身上都有着说不清道不明的故事,他被卖到了哪里?那家人对他好不好?那家人之外天堂身边还有什么人?天堂的眼泪里有着作家笔下多少的爱与恨?

可是天堂并没有沉沦下去,他依旧顽强地活着,靠着吹唢呐的技艺回到了家乡,穿上了母亲为他做的鞋,触摸到了家乡的河水,河水是温暖的,让天堂想起了小时候在河里游泳、摸螺蛳,记忆中的小河以及在河中游动的鸭子,让他拄着拐杖,摸摸索索,行走在这红尘俗世,内心的强大让他在不高兴的日子里高兴地活下去:不吹唢呐的时候,他的脸上就挂着笑;他不吹唢呐的时候,脸上就笑得很灿烂。这是要有多么强大的心理素质才可以做到内心煎熬而脸上灿若桃花。

我的家乡地处江南乡村,会吹唢呐的几乎都是道士,也就是说江南乡村的唢呐一响百分之百是有人在办丧事,唢呐的欢快与悲凄永远是一对分不开的孪生兄弟,而六岁离开村子四十年后又回到村子的天堂一生以唢呐为伴,其中甘苦唯有自知。小说最后在天堂铆足了劲吹一支"百鸟朝凤"的曲子中落幕:这曲子真是欢快极了,真是好听的曲子,是一个高潮刚下去,又把另一个高潮马上带了起来的节奏。读到这里,我蓦然想起大先生笔下江南年关喜庆中默默离去的祥林嫂,又莫名想起《倚天屠龙记》中光明顶上的杨逍等人面临绝境一齐朗诵"生又何欢,死又何苦"的悲欣交集。

《高兴镇》是鲁迅文学奖得主王祥夫最新的一部中短篇小说集,其中九部短篇小说全是当年各大文学刊物头条刊发的最新力作。全书小说题材新颖独特,视角切入别具一格,文字叙述弹性灵动,字里行间画面感特强,读作家的文字,就像电影里的蒙太奇镜头,随着镜头的推、拉、摇、升,一幅幅啼笑皆非的人生百态图跃然纸上,令人目不暇接。小说主人公均来自社会底层,他们有的属于生活中的弱势群体,有着各种痛苦而不可名状的坎坷经历,但同时他们又有着坚强而不为人知的内心世界:他们可以承受生活中的磨难、打击、痛苦,可以一边苦苦挣扎一边舔舐自己的伤口;他们身上或多或少存在着一种小狡黠,在生活中为自己穿上一层变色保护衣,他们一边默默无闻一边又深情地守望……小说语言幽默风趣,在娓娓道来的叙述中,彰显文字的无穷魅力,字里行间流淌着一种顽强不屈、积极向上的力量,让主人公及时调整心态,适应眼前这个纷繁复杂的大千世界,让生命绽放出别样的风姿。

在灵魂的家园里放逐

——读小说集《无色界》

道家云:有无之外,玄之又玄,众妙之门;有无之间,似有似无,似梦似幻。佛家曰:色不异空,空不异色;色即是空,空即是色。无即是有,色即是空,顾名可思义,"无色界"既可色彩斑斓,亦可空空荡荡;既可千真万确,亦可子虚乌有。

中篇小说《胜利日》里有三个可以轮回的时空"子世界、元世界、〇世界",在这个世界里,我就是我,也可以是你,甚至我可以是任何人。我的故事就是你的故事,你的故事就是我的故事,这里的"子世界、元世界、〇世界"相当于我们平常说的三生三世,只因为一款名叫大主宰的VR游戏,惹来各色人物纷纷粉墨登场,大打出手,彼此之间经过无情的搏杀、欺骗、背叛、虐待,其中的每一个人都像变色龙一样,你能看到的外表都不是真相,你能猜测到的结局都不是正果;你能感受到的温暖都是虚情假意,你认为天衣无缝的私密早就暴露无遗。

在这个与世隔绝的时空里,人非人,物非物,一切都是算计与被算计、杀戮与被杀戮、追踪与反追踪、占有与反占有,最后贪婪、自私、冷血、疯狂的"我"终于成了天大地大、唯我独尊的"大主宰",在游戏的世界里主宰一切,杀死了爱人,让兄弟变成白痴,违背了自己的初心。无奈落花有意,流水无情,满眼的繁华世界就在"我"摁下启动键的一瞬间,突然间变成了沙,变成了烟,设备、房子、高楼、山川、河流,一切的一切,如同狂风吹沙,瞬间烟消云散,转眼间,置身在无限的虚空之中。

"胜利者最终一无所获"的大结局,让读者瞬间恍然大悟。

无论你身处红尘俗世,还是虚无缥缈的外太空,只要你违背了做人的起码底线与原则,再疯狂的掠夺,再狠毒的虐杀,再自私的占有,最终都是竹篮打水一场空。或许"大主宰"这个精神乌托邦的创建与毁灭,才是作家在字里行间拯救世界的一次成功尝试,在虚拟的空间里让人性内心深处的阴谋与罪恶得以疯狂、得以曝光,最终直至自我毁灭,从而警醒世人,回归"人之初、性本善"的大同境界才是立于不败之地的独门绝技。

世俗红尘,人生百态,有多少处心积虑之作,就有多少荒诞不经之果。短篇小说《文身》里的少年因为身体羸弱想寻求一种安全感,年少无知的他在路边小店给胳膊文了一条张牙舞爪的大龙,他以为这条龙既能保护自己又可以威慑他人,将会改善自己打工生涯的处境。可万万没想到刚文完身就因为皮肤感染大病一场,白白花去一个月工资不说,还被公司管理层炒了鱿鱼。因为文身,少年丢了原本可以安身立命的工作;因为文身,少年失业后连应聘的报名资格都没有了;因为文身,少年被街头小混混盯上,强行要求他加入收取打工者"保护费"的地痞团伙。

无奈少年原本善良,身上根本就不具备小混混那种好吃懒做、狠毒好斗的虎狼野性,最后在收取保护费的现场呆头呆脑,被警方当作扰乱社会治安的重点打击对象戴上了手铐,少年这一波神操作正应了那句"理想很丰满,现实却很骨感":当他胳膊上没有大龙的时候,虽然遭小混混欺辱起码还有工作可做;当他文上一条张牙舞爪的大龙,现实却不按他的想象出牌,工友们远离他,工厂领导讨厌他,小混混不信任他,原本胆小怕事的本分工人,因为一念之错瞬间走投无路了!小说告诉读者一个生存的道理:人生是短暂的,每个人的岁月都有过如春天一般的五彩缤纷,如果安分守己,或可活得色彩斑斓;倘若不思进取,想走终南捷径,最后有可能落个两手空空的尴尬结局。

深圳是一座崭新的国际化大都市,它的崛起既有打工者个体用心血汗水劳动换来的辉煌灿烂,也有打工者在形形色色的诱惑面前想不劳而获一失足抱憾终身的消逝与悲催。少年强则国强,少年弱则国弱,少年走正道则社会文明昌盛,少年走歪路则社会动荡不安……从这个角度来解读,小说文本《少年》与当年大先生"救救孩子"的呐喊似乎有着异曲同工之妙!

同名小说《无色界》讲的则是江南某地瓷痴吴不庸传奇而又窝囊的一生:原本一介教书匠,因能写小说声名大噪被调入县文化馆,后来意外捡到一块"雨过天青云破处"的横峰窑瓷片,揭开了"四大名瓷"之横峰瓷的神秘面纱。在他的眼里,世间万物唯有瓷片光彩夺目,就算夫人梅娘的娇美容颜也成过眼烟云。吴不庸是成了研究横峰窑瓷的专家,号称瓷痴,可梅娘对他失望至极,转身走向牌桌成了牌痴。好一个二痴主人,一个敢收藏瓷器,一个敢偷卖了再赌……好在瓷痴胸襟大度,不去追究妻子悄悄变卖古董的钱都去了何处?在横峰瓷的乾坤里一味追根溯源,居然把老祖宗吴均茂从故纸堆里给发掘出来了。

吴均茂,这位当年横峰窑里最著名的工匠从《吴氏族谱》里横空出世,且与世间唯一的建文款孤品横峰窑瓷笔筒的制造者为同一人。这一惊天发现让瓷痴吴不庸直接改写了横峰窑的研究史,一时声名大噪的吴不庸当然知道,明代是中国瓷器生产的黄金时期,宣永青花、成化斗彩早已美不胜收,创造了中国瓷器历史的灿烂巅峰,何况"建文"特殊的命运决定了建文官窑是一个神秘而又难解的课题。于是,吴不庸调动自己的文学天赋,在小说里大胆假设、合理想象,让吴均茂的妹妹吴桐、落难的建文帝、窑工周工巧之间来一场力量不对等的"三角恋",老太监在其中穿针引线,武功高强的卫士则确保这场三角之恋以建文帝顺利带走吴桐结束剧情。为了保存这件瓷笔筒,吴均茂必须牺牲自己的性命,让妹子吴桐舍弃了原本青梅竹马的美好爱情,跟随建文帝亡命天涯去了。

小说里的一场三角恋已经结束,而现实中瓷痴吴不庸、梅娘、文化公司魏总之间的三角恋情却意外冒出水面。瓷痴吴不庸可以在文字里虚构吴均茂与建文瓷筒的旷世奇缘,却无法摆脱自己对建文瓷的痴迷和对梅娘又爱又恨的情感纠结……正所谓:假作真时真亦假,无为有处有还无。其实世间之事变幻莫测,又岂止瓷痴吴不庸一人有如此遭遇?

《无色界》是鲁迅文学奖得主王十月最新的中短篇小说集。共收入六个中篇小说和一个短篇小说,小说取材丰富,视角切入新颖奇特,文字灵动而多变,既有传统题材的求新突破,又有科幻与先锋的大胆涉猎,小说主人公或来自游戏,或来自都市打工群体,或来自雪域高原,或来自都市高端白领,他们有着理想的生活目标与积极的人生追求,有着内心痛苦而不为人知的坎坷经历,但同时又有着坚强不屈的内心世界:他们在想象的世界里自由翱翔、奔放搏杀,却背负着红尘世俗里的各种磨难与时光蹉跎;他们向往大都市浪漫潇洒的高雅情调,却又不得不屈从于现实生活的严酷无奈;他们可以一边自强不息一边舔舐流血的伤口,在喧嚣的都市里寻找,在灵魂的家园里放逐;他们身上或多或少都存在着一种小机灵,为自己穿上一件能够抵御伤害的保护衣,他们一边默默无闻一边又奋勇地前行……

小说语言既有传统叙事的强大张力,又有科幻先锋的奇异探索,架构精巧与唯美齐飞,细节设置曲折传奇,在字里行间写出了个体内心深处的卑微与伟大、坚忍与柔情,将人性深藏不露的善与恶刻画得入木三分,令人唏嘘不已。

书鱼之乐

——读小说集《书鱼馆主》

天子重英豪,文章教尔曹。万般皆下品,唯有读书高。

小时候最喜欢读这首诗,虽然当时并不知道诗句的内容是什么意思,但读起来朗朗上口,气势磅礴,很是让我感到了快乐。后来上学读书了,竟然读到了一首儿歌:"糖儿甜,糖儿香,吃吃弯弯喜洋洋。读书苦,读书忙,读书有个啥用场。"虽然也没有完全理解其中之义,但从糖想到了书,又从书想到了糖,虽然没有真正吃到,却有一丝甜味荡漾在口中,还是让我感觉到了快乐。长大了,居然又读到了一首北宋赵恒的帝王之诗:

富家不用买良田,书中自有千钟粟。

安居不用架高楼,书中自有黄金屋。

娶妻莫恨无良媒,书中自有颜如玉。

出门莫恨无人随,书中车马多如簇。

男儿欲遂平生志,五经勤向窗前读。

原来读书竟有这么多的快乐在里面藏着掖着,要是能做一条书鱼畅游在书海里该有多好啊!古人不是说学海无涯苦作舟吗?倘若可以做一条书鱼倘佯在书海里,连舟都不用开凿建造啦!

惠子曰:"子非鱼,安知鱼之乐?"

庄子曰："子非我,安知我不知鱼之乐？"

这是两千年前发生在濠水之滨的一段非常有名的对话。两千年后的某一天,当我坐在京西海淀某幢大楼八层里望着书案上的小说手稿《书鱼馆主》,"书鱼非鱼,安知书鱼之乐？""子非书鱼,安知我不知书鱼之乐？"两句自问自答的话竟然脱口而出。

是的,读书其实就像濠水之鱼一样,沉浸其中快乐不快乐,旁人无法去感受,也感受不到,唯有心中自知,这正如小说主人公舒庆生小时候与恩师告别时聆听的那样:"人生第一大乐事无非读书,你记住这句话,爱书、读书,快乐就永远与你相伴。我这辈子就以书鱼自居,挺开心。"读着"书鱼馆主"的内心告白,我才知道书鱼非鱼也,乃是一只书虫而已。看来读书太少,连鱼与虫都难以分辨啊！真是惭愧得紧。

小时候听过家乡的一句老话:养子不读书,不如喂头猪。猪肥可吃肉,子愚向天哭。无论家境如何,总是要想尽办法送子女上学读书,好在当时读书也没有什么学费需要交纳,更不需要统一定制服装,不需要家长替老师在家批改作业,逢年过节也无须给老师明里暗里送礼,只需一周五天能去学校就好,只需坐在教室里不吵不闹就行！那时的乡村老师,大多是民办教师,不拿国家工资,一年到头记工分,农忙时节还得回家种田种地、收割庄稼,完全不像一九四九年以前读私塾,需要家长花重金请老师,一年三节礼,天天念着"天地君师亲"的森严等级,生怕乱了礼数,被先生瞧不起而责罚自家孩子,至于一般的贫寒家庭孩子想入门读书那是望尘莫及的……如今遇上大好时光,虽然各家有各家的困难,但对家长而言,送小孩去学校读书的最大损失就是小孩不能帮家长做事罢了！自己失去的甚少,而小孩读过书与不读书的结果却是天差地别的,又何乐而不为？可是,这样明显的差别下仍然会有小孩辍学在家,在这种家庭里,读书于他们而言不是一种幸福,而是一种劫难。

晋文凯年近半百,曾是一家特困企业的下岗职工,干的是电工,业余唯一的爱好是买书、读书,也写些旧体诗词自娱。于是,他筹集资金开了家小书铺。他喜欢古人的一句话:"坐拥书城,不亚南面为王。"整日里与书为伴,此乐何及！后来有了古香古色的金富街,尽管租金不菲,他毅然把书铺迁到了这里。他认为只有书香和这个氛围最相融合,此生不图大富大贵,能够稍有盈余以供简单的衣食,于心足矣。

这简直又是一条书鱼横空出世,别人下岗愁的就是另谋职业,他的下岗却成了追逐人生梦想的高光时刻:在当地小城寸土寸金的仿古商业街——金富街热闹得紧的地方开了一家"读书种子书铺"。这书店名字很怪,有乡下进城的农民,以为是卖什么新品种的种子,常来咨询,令晋文凯啼笑皆非。即便是有些文化的人,也推测此名不过是寓意喜欢读书的年轻人,犹如等待破土而出的种子。

在金富街,晋文凯的书铺开门不敢说是最早,但关门绝对是最晚。他生怕有的买书人,白天忙于工作,回家后还要处理家务,真的要出来买书已是九点过后了,他不能冷了爱书人的心。书铺一开就是十多年,可境况却是一天不如一天,以致晋文凯常常自叹:"人海茫茫,真正的读书人还有几个?"这又何尝不是作家借小说主人公之口发出的天问?面对内娱低俗不堪、电子游戏狂潮来袭、微信及各种短视频碎片化阅读大行其道的当下,纸质图书阅读的滑坡萎缩,已达登峰造极之境,尘世喧嚣,人心浮躁,各种豪华装修的房间容不下一张读书桌的家庭比比皆是,而一人多部手机坐着、站着、走着、躺着刷屏的现象却见怪不怪。当有人在网上贴出百年之前抽大烟与如今刷手机的对比图片,不知广大有识之士心中会作何感想?从这个角度来诠释作家小说品格的意义所在,他发出"真正的读书人还有几个"的天问与当年大先生发出"救救孩子"的呐喊似乎有着异曲同工之妙!

《书鱼馆主》是著名小说家、画家、湖南作家协会原名誉主席聂鑫森最新的一部短篇小说集。该书题材聚焦江南某中等城市里一群文化人以及底层小人物,从他们丰富多彩的生活方式、带有地方特色印记的文化气格以及崇尚社会正气的思想蜕变过程入手,塑造了一大批小人物形象。特别是书鱼馆主舒庆生出身贫寒,少年丧母,青年丧父,初中毕业后就到码头上去做临时工,可他从小酷爱读书,用他自己的话谦虚地说就是"好读书,不求甚解"。就是这样一位普通工人的后代,时来运转凭借做水果生意发家致富后,居然买下三百平方米的房子建成了一座小小图书馆,藏书五万余册,最后生意失败依旧节衣缩食租房坚持下去,临终之时将全部图书无偿捐给当地政府的图书馆。

作家以温暖的笔触切入,书写这个群体在现实生活中的各种努力、各种艰辛、各种遭遇、各种困顿以及各种坚持与各种追求:亲情、友情、爱情,热烈奔放而不失坎坷曲折;工作、家庭、事业,奔波拼搏而不失困顿。但隐藏在他们内心深处的善良、勤劳、勇敢,始终是积极向上不可或缺的人生美德,值得大书特书,值得颂扬与肯定,值得读者学习与借鉴。

作家的真实与虚构

自我从江南小镇登车北上的那一刻起，就注定了此生一定会与天南海北的众多作家结缘，与他们的文字、人品结缘。因为我是从字里行间去仔细解读他们笔下的主人公，同时也会侧面了解到作家本人，毕竟自古以来就有"文如其人"一说嘛，读其文必须了解其人啊！

认识作家野莽，表面看纯属偶然。二〇一九年我想策划一套小说集丛书，小说家温亚军大力支持并热情帮我邀约作家加盟，其中就有他的一本小说集。后来这套丛书定位为"锐势力·名家小说集"（第一辑），图书一上架就得到了《中国出版传媒商报》等各大媒体的热捧推送，百度百科也专门建了词条，记得当时我推荐小说集《公元1985年的逃跑事件》如是说：

人生其实就是一个不断"逃跑"的过程。

由年幼无知的少年向青春勃发的青年"逃跑"，由大山围困的寂寞封闭向都市开放的热闹喧嚣"逃跑"，由无知落后向求知若渴"逃跑"，由必然王国向自由王国"逃跑"，由狭隘自私的此岸向海纳百川的彼岸"逃跑"……正所谓：同是天涯沦落人，今生何处不"逃跑"？

当我接到中篇小说集《1985年的逃跑事件》后，不禁会心一笑，立马就想起了电影《追捕》里的杜丘与真由美逃跑的形象来。我一改以往习惯，先从最后一篇"逃跑事件"的小说开始阅读：果然小说主人公"我"就像杜丘一样英俊潇洒，不同的是杜丘生在东洋的岛国，"我"却成长在中国南方的一个偏僻小镇；杜丘是因为被人陷害而东奔西突，力图在逃跑的路上寻求真相，"我"却因为才华横溢而被单位领导死死卡住粮油户口关系不能前去武汉大学入学报到；杜丘在逃亡的过程中遇上了漂亮的真由美，谈了一场轰轰烈烈的爱情，"我"也遇上了一位像真由美一样漂亮的户籍女警官，也想和杜丘一样谈一场恋爱却被女警官判了死刑（不得迁移户籍）；杜丘最后不但查出了真相，还一举抱得美人归，从此过上幸福的美好生活，而"我"最后也成功进入武汉大学读书，左右逢源处理好方方面面的关系，顺利办好了粮油户口关系迁移，还"一笑泯恩仇"，与女警官不打不相识，帮助女警官出版了她的文学处女作。

野莽先生的小说好看好读，画面感强，就像电影一样迷人，往往于谈笑之间就把人性深处的善与恶、光芒与阴暗掀个底朝天，让读者拍案称奇，于激动莫名之间又能冷静思考：小说题材的信手拈来、故事情节的娓娓道来、人物形象的卑微沧桑、亲情友情的撕心裂肺、灵魂深处的冷峻拷问……构成了野莽小说独特的宏大气象，读来常常让人欲哭无泪、欲笑无语，于生活荒诞不经之处听闻惊雷，振聋发聩，留下苦尽甘来的味道。

野莽先生二十世纪八十年代曾任职外文出版机构，向国际上特别是西欧大批量推送中国作家的文学专著，可谓中国文坛的摆渡人。如今潜心创作，先后出版发行上千万字的文学作品，《公元1985年的"逃跑事件"》是他以第一人称手法创作结集的一部优质中篇小说集。小说语言幽默诙谐，故事细节直击人心深处，值得品读，欢迎各界关注、收藏。

这套图书出版以后，我才知晓作家野莽其实是出版界赫赫有名的前辈大佬，二十世纪八九十年代，那个中国当代文艺复兴的黄金期，经他责编推荐走出国门的作家图书一拨又一拨。在他的累累硕果面前，我须仰视,执弟子礼。他曾把我的朋友圈翻了个底朝天,从我的个人公众号作家推书第一期开始,他都一一细读,多次褒奖我是商品经济大潮冲击下依旧执着坚定做图书的好小编,特别夸赞我不像某些编辑眼里只有名家大腕,我最大的特色是不重名家、不薄新人乃至村夫野老,只要是从事文学创作并前来寻求出版的人,都是我精心编辑并热情推送的对象。

从此,我们之间就像朋友与兄弟一样畅谈无碍,他没有因为我的人微言轻而无视,经常会给我出一些"金点子",无奈文学图书出版形势日趋严峻,许多计划均在悄无声息之中流产破灭,唯有他出面约稿的"锐势力·名家小说集"(第二辑)依旧不屈不挠,横空出世。他是"锐势力·名家小说集"丛书第一辑、第二辑都入选的作家。记得当时我以"桃花潭水深千尺,不及张白腊肉情"为题推荐他的小说集《诸客列传》:

  小时候读得最早的诗是李白的"天门中断楚江开,碧水东流至此回。两岸青山相对出,孤帆一片日边来"。后来又读到了《望庐山瀑布》,"日照香炉生紫烟,遥看瀑布挂前川。飞流直下三千尺,疑是银河落九天"。接着又是"床前明月光,疑是地上霜。举头望明月,低头思故乡"。特别让我感兴趣的还是后来读到的"桃花潭水深千尺,不及汪伦送我情"。只是我常常想,一个小小的桃花潭在他笔下就三千尺深,和庐山瀑布的落差居然有得一比,这到底是李白在吹牛呢还是牛在吹李白?其实读李白的诗就像吃甜点一样,刚一品尝,味道美极了,让你不觉间飘飘然恍如飞升九天,云里雾里不知东西;细品之后,才会发现似乎哪里有些不对又说不好哪里就是不对,就像甜品一样入口爽,吃多了对身体是有害无益的,李白的诗读多了也会让人神经兮兮的:比如,"仰天大笑出门去,我辈岂是蓬蒿人""大鹏一日同风起,扶摇直上九万里",最最狂妄的莫过于"我本楚狂人,凤歌笑孔丘"。你李白胆子是不是太肥了,竟敢在孔圣人面前班门弄斧?字里行间的浪漫毕竟比不得世俗红尘里的无奈来得真实而苛刻,当我读李白的诗歌越来越多时,我对李白的疑虑与猜测也就与日俱增,只是人微言轻,不敢与旁人道也!

谁承想辛丑年秋末冬初之际,当我审读《诸客列传》一书时,终于找到了渴望已久的答案:原来作家笔下的李白虽才高八斗却不过是一介穷途末路之徒,成天盼着发达的朋友来请自己吃喝玩乐,在外顶着堂堂"诗仙"大名的他在家里却丝毫没有地位,被宰相家出身的夫人呼来喝去,动辄被骂得狗血淋头,在诗歌圈里振臂一呼应者云集的他居然低三下四拜请贩卖腊肉的朋友张白去引荐仕途;在诗歌里高喊深千尺的桃花潭,走到跟前一看竟然只是一个小水坑罢了,而那个比三千尺潭水还要深情的汪伦竟然是个"大骗子",满脸的麻子让千里迢迢赴约而来的李白欲哭无泪,欲走不舍,毕竟送到嘴边的好酒好肉岂能擦肩而过?酒醉肉饱之后的李白扔下一首流传千古的好诗匆匆而别,从此再也不敢相信"铁杆粉丝"汪伦的几度邀约了。

解构一代风流才子、大诗人李白坎坷的一生不是一件容易的事情,可作家野荞做到了,通篇小说奇思妙想,语言诙谐有趣,细节设置一波三折,读后令人喷饭,可谓惊心动魄的愉悦境界;不但如此,野荞先生还对陶渊明笔下的《桃花源记》一诗进行了大胆的解构与重生,满源之人皆脸现桃花,不见垂垂老矣之态,只知世上有秦不知有汉,更遑论魏晋南北朝,无奈因为太守内心深处的贪婪与自私,或者说是为了维持他本人治下的尊严与苛政,最后宁可毁于一旦,也不让源里之人优哉自乐甚至是自生自灭。

《诸客列传》是作家野荞的一部中短篇小说集子,收入《山花》杂志公开发表的十三部中短篇小说。小说取材广泛,人物形象众多,既有对陶渊明笔下桃花源前世今生的精彩解构,又对唐朝大诗人李白仕途坎坷、诗文流畅的设置铺陈,特别是对那些身处民间能说会道能言善辩的说客、辩客、劝客、杠客、看客以及社会底层小人物生存状态的描摹状写,可谓淋漓尽致、惟妙惟肖,让读者在文字的世界里重温人性的光芒与温暖。作家想象力非常丰富,字里行间幽默风趣,细节设置复杂多变,在历史变迁的沧桑过程中打捞灵魂深处的片羽只影，引导读者对自身生活质量及思想境界的提升，传导出作家复杂多变的思辨力、精神维度及哲学高度。欢迎各界朋友关注、收藏。

佛家讲究缘分，我虽没有皈依，但我确实相信缘分一说：人有缘，物也有缘，我是编辑，当然与图书有缘。

责编审读《诸客列传》一书时，我发现了一个小秘密：当年中央党校老校长杨献珍的秘书萧岛泉老先生的名字频繁出现在他的一篇文字中。真是无巧不成书啊！萧老是我的忘年之交，我前后给老先生责编过四部图书，其中一部就是作家野莽作序的！也就是说，十多年之前我就拜读过作家的文字，现在回忆起来，我清楚地记得萧老当时跟我说起过，他有一个乡党笔名叫野莽的，住在大兴，让我有空时可以去拜访！那时我是以"江上月"之名行走京城的，萧老隔上个三五天必定要给我打一个电话，口称江上月小老弟，然后就是讨论他的文章，他的诗句以及他那过往的、催人泪下的陈年往事。只是没有想到的是，当我真正与作家野莽见面相聚时，才知道萧老已驾鹤西归，才知道萧老是八十岁高龄时才加入中国作家协会的，而野莽先生就是萧老入会的介绍人。如今斯人已远去，好在有文字有图书有故事可以见证我们三人曾经有过的一段经历。

遇见是最好的重逢。用这一句话来形容我与作家的文字缘分，真是恰如其分啊！

二〇二二年三月二日上午十点十一分，一个陌生微友加了我的微信，通过后他自我介绍说：

> 全老师好！我是人民教育出版社的某某，想咨询《听画》一书的英文版权，作者王为政先生还想在英国继续出版，原来是在中国文学出版社出版过的，好像转到了中国文史出版社。
>
> 《听画》一书是李约瑟的学生坦普尔先生想在英国出版，他是王为政先生的朋友，他们多年未见面了。去年坦普尔先生曾让我帮助联系到了王为政先生。王先生说没有译者的版权，想联系中国文学出版社看怎么能出版。谢谢您的帮助！

从去年找到今年，而中国文学出版社早已不复存在，其间寻寻觅觅千辛万苦可想而知。我脑海里立即跳出与作家野莽闲谈时的情景来，仿佛记得他说过在此社供职时的一些趣事，于是我立即肯定地告诉对方，这事野莽先生一定知道，如果他不知道就没有任何办法了！接下来我征得野莽先生的同意后，把他的微信名片推送给了对方。

果然，前几天作家野莽发来了他一九九七年责编王为政先生《听画》的书封面及版权页，我也把二〇一八年责编的王为政先生小说集《听画》一书封面与版权页发给他。前后相隔二十一年的时间，一个是前辈大佬，一个是新晋小编，我们都为同一个作家责编同一部图书，这算不算缘分呢？套用时下一句流行歌词，"我编过你编过的书，这算不算相逢"？只是野莽先生时处中国文学风起云涌、一篇作品可以传遍神州大地的黄金年代，而我则处于文学图书尴尬莫名的边缘化时代，其影响与声势两者自然是不可以相提并论的。

说起王为政先生，就不得不说起长篇小说《穆斯林的葬礼》的作家霍达先生，而巧合的是野莽先生跟他们夫妇都很熟悉，他告诉我，霍达先生说他嗓门大，问是哪的人，答曰：湖北人。而当年我第一次见霍达先生时，当她得知我是江西修水人时，语重心长地对我说了一句：京城米贵，居京不易啊！野莽先生有一铁哥小友名叫周正旺，他认定野莽先生是文侠，他曾告诉我先生人品好极了！我知道正旺兄收藏当代作家签名本乃中华一绝，曾多方托人打听想收藏霍达先生的签名本未能遂愿，当我编完霍达先生两本图书后，在一个北风呼啸的日子里，我从霍达先生手上拿到了《霍达全集》和《穆斯林的葬礼》的签名本，当然王为政先生《听画》《余墨丹青》的签名本也一并寄上，乐得正旺兄一定要我去南昌喝他收藏多年的陈年老酒。只是杂事缠身，至今未能成行。如此看来，我与野莽先生的缘分无处不在啊！

都说生在红尘中，不得不世俗。活在艰难里，不得不屈从。很多时候我常常会幻想，如果我也能像野莽先生一样在二十世纪八九十年代做一名图书编辑，那结果又会怎么样呢？或许最后也就是一名老编辑吧，与作家野莽相比，依旧会有天壤之别的！

荒诞语境背后的吴村世相图

——读小说集《吴村野人》

在我有限的阅读记忆里,小说写狐仙美艳、幻化为人勾引书生及良家百姓的当属蒲松龄笔下的《聊斋志异》;写草原狼的智慧、顽强和尊严的莫过于姜戎笔下的《狼图腾》;写狗熊笨拙、威猛而又忠于女主,最后殒命于追逐异性的河流止步于聂震宁笔下的《暗河》……而陈集益笔下的文字,却让我看到了"家猪变野猪、村人变成野人"的荒诞与悲催。

野猪之凶狠吓人我是亲眼见识过的,当我看到《野猪场》一文里家猪与野猪交配就能产下杂种猪进而成了野猪这一荒诞无稽的构想,不禁会心一笑:三四个人,在方圆几十平方公里的洪坛冈山里养"野猪",谈何容易?只是野猪还没有真正"培养"出来,合伙人的心思已开始支离破碎,随着山风一起吹散了。山下杂货店老板陈德芳夫妇狂热入股前后的反复变脸,荒山承包人"一根筋"牛化生被逼至疯疯癫癫近乎野人。随着生存环境的持续恶劣,一群家养母猪在野公猪肆无忌惮的糟蹋下,开始生育繁殖了,开始由圈养到放牧,由杂交品种蜕变为真正的野猪并为害一方。随着作家的笔触在文字里的酣畅淋漓,敲钉转角,一场正常人与野蛮人、杂种猪与野猪之间的争斗拉开了帷幕:他们斗智斗勇,体力与耐力齐飞,煞有介事地把"我"与朋友祝小乌饲养野猪的伟大事业弄成了一场轰轰烈烈的勤劳致富创业梦。其过程是艰辛而悲壮的,其经营是惨淡而无奈的,其苦心孤诣、殚精竭虑的结果不仅分文未赚,反而因"滥捕珍稀动物"的罪名锒铛入狱。出狱之后的"我"改邪归正,自食其力,再也不敢接受祝小乌饲养扬子鳄的建议,"我"虽被父母取名为"有财",经过一番折腾实则穷光蛋一个。这一悲剧性的结果寓示了吴村人"闭关锁村"、想依靠自身力量去改变生存状态是何其困难?何其艰苦?小说到此戛然而止,可底层社会群体的生存之痛顿时跃然纸上,令读者动容扼腕。

既然家猪与野猪交配能产下杂种猪进而变成野猪,那么女人与野人交配肯定会生出杂种人最后变成真正的野人,荒诞无稽的构想同样奠定了《吴村野人》荒诞故事的生存环境,于是"我"的堂哥"蛮娃"(户口本上伯母给他取名叫张有福)也就成了大哥陈集军带领村民发家致富的敲门砖。作家在构思故事时常常暗藏着强大的逻辑推理:亲兄弟、亲父子,养育之恩、手足之情,在经济为王的商品时代里就是一文不值的遮羞布。掀开或扯下这块遮羞布之后,人性深处潜藏的兽性总是蠢蠢欲动、肆无忌惮。为了一己之私,他们可以欺上瞒下,蒙骗世人,可以兄弟相残,而母爱父慈的光辉只能躲在一旁痛苦地呻吟,软弱无能,令人心碎。

故事从"我"的大哥陈集军在上级领导面前立下军令状回吴村挂职扶贫开始,村主任陈集军上任之时先从亲兄弟"我"身上下手,接二连三烧了几把"火":先让"我"养鸡,鸡瘟了以后养鳖,鳖死后种植能治艾滋病的草药。几经折腾之后,"我"两手空空,走投无路,大哥又截留下了一笔四万元钱的扶贫款,他坚信要想富先修路的道理。路修通了,他的脑瓜子灵光一闪,由堂兄"蛮娃"张有福想到了神农架野人事件。于是,一场人造"野人"运动在吴村拉开了帷幕,吴村成了名副其实的"野人村":村口的大广告牌上有野人与村民搏斗的模拟图,上面的"专家""领导"也来考察了,公路两旁的岩石上竖着野人龇牙咧嘴的图片,不断有"野人村 × 公里"出现在视野里,吴村果然富起来了。张有福的苦难日子却从此开始了,他被当作野人关在铁笼子里到四里八乡举办"吴村野人巡回展",他的亲兄弟陈集财、陈集宝把他当成摇钱树,联合起来训练他,就跟训练一只猴子一样,稍不留神,就棍棒侍候,动辄用鞭子链条抽他,有时不给吃,不给水喝,在太阳下暴晒……无所不用其极的各种残酷手段背后,令人晃眼心疼的画面是伯父因阻止集财、集宝二人争夺"蛮娃"牟利而被活活掐在地上啃泥含恨而亡,伯母因心疼"蛮娃"无人照顾遭此磨难而哭瞎的一双老眼。可是哗哗而来的钞票让陈集财、陈集宝富起来了,让村民富起来了,始作俑者陈集军也赴任县旅游局分管旅游的科长,开着小车,带着嗲声嗲气的城里未婚妻衣锦还乡。

如果故事就这样讲下去,吴村也许就成了下一个神农架了。可"蛮娃"张有福就像吴村的杂种猪逃到野外最后变成野猪狂暴伤人一样,"蛮娃"张有福也幸运地摆脱了亲兄弟惨无人道的囚禁与折磨,成了真正的野人。他目光如鹰隼一般,力大无穷,运掌如刀,飞檐走壁,蹿崖越谷,疯狂地报复给他带来苦难与耻辱的吴村民众:集宝因追捕"蛮娃"被毒蜂蜇伤,头大如斗;集财为报妻子油灼之伤枪击"蛮娃",竟然被猎狗活活撕咬而亡;往日旅客如潮的吴村因了"蛮娃"的报复迅速衰败萧条,门可罗雀;陈集军率众捉拿"蛮娃",竟然惊吓过度,患上了狂躁症,从此不敢再见生人。正所谓:一代致富带头人,可怜顿成疯癫汉。吴村的兴衰得益于"蛮娃"又毁于"蛮娃"之手,真是成也萧何,败亦萧何。最后小说在国家层面组织的科考队进山考察野人真伪的行动中戛然而止。真是满纸荒唐言,一把辛酸泪。

《谎言,或者嚎叫》中的张德旺,因偶遇野人进而立功受奖,可随着科考队进山的一无所获,他开始怀疑自己的人格人品受到村民的质疑,进而抛妻弃子,遁入深山去寻找活捉野人,以证清白。谁知数年过去,野人没有寻着,自己却与世隔绝,成了真正的野人被人捉住关在笼子里,口不能言,其间巨大的悲剧隐喻令人感慨;《流产》中的公交车司机"我"与漂亮惊艳的卖春女美信由偶遇到成家却不能立业,想自己动手过丰衣足食的生活而屡屡碰壁,底层弱势群体安居乐业的黄粱美梦化作了肥皂泡,最后绝望之中亲手掐死了深爱自己的美信,这种人性的泯灭与人格的分裂格外惨烈悲催,读后令人痛心疾首;《洪水·跳蚤》一文中的父亲陈汉民,因年轻时见义勇为跳入洪水中救人,不幸染下终身顽疾,得不到村民的照顾反而屡遭歧视,为了生存只好外出乞讨,不料家中娇妻却成了过往男人的"客栈",特别是村干部王某用父亲乞讨邮寄回来的大米冒充"嫖资"霸占母亲的丑恶嘴脸,令人恶心,可怜的父亲无力抗争这个世道,只好躲到楼上去与跳蚤比不吃不喝的生命耐力,最后绝食而亡;《城门洞开》里的父亲陈纪年则是一位想进城吃商品粮的执着者。年轻时想参军,参军梦破灭后,听信补鞋匠的忽悠,想凭一台补鞋机闯荡城市,最后被押回家乡批斗,进城梦的破灭并未熄灭陈纪年心中那盏摇曳的理想灯火:娶妻生子之后,他给三个孩子依次取名为陈进城、陈建城、陈保城,把希望寄托在他们头上,希望三个儿子一个攻进城市,一个建设城市,最后还得有一个保卫好城市,天才一样的好想法,最终都一一化成了泡影。结果二哥成了文疯,父亲成了武疯,大哥面临城里大嫂河东狮吼般的挤压也几欲发疯……陈纪年的进城之路一生都没有走通,他的三个儿子虽然磕磕绊绊在努力着,我看终归是进不了城的。

总之,作家用荒诞不经的文字构筑了一个吴村乌托邦,让读者分明触摸到了一股浓重的悲凉在心头弥漫着、扩散着,社会底层群体的盲目莽撞、挣扎与抗争,处处闪现其中,在他文字的呐喊与无奈里流露出来的是血淋淋的震撼。当年鲁迅曾说过"悲剧将人生的有价值的东西毁灭给人看,喜剧将那无价值的撕破给人看"的经典之言,马克思与恩格斯在论述文学悲剧创作时也曾说过"人类社会的最终结局给予悲剧主人公的不是悲而是喜。不过悲剧中不能直接表现这未来,而是显示着未来、渗透着未来而已。悲剧的力量也正在于此。因此,艺术悲剧的结局是悲壮的,渗透着光明感,产生着强大的激发力"。《吴村野人》一书深刻反思的文本价值或许正在于此吧!

陈集益是一位实力小说家,同时也是重要文学刊物的资深编辑,小说家丰富的想象力、创造力与文学编辑对文字的扎实严谨作风,在他的作品中得到了有机地融合,小说集里的篇章均采用第一人称,情感真挚,通过"我"的娓娓道来,让读者有身临其境之感。现代先锋的创作手法结合传统现实主义的叙事语境,文字驾驭能力得心应手,集多种叙事技巧于笔端游刃有余,故事夸张变形之中不失幽默诙谐,情感冲击酣畅淋漓,给读者以强烈的感官刺激:野猪、家猪、杂交猪,真人、野人、假野人,文明人、野蛮人、癫狂人,妻子、父母、兄弟,叙事对象由温驯到粗野的裂变,由亲情到冷酷的隔膜,由爱恋到杀戮的疯狂……人性的诡异多变与兽性的肆无忌惮在文字里交相辉映,在杂交猪变为野猪、真人成为野人,父母、兄弟、夫妻反目成仇的故事背后,展示给读者一幅宏大叙事的世俗疯狂图景,读后令人拍案惊奇。

《吴村野人》作品内容介于现实与臆想之间,亦真亦幻,构思奇特,想象汪洋恣肆、瑰丽神奇,是一部值得期待的文学佳作。

在凉薄的世界里深情地守望

——略谈小说集《空房子》里的女性形象

　　樊健军是一位善于讲故事的小说家。从中篇小说处女作《水门辈事》里讲述赣西北农村"脚鱼砌塔"的偷情故事开始,十多年过去了,我一直关注他笔下的女性群体,上自民国时期,下至身边所见所闻,从乡下水门村出发,跋山涉水,一直走来,小到县城、大至深圳广州这种一线大城市;既有林黛玉式的工薪女士,也有王熙凤式的白领丽人,更多的是浪迹浮世的孤影惊鸿……各式各样的女性形象在他笔下鲜活而出,摇曳多姿。

　　《空房子》一书的开篇之作是一盆"仙人球",这样的标题多少会令人有点意外,但读完小说后又让人不禁拍案叫绝:新婚之夜刚过完的姬丽虹就被老公冯乔顺盯上了,从此姬丽虹身上任何一件物品都成了来历不明的"不速之客",层层拷问,不放过任何一点蛛丝马迹,终于让本该为他坚守忠贞的妻子忍无可忍,一头扎进了情人的怀抱。在情人甘露的滋润下,姬丽虹就像仙人球一样,开出了鲜艳的花朵,同时也长满了倔强的刺,只是姬丽虹把鲜艳的花朵供情人把玩欣赏,把扎人的刺对准了身为医生的丈夫,最终丈夫被"刺"扎进神经病医院遭遇车祸死亡。

　　小说故事的因果之间仿佛只一墙之隔,如果说故事的发生是一场战争,作者此刻则像一位运筹帷幄的将军,在咫尺之间腾挪纵跃,在方寸之地调兵遣将,用文字布设疑阵、挖坑设障,在开篇偷情网聊的神秘文字中层层深入,抽丝剥茧,最后事情真相大白:一切皆是因果,婆婆年轻时情欲的放纵突破,让儿子成长过程中落下"女人都不是好人"的病根,从而亲手酿出了一幕人间惨剧:妻子红杏出墙,丈夫跳楼自杀,婆婆风烛残年无依无靠。读来令人唏嘘不已,扼腕叹息。

抵抗,退让,再抵抗,再退让,再再抵抗,再再退让,最终退让到了无可退让的境地,到了悬崖边,再退让一步,就要坠入万丈深渊。节节抵抗,节节退让,八个字写尽了姬丽虹同冯乔顺十年婚姻史的全部内幕。所有抵抗都是无效的,都以姬丽虹的完败而告终。

作者冷静而近乎残酷的叙述告诉我们:真实的人性有无尽的可能。善当然存在,但恶也可能一直存在。歉意不一定能弥补,伤害却有可能被原谅。忏悔也许存在,也许永远没有,都无法强制,强制出来也没有意义。人的一生,本来就是善良与罪恶、人性与兽欲不断交织不断干戈的过程。

当一位女性在情感世界里的苦苦坚守得不到另一半的回应与呵护时,突破道德底线红杏出墙的日子也就为期不远了。情欲的宣泄与放纵在这里很难有正确错误之分,亦无道德约束、法律审判之明显界限,有的只是人性深处对外部刺激的强烈反弹与强势突破,邪恶的基因此刻如仙人球一般娇艳欲滴而又锋利扎人。

在这个凉薄的世界里让我深情地守望着你。用这句话来概括《空房子》里十几位女主人公情感世界纠结、抗争的现状,我以为是恰如其分的。

获奖中篇小说《夭夭》里的主人公就是一个极好的标靶:夭夭自小就不知道爸爸是谁,甚至就不知道是否有过爸爸或者有过几个爸爸。从上学开始就被妈妈老母鸡式的爱深深束缚着,盯梢与反盯梢、跟踪与反跟踪,成了夭夭青春期间与母亲逆反抗争的游戏。偷拆女儿书信,乃至用单调灰色的衣服严密地包裹着夭夭渐渐发育的胸脯,把她变成一个装在套子里的人,则是母亲谢沁儿不折不扣的坚守,不可谓不辛苦。可缺少父爱的女儿就像土里的春笋，尖锐而执着地生长着，茂盛而顽强地突破，终于有一天遇见了要杂的刀鱼，夭夭十八年的相思忍无可忍地爆发了，义无反顾地投入刀鱼柔软无骨的怀抱里，在刀鱼的怀里打开了自己尘封十八年的柔软身体，尽情地享受着肉欲的酣畅淋漓和惊艳刺激。

无奈落花时有意，流水久则无情。行踪像流水一般漂泊的刀鱼真像鱼儿一样在夭夭面前消失得无影无踪，叛逆而放纵的夭夭不可能像她母亲那代人一样默默坚守着。她漂亮而懵懂，时尚而任性，身体内有发泄不完的精力与旺盛的情欲需求，在她寻觅刀鱼的过程中，一个又一个男人不断地打开她柔软的身体，在狂欢的香艳过程中又不断地遭遇不测，夭夭道德底线的突破让她成了一匹脱缰的情欲黑马，毁灭男人的同时也毁灭着自己的花样年华。可以肯定的是，作者并不愿意看到自己笔下人物的命运过于放纵恣睢的，于是就有了一位和夭夭出身背景完全相同的酒酒姑娘作参照物。酒酒同样缺少父爱，同样漂亮温柔，天生丽质，行事风格与夭夭却截然不同：同样是敢爱敢恨，同时爱上了放纵风流的摄影师，当摄影师意外亡故后，夭夭选择了另一个更年轻的男人继续盛放；酒酒却选择了自杀殉情，让生命戛然而止，无声无息、无怨无悔地凋零在这个薄情的世界里。

两位花季少女，一位在自己的情欲世界里坚守从一而终、忠贞不贰；一位在自己的情欲世界里穿越突破、放纵风流。两位少女的名字也取得很有意思：夭夭，我想作家的本意一定是用"桃之夭夭"里的艳丽娇媚来定位主人公的花容月貌，可我更愿意理解成"逃之夭夭"里的夭夭。是的，夭夭年轻的人生似乎一直是在逃离，小时候一直想逃离母亲谢沁儿的束缚与监视，甚至逃离一切有母亲视线的地方；认识刀鱼后就一直在男人的怀里"逃之夭夭"，从这个男人的怀里逃到另一个男人的心里直至身体里，这就是她乐此不疲的人生游戏。酒酒这个名字却完全相反，酒本该是烈性的，一点就燃，具有可爆可燃的浓烈，可酒酒姑娘却一直文文静静，在文静的表面下不知不觉就失身于影楼的摄影师，最后文文静静地离开了这个世界。小说主人公这种道德底线的坚守与突破，场面是惨烈而残酷的，过程是悲欣交集的。把花季少女成长道路上的各种诱惑和情感裂变和盘托出，任由读者评头品足，从而引起读者内心深处的强烈感慨，是作者小说里惯用的手法。小说自始至终，没有道德说教，没有高高在上，也没有呼天抢地，有的只是故事里藏着故事，细节纠缠着细节，让你时时出乎意料又处处陷在意料之中，阅读的过程就像坐过山车一样，时刻都得绷紧神经，直到曲终人散，掩卷长叹一声，大呼过瘾后久久陷入沉思之中。

守望初恋情结，几乎是女性情感世界里不容亵渎的圣经。我甚至敢断定，这个世界里可能会有人随意而潇洒地处理自己的初恋，也有人会懵懂无知地遭遇初恋，失去一生中最为宝贵的人生情感体验，但绝不会有人忘掉自己的初恋，纵使历尽沧桑受尽生命摧残，在她的内心深处，仍然会有一面初恋的小旗在时时飘扬着。《洗尘宴》中的宁小雪就是这样一位念念不忘初恋的奇女子，或曰风尘女子，或曰女强人、女企业家，在她身上，可贴的标签实在很多，但没有一个标签比她内心深处的初恋来得刻骨铭心：

……在同无数男人有过亲密的身体接触后，她唯独记得两个细节：第一次同小年轻接吻，第一次同小年轻做爱。同小年轻亲吻时，他的嘴唇滚烫滚烫的，像着了火，刚刚隆起来的喉结在黑暗中发出鸽子一样咕咕的叫声……她没有阻止它，也没有鼓励它，任由它自由动作。锥痛，尖锐地痛，撕裂地痛，羞耻地痛，又快乐无比地痛，战栗地痛，不安地痛，像蛇那样扭曲地痛。她的身体炸裂开了，在黑暗中像一朵怒放的拥有巨大花瓣的花朵……

因为十六岁读初中时与社会上的小混混谈恋爱失身的宁小雪，毕业后只好外出打工，在寻找等候小年轻毫无着落的时候，一位接一位的"对象"走入她的身体又退出她的生活，最后生计所迫只好去"坐台"创收了。可她骨子里的倔强与头脑的精明并不甘于一辈子沦为男人的玩物，很快就成为一家娱乐城的大股东，也成为家乡父老特别是村干部眼里的成功人士。只不过灰色职业见不得光、婚姻的无情摧残再加上女儿兔唇所需的巨额医疗费用，像三座大山一样压在她的身上,让她喘不过气来,唯一让她颇为欣慰的时光就是回味、咀嚼初恋时曾翻滚过的那个草坪。当她拗不过村干部的苦苦相逼带着不怀好意的钱总回家乡投资时,"踏上这片红壤,她的内心早被那个她同小年轻翻滚过的荒坡占据了。抬眼四顾,她已经判断不出那个荒坡的确切位置。她的内心像塌陷了一角,冷风正呼啸着从缺口处刮进来。"果然,接下来投资没有着落,身体却被钱总白白占了便宜,经营的娱乐城在扫黄风暴之下瞬间被摧毁,可怜的宁小雪又得奔波在亡命天涯的路上……

《假唇》中的苏笑涵面对丈夫姚超的背叛,一直坚守着家庭完整的理念,曾一度想以氰化钾来结束自己的生命,让闺密们为她担惊受怕,但当她突破自己的底线与马文良好上了后,又遭遇了第二次背叛,正应了"红颜薄命"的古话,万念俱尽的她终于服毒自尽、香消玉殒;《无边的浪荡》里的兰秀,为了坚守与走北的那段感情,纵使走北"见花即谢",她依然不管不顾地要给走北传宗接代,为此不惜突破自己的底线,向半痴半呆的白薯借种;《空房子》里黄小倩一心一意想让情人来个"别墅藏娇",终身厮守,无奈落花有意,流水无情,最后只好与人合计,敲了情人一笔钱去做扶贫济困之事,也算是积善成德、终成正果了;《插花者》中的两个"她"最有意思了,自始至终都没有出现一个名字,只是两个"她"与一个"他"之间的情感纠结,整个故事情节围绕一个陌生来电展开,三角恋之间的坚守、争夺与突破却在读者面前栩栩如生,一览无余,作者这样强悍的细节掌控能力让我叹为观止;《温泉蛋》中的青子,是一个娱乐城出身的善良女孩,被商人张戈包养后成了他的商业间谍,负责去引诱艺术家气质浓厚的作坊主尹先生,最后青子被尹先生怀念发妻的真挚情感所打动,把张戈所需要的客户名单换成了她在娱乐城里的客户名单,青子坚守内心的良心道德之举,瞬间让读者刮目相看;《金坛》里的村妇侯景秀,为了寻找亡夫仇满志的骨殖,历尽千辛万苦,最终一无所获,无奈之下只好跟涂万年进城去过另一种新的生活;《弧裂》中的妹妹是一个不幸的人,早年一个人服侍瘫痪的父亲,面对赤身裸体的父亲,她终于突破了人性特有的羞涩禁区,后来自己瘫痪了,又得赤身裸体地面对哥哥与嫂子的服侍,这种内心的坚守与突破,完全靠强大的心理因素来克服,任何外人都没有办法去减轻主人公的内心压力;《红杨梅 青杨梅》中的元宝娘是个哑巴,早年丧夫,好不容易俘获了马帮带头大哥铁叔的心,偏偏儿子元宝与情人铁叔之间成了死对头,元宝处处想置铁叔于死地的偏见让元宝娘是纠结不已;《请保持沉默》中的向日葵姑娘,因为一心崇拜台球高手欧阳锋所向无敌的绝技,在身边一群小流氓纷纷对欧阳锋使坏的情况下,她毅然挺身而出,为欧阳锋打气鼓劲,成了欧阳锋的铁杆粉丝,最后惨遭欧阳锋球场上的敌手强暴而不知去向,令人唏嘘不已;全书压轴的《梨花继娘》是被《小说月报》转载过的一部中篇小说。主人公梨花不顾当地忌讳的"替小孩挡关煞"一说,几十年来,当了一百二十三位小孩的继娘,她的丈夫与儿子先后离她而去,只剩下孤零零一个人,好在有一个名叫谢脚男的干儿子,一直视她为亲娘尽孝。梨花继娘患癌后,一百二十三位干儿子都纷纷登门看望,有钱出钱,没钱出力,送梨花继娘住院治疗,去世之前,梨花继娘居然给每个干儿子都缝制了一双鞋垫,在知恩图报的氛围中结束了全书。

　　人生要懂得感恩,感恩不一定是感谢大恩大德,而是一种生活态度,是一种善良的人性美。感恩一切好的,给我们带来了幸福;感恩一切不好的,增强了我们追求幸福的能力。心存感恩心灵才会获得宁静和安详,心存感恩生活中才会少了许多怨气和烦恼。有感恩的心,才会有好的心态,才能发现更多的美好。中国是一个有着悠久历史的古老民族,男人的强悍与坚毅常常扮演着救世主的角色,在人世间张牙舞爪地坚挺着,尽管历经五四运动及新中国七十年的荡涤与洗礼,但男权思想仍然根深蒂固于某些人的内心深处。从这个角度出发,樊健军在十多年的时间里,塑造出一大批鲜活的女性文学形象,让女性骨子里的光芒与隐忍在平凡人生的生活细节里生动并茂盛着,与当年鲁迅抨击封建礼教"吃人"的本质并发出"救救孩子"的呐喊似乎有异曲同工之妙。

　　樊健军是一个有着悲天悯人情怀和丰富情感体验的男人,他的文字轻松诙谐、游刃有余,常常不经意间直击人性深处的多变与狡黠,卑微与坚强;他讲故事时弹性的叙述方式与摇曳多姿的细节纠缠能有机地融为一体。在他的笔下,女性的情感世界里充满了坚守与突破的莫名纠结,她们风姿绰约,她们婉转悲伤,既有真性真情的喜怒哀乐,亦有跌宕起伏的悲欢离合,给每个理想读者带来动荡不安而又兼具可靠品质的走心体验。

第一辑　文学是美丽的

漂泊或漫游，总在故乡的影子里
——读小说集《每天都是节日》

读丁伯刚的小说，有一种窘困的漂泊感浮上心头压迫着我，故乡的山水、故乡的人物、故乡的风俗、故乡的旧事、故乡的各种影像纷至沓来，仿佛自己又回到了"八山半水一分田，一分道路和庄园"的江南故乡，回到了"脸朝黄土背朝天，喂牛养猪弄菜园"的农耕岁月，那种土地里刨食、汗水里收获的日子虽然一去不复返了，但字里行间主人公心头袅袅升起的痛楚依旧刻骨铭心，使我蓦然想起泰戈尔的诗句来："哦 / 人世间这群 / 渺小的流浪者 / 把你们的足迹 / 印在我的诗文上吧！"

每个人都有属于自己的日子，过得好与过得不好本来就无可厚非，但若有人刻意地左右着你的未来走向，甚至于拿根隐形的绳索套在你的脖颈上，让你向东就不能往西，让你走南就不能闯北，那么就算是你的至亲至爱之人，你也会有奋起反抗的那一天，只是这一天来得迟还是早，那就得看彼此的运气了！家乡有一句老话：儿孙自有儿孙福，莫把儿孙当马牛。用现在的话来翻译，就是一个时代有一个时代的活法，一个时代有一个时代的责任，任何人都无力也无权去改写别人的人生！当然你也改变不了别人的人生，时代造就了你，但你改变不了时代，充其量只能去适应时代。适者生存的丛林法则永远都不会过时，只会越来越精致，越来越隐蔽，或者就藏在你看不见的某处静静地沉默着。

歌山县的有志青年艾朋，自小聪明伶俐，智力过人，因为父亲走得早，与母亲李华兰相依为命，曾在大庭广众之中替母亲找男人，给自己找爸爸，从小学到初中到高中，成绩一直遥遥领先，唯独在高考填报志愿时母亲不顾班主任劝阻，也不管艾朋自己的想法，一意孤行，替艾朋做主，结果艾朋以全班最好的成绩被录取在本省的一所普通学校。李华兰以爱之名的固执彻底改写了艾朋的人生走向，好在艾朋是一个有孝心的孩子，并没有责怪母亲的好心办坏事，反倒安慰母亲，说有两个同学，一个考取名牌大学，一个只读专科学校，毕业后，读专科的南下创业，成了身价数亿的大老板，名牌大学毕业的同学只能在他手下打工生活……然而理想是丰满的，现实却很骨感。大学毕业工作后的艾朋并不安心，一心想成为人上人，只身南下，有过做白领拿高薪酬的陶醉，也有过创业开公司继而倒闭的艰辛，还有异地考公务员笔试遥遥领先面试却遭淘汰的苦闷。

尽管小小年纪就曾几起几落，艾朋始终瞒着母亲李华兰，不想让沧桑苦难半辈子的母亲继续为自己担惊受怕，这种自小长在骨子里的孝心没有助力艾朋在遍地黄金的经济特区展翅高飞，却让艾朋活成了一个装在套子里的人，他拒绝母亲前来探望，甚至拒绝母亲的任何关心与照顾，在自己的世界里不停地吹爆理想的肥皂泡，外人甚至母亲都无法看清楚他内心世界的痛楚与真实想法，就好像他回歌山备考公务员意外出车祸后的病情，时隐时现，貌似平静安好却会随时发作，事先一点迹象都没有，就算大医院专业正规的医生都看不明白，以致李华兰听信专家建议，要把他送入精神病医院去治疗。

漫漫红尘里，璀璨灯火间，谁是谁的牵挂？谁又是谁的希望？

一条名叫"王军"的流浪狗为读者诠释了一幅人间百态图："我"想跟人类一样平起平坐，处处与人类为友，把他们每一个人都当作自己的依靠，当作自己的亲人，真诚地希望每个人幸福如意，家家和睦美满，我希望小巷中永远热热闹闹。这一刻我感到自己如此富足、踏实，巷中所有的人都属于我，我也属于巷中所有的人。

我怕别人讨嫌我，怕别人私下对我怀有不好的看法。任何人只要略略显示不满的神色,皱皱眉,低低眼,抿抿嘴唇,我也能不差分厘地感觉出来。我从不敢与任何人发生矛盾,不敢违逆任何人的意愿。我无法在任何带有一丝半点敌意的环境中生存。如此种种,注定了我在生活中唯一所能采取的方式,便是那种小心翼翼、唯唯诺诺、乖巧内向的方式,为人上,处世上,方方面面莫不如此。

世人都说狗胆包天,可王军的胆子比谁都小,为了能够在小院子里生存下去,处处博取人类的欢心:比如,给残疾人雷头送碗筷到厨房,把衣服送到雷头身边帮他披上,被旁人夸赞比雷军的媳妇还要细致周到;比如,在小巷子里路遇推不动板车的酱张,用尽吃奶的力气帮酱张推板车,没有推动还招来酱张一顿"白长一身肥膘"的善意嘲笑;比如,与孤寡老人王老子不离不弃,每天帮王老子翻晒收来的各种废品,小院拆迁后,陪在王老子身边到几十里地外的湖边搭棚度日,当王老子心情不好时,还要默默坐在一边陪他做事,让他骂,让他恨,让他厌,让他冷落,以自己的温顺来缓解他心头之气……帮天红看家、帮黄连搬凳子劝和夫妻吵架、帮小院住户招呼小孩、赶老鼠、丢垃圾、爬门爬窗进房拿主人忘了带出的钥匙,想方设法给人逗乐,诸如此类。别人让干什么他就干什么,甚至别人没让他干什么他也知道需要干什么!特别是当王老子孤身一人深更半夜患病时,王军单枪匹狗地几十里跑回城里小巷子搬救兵的经历,更是让人们赞不绝口。

为狗处世,能做到王军这个地步,已经是很难得了,可王军依旧被一个叫"开先"的人毒打过,被王老子痛骂过,骂他嫌贫爱富,骂他有奶便是娘!王军平时挂在嘴边的一句人话就是一个人要知好歹,一个人不能太过分。尽管他是狗不是人,但读完小说后,我以为现在许多人的所作所为都不如王军那狗子来得干脆痛快。

狗不如人,我以为只是狗不能开口说话罢了,如果狗能张嘴说话,以他的聪明护主、忠心耿耿、勤劳吃苦、爱心满满,一定会比社会上的许多人混得更好;人不如狗,表面上或许说的是穷人不如富人家的一条狗那么受宠,看看当下各种宠物店的生意兴隆就可见一斑,倘若更深层次地探寻,我以为,人性深处的许多阴暗、邪恶确实不如狗生里的为狗处世啊!

《每天都是节日》是小说家丁伯刚的一部中篇小说集。全书共收入六部中篇小说,讲述小说主人公"我"在歌山县城工作的日子里跟故乡墩头铺之间剪不断理还乱的关系:比如,学生时代品学兼优的艾朋因为单身母亲强势更改高考志愿而走上了另一条坎坷的人生路,辞职、失业、创业、失败、遭遇车祸、反复治病,最后完美错过公务员考试的悲欣交集;比如,母亲老家的亲戚"大头"千里投奔,貌似老实巴交的背后却一肚子坏水,采取哄骗欺瞒的手段勾引师父家的大姑娘,搞大人家的肚子却残忍地不告而别,给"我"的父母留下一副不好收拾的烂摊子……正应了某电视剧中那句"故事里的事,说是就是不是也是;故事里的事,说不是就不是是也不是"的精彩台词,原来姹紫嫣红开遍,似这般都付与断井颓垣,故乡的人事变迁,在作家笔下令人感慨万千!

桃李春风一杯酒,江湖夜雨十年灯。丁伯刚笔下的主人公似乎都有一颗漂泊不定的灵魂,他们在红尘里泅渡却不显麻木,在世俗里折腾颇具精神:比如,上门养子张建生为报收留之恩,对寄爷寄娘言听计从,在上门过继的日子里忍辱负重、任劳任怨,吃的猪狗食,干着牛马活,一边对继爷继娘竭力讨好逢迎,一边又想改写寄爷寄娘的落后观念,无奈"吾辈一心向明月,明月偏偏照沟渠",最后为了自己的尊严不容侵犯,反戈一击临阵逃婚,脱离寄爷寄娘强加给自己的生活,置寄爷寄娘于万劫不复之境。比如,半辈子含辛茹苦从不为外界诱惑的水果小贩兴建,最后因索回施舍出去的十元钱眨眼之间竟成了抢劫犯,人生的多变莫测令人细思极恐……小说文字貌似坚硬朴实,实则暗藏善良忠贞,在娓娓道来里令读者心悦诚服地走入他构建的文字网罗,欲罢不能,欲说还休:比如,因为一场夫妻吵架,老婆淑珍从此外出杳无音信,一个人又当爹又当妈的南京在家中苦苦煎熬,只因老婆一句要回来的话,在夜色降临之后踏遍了坟墓突兀的桑乌塘,虚构了一场"等待戈多"式的爱情游戏。总之,全书六部中篇小说,风格各异又有共同指向,在字里行间构建异乡人眼里的故乡与旧事,故乡人眼里的漂泊与漫游。

读丁伯刚的小说,透过纸页上的家园,恍如江南乡村的各种背影正在眼前闪现:他们或许正勤奋劳作着,或许又在恣睢放纵着;他们努力地拼搏,他们从不懈怠,在自己的一亩三分地里耕耘着平淡无奇的日子;他们从不介意自己对生活的付出与奉献,他们总寄希望于自己的每一个日子都是节日;他们的灵魂与肉体,不是走在漂泊与漫游的路上,就是走在回望故乡的影子里。

玫瑰庄园里的爱情游戏

——读小说集《玫瑰庄园的七个夜晚》

小时候不知道玫瑰是一种花，听说这个名字的时候我已步入中学校园，在学校操场上的小花坛里有一种花叫玫瑰，红彤彤的，开起来就像班上漂亮女生的脸一样，有一种说不出的美艳迷人，但我依旧不知道玫瑰是一种与爱情有关的花，直到大学期间阅读各种文学作品时才懂得这个道理，毕竟小时候读绣像本的四大名著是不需要玫瑰介入的。

因此我常常怀疑，"玫瑰"这种花在字里行间与爱情"勾肩搭背手牵手"是不是自西方始？我一直以为玫瑰就红色一个品种，到北京后才眼界大开，原来玫瑰是可以五颜六色的，就像爱情，一千个人中间就会有一千种不同的爱情，花样各个不同，但在"男欢女悦"这一点上是万变不离其宗的：二〇二一年的某一天，一部名叫《玫瑰庄园的七个夜晚》(以下简称《玫瑰庄园》)的小说集摆上了我的案头，第一眼我就在心里嘀咕，玫瑰庄园一定是个与爱情有关的高档小区。

只可惜玫瑰庄园五十三号别墅女主人"米妖"虽是风姿绰约的模特冠军出身，可她的爱情却是"偷"来的，是见不得光的，她把白马王子"烧饼"当初恋，"烧饼"却给她当教练，因一块名表的丢失对"米妖"破口大骂并扬长而去；这块名表当然是从狗洞爬进小区从窗户翻入五十三号别墅寻找吃食的马松偷的，这个远离家乡进城打工的民工有一颗不甘落后的心,他常常把梦想当成现实,把现实看成梦想,他藏在"米妖"的别墅里把冰箱里能吃的东西吃光了,顺手牵羊把正在卧室与女主人缠绵的"烧饼"放在茶几上的名表拿走,成功地拆散了一对貌合神离的假鸳鸯,最后却把名表藏在了米妖的口袋里:他是善良的,却是翻窗入户的不速之客;他是懒惰的,给别墅主人翻土种植花草却不亦乐乎;他是现实的,却坐在米妖的电脑前跟"米妖"成了QQ好友并爱上了她;他是荒诞的,他忘了自身的危险安全离开小区后再度从狗洞钻入,目的只是担心钟点工小保姆偷走"米妖"口袋里的名表……最终他被警察押走了,终结了一场发生在玫瑰庄园里魔幻而又有趣的爱情游戏。

《玫瑰庄园》文字精美,故事细节一波三折,感人至深的爱情在小说集里占了大量的篇幅,作家对爱情的表达是真诚的、充分的,也是全方位的。比如,《姨妈的故事》里的姨妈,从战争年代走来与姨夫就格格不入,闹了一辈子离婚,等到最后离婚了才体会到原来两个人是有真感情的,平添满腹惆怅;比如,《五月飞蛾》里二妹的胆大泼辣、敢爱敢恨,橘子的胆小柔弱,侯喜会的多变与薄情,三个人之间的情感追逐成了一场遥远的等候与寻找;《玻璃汤》里的何雅丽,因为爱错帅哥嫁错人,十年时间由一个单纯活泼的小姑娘变成了一个歇斯底里手挥钢管猛砸小三的女人;《歌棒》里的沙鲁与芳罗,一个是嗓音超绝的乡村歌手,一个是京城俏丽大方的节目主持人,因为不同的人生价值观导致芳罗千里迢迢的追寻劳而无功,就算有一夜欢娱依然无法撼动沙鲁的乡土观念……全书既有时尚的浪漫爱情,也有传统的刻骨铭心;既有都市阶层的风花雪月,又有打工一族的忙碌奔波;既有军人的威猛与霸气,更不缺山村的粗犷与厚道。

真爱可以刻骨铭心至死不渝,却无法抗衡自私阴暗的人之恶。比如,《最后一个土司》里土司的威严、热心、执着,外乡人李安的自私、粗暴、野蛮,哑女伍娘的美丽、善良、忠贞,两男一女之间展开了一场爱情的争夺战:逃避兵役的外乡人李安潜到龙船河的第一时间,就因偷吃龙船河祭祖仪式的贡品而被当地土司覃尧下令断一手以求神灵保佑。土司是开明的、富有同情心的,土司也是严守祖训的,他有着与众不同的决断,他同意手艺人李安"保住手臂可以谋生"的乞求改断其臂为断其脚,同时又派出村里最漂亮的哑女伍娘贴身照顾李安断脚之后的生活起居。只是精明的土司没有想到伍娘居然会爱上李安并要与之成婚,更没有想到的是自己拥有伍娘初夜之后竟然爱上了这个平时不起眼的孤儿哑女,当然他万万没有想到的是哑女初夜居然怀上了自己的亲生骨肉……他亲自为哑女搭建的婚房被李安一把火给烧了,面对李安的各种挑衅他忍辱负重处处退让,但都无法打动怀恨在心的李安。潜藏在心中的恶念让李安成了一头暴怒的野兽:他将钟爱自己的善良哑女当作报复土司的工具,用伍娘褪褓里的婴儿作为生死赌注,让平时高高在上一呼百应的土司低三下四,最后咬断舌头成为哑巴。可怜的伍娘一生凄苦,被裹挟在爱她的男人和她爱的男人之间生不如死,最后在祭祖舞疯狂的旋转中戛然而止,香消玉殒。

　　人生其实就像打一副牌,出错一张满盘皆输。《关口》中的"父亲"是一位胆大心细、战功卓著的指战员,他敢孤身一人独闯野三关悍匪向金川的窝巢而面不改色,却不敢面对当地漂亮女青年青秀炽热的爱恋与追求。他不屑张区长那样工作简单粗暴、生活喜新厌旧,最后张区长摇身一变,带着小夫人青秀走马上任县长去了,而父亲却没有因为击毙匪首向金川而荣升上调,依然留在闭塞落后的野三关接任区长,就像小说写的那样,"父亲翻山越岭走来,用他那粗大的双手捧了一把水喝在嘴里,又甜又咸,甜的是水,咸的是他落下的不轻弹的男儿泪啊"。青秀的父亲谭驼子本是一个忠厚老实之人,但他身上却有"一根筋"的执拗劲,凡事急躁冲动不顾后果,他就是因为当面顶撞匪首向金川被生生割掉了一只耳朵,可他依旧鲁莽行动,不听别人劝阻。他一方面恨透了匪首向金川,另一方面又对乡绅沈昌舜感恩戴德,念念不忘,当他夜色之中遇见遭人强暴的九姨太立马救回家中治疗,可当他无意中撞见越狱潜逃的向金川出现在沈昌舜家里,就一根筋地认定沈是窝藏匪首之人。在恩人与仇敌之间,他没有仔细辨别,毅然决然地选择了举报恩人,最后导致沈昌舜被张区长无辜冤杀,而他自己也因救沈家九太太落得个身首异处的悲惨结局。

　　《玫瑰山庄》是作家最新的一部中短篇小说集。该书题材主要聚焦三峡地区的历史变迁及当地独特的民族风俗习惯,其丰富多彩的生活方式、带有地方特色印记的婚姻方式以及向往都市生活的思想蜕变过程都让读者感慨良多。作家以女性细腻的情感笔触切入当地底层小人物的日常生活,书写他们在现实生活中的各种努力,各种追求:亲情、友情、爱情,热烈而不失坎坷;工作、家庭、事业,奔波而不失困顿。字里行间不乏爱恨情仇,但隐藏在内心深处的善良、勤劳、勇敢,始终是积极向上不可或缺的人生美德,读来令人感动至深,久久难忘。

　　小说创作是一门讲究虚构的技术,生活则是包罗万象的真实世界,一般意义上的作家只在小说里讲故事,而高明的小说家往往能在文字里虚构出生活的真实场景。二〇二三年七月四日,一条"男子骑共享单车从海口到三亚,翻进空置别墅住十几天,喝光六瓶茅台"的爆炸性新闻登上了各大网络平台,我第一时间的反应就是"玫瑰庄园的十几个夜晚"粉墨登场了,新闻报道里说"该别墅房主聘请的私人家政到该别墅打扫卫生时才发现朱某龙,遂报警"。而《玫瑰庄园》里的不速之客同样是被前来打扫卫生的小保姆发现的,结尾同样被警察押走了。这种小说虚构细节与生活真实高度一致的神奇现象,再次证明了真正的小说家是可以洞察生活幽微的,是可以预言人生走向的,作家叶梅无疑就是这种小说家中的一分子。

木棉花开英雄来

——读小说集《木棉花开》

如果我问：你见过军人吗？朋友肯定说，见得太多太多；你见过上过战场的军人么？有人肯定说，见得太少，几乎没有；你见过战场上下来以笔作枪继续拼杀的军人么？有人一定会惊奇地说，你在胡吹吧？这样的军人作家真的太少太少啊！

不，我没胡吹乱侃，我就碰到了，他，就是军人作家杨勤良！

作家是军人出身，上过战场，是一位经过枪林弹雨洗礼的真正男儿，退役后的他又以笔作枪，在文字的疆场上纵横决荡，收获颇丰：参加中央军委政治工作部组织编写的《中国人民解放军高级将领传》系列丛书写作，先后出版长篇传记文学《铁血战士谭友林》（与人合著）、《罗霄山之子——记幸元林将军》《一代骁将曾保堂》《放羊娃的足迹——记老红军王鸿荣》《军人本色——曲国元的一生》。最新出版面世的《木棉花开》是一部小小说集，作品跨度长达四十年。其间，时代潮流几经周折，人生的价值观念与信仰都有了翻天覆地的改变，社会上甚至出现了许多令人扼腕痛惜的不良现象，但杨勤良的文字始终不变，一直奉行"颂扬真善美，鞭挞假丑恶"的创作原则，实在是难能可贵。

一、歌颂英雄，向往英雄，尤其是日常生活中坚持传播正能量的军营子弟兵，是杨勤良笔下的一大亮点。

从《将军山情》开篇,《落弹区》《不锈钢战马》《新兵老周》《大校的三轮车》《工程兵柳志刚》《三代守陵人》的主人公都是军人形象,虽然他们没有流血牺牲,没有立下赫赫战功,但他们或意志坚定、扎根军营,或一心为民、听党指挥,或坚守岗位、为烈士守护陵园,个个铮铮铁骨,意志坚定,在经济大潮的冲击下依然保持人民子弟兵的英雄本色,不变修,不变质,为祖国为人民甘愿奉献出自己的大好青春和一腔热血,让读者从心灵深处激起强烈的共鸣:撼山易,撼子弟兵难。战无不胜,攻无不克,一切听从党的指挥,是他们一生不变的理想与信念;召之即来、来之能战、战之则胜,是他们心中时刻敲响的警钟。

二、立足现实生活,辐射平民阶层,歌颂真善美,鞭挞假丑恶。是《木棉花开》的又一大特色。

《老金的翡翠麻将》《门卫张叔》《万和平的初恋》《周木匠》等篇目,主人公全是社会上的小人物,地位不高,名气不大,但每个人都有一颗金子般的心,在名利面前不动摇,不迷惑,始终坚守灵魂的纯洁与高雅:老金的家传麻将,几番风雨几度春秋,历尽波折却价值连城,最后的归属没有商人眼中的待价而沽,没有不法分子的走私拍卖,亦没有藏之深山或传之后人,而是出众人意料无偿捐献给了国家文物部门;门卫张叔,地位低下得近于卑微,可人格高尚,坚守岗位,严格把关,最后感动了单位所有的领导和同事,毫无悬念地留下来;万和平的初恋其实是遭朋友算计而无奈将美女拱手送人,多年以后明白真相的他并没有气冲牛斗,更不像某些风流作家笔下的冲冠一怒为红颜拔刀相向的野蛮,也没有乘人之危落井下石而发泄私怨,只在酒桌上与初恋情人、情敌相逢一笑泯恩仇,释放心底埋压多年的情结;周木匠,一名农村最底层的木工艺人,急需改善家中生活条件,可他却一口拒绝偷工减料、以次充好的红木家具商兼得意门生的高薪聘请,带着小徒弟一心一意去城里红木家具市场打假,用自己高超的技能为客户辨认真假、传道解惑,真不愧为鲁班祖师爷的好传人。

三、来源生活,高于生活。淳朴民风,教化于人。同样在《木棉花开》一书里得到了淋漓尽致的表达与书写。

《老杨的祖训》《传奇的爱情故事》《到我家来"过夜"》《在董事长家过年》等篇章,主人公谈古说今,时间空间跨度上下数百年,纵横几万里,但主人公的美好情操和高风亮节却代代相承,丝毫没有被弱化与商品化,一言一行,一点一滴,处处散发出耀眼的人性光芒:老杨的祖训就是历史上那个"天知、地知、你知、我知、鬼神知"的拒腐典故,去年还被中纪委当作党员家风教材向全党通报学习;传奇的爱情讲的则是一对同年同月同日生的有情人终成眷属的故事,主人公相隔何止千里,但一经结合便不离不弃,甘苦与共,白头偕老,与如今小说家笔下情欲纵横泛滥、朝三暮四,把离婚当乐趣的所谓爱情相比,真是有天壤之别;到我家"过夜",估计在某些人眼里一看题目就会意淫难忍。其实"过夜"只是赣西北乡村淳朴民风之一斑:即热情邀请过路客人去家里吃晚饭,也叫"消夜"。这样的字眼,在某些作家笔下完全可以衍生出若干个淫荡而又吸人眼球的故事来,但在杨勤良笔下娓娓道来,那种乡村情感呼之欲出,令人想起六七十年代时那种夜不闭户、道不拾遗的淳朴风气,脸朝黄土背朝天的农村,或许因为接地气、养正气而成为我们子子孙孙眼中向往不已的世外桃源;董事长,这个称呼明眼人一看就知道非富即贵,或者官二代,或者富几代,再不济也是老谋深算或巧取豪夺的代名词。但杨勤良笔下的董事长不是这个样子,每逢过年时节,她都会把手下天南海北不愿或不能回家的普通工人约到家里包饺子,热闹过大年,一起聚餐,一起K歌,与当今社会上年终拖欠农民工工资的老板富豪或把讨薪工人打断腿的人大代表(见2016年相关新闻)相比,其人格品行之高下正是天上人间,相去何止是千里万里?

没有惊天动地的大题材,没有惊心动魄的精彩故事,有的只是渔樵闲话,娓娓道来;有的只是平凡人说平凡事,和风细雨,不胡编滥造,添油加醋。看似平淡无奇,实则下接地气,上传正气,在平和简洁的文字里暗藏乾坤,让人读后不禁恍然大悟。与其说《木棉花开》是一部小说集,还不如说是新时期四十年来祖国变迁的一部发展史。书中许多篇章年代不同,但绝对是社会前行的真实记录,读后总让人回味无穷,浮想联翩,正所谓"文运同国运相牵,文脉同国脉相连"。从这个角度来解读,《木棉花开》的出版面世正是生逢其时,与那些低俗、庸俗、恶俗的文学作品形成鲜明的对照,无疑有着重要的历史价值和收藏价值。

当然,作家几十年来一直在报告文学领域里耕耘拓展,跨界小说只是牛刀初试,某些创作技巧性的地方尚存不足,在所难免。但丝毫不会影响全书的整体质量,在人性内心深处的低调叙述,在社会公众场合真善美的张扬铺垫,无疑是一种成功的尝试。

柔情似水 佳期如梦
——我眼中的《云间柳如是》

一代远去的红粉佳人、旷世才女,或许会时时勾起文人墨客胸中那一抹如醉如痴的仰慕之情;一枚风华绝代、色艺俱佳的江南名妓,或许能够在男人的生命之河源远流长,流光溢彩。柳如是,一位介于才女与名妓之间的奇女子,在明末清初的历史文化长河中,总是沉浮起伏,亦真亦幻:其光鲜夺目的花容月貌常常令人一赞三叹,其大胆开放的行为举止又让人褒贬不一,其出口成章的敏捷才思更是让多少风流才俊拜倒在她的石榴裙下。

《云间柳如是》所讲述的是柳如是在江南名城——云间的一个生活片段,时间不长,只有三年光阴,其间,作品又插叙了她在归家院的年幼岁月。相对一个人的前世今生来说,三年时光确实是弹指一挥间!可偏偏柳如是落脚的这两个地方实在吸人眼球:前者是各式嫖客云集、寻欢作乐、放浪形骸的脂粉之地;后者则为文人荟萃、辞章风流、教化醇厚的文明之府。淡扫蛾眉、目含秋波的柳如是乘坐她那个性十足的"雪篷浮居"往返优游于两地之间,在云间才子们所营造的诗词歌赋中挥洒自如、左右逢迎。正如作者在后记中所说的,柳如是不是一个风尘女子,而是一个具有独立人格、为了爱敢于大胆追求的奇女子。这一主题的确立,就注定了柳如是要在时人号称"天下文章出松江"的这块土地上演绎一幕悲欢离合的爱情悲剧。

因为前去参拜云间文坛宗师陈继儒的七十五大寿宴会，以杨爱之名初度现身云间的柳如是在众多前来拜寿的博学鸿儒面前分外夺目：秀外慧中，才比班蔡，填词作诗，字字珠玑。无论是轻歌曼舞，还是谈吐对答，都让众人眼前一亮。正是：一举一动足以顾盼生辉，一言一行自然勾魂摄魄。怪不得已届七十五岁高龄的陈继儒老先生会在宾客散去之后诗兴大发，写下了令后人颇为玩味的《赠杨姬》一诗，诗云："少妇颜如花，妒心无乃竞。忽对镜中人，扑碎妆台镜。"三百年之后的国学大师陈寅恪在双目失明的情况下倾十年之功，写下洋洋八十万字的《柳如是别传》，认为她不仅是旷世才女，而且具有"民族独立之精神，自由之思想"。陈寅恪的《柳如是别传》，可谓"扫荡三百年来诬蔑毁谤栽赃不实之词，流俗恩怨荣辱猥琐龌龊之说，拨乌云以见青天"。

外表柔情似水的柳如是其实骨子里面是一位敢爱敢恨的女中丈夫，只要是她看上的意中人，就算他有了家室也要大胆地去接近了解，这样的胆量与识见在当时那种"男女授受不亲，无媒不成婚配"的封建社会里，确有惊世骇俗的一面。事实上，尽管她聪慧无比、才貌绝伦，可她在松江优游、追寻真爱的情感之路走得并不舒坦如意。譬如，她仰慕云间名士、几社创办者之一陈子龙的为人与才学，首次拜访陈府时却被子龙夫人张孺人冷嘲热讽加以回绝。虽然她并不因此而气馁，专程赴陈子龙研习学问的地方——南园登门求见。不料，陈性严厉，且视其名帖自称女弟，意滋不悦，竟不之答，柳不见回复，就气愤地找上门去，詈陈曰："风尘中不辨物色，何足为天下名士？"恰似平地一声惊雷，落地铿锵有声，一个敢爱敢恨的女汉子形象跃然纸上。

或许是优游交友当面遭拒的难堪激起了内心的孤独寂寞，或许是陈子龙夫妇的冷漠无视对这个渴求知己、孤傲清高的才女打击太过沉重，柳如是失望之余只能退而求其次，无奈之下只好接纳了狂热追求她的云间才子宋徵舆并很快坠入情网。就在她整日沉浸于郎多情妾有意的思念当中，平时能说会道、敢在寒冷冬天跳入白龙潭水里等候美人怜惜的宋徵舆，却不敢面对自己母亲的雷霆震怒和严厉呵斥，和盘托出与柳如是之间往来并招来松江府衙颁发驱逐令的严重后果。宋徵舆如此猥琐胆怯、窝囊透顶的自私个性令情感上一向率直倔强的柳如是伤心透顶,怒从脚底生,挥剑斩情丝,断然与他决裂。痛定思痛,柳如是终于从所托非人的失落中清醒过来,不顾张孺人等世俗偏见的坚决反对,再一次燃起了求爱的火花,终于与在危难之时为她仗义挺身而出的心中偶像陈子龙极尽鱼水之欢、诗文歌赋酬唱于南楼一隅,一段流传后世的才子佳人姻缘终于水到渠成。

纵观柳如是一生,才情旷古今,胆识过须眉,但自古红颜多薄命,天生丽质的柳如是亦毫不例外:与松江世家子弟宋徵舆的一段感情刚刚开始就遭到了宋老夫人的横蛮干涉,若不是陈子龙等人出面相助,恐怕她连在松江立足的可能都会化为泡影,又何来优游自在、结交士林的悠闲生活?本来和陈子龙同居南楼应该算是她寄寓松江期间最为美好幸福的日子,整日耳鬓厮磨,或诗文唱和,或外出悠游,可谓乐不思蜀!无奈,这段感情同样也遇到了从不间断的各种阻力。先是张孺人的旁敲侧击,积极布防;后是宋徵舆的离间干扰,死缠烂打;最后来自张孺人家族的强烈打压和陈子龙祖母的退让妥协,使得一向强硬自信的名士陈子龙也不得不望而却步,低下了那颗不肯认输的高傲头颅,一段美好而又短暂的"云间之恋"终于画上了休止符。正所谓:缘来则聚,缘尽则散,聚散如天上浮云,缥缈似水中明月。

人因爱恋而聚散分离,心因天各一方而朝思暮想;当来自外界的野蛮力量大于人性的心心相印之时,人类无计可施,深陷恋无所恋、家不成家之绝境;当人性的执着坚强不屈感天动地之时,神仙亦会为之退却,人类则重享恩爱如初。正所谓:一袭微雨,荡尽心中尘埃,一缕清风,吹化千年古崖,如此,心在此岸已无岸,人在天涯已无涯。柳如是的情爱一度属于云间。她纯真的情爱使人性得到升华,为文化底蕴深厚的松江创造出了一种别样的美丽。也许这就是作者数年如一日致力创作此部作品的初衷吧!

柳如是真不愧为明末清初秦淮河畔如云佳丽中的一朵奇葩。天生丽质,一遇周道登,再爱宋徵舆,三适陈子龙……敢爱敢恨,视封建礼法如无物；豪迈不让须眉，才华横溢，在后来的秦淮名妓中堪称第一。诗文雄健浑达，神奇妙旷，脱尽红粉闺气，风尘之中气节铮铮，足以令无数须眉汗颜，如出污泥之白莲，为世间留下不尽清芳。《云间柳如是》不仅为我们再现了一段凄婉动人的爱情故事，塑造出一位柔情似水、佳期如梦，为爱而生、为爱而终的秦淮绝世才女形象，而且还为我们还原了一幕古代文人墨客借诗词传情、以歌赋寄意的高雅场景，书中大量的诗词酬唱多为作者原创，正所谓"舞低杨柳楼心月，歌尽桃花扇底风"。能够把这种文人士大夫眉来眼去、春心荡漾于诗词歌赋之中的独特文化现象信手拈来，毫无生硬晦涩之感，恐怕除了说明作者深厚的古典文学功底以外，也是本书不同于众多言情小说的亮点之一吧！

　　一卷在手，细细把玩，深味其中。在眼下这个视男女之间情感低俗、庸俗、恶俗的商品经济时代，《云间柳如是》的悄然出现，无疑是当今文坛上一道亮丽别致的风景？

深深的眷恋　浓浓的情歌
——读长篇小说《眷恋》

　　一个偶然的机会,经人民大学教授余飘先生的介绍,在鲁迅文学院创作辅导室原主任、丁玲研究专家杨桂欣先生的家里见到了张靖宇先生。张先生是抗美援朝战争中"上甘岭战役"中的一位作战参谋,年轻英俊的他一俟战争结束回国后即响应中央军委号召到大东北参加另一场看不见硝烟的战争——开发"北大荒"。从此,他把自己一生的青春、理想、信念完完全全地贡献给了这项伟大的事业,把"北大荒"变成了祖国的北大仓。张先生退休后没有像时下有的老干部那样整日打麻将扑克,而是静下心来把一生之中的坎坷曲折诉诸文字,经过六年的精心打磨,年已七旬的他终于捧出了处女作——长篇小说《眷恋》。书中的人物和故事几乎就是他和战友们亲身经历的真实写照,读来不禁令人一赞三叹,掩卷久久沉思!

　　《眷恋》最大的特点是作者以自己和战友们的亲身经历为原型塑造了一大批英雄的人民子弟兵形象。当然,准确地说主人公是人民子弟兵这个称谓还不是很确切的,因为他们这个群体的身份在当时实在是有点特殊:说他们是子弟兵,但他们又不扛枪行军打仗,甚至于军装也脱下了;说他们是农垦工,但他们都是刚刚从上甘岭走下来的年轻军官,各式兵种都有,按部队建制一起工作生活。身份的特殊决定了他们所处地位的尴尬无比,肩负着繁重无比的拓荒任务,丝毫不比上战场拼杀来得轻松自在,但能够享受的待遇却远远没有部队那样优渥。这就注定了这个群体必须是一群能够吃苦在前、享受在后的荒漠开拓者——拓荒牛的形象。从这个角度来说,《眷恋》为当代文学史人物长廊中增添了不少新的光辉形象。

笔者对东北自然环境的了解极为有限,倘若要说对东北有一些了解的话,那就要追溯到小时候阅读曲波先生的《林海雪原》,从书中知道了那冰天雪地、崇山峻岭、林海茫茫、虎豹熊黑出没无常的北国风光,也看到了那些战斗英雄穿林海、斗凶匪的悲壮场景。然而事隔二十多年后的今天,在商品大潮席卷神州大地一切向钱看的日子里,在这个繁花似锦、灯红酒绿的国际大都市里,我又从张靖宇先生的《眷恋》中看到了另外一种气吞万里如虎、敢教日月换新天的英雄气概,重温了英雄的人民子弟兵纵使脱下军装后依然敢于抛头颅、洒热血的浩然正气!我的灵魂深深地被震撼着:陆啸虎、杨帆、梁大雷、方拓、赵铁、二保等等,一个个平凡而又可歌可泣的军人形象在我的脑海里不断地翻滚奔腾,虽然他们随着朝鲜战争的结束头上不再有"最可爱的人"的耀眼光环,甚至也不再是手握钢枪保家卫国的普通战士,而是从年轻军官一撸到底直接到冰天雪地的北大荒做一个不拿钢枪拿镢头的农垦工人。有的因此被女朋友婉拒而分道扬镳,有的与父母兄弟天各一方、生离死别,有的从此血洒农场、长眠在黑土地上。且不说他们在短短十五天之内就能义无反顾地奔赴军委指定的一个没有硝烟的战场思想上要付出多大的痛苦选择,也不说平常在战场上英勇杀敌被举国上下称赞为"最可爱的人"的无上荣光从此不再,单是北大荒上不能遮风挡雨的小马架、零下三四十摄氏度的大烟泡、冰冷刺骨的地窨子、凶残嗜血出没无常的野狼、踏上去就别想活着出来的睡莲泡,这些远比战场更为残酷恶劣的自然环境从肉体到灵魂都在肆虐地摧残着"最可爱的人"。就会令我们这些生在和平里、长在红旗下的一代人胆战心惊、咋舌不已!尤其是改革开放以来,人民的生活水平愈来愈高,许多人早已忘却了老一辈无产阶级革命家和人民子弟兵当年抛头颅洒热血打江山的艰苦卓绝,有的饱食终日、目光短浅,过着碌碌无为的日子;有的狂嫖滥赌、坑蒙拐骗,干着损人利己的无耻勾当;有的谋财害命、劫杀良民,为满足自己极端膨胀的私欲不惜出卖国家和民族利益,危及别人的生命财产安全,走上与人民为敌的罪恶道路,堕落为人民的敌人。对这些人生目标含混不清的群体来说,如果能够静下心来读一读《眷恋》这朵作者用无数心血浇灌出来的艺术之花,无疑是一剂灵丹妙药,让他们清醒地明白什么样的生活才是真正的生活,什么样的人生才是真正值得我们眷恋的人生!从这个角度来说,"眷恋"二字所包含的就不仅仅是作者对当年精神和物质方面的简单回顾啊!

  作为身处国际化大都市的现代人来说,"爱情"这两个神圣而贞洁的文字早已物化成为情欲的代名词,仅仅看灯红酒绿、莺歌燕舞是不能够说明什么的,看一看满街的娱乐场所就可以想象真正的爱情离我们已经有多远了!可是当我看到《眷恋》中主人公高尚而纯真的爱情时,热泪真的是夺眶而出!出身于老红军家庭的漂亮姑娘陈南,本来完全可以找一个门当户对的如意郎君,在大都市里过上一辈子无忧无虑的人上人的美好生活。可是这位别人眼中的天之骄子,竟然抛下人人羡慕的大学生活,辍学到千里之外的北大荒来,与当年通信时所崇拜的"最可爱的人"而今北大荒普通农工方拓喜结良缘,原因就是"我觉得这里是建设时期的'上甘岭',我不能再一次失去参战的机会,我也不能没有方拓,我才把藏在心里的信邮了出去。我告别了父母,告别了新疆,到北大荒来了……"毕竟是素未谋面,虽然通信多年有些个人方面的事情以前根本就没有提起过,坦诚的方拓面对从天而降的漂亮姑娘没有隐瞒自己出身不好的事实,希望陈南慎重选择,这与现在有些挖空心思利用婚姻骗色骗财的无耻之徒真是有着天壤之别呀!而陈南的回答尤其令人感动:"胆小鬼!我妈妈就是地主家庭出身,照样参加抗日,照样参加革命,照样参加共产党,照样同老红军结婚。出身不能选择,道路是可以选择的。这算什么呀,党有政策,你不也是共产党员吗?"这样肝胆相照、视钱财如粪土的爱情观在眼下这个时代里真是千金难买、万金难求啊!

也许有人会说,那个时代人们的爱情单调、乏味,不懂得享受,缺乏浪漫。现在不同了,生活条件提高了,怎么样去享受都不为过! 其实这种观点是十分错误的。我以为正是那个时代的爱情才称得上是真正的爱情! 年轻的青年军官杨帆与战士白云在血火纷飞的战场上结下了深厚的友谊,随着时间的推移慢慢变成了刻骨铭心的爱情,可是历史偏偏和他们开了一个天大的玩笑,仅仅是因为一个无赖从中作梗的缘故,聪明活泼的白云竟然莫名其妙地被打成了"右派"分子,从生活中的天堂里跌入了人间地狱,为了不影响杨帆光明而远大的前程,善良的白云竟然不辞而别地一躲三十多年,在远处遥遥关注、默默祈祷自己所爱的人幸福美满。这种柏拉图式的爱情虽然有深深的时代烙印,但毋庸置疑,这确实是世上最为凄美的爱情,也是最为动人的爱情,最为刻骨铭心的爱恋! 当大学毕业的技术员慰昕姑娘无意中发现了这个秘密后,她也深深地爱上了这个令自己怦然心动的男人,情不自禁地加入这个情感的旋涡,最后她成了胜利者,但她并没有沾沾自喜,而是郑重地向杨帆承诺"当她回来的时候,我就离开你。只给你们站岗放哨,不论多么苦寒,也不管多少风险,我都守护着你和白云"。事实上她并不是嘴里说说而已,女儿出生后她提议取名"白瑀"以示纪念。这种"第三者"插足丝毫不会引来别人的误会,有的只是羡慕和称赞。发生在三位主人公身上的"三角恋"实实在在是一段值得人们称道的人间之恋啊! 用缠绵悱恻、凄美浪漫来形容三位主人公的恋情真的是恰如其分! 当然这段浪漫之恋更多的是带血含泪的罗曼蒂克,但她的凄美丝毫不会削弱主人公人格的伟大、爱情的圣洁!

现实生活中谁都羡慕崇高的爱情、朴素而纯真的爱情,这样的爱情在《眷恋》的文字当中随处可见,和以往众多关于军人题材的作品相比是不多见的,这恐怕与作者的亲身经历有关。作者自从转业到北大荒后就一直没有挪过窝,从一般的工人开始一直干到场长的位置,为农场的振兴和发展立下了汗马功劳。岁月沧桑,红尘漫漫,人与人之间的亲情爱情友情自然在作者的心中烙下了深深的烙印,所以在《眷恋》中还有梁大雷和淑萍之间真挚动人的爱、赵铁与陶卉两个人一见钟情的爱,就连那个大家都咒骂过的、因赴北大荒而婉拒赵铁求爱的王耕后来也成了一个责任心强的工程师,她也找到了爱的归属!爱是贯穿全书的一条红丝线,军爱民,民爱军,大到对国家之爱,小到对恋人之爱。自始至终,作者都在用文字作笛,以军人的情感、意志、价值、奉献作箫,横笛竖箫,吹奏出了人生道路上"爱的奉献":

  蓝蓝的天空啊,流云如烟;潺潺的溪水啊,是黑土地深情的呼唤;大雁的家乡啊,我的家乡;我与家乡啊,终身相恋。

  青青的草原啊,一望无边;流动的玉兰啊,绘制出美丽的画卷;羊儿的家乡啊,我的家乡;我与家乡啊,终身相伴。

张靖宇先生以七十高龄历经六个寒来暑往精心打磨,终于捧出了长达四十多万字的长篇小说,在此我不想评价小说的内容如何精彩动人、遣词造句如何得心应手、谋篇布局如何匠心独运,因为那是评论家们所要探讨的话题,我只想说单是张先生数年如一日地精心打磨文字的毅力和恒心,就是一笔取之不尽、用之不竭的精神财富啊!

像钉子一样楔入骨髓的文字

——读长篇小说《隐隐作痛》

因为组编"锐势力·中国当代作家小说集"丛书,认识了江西作家陈然;因为回家乡参加一个关于文学的颁奖典礼,与他一见如故;直到读了长篇小说《隐隐作痛》以后,才发现他的文字里似乎也有我的影子在游荡,书中的文字像钉子一样锋利尖刻,常常不经意间楔入我的骨髓,让我想起了在赣西北生活学习过的小山村,想起了曾经工作过的中学校园。

小说主人公马光出生于赣西北农村的一个小山村,从小家贫、不甘于人后的他心比天高,叛逆的思维方式与行为让他与周边环境格格不入。马光从一所专科学校毕业,按当时毕业分配"从哪里来到哪里去"的原则,马光就算学业再优秀也得回到离家最近的乡村中学任教,可是因为在学校向学生灌输新的个性思想而遭冷落;因为在教育教学中主张与学生平起平坐做朋友的崭新理念而被排挤。莫名其妙的头痛、胃痛,什么药都可以减轻症状,但什么药都不能根治,这样的痛苦无时无刻不在折腾着马光那并不强壮的身躯,可外表瘦弱的马光却有许多与众不同之处:读大学期间就因为勤学苦读而被校医室里性感漂亮、成熟稳重的军人家属白修洁赏识,进而俘获了对方的炽烈爱恋,对美好浪漫爱情的向往,是没有高低贵贱之分的,年少冲动的荷尔蒙让马光提前享受到了女性优雅的快乐,可走出校门工作之后,却处处彷徨不已,找不到"书中自有颜如玉"的标靶,只好把饥渴的目光投向菜市场这种川流不息的热闹场所;任教期间,由一个学生尊敬喜爱的优秀班主任跌落到同事设计的"莫须有"陷阱里,挣扎无果后最终遭校方的无情驱逐,其复杂过程是悲壮凄凉的,其结局是困惑无奈的,尽管"强奸学生"一事最后纯属子虚乌有,但时过境迁,学校乃至上级领导也无人愿去追究诬陷者责任去为马光平反昭雪,执拗的马光因为张扬个性不管不顾而付出的惨痛代价令人唏嘘不已。

小城是马光走向社会的第一站,可小城里太缺少像白修洁一样的优雅女士在他面前晃悠,学校里那位风流性感、阅人无数的秦老师早已成为光棍老师们内心世界的美好传说。因为与朋友打赌,崇尚暴力审美趋向的马光又一次凭借饱读诗书意外获取了菜市场"屠夫西施"罗彩霞的爱情,可第一次幽会彩霞一句"我不是处女,咱俩扯平了"的屠夫式直白,仿佛提前预告了这段爱情分道扬镳的必然。明知不可为而刻意为之,似乎是小城知识分子马光为人处世的一贯原则,正如彩霞在某次缠绵之际做出的精准判断:你脑后长有一块反骨。

脑后长有反骨的马光在读书交友时确实与众不同,眼界奇高、挑剔异常:老安、王越羊、马光,这座小城文人圈里的铁三角,勤奋苦读世界文学名著是他们的爱好与结交的基础,臧否小城文人圈里无聊无知的酸腐气象是他们关心的共同话题,多愁善感、追求气质女性则是他们内心深处的无穷渴望。在小城里彼此默默无闻时可以由相互钦慕到抱团取暖,可以联手改造富家弟子曾敏涛的诗意人生,无奈现实的复杂残酷让这个"友谊乌托邦"很快就土崩瓦解了:三人行走在文学圈内,老安是马光的精神导师,也是成名最早的,在省城文学圈呼风唤雨的老安后来却向往西方自由去了美国,与美国女人结婚生子后竟然被边缘化,本想改造美利坚合众国人种质量的老安坚决拒绝被同化的可能,从死也要赖在美国到不得不灰溜溜回归祖国怀抱并从此一蹶不振;王越羊与马光考研成功后则成了同校不同门的师兄弟,为了争夺省城文学圈话语权,昔日兄弟竟然渐行渐远,由情同手足到钩心斗角,但迫于社会舆论,迫于个人面子,骨子里早已分道扬镳外表却依旧粉饰太平,同坐在主席台上一个唱红脸,一个唱白脸,貌似天作之合,实则桌面上握手桌底下踢脚;三人共同的粉丝或曰弟子曾敏涛不负众望,考上北京名校研究生后竟然卧轨自尽……真是友谊的乌托邦说散就散啊!

作家的文字有时是一面装在匣子里的镜子,就像二郎神手中的照妖镜一般,打开镜匣就会让人魂在镜中,原形毕露;有时又是尖锐带刺的,像医生手里的手术刀,有刺眼的锋芒,往往三言两语就把那些头顶耀眼光环的大主编、大教授们华丽的外装无情撕碎,甚至是剥皮剔骨,端出他们一肚子的不合时宜来。至于小知识分子身上那种自私、虚伪、狡黠、多疑、善变、偏激、狭隘、奴性的臭毛病简直是一览无余,各种阴谋阳谋的尔虞我诈、肮脏背叛,在他的笔下更是触目惊心:今天是同事,明天或许就在你背后捅一刀;今天是觥筹交错的兄弟,明天就落井下石,痛打落水狗,让你永世不得翻身。

主人公马光的内心世界里一直向往自由自在、无拘无束的精神生活,可现实的处境让他时时碰壁:因为读书而改变了世代务农面朝黄土背朝天的苦逼生活,也因为读书而改变了对人生的思考,改变了对爱情天真烂漫的向往,他拒绝被同化与奴化的窒息生活,尽管一路走来,磕磕绊绊,流过泪,受过伤,遭遇过背叛与抛弃,他始终坚持自己内心认定的方向,把命定活成了一种诗意的选择,但在赢得常鸿雁这种貌美如花、气质高雅的富二代妻子之后仍不满足,对女性依旧招之即来挥之即去地放纵与追逐,证明了他身上依然残存着诸多小知识分子自私自利的缺憾。作家的文字如牛刀一般游刃有余,对他灵魂深处的"小我"进行了无情的嘲弄、解剖与鞭挞,这让我想起当年大先生用"车夫"来挤压小知识分子灵魂深处"小我"的良苦用心。几十年过去了,大先生的呐喊言犹在耳,可知识分子的自甘堕落与精神萎缩却愈演愈烈,他们的内心世界与现实生活的复杂多变常常格格不入,从这个角度出发,长篇小说《隐隐作痛》或许叫作"马光的忏悔录"会更贴切一些吧!

一部小说文本的横空出世,必将为读者带来一种灵魂与肉体兼而有之的阅读快感。陈然是一位很精明的作家,他的文字里很少有肉体欢腾的盛宴,更加专注于灵魂深处的点击与震撼:谁在呼唤,知识分子;谁在呼唤,良心道德?从这位坐在内心深处写作者的文字里,我仿佛听到了一曲天籁之音,同时也分明感觉到了文字里有一种饱含尖锐的钝痛,渗入我几近麻木的骨髓,痛并快乐着。

第一辑　文学是美丽的

爱情如画又似虹

——读长篇小说《爱情底片》

　　翻开浩如烟海的书本,古今中外的名著里各式各样关于书写爱情的文字实在是汗牛充栋。只要开卷阅读,定会让你眼花缭乱,目不暇接。爱情确实是人类生活中一个永恒不变的话题,有什么样的人生就会有什么样的爱情,有什么样的时代就会有什么样的追逐,有什么样的现实就会有什么样的纠结,套用一句名言如是说:幸福美满的爱情大体都一样,不幸的爱情各有各的不幸。读完文清丽的长篇小说《爱情底片》后,我恍然大悟:爱情其实就是一幅令人怦然心动的油画,她有着粗粝、凹凸不平的生活背景,有着主人公内心不可捉摸或捉摸不透的各式幽微。描写爱情需要一双能调朱弄粉的巧手,把她的浪漫与现实定格成人生的底片,深藏于记忆的深处。

　　作者的另一重身份是资深编辑,写出一种与众不同的爱情来,是《爱情底片》创作的初衷。在写作过程中,她甚至都不想一气呵成,只想断断续续地细细体会创作过程当中的青春美妙,从某种角度来说,这样的创作其实是对青春年华的一种另类解读:从爱情入手,写的却是年轻的躁动不安、岁月的坎坷不平,写的是主人公与作者同样经历过的那段青葱岁月、懵懂情思。这种少了急功近利的念头,少了速成应景的小说创作,无疑会让小说呈现出油画一般的优雅稳重、沧桑成熟、大气磅礴。

书信、日记、通告是作家从现实生活中信手拈来的涂料,年轻、纯真、任性则是涂料自身的五颜六色,故事细节就是作家手里的画笔,在理想与现实交替变幻的画布上任意点染、涂抹,生存状态与浪漫激情的纠结撕扯,纯真清白与放荡不羁的交织缠绵,活生生地展示出一幅二十世纪九十年代末京都艺术学院校园爱情世相图:漂亮任性、敢爱敢恨的官二代千光;心胸狭隘、自我感觉良好的京都少妇张韵依;飞蛾扑火、为爱殉身的话剧准明星刘虹,成熟内敛、拿情感当跳板的刘娴淑;相貌平平、唱功惊人的歌手胡茗;吃苦耐劳、八面玲珑的舞蹈天才李安安;孤傲如天鹅、背后却搞小动作的冷美人孙晓薇……正所谓佳丽云集,环肥燕瘦,精彩纷呈。她们之间既争奇斗艳,长袖善舞,各展风姿,周旋于文坛大腕、富商巨贾、政界高官乃至画坛名宿之间,又互相关爱,妒忌与羡慕齐飞,恩怨是非随风付诸一笑,干戈最终化作了玉帛。毕业晚会上的一场旗袍秀,为她们艺术学院三年甜酸苦辣的人间活剧徐徐拉上了帷幕。

男主人公江天是一位农家子弟,高考落榜后曾进城做临时工,当过砖瓦工、工厂通讯员、报社校对员,饥饿和贫穷让他过早明白了人情世故,明白了只有身怀一技之长才能在这个社会上站稳脚跟、出人头地。他并不满足"鲁奖诗人"的桂冠,以专业课全省第一名的高分考入艺术学院继续深造并梦寐以求地想留在京城发展,为此,他宁可放弃自己最深爱的诗歌,低下诗人高贵的头颅去给小报刊写有偿新闻,给小书商组编格调低俗、以牟利为目的的所谓畅销图书,只要可以赚到钱,他可以在任何人面前低三下四装孙子;当然,他也有扬眉吐气的时候,腰挎大哥大,是学院文学系里最先用上手提电脑的学员,也是学院稿费单来得最勤最多的一位,特别是他设宴为学院美女与京都文学大腕们牵线搭桥,为师姐师妹们疏通发展渠道更是尽心尽力,细致周到,深得大家喜爱;感情上他对汪哲穷追猛打,认为自己才是汪哲最为理想的人生搭档:汪哲想向刊物投稿,他就把自己整理的投稿刊物名单给她;汪哲爱人张家伦身患绝症,他主动帮忙并掏钱让汪哲应急买药,为了减轻汪哲的经济压力,还鼓励汪哲去做写手赚钱,可又怕汪哲上当受骗;汪哲出版了小说《葵园》一炮走红,他到处发表书评极尽吹捧,最后却挨了汪哲一顿臭骂;更让人钦佩的是他的君子风度,他曾有过与汪哲一夜未归的奇遇,也曾有过在汪哲意乱情迷主动献身的关键时刻却紧急"刹车"的壮举……无奈落花有意,流水无情。他的执着追求与机灵能干,最后既没有得到富家女千光的婚姻承诺,也没有得到汪哲傲慢的爱情赏赐,令人唏嘘不已。

男女之间的那点事情很多时候是一个怪圈,让你说不清道不明,你看上的人往往不是你能够谈婚论嫁的,你一直排斥的人最后却可能与你共度人生。套用围城一说,就是圈里面的人想走出来,圈外面的人总想闯进去。才貌双全的女主人公汪哲就是一个这样的矛盾结合体。在她的身上,作家不惜浓墨重彩,如果说全书是一幅吸人眼球的油画,那汪哲无疑就是油画上耀眼的彩虹,光芒四射,格外引人注目:农村姑娘汪哲自从一出生就不遭人待见,因为重男轻女的封建思想,高考落榜后的她脑子一片空白,只有"土地、种子、缝补、生儿育女、喂鸡养猪,做一个贤妻良母"这些农村女孩日常用的词汇在不断翻滚煎熬着,幸好天无绝人之路:因为欣赏她的语文老师的一封推荐信,她走进了军官编辑张家伦的家去当一个小保姆;因为张家伦偶然发现她写的一篇好文章,于是推荐她去入伍当兵;因为一个偶然的机会,她"出卖"了战友,从而走进了京都艺术学院的大门。令人向往的国际大都市一下子让她的梦想重新拥有了赖以滋生的土壤,她努力学习,心中念念不忘张家伦对自己的提携之恩,始终不卑不亢,接二连三婉拒官二代、富商、文坛大佬及同学江天的强大攻势。当她得知张家伦身患绝症的时候,她没有放弃没有远走高飞,反而不管不顾地回到偏僻的军营,要与张家伦立即结婚,无微不至地关心照顾着张家伦:

汪哲四处给张家伦搜集偏方、请江湖郎中、到各大医院请名医咨询。每一次她都带着希望去,载着失望归。但是每一次她都坚信希望本来就在没希望中诞生。她不停地说,我找的那个老中医说,中草药中对癌症有抑制作用的很多,如半枝莲、五倍子、长春花、决明子、马钱子、白花蛇舌草、忽木、大黄等等,关键是科学地组合。他有个祖传秘方,又经最新纯中草药配方,对家伦的病症有提高免疫力、镇痛消炎、直接抑制癌细胞分裂、阻断恶性肿瘤血管使肿瘤萎缩之功效。买回药,她熬好,又哄着张家伦吃了。

军人的天职是服从命令,但汪哲并没有听从时任某炮团参谋长张家伦的命令,几次三番,千里迢迢奔赴军营许身于张家伦,生是张家伦的人,死是张家伦的鬼……

我真的在那时才觉得我身上所有的血在汩汩地流淌。我才觉得都市的男人们为什么一个个娘娘腔,一个个地找那些一枝刘呀、三宝双喜呀来实现做男人的伟力!一句话,他们的雄性让都市的马路压平了,让成堆的酒精香烟麻醉了,让平庸的生活阳痿了。然而那些可爱的炮兵,可敬的男人们,他们根本就不需要这些后工业化的物质滋养。他们的护身法宝就是军号、口令,就是那不息的光荣与辉煌。不是我夸张,真的。而且在我的感觉里,他们不是在和炮争斗,而是和女人在做人生最快乐的云雨之欢。特别是那火炮弹体飞离弹道那飞起的快感决不亚于男人女人欢爱的极致。

如此执着的爱情,在军营里炸开了信念的鲜花,令张家伦的战友们怦然心动,也让读者阅读时对军人的崇敬之情倏然升起,但作家并没有刻意去塑造一个高大上的"爱情殉道者"形象。她始终很清醒,伟大的爱情不可能凭空产生,或者虚伪到可以不食人间烟火的地步,再浪漫的爱情也得从红尘世俗的土地上生根发芽成长。果然,光怪陆离的城市、喧嚣浮躁的校园、欲望横流的男女,最终还是在汪哲的灵魂深处留下了深深的印痕。作家通过汪哲与张家伦各自书信与日记的还原本真,我们圣女一般的主人公江哲也有凡人的一面,她爱张家伦胜过自己的生命,爱张家伦还得飞蛾扑火一般,在明知张家伦身患绝症来日不多的情况下,依然不管不顾地领取结婚证,献出自己的处子之身;但她也爱着江天,爱他的满腹才气,爱他办事的八面玲珑,甚至爱他情感火热的巧舌如簧,就在她婉拒江天摔门而去的一刻,她的内心还是表现出了强烈的渴望,渴望江天的长驱直入……是荡妇还是圣女?作家没有从道德的角度进行犀利的抨击评判,也没有从政治高度进行激烈的臧否定性,只是用诚恳之笔,画出了人性深处的挣扎与扭曲,画出了时代变迁的沧桑与无奈,让爱情这张神圣的底片得到了真实可信的友好曝光。

如果说《爱情底片》是一幅油画,除了吸人眼球的各式美女让人怦然心动外,背景里自然也少不了光线幽暗阴晦的黑色斑点,小说里诱骗刘虹纯真情感最后雇凶杀人灭口的李局长不降反升,无疑就是这个社会上的黑色污点。尽管单纯的江哲曾经想打抱不平,但远不是人家的对手,好在苍天何曾饶过谁?最后李部的银铐入狱,为这幅油画的横空出世消除了一个扎眼揪心的霉点。

《爱情底片》一书取材视角独具匠心,作家不以塑造人物为主要任务人物形象却呼之欲出,不以故事冲突取胜却处处扣人心弦,创作手法大胆新颖,叙事风格多变新奇,在文字的盛宴里让你悄然审视灵魂,去反思青春时期的放纵、焦虑、不羁、迷惘、彷徨,去寻找年轻岁月的纯真质感,以体恤之心写出了生活的粗粝本真及人物内心的幽微。从这个角度来解读《爱情底片》,不失为一部新时代文学长廊里的长篇佳构。

少年米小乐的英雄梦
——读长篇科幻小说《地球男孩和外星女孩》

自古英雄出少年,少年豪气冲云天。

长篇科幻小说《地球男孩和外星女孩》是一部引导青少年爱好和平、崇尚英雄、向往英雄、维护正义、拒绝邪恶的好小说,特别是书中就如何正确处理青少年家庭、学校、社会三位一体的教育模式进行了有益的探索与尝试,尤其适合高中年级以下的中小学学生及家长阅读,是目前图书市场琳琅满目的少儿书架上一道亮丽的风景。

小说开篇从米小乐一家郊游时意外遭遇雷电袭击入手,交代了远离地球的外太空爆发了一场侵略与反侵略的战争。因国破家毁而逃亡地球的阿尔比星球公主卡莎,借雷电附体于米小乐母亲从网上购买的一张野餐毯上,从此隐身于米小乐家,开启了一场充满神奇而又惊险的地球之旅。

米小乐是一个聪明能干的孩子,很有个性,接受能力极强,善于分析推理,喜欢探究自己感兴趣的问题,对事情背后的真相爱寻根究底,跟同学相处有侠客情结,尽管他平时在班上成绩不是特别优秀,但他打心眼瞧不起那些死读书、读死书的尖子生,常常给他们取些绰号,嘲笑他们在学习上的弄虚作假,千篇一律。但他又确实是一个在班上受大多数同学欢迎的好学生,在家里父母理解并尊重他,没有给他请家教,花重金送他进各种费用高昂的辅导班,只是设立一些可以实现的学习目标,然后激励他去完成达标,并认真落实、兑现自己承诺的奖励措施。可以这么说,米小乐无论在家里还是在学校,都享受着一种健康的放养模式,快乐无忧地成长。或许这就是外星公主卡莎愿意附体并藏匿在他家里的重要原因吧!

作家的想象力特别丰富,他对题材的驾轻就熟,对科幻离奇的适度把握,对故事情节的设置掌控,对中小学生的教育现状、对小说人物的取名都运用自如,毫无违和感:藏身于一张从网上买来的野餐毯,除了像阿拉伯传说中的飞毯一样能腾云驾雾夜行万里之外,卡莎公主还善良可爱、力大无穷,能遥感各种人类看不到的未知情况,但她也有致命缺陷,需要夜半时分到户外吸收太空射线才能恢复能量;那个附体于一顶画有血蝙蝠的斗篷,其实就是从威坦行星出发追杀卡莎公主、想毁灭地球进而称霸整个太空的黑曼将军,他法力高强,诡计多端,残暴狠毒,同样他也有缺陷之处,怕寄身的斗篷被水溶解,怕他称霸太空的计划被米小乐泄露;至于尼斯湖里的水怪其实就是六千万年以前绝迹的恐龙家族三角龙的情节,更是脑洞大开,匪夷所思,但三角龙同样有缺陷,难以忍受寒冬之凄凉与孤独……这样的人物细节设置,好人有缺陷,坏人有弱点,一下就拉近了科幻世界与现实生活之间的距离。对于看惯了玄幻大片里的高科技制作、魔幻小说里的上天入地、神人兽能相互转化的新时代青少年来说,读作家笔下的故事一定会感到特别贴心,特别真实,仿佛故事就发生在隔壁老张家的孩子身上一般。

小说主人公米小乐人物形象的设置,我们可以用谐音来解读,米小乐其实就是"每天都有一点小快乐"。作为学校在读的中学生,时下各种奇葩的教育改革措施像走马灯一样,今天公说公有理,明天婆说理更多,颠三倒四:一会儿说家长必须批改孩子的作业,一会儿又严禁老师布置课外作业;一会儿说学生考试不能排名次,不能在学校附近开设各种教育机构,一会儿各种各样的家长微信群里又排名打脸,各种课外辅导班如雨后春笋层出不穷……各种文件各种会议口口声声要给学生减负,可怜孩子们的书包却越背越重,眼镜片越戴越厚,家长提心吊胆,小孩战战兢兢,哪里有什么快乐可言?正所谓:乱哄哄,你方唱罢我登场,反误了孩子们的青春。身为评论家的作者没有在小说里传经布道,也没有板着脸孔说教批驳,更没有冷嘲热讽,他只是让米小乐快乐地出场,让他的传奇经历一发不可收拾:市博物馆举办中小学生百科知识竞赛,闯进决赛勇夺冠军却主动弃权;与同学丁海强勇斗本市黑帮头目鬼爷,挫败国际文物走私集团恶人帮头目马库斯偷窃博物馆皇冠的惊天阴谋;智斗来自半人马座的外星杀手黑曼,与班上女生李英男横穿地球营救离奇失踪的化学家秦朗;寻找赛场落水的同班同学宋瞳,巧遇史前恐龙家族巨无霸三角龙揭秘尼斯湖水怪之谜;保护野生动物,远赴非洲大草原粉碎黑曼妄图唤醒星际舰队称霸宇宙的毒计……因为黑曼的阴谋煽动,地球上各种黑恶势力也蠢蠢欲动,各种奇异事件接二连三,少年米小乐在有着超能力的卡莎公主帮助下,和同伴们见招拆招,沉着应对,用自己的智慧、胆识与勇气,展开了一场挫败外星人入侵、保卫地球家园的战斗并取得累累硕果。

  这样的少年生活,这样的少年壮志,这样的少年成长,何其美哉?作家在不动声色之中,对时下中小学教育体制与模式进行了解构并提供了自己的独特模式,用小说里的故事来证明死读书本的学生只能是考场上的高手,只有爱好兴趣广泛、动手动脑能力强大、内心充满阳光与责任感的米小乐,敢于与犯罪团伙斗智斗勇,善于与公安机关人员配合工作,乐于与同班同学友好相处,勇于与地球入侵者巧妙周旋并取得胜利,才有可能成为一位可以改变时代、拯救地球安危的少年英雄。

  《地球男孩和外星女孩》这部长篇科幻小说题材虽然立足于校园,辅之想象的翅膀,在科幻的天空无拘无束地飞翔,但小说内容很接地气,不仅仅局限于校园,将中小学家庭关系、校园生活、同学情谊、跨国友情巧妙植入其中而毫无陌生感。人物设置形象生动,故事情节梦幻奇特、曲折多变,对地球上的千古之谜敢于大胆推测,展开合理而又有趣的铺叙,使其既出乎意料又似在情理之中,令人脑洞大开。全书集知识性、趣味性、思想性于一身,融友情、励志、科技、探险、侦破于一炉,传递诚实守信、勤奋好学、善于思考、敢于挑战的正能量。小说主题思想积极向上，价值取向健康快乐，于科幻想象中映射出当前学校教育教学理念前瞻性包容性建设的紧迫性与重要性。

　　作为当代文坛上活跃的青年评论家，邱振刚在小说创作方面的成就也是可圈可点的：语言清新自然，细节设置摇曳多姿；故事童趣与成熟兼备，人性善良与魔性邪恶并存，为新时代少年健康成长提供了巨大的可塑空间。求真知，明是非，勇探索，敢斗争，不忘初心，做一位新时代的少年英雄，当是《地球男孩和外星女孩》一书审美价值和文学价值的精髓所在。

　　少年梦英雄梦，少年强则国强。

都市少爷叶斯年的爱情故事

——读长篇小说《星辰之间》

地处甘肃省东南部的天水市,一个在地图上并不太显眼的西北小城,此时此刻,却成了深圳某幢大楼某个房间某盏灯火下叶斯年眼里熠熠生辉的星辰,放射出了迷人的光芒:乡村孤儿、幼儿教师水静玉是居住在这个星辰上的小公主,天真调皮、可爱无邪、开心快乐,仿佛尘世间的污泥浊水一点都不曾沾染。她静如莲花,动若疾兔。她从来就不曾怀疑,但从来也不敢相信,梦幻一般的叶斯年真的有一天会像外星人一般从天悄然降落,十一天的亲密接触,一天一枝百合花的热烈绽放,让水静玉沉迷在天水的夜色里,看不透叶斯年眼神背后的躲躲闪闪,看不见叶斯年藏在爱情鼓里的无奈与悲催,如醉如痴,如癫如狂。可惜好景不长,在她笑靥如花去上课的时候,叶斯年却留书一封,道尽心中悲苦与恩爱后不辞而别,飞往千里之外的深圳,从此短信不回,电话不接。明白叶斯年病情真相的水静玉瞬间崩溃,不管不顾,毅然一个人踏上了南下深圳的寻情之路。

原来都市少爷叶斯年曾有过一段不堪回首的荒唐岁月:红毛头、叼香烟、走着一摇三扭的无赖步,是他混迹深圳街头的标配,自父母离异后,便呼朋引伴,富家少年棋子是他的铁哥,美少女辛月儿则是追慕他的铁粉,各式各样家庭离异的弃儿,则是他麾下的虾兵蟹将,他们游戏人生,在校打架斗殴,在家忤逆大人,蒙骗长辈,叛逆狂躁的青春期,曾让叶斯年野性大发,对他的铁杆粉丝美女辛月儿痛下杀手,用凶器在她额头上留下了终身的疤痕。

抽烟、上网泡妞,是叶斯年多年来唯一坚持下来的"职业",在真假莫辨的网海里,曾和数不清的MM勾搭连环,一起在夜幕降临后的娱乐场所挥霍青春,可惜毫无节制的生活让叶斯年年轻的心脏亮起了红灯,当他在球场上轰然倒地昏迷住院之后,他的公子哥面目也就昙花一现了:无理取闹、丝毫不配合医生的精心治疗,一副混世魔王的刁蛮无理状让护士们头痛不已,妈妈的焦虑痛哭,外婆的唠叨牵挂,依然无法唤醒他心中的逆反,除了棋子不时探望,往日吃喝玩乐的狐朋狗党一个个悄然离去,不见踪影,就连辛月儿也因他的拒绝而出国留学,远走天涯。往事皆成过眼烟云,心灰意冷的叶斯年顿时陷入了一种求生不得、求死不能的孤独境地。

有人说过,当上帝把所有的门都关上后,必定会留给你一扇透气的窗户。出院后的叶斯年心脏不能再激动了,随时随地都有倒下的可能,这种在行动、情感乃至意念上都得循规蹈矩的修炼生活,让叶斯年开始反思之前的荒唐旧事,开始体味到了母亲背后的诸多不容易,外婆的疼爱有多么慈祥,他开始清心寡欲起来,把往日招摇于网络世界里的QQ号"侠客逍遥"换成了"一棵树",或许他当真明白了人生不可太逍遥的道理,应尽的责任、义务,该享受的权利都有一条不能逾越、触碰的底线,虽然是天授人权,但绝不可逆天而行,"逆天而行必遭天谴"的古训已化身为现代都市里"不作死就不会死"的时髦铁律。水静玉的悄然出现,让他从此不忍心再胡说八道、肆意调侃,一反常态起来,往日纵横网络的满嘴荒唐语,都化作了清泉汩汩流淌,潺潺流进屏幕上纯情得令人心疼的幼儿老师"兔子"心里,一点菩提心,从此大彻大悟。由昔日的小混混摇身一变为知冷知热的乖乖崽,开始体贴母亲,敬重外婆,甚至可以改变自己接纳从远方归来的父亲,当小家庭重新充满笑声之时,便是他走进手术室重获新生之日,唯有莲花一般的水静玉让他牵挂放心不下。于是便有了开头的一幕:叶斯年单枪匹马,在外婆、父母、欧清坡、辛月儿等人无限的牵挂下,冒着生命危险直奔大西北天水市看望心中的圣女——水静玉姑娘。

幸福的家庭大致相同,不幸福的家庭各有不同,主人公叶斯年的遭遇在钢筋水泥构筑的都市森林里亦非个体,都市喧嚣、生活节奏、压力倍增,人心隔膜,渐冷如钢似铁,各种商业欺诈、情感背叛之事见怪不怪;许多家庭因为生活当中的不如意,速婚、闪离几近家常便饭,司空见惯。其实家庭破裂伤害最深的倒不是当事人,首当其冲的是他们的孩子及年迈老人,叶斯年和身边的哥们就深受其害:父母离异带来的伤害让他们迷失了人生方向,失去了奋进向上的动力,成了远近闻名的混混;棋子因父亲背叛、殴打母亲,与同样缺少温暖的"紫罗兰"同居早恋,并酝酿了刺杀亲生父亲的"壮举";家庭富足却缺少温暖的美少女辛月儿只为取悦叶斯年,不惜摧残自己的青春芳华,额头、心上均留下难以消失的伤痕,最后远走天涯……好在否极泰来,这群社会"弃儿"能够相互抱团取暖,最后皆因爱的滋润激活而重新启航:叶斯年重获父爱之外,又有了水静玉的真情陪伴;棋子意外得到了父亲的谅解并投资扶持,与紫罗兰不离不弃,精心创业;辛月儿结束了海外漂泊,拥有了医学奇才欧清坡的一生一世……就连小城天水的哑女静雅也收获了牙科医生与葛亮两个人畸形奇特而又触目惊心的爱情。

美好的爱情从来都像是一个远古的传说,在红尘俗世里闪现出没,相爱的两个人必须是点对点的排他关系,只要有一方心不在焉,彼此便会擦肩而过,从此天涯海角。正所谓:有心栽花花不活,无意插柳柳成荫。貌美如花的辛月儿整日如影随形,死缠烂打甚至不惜自毁淑女形象却始终走不进叶斯年的内心世界;而千里之外、茫茫网海里的"兔子"水静玉,只因为"一棵树"先生的出现多说了一句话,从此便成了叶斯年三生三世的无穷牵挂。这样的情感碰撞实在是匪夷所思但又令人莫名向往。

准确地说,《星辰之间》是一部严肃的社会问题小说,它揭秘了现代都市里生活的快节奏、高效率和乡村落后、淳朴背后的另类爱情,全书没有高高在上的道德评判,也没有尖酸辛辣的讽刺指责;有的只是和风细雨,丝丝入扣,有的只是人生的无奈与粗粝和主人公内心的幽微烛照。让世界充满爱,让爱充满正能量的阳光雨露,是作家在小说里所要传达的精神内核,原本支离破碎的几个家庭,在作家的文字里经过裂变、糅合、再生,闪现出了真善美的人性光芒:一切皆有可能,因为爱!

作家文字细腻、清新而情感真挚,架构巧妙,暗藏玄机:围绕着叶斯年与水静玉这条旷世之恋的明线,叶斯年父母的早年结合、婚后离异、远走天涯进而重归于好,棋子与紫罗兰的惺惺相惜、同病相怜,欧清坡、辛月儿的海外漂泊、修成正果,静雅与牙科医生、葛亮的情感纠缠……"一明三暗"的爱情连环、缠绕纠结,让人深读下去丝丝入扣,心旌摇动,久久难忘。

细节的巧妙设置,也是本书的一大看点:当看到叶斯年把"侠影逍遥"的QQ号改成"一棵树"的时候,不禁扑哧一笑,莫名地想起了"守株待兔"的典故来,一棵渴求阳光雨露的树,自然符合叶斯年出院后万念俱灰的心态,也正是因为这棵树的存在,结果引来了"兔子"水静玉的光顾,从而成就了一次脱胎换骨的相遇,一场倾心相许的爱恋。看似有意无意的一笔,却暗藏了作家缜密的思维,令这场由网海游弋而来的爱恋充满了真实感、传奇感,最后水到渠成的结局完全颠覆了成语"守株待兔"的传统解读,这种另类细节的设置,无疑是作家小说功力的自然流露;把棋子改邪归正后与紫罗兰合开的一家酒吧设置为"候鸟的童年",也是一个匠心独运的巧妙设置,当叶斯年冒着生命危险前去天水探望水静玉不告而别后,一向柔弱的水静玉决定南下深圳去寻找叶斯年,因为叶的刻意隐瞒,没有留下任何蛛丝马迹,可聪明的水静玉硬是从他们平时交流时说过的"候鸟的童年"酒吧找到了希望,不管表姐静雅及学校领导的劝阻,前往陌生而充满危机的深圳找到了叶斯年。这两个细节的设置在全书中至关重要,可以这么说,少了任何一个细节的铺垫,就不会有叶斯年与水静玉接下来的旷世之恋和叶斯年生命的脱胎换骨、起死回生。

天水是华夏人文始祖伏羲和女娲的诞生地,素有"羲皇故里"之称,我不知道作家赵剑云不是天水人?但女主人公水静玉的出生地是天水,所以小说里有意无意之间还有一种"天道循环"的情结在里面突没闪现:叶斯年的老爸大学时期就是一草根,因为才华出众而获取了校花的垂青,婚后夫唱妇随幸福满满,可他竟然鬼迷心窍,舍相夫教子的老婆于一旁而不顾,从此家庭破碎,远遁海外,就在他期盼儿子叶斯年手术后恢复健康能与夫人重归于好重享天伦之乐时,作家却让他倒在了前去迎接主治医生的车祸之中;叶斯年在单亲时代的荒唐岁月换来的是心脏不胜重负,不得不由混混向良民华丽大转身……这样的情节安排隐隐若现"报应不爽"之警醒,但却毫无封建迷信之糟粕,不失为一种规劝世人健康生活的好方式,值得点赞。

　　只要在这里,总会等到你。小说女主人公静玉守候在天水,等来了叶斯年千里之外的火热爱情;叶斯年在深圳病房里痛苦挣扎,等来了水静玉从天而降的柔情似水;叶母离异后的守身如玉,等来了叶父悔恨莫名的海外归来;棋子莽撞刺杀父亲之举,等来了父亲的回心转意、投资扶助;辛月儿漂泊海外,等来了医学才俊欧清坡的温柔缠绵;哑女静雅的善良能干,等来了牙科医生与葛亮的执着追求。

　　如此看来,爱情长篇小说《星辰之间》集乡村纯情与都市哀怨、人性善良与世俗无奈于一体,把离婚、单亲这些沉重的社会问题重新注入爱的力量,吹响了一曲新时代爱情的集结号,令人耳目一新,过目难忘。

寒门偏偏出贵子

——读长篇小说《寒门》

十年寒窗无人问,一举成名天下知。这是科举制时代贫寒子弟朝为田舍郎、暮登天子堂的悲欣交集。解名尽处是孙山,贤郎更在孙山外。这是贫寒子弟十年苦读付诸东流的委婉与悲催。

当时针指向二十世纪七十年代末期时,中华大地又掀起一股读书考试的热潮,"万人争过独木桥"的时代洪流席卷千家万户。贫寒子弟从此牵肠挂肚者有之,欢呼雀跃者有之,扼腕叹息者有之,疯疯癫癫愁白了少年头者有之。高考年年有,试题月月新。猜题如赌博,考场即战场。师生同心,头悬梁,锥刺股,试卷桌上堆,内容烟海里。"三年渡江""八年抗战"式考生比比皆是,他们以笔作枪,纵横驰骋,今年考罢复明年,虽无真刀真枪搏杀之惨烈,实有看不见的硝烟弥漫令人窒息,正所谓"十年辛苦不寻常,道道试题皆血泪",多少年后,蓦然回首,常常令人唏嘘不已,心酸无奈。

《寒门》就是这样一部以高考升学为时代背景、以农家子弟发奋苦读跳龙门为创作题材的长篇小说。它既是中国古代"万般皆下品,唯有读书高"传统理念在现实生活中的折射,也是一幅二十世纪下半叶以降中国农家子弟求学路上"万人争过独木桥"的生活世相图。

小说以大西南乌蒙山地区碓房村家家户户祭拜孔庙、能借则借、能贷则贷、借贷无门、砸锅卖铁也要送儿女读书为线索,从冯敬谷、赵成贵、万礼智三个家庭发生的故事切入,讲述了农民兄弟为了让儿女跳出农门,争做国家人、吃国家饭、穿国家衣、领国家工资而近于疯狂的执拗,演绎出了一幕又一幕荒诞无稽而又悲欢离合的凄美故事:村民冯敬谷家一贫如洗,田里种出来的大米晶莹剔透、如玉似珠却无福消受,年年须拿去市上换钱维持四个小孩读书。大女儿冯天香为了让弟妹能继续读书悄然离家出走,南下深圳打工赚钱,因生计所迫沦落风尘如泥土,任各式嫖客折腾作践后仍念念不忘读书,在用身体换来钞票的同时还换来许多名牌大学毕业证书,致使她在同行眼中身价倍增,成了风月场上的高级名媛;大儿子冯维聪因父母期望值太高、读书压力过大曾偷喝农药轻生自杀未遂,后返校复读在考场上紧张导致情绪崩溃失控被监考老师护送回村,从此疯疯癫癫;养女冯春雨出生即遭生母遗弃,命运坎坷却偏偏在考场上呼风唤雨,为赚取学校奖学金替冯维聪治病、替养父母还债,两次考取大学却继续留校复读,三考之后成了省高考状元从此远走高飞;幺儿冯天俊从小聪明伶俐,斯文秀气,村里上下一致看好,因考不到理想的学校竟然连考十五年,成了远近闻名的"范进中举"式考生。

  与冯敬谷的土墙矮屋寒酸相比,三层气派高楼、围墙外加狼狗看家的队长万礼智家无疑是碓房村的豪门首富。他先任生产队长,后为乡信用社贷款员,能说会道,报复整人下手极为阴毒,横行碓房村数十年,欺负弱小、鱼肉村民,把持拜祭孔圣人与信用社的贷款大权,一手文一手武,牢牢掌握着碓窝村的话语权。他的婆娘万婶更是村里恶妇,骂街要泼令人发指,上骂天下骂地,中间骂鬼神,三天三夜可以不重复词句,倘若村人邻居稍不如意,可以骂你个一佛升天,二佛涅槃。有道是:人善人欺天不欺,人恶人怕天不怕。夫妇两个偏偏养了一个狼性十足的儿子万勇,从小娇生惯养,挥霍无度:该读书的时候他却抽烟喝酒、钻耳洞、文身,一心想当歌星成为万人迷;该读大学的时候却南下深圳玩音乐,蒙骗父母村民,谎称考入上海复旦大学就读,在深圳五光十色的夜总会里沉迷情色而不能自拔,小小年纪,吃喝嫖赌样样精通,俨然风月场上高手,三天两头向家里索求费用,活生生把个首富家庭拖穷拖垮,逼得万礼智只好低声下气去城里打工还债。

与冯、万两家相比,赵成贵一家的经历可谓独具特色:年轻时的赵成贵因为心地善良,多次伸手援助下放干部徐雅君,为他排忧解难,治好徐家宝贝儿子的不明病症,颇得身为大学教授的徐雅君喜欢与赏识,一笔一画教他识文断字,求知若渴的赵成贵从一字不识的文盲摇身一变成了村里唯一的秀才,在只有一个老师的村小学里,数十年来培养着村里一茬又一茬的小孩走出碓窝村。他身为村里的"知识分子",却能容忍赵婶"求神打卦、画符驱鬼、半人半仙"的荒诞行为,起初劝说无效继而就听之任之了,这样的家庭结构在外人看来有点滑稽可笑,但他们生的儿子赵得位却从小才思敏捷,能写会道。

《寒门》以高考为背景,但不只是为高考而写高考,作者犀利的目光透过乡村教育之艰辛、考前家长之焦虑与考后学生身份地位之变化,深刻揭示了人性深处的善与恶、美与丑:赵四的人物形象尤其触目惊心,当年为保护孔庙被拆遭人暴打致残导致孤身一人,尽管身无分文依然热心村里的教育事业,为建学校上街拉苦力赚钱捐资,结果因为心软而中计意外收养春雨姑娘,因春雨姑娘的出现又改变自己几十年来的懒散习惯,最后在建校施工中因土墙倒塌而壮烈牺牲,成了碓窝村有史以来的第一位英雄;冯敬谷这个上门女婿,一生吃苦耐劳,木讷内向,在四个小孩面临上学困难时,宁可让亲生儿子辍学也要保证赵四养女冯春雨继续上学,前后数次遭受万礼智的摧残与污辱而默默承受,为了治好冯维聪的疯癫不惜夜闯乱坟索求亡婴大脑,惨遭万礼智毒手几乎丧生,真是其情可哀其行可悲;小学教师赵成贵之子赵得位因个性卓然独立遭学校开除后,一边瞒着家人自主创业,一边慷慨支持冯维聪在家闭门科研,而万礼智之子万勇自小就被送进城里上学,条件优越却不思上进,两个同样不愿走高考之道的碓窝村少年,其人格品质及人生走向却有天壤之别,可谓善恶美丑泾渭分明,令人叹息。

如果说用小说人物的命运走向来解剖人性深处的阴暗与善良,是小说家们惯用的手法,《寒门》作者吕翼的高明之处则在于,全书自始至终没有对高考制度的利弊做哪怕是浅层面上的批判与抨击，而是剥茧抽丝，如庖丁解牛一般对碓房村新一代青年在高考选择上的无声抗争进行点穴式解读：冯维聪疯病好转后全身心投入土飞机与土机器人的研发与探索，目标是要自己飞起来与飞出去，他讨厌、恐惧高考，但执着痴迷于科研，虽然他最终没有走出碓房村的边界线，但他研制出来的飞机真的飞起来了，从半空俯瞰这片生他养他的贫瘠土地，用丰硕的科研成果赢得了清华大学教授们的致敬与称赞，虽然他无缘步入高考试场拼搏，但他设计出来的考试机器人却让考场公安人员为之震惊，拍案惊奇；赵得位从小才思敏捷，入读高中后却桀骜不驯，敢于写诗著文抨击校园乱象，被学校开除后即自费上职业学校学得一技之长，自主创业，活得如鱼得水，最终赢得了冯天香的芳心好感，两个人携手合作在碓窝村兴建一所正规的学校；冯天俊补习期间为爱情私奔出走，伤透了父母家人的心，从偏僻的大西南到深圳特区画了一个大圈，终于明白"在家日日好，出门处处难"的人生真谛，最后回归小城以辅导学生高考收取费用为生计，在老婆儿子的祝福声里考取师范大学后，却要重返碓窝村参与学校建设……小说故事告诉我们，人生道路虽各不相同，在高考升学这根红线的碰撞下，只要能坚持奋斗，就可以走出寒门，走向富足的未来，纵使苦难深重，依旧会闪耀着璀璨的人性光芒，在村民世世代代尊孔拜孔的心理层面完成了华丽的转身：成才路千条，何必非挤独木桥；人生奋斗苦，百二秦关终属楚。

《寒门》一书故事细节紧凑，人物形象设置开放而不死板，人物性格复杂多变，人物命运走向常常出人意料而又在情理之中，比如：冯春雨面对身世的不幸与悲凉，冯积谷一家对自己的养育恩重如山，亲生母亲先遗弃后找寻的纠结，她与冯维聪娃娃亲的无奈夭折，最后毅然决然地背叛了礁窝村，走上了属于自己的生活道路，就在众人为她的老辣心计而齿冷时，她却远渡重洋，鼓动游说乘龙快婿回乡报效养育她的碓窝村，使千年贫寒的碓房村从此与国际接轨，走上康庄大道。比如：往日心胸狭窄、公报私仇、不可一世的村霸万礼智却灰头土脸在赵得位手下打工赚钱，唯唯诺诺，威风全无；那个从小放纵自由、吹牛撒谎、坑蒙父母的纨绔子弟万勇,在特区的灯红酒绿中使劲折腾着自己的大好青春,荒淫无度却栽倒在冯天香的石榴裙下。这样的细节安排,这对碓窝村的"豪门"父子曾经的热闹光鲜,最后的门前冷落,无疑是当今社会某些群体真实生活在文学层面的具体映象。正所谓:寒门出贵子,豪门纨绔闹。

《寒门》的书名本身就是一大特色,一道门槛,划出两个世界:门内的贫寒挣扎,门外的富足淫乱;门内的善良木讷,门外的奔波拼搏;门内的悲观绝望,门外的奋斗腾飞。无不充满了丰富的想象空间,正是:谷壳里面乾坤大,碓窝舂处日月长。小说细节前后铺垫,遥相呼应,也是《寒门》架构精致唯美的特色之一:比如,徐雅君当年在碓窝村里落毛凤凰不如鸡,备受折磨之际却得到来自赵得贵的关心与温暖,后回城身居高位仍念念不忘碓窝村,为村民贷款额度争取到五万元并延长偿还期至五年,退居二线后还争取扶贫资金五十万元修通了碓窝村的公路。比如小说开篇四个小孩一起玩修天游戏,全文结束时冯春雨海外归来见到冯维聪仍在玩修天游戏,赶紧脱鞋参与,只是维聪不再认识她,她的修天游戏不到三个回合,一声长叹"修天的快乐只属于少年"!个中滋味读来真是五味杂陈,令人潸然泪下!至于小说里面少数民族风情的铺陈展示,地方民俗文化的独特渲染,本地山歌、方言的巧妙运用,无不穿插于文字当中,给读者带来全方位的视觉冲击力。从这个角度来解读,《寒门》无疑是描写大西南乌蒙地区生活世相的一部百科全书式的长篇小说。

《寒门》,一部高考夺魁万人争过独木桥的历史备忘录,一部底层百姓弟子跳龙门的奋斗史,一首让青春化作泪水浇灌成功花朵的无言颂歌。在新时代的今天读来,依然令人怦然心动,不堪回首。

情到深处便成劫

——读长篇小说《夏小米》

爱是什么？爱是一朵罂粟花，美丽却有毒，能让你为之癫狂、念念不忘、苦思冥想，也能让你肝肠寸断、形销骨立、反目为仇；爱是一把割肉的钢刀，锋利却杀人不见血，让你茶饭不思、辗转反侧，日夜煎熬；爱是一种青春年少，可以无知荒唐，可以大哭号啕；爱是一壶美酒，让你饮过之后不知昼长夜短，忘却天涯海角、海誓山盟、恩爱缠绵……爱就是一碗忘情水，换你一夜不流泪。正所谓：情到深处便成劫，爱入骨髓何来恨？

长篇小说《夏小米》一书以椰风大地、天涯海角为大背景，以海南建省前后十万人才登岛创业的时间节点为线索，极力铺陈来自湖湘大地十八岁绝色少女夏小米淋漓尽致的爱情故事：因为禁不住南下深圳追求爱情而不管不顾、辞职跳槽最终成功创业引领海南旅游事业发展的闺密月亮姑娘的诱惑与鼓动，师范毕业的乡镇中学老师夏小米毅然辞职，孤身一人南下闯海，先后到海南偏远山区支教、到小报社跑广告、竞选电视台主持人、转轨房产中介最后成为房地产精英。其间几经周折，但她坚守海南不回头，无意之中巧遇阅女无数、长袖善舞于金融政界商圈的巨贾李亿军，单纯清丽的夏小米出于本能婉拒了李亿军爱的追逐纠缠，直截了当以兄妹相称，让李亿军的单相思陷入一种欲进不能、欲罢不休的情感泥沼之中。

爱是自私的,爱也是任性的,没有理由亦说不出理由。聪明漂亮的夏小米能拒李亿军于千里之外,掌控李亿军的情感追求,却没有能够逃脱才华横溢、怀抱理想又敢于冒险、以征服女人为乐趣最后成为跨国大毒枭的报界翘楚张化冰精心布下的天罗地网,在张化冰情爱欲望狂潮的冲击下放纵自我,沉迷在爱的幸福快乐之中。同样是有妇之夫,李亿军身居亿万富豪之列,而张化冰却漂泊不定,到处游走江湖;同样是有妇之夫,李亿军经济上给予资助,生活上处处关心,精神上不断鼓励呵护,而张化冰只凭三寸不烂之舌,关键时刻常常掉链子,不是一去杳无音信,就是突然从哪里冒出来,从来就没有兑现过一次对夏小米许下的诺言……可夏小米偏偏对李亿军严加防范,处处设障,而对张化冰却始终不离不弃,见面就上床委身,沉醉在爱欲的狂潮之中,伤之弥深,爱之愈切,令人唏嘘不已。

爱情是娇嫩的,就像花朵一样,需要有人呵护有人浇灌。从这个角度解读小说,张化冰注定不是一个好的护花使者,他对女人的呵护与占有是成反比的:比如,他对初恋情人的背叛十几年来依旧怀恨在心,再见面时设下陷阱进行恶毒报复;对结发妻子薄情寡义,毫无责任可言,有失父亲与丈夫的风范;对青春少女则狂热追逐,海誓山盟全是信口雌黄,对夏小米迷人的身体疯狂发泄,对吴倩倩的花容月貌冷漠无情,几乎成了一个固定模式,上床之后即从人间蒸发。这样一个到处留情的男人却风度翩翩、聪明能干,他留给夏小米的快乐幸福加起来都没有几天,有的只有泪水与撕心裂肺,还有一个见不得光的私生子,好在有闺密月亮的支持帮助,有忠厚老成的记者关鹏来充当接盘侠,这才让苟且偷生、历尽污辱、饱受折磨的夏小米,进入了一个化茧成蝶的涅槃重生过程。

如果小说只停留在夏小米与三个男人的情感纠结上,那就未免过于儿女情长了,好在夏小米南下闯海之前,有闺密月亮的奋斗拼搏;夏小米南下闯海之后,有李亿军的硕果累累,有张化冰的亦正亦邪,有关鹏的脚踏实地……这群来自五湖四海的年轻人勤奋吃苦、勇于进取而又富有同情心,在海南狂飙突进、大起大落的创业舞台上你方唱罢我登场,他们在情感上的跌宕起伏,恰好成就了各自的事业,见证并参与了夏小米由无知少女到未婚妈妈、由红得发紫的电视主持人到无奈辞职最后摇身一变成房地产精英的人生蜕变。

作者王子君是一个善于叙述爱情故事的实力作家,她把夏小米这个内地姑娘放置到海南改革开放的大环境里,又植入李亿军默默爱恋与张化冰大胆露骨的追逐之间,貌似一明一暗,纠缠不休,在爱的裂变与撕扯夹击下,夏小米如一朵无根的浮萍,在情爱的大海里漂泊流浪,关鹏又及时地出现了,这样的情节安排,使小说人物形象既有了波澜壮阔的历史大背景,又有了卿卿我我的小性情:初恋是刻骨铭心的,爱情是惊心动魄的,单纯如一张白纸般的夏小米,偏偏撞上了工于心计、周旋于各色女人之间的江湖浪子张化冰,无奈造化弄人,夏小米偏偏一头扎进他的怀抱痴迷不悟,为他生孩子,为他丢弃工作,甚至愿为他付出自己的生命。面对夏小米爱情的执着和偏激,李亿军停滞不前了,关鹏主动退出了,性爱只是夏小米报答他们二位的一个借口,内心深处晃动的总是张化冰的影子。都说爱情是自私排他的,又说爱情是伟大永恒的。其实爱情就是一道无解的方程式,能解答出来的绝对就不是爱情。作者的智慧就在于此,让夏小米与张化冰两个貌似绝不可能的男女走到了一起,从此生离死别、解释误会就成了他们爱情的磨刀石,愈磨愈光亮,愈磨愈心动,成就了一场旷世之恋。

小说对人性深处裂变的刻画也是入木三分的,张化冰原本出身草根,自小受人歧视,初恋的时候就被女方从背后"捅了一刀",颜面尽失;分配的工作不理想,结婚以后不满现状南下奔波,其间妻子的背叛、同事的钩心斗角、上司的虚与委蛇,都给他以沉重的打击,他对女性的追逐、对初恋情人的报复,无疑都是人性深处的阴暗在邪恶生长;但他毕竟也是一位热血青年,内心尚存良知,也有着真挚情感的需求,他对夏小米的一见钟情,刻骨铭心,曾让他后悔以往的孟浪行径与斤斤计较,无奈一脚踏错步步错,江湖之大,竟没有他的容身之处,在获取夏小米的甜蜜爱情后为了她不受到伤害只好自己亡命天涯,纵使身在海外,依然心在海南,念念不忘他们之间的刻骨之恋。在面临背叛祖国与毒品研制的两难选择当中,他毅然决然地选择了毁灭自己的方式来维护祖国的尊严。可以这么说,张化冰身上正义与邪恶共存,忠贞与放荡兼具,一半是君子,一半是恶魔。当魔性增长时,他就是一个不折不扣的黑道老大;当神性占上风时,他就是一个人见人爱的美男子,伟岸、挺拔、令人不能自制。夏小米之所以死心塌地爱上他,是有着外人所不知晓的深刻内涵与时代背景,我们不能简单给他定性为邪恶之徒的。在作家的笔下,小说主人公真正是人无完人,金无足赤,张化冰如此,夏小米、李亿军、关鹏、月亮、赵霖、姚肃冬、吴倩倩等又何尝不是如此?好人身上有缺陷,坏人身上亦闪光。这样的创作理念无疑是一种成功的探索与尝试,令人读来如身临其境,毫无违和感和陌生感,正应了那句"文学来源于生活,又高于生活"的经典之语。

　　长篇小说《夏小米》语言精美,故事架构庞大,融爱情、娱乐、金融、旅游、文创、侦破、制毒贩毒等于一炉,人性之善与人性之恶纠缠不休,细节设置既出人意料又在情理之中,夏小米的横空出世,让那些"宁可坐在宝马车上哭,不愿坐在自行车上笑"的精致利己者的所谓境界黯然失色。从这个角度解读,《夏小米》无疑为当代爱情长篇小说人物经典形象长廊增添了崭新的成员。

　　爱情没有对错,只有爱与不爱。爱情没有更好最好,只有刚刚遇见正好。爱情是一朵艳丽耀眼的罂粟花,千娇百媚的背后或许就是让人失魂落魄的毒。爱情原本是一个光怪陆离的光圈,能够不进去的,请尽量远离;能够不出来的,请尽量坚守。

　　怀念经典爱情,向往罂粟花一般的爱情,何错之有?

日月洞里乾坤大

——读长篇小说《日月洞》

都说三个女人一台戏,三个男人好演义。宁可的长篇小说《日月洞》就是三男三女之间上演的一场关于友情、亲情、爱情的大戏:大凤的丈夫是大锁,大凤的梦中情人是姚栓牢;二丫的丈夫是姚栓牢,二丫的梦中情郎是大锁;姚栓牢的续弦是二丫,姚栓牢的地下情人是三美。大凤、二丫、三美,这日月镇上的三枝花,尽管花季的绽放不争迟与早,但重情重义是她们姐妹之间的好。

姚栓牢是日月镇上一位见风使舵的企业家,善于钻政策的空子,趁着改革开放初期政策的疏漏,狠捞了一笔,可谓心狠手辣、胆大有钱,就像古人说的"学而优则仕"一样,他是"富后想从政",于是摇身一变成了县政协委员,并且一直想方设法掌控日月镇长黑娃,又是送钱又是送车最后送楼,但他怕大锁,只因年少时调戏二丫被大锁一脚踢下山崖窝;大锁是日月镇上祖传的产醋大户,虽一介猛夫,脾气暴烈,但为人行侠仗义,见不得肮脏龌龊之事,自从二丫为报答救命之恩上门替他卖醋后,生意好得一塌糊涂,方圆数十里的人家天天都要来大锁家门口排队买醋,其实买醋是假,为了一睹二丫芳容是真,但大锁却怕黑娃镇长,只要黑娃咳嗽一下,大锁就会放下屠刀立地成佛;黑娃乃一镇之长,从日月镇街道上走过,脚轻轻一跺,地也得摇三摇,哪里不舒服只要轻咳一声,连过路的野狗都夹紧尾巴逃得远远的,没有人敢去挑战他的权威,却差点被姚栓牢的钱财套牢,幸好他留了一个心眼,把姚栓牢多年来送的赃物都藏之日月洞,最后纪委审查时方能悬崖勒马、弃暗投明……有道是:三个女人一台戏,三个男人三国杀。这戏中戏,梦非梦,纠缠不休,按下葫芦浮起瓢,怎一个"乱"字了得!

  作家是一个涂鸦爱情的高手,在他的笔下,三位女主人公个个貌美如花,虽然少年时情同手足,但因家境状况不同,各自的情感之路千差万别:二丫清纯漂亮、知恩图报,外表弱不禁风,内心却忠贞不渝、坚如磐石,因了对大锁的一片痴情,她甚至不顾老父的威逼、弟弟的哭求坚拒姚栓牢的死缠烂打,可不幸的是家里穷得叮当响,除了家门口那棵高大的柳树年年岁岁扬花吐絮外,她家就没有一件东西看得顺眼的,当她走投无路之时,在嫁给姚栓牢的新婚夜前,居然把干净的身子给了梦中的大锁,这种为爱而生为爱而死的勇气实在让人不可思议;大凤嫁给大锁是因为门当户对,可她因为姚栓牢二话不说就安排自己的工作,一直对姚心存爱意,哪怕做爱时都不让自己丈夫看到身子,她要把那一身白净留给姚栓牢细细观赏,纵使在别人眼里姚栓牢十恶不赦,她依旧百般挑逗勾引,无奈姚栓牢因惧怕大锁而不敢造次,使得大凤终有一天离家出走;相对二丫、大凤来说,三美的结局才是最凄凉、最神秘而又最无奈的那一个,小时候父母因病双双身亡,求遍日月镇每家每户却没有一人愿出钱埋葬亲人,最后是姚栓牢出面为她料理父母后事,从此她远离家乡,在千里之外的古城做起了色情交易,同时心甘情愿、默默无闻地做了姚栓牢的地下情人,当姚栓牢拆迁日月镇的工程受阻后,她又自告奋勇地做了他的投资代表,悄然回到日月镇唱了一出"明修栈道暗度陈仓"的双簧戏:

> 神秘的女人却对日月镇上的人没有兴趣,她好像看不见站立在街道两旁的人,或者说,她的目光从这些人的头顶越过,盯着每一个院落,每一间房屋,看一会儿,就沉思一会儿,好像里面有她的故人,或者她熟悉每一个院落里面的布置和它里面发生的故事。偶尔有挡住视线的东西,她墨镜框上面的眉头就有些烦躁地跳一

下。尽管如此,她的双唇一直紧闭着,好像傍晚时分的两片红了脸的月牙儿重叠在了一起。日月镇上的人明显感觉到了一种居高临下、目中无人的冷漠和傲慢。

三个如花似玉的女人,三种不同的情感纠结,虽然她们个个情深义重,但她们内心的无奈与悲伤刺痛了读者的眼球与良心:爱是什么?爱就是一朵带刺的玫瑰花,美丽却也会扎手,能让你为之神魂颠倒、日思夜想,食不知味,也能让你肝胆俱裂、思念成疾、因爱生恨;爱是一株还魂草,可以让你起死回生,让你茶饭不思、辗转反侧,日夜煎熬;爱是一种年少轻狂,可以无知荒唐,可以号啕大哭;爱是一碗孟婆汤,让你饮过之后忘却天涯海角、海誓山盟、恩爱缠绵……爱就是一杯烈酒入肠胃,换你一夜不流泪。

长篇小说《日月洞》在人物形象设置上真实自然,没有故意拔高,搞那种高大上的形象工程:姚拴牢是书里面的反面人物,他生意上巧取豪夺、情感上玩弄女性、经济上贿赂地方官员、政治上妄图掌控地方政策走向,但他慷慨出资替三美父母处理丧事,向学校无偿捐资捐物,还是有他的可取之处;大锁性格粗鲁暴躁,遇事不过大脑分析、冲动莽撞,但他有侠义之心,敢于打抱不平,而且知错就改;黑娃这个人身为乡镇领导,乐意听任腰缠万贯的企业家摆布,为他们提供了许多致富赚钱的机会,但最终没有完全堕落,尚存警惕之心,也算是一个有缺点的地方官。所以有人说过,人是一种兼具兽性与人性的混合体,当兽性大于人性时,人就是一头吃人不吐骨头的猛兽;当人性压制住兽性时,人就是一个善良的天使。好人身上会有缺点,坏人身上也有长处。当是这部小说创作理念中的一大亮点。

长篇小说《日月洞》在结构上也是可圈可点的,全书一明一暗,两条线索不断地交叉、穿插、纠缠,明线是三男三女之间恩爱情仇的纠缠不休,暗线则是以姚拴牢为代表的新兴有产阶级与黑娃为代表的政府机关工作人员,两者之间控制与反控制、渗透与反渗透、贪腐与反贪腐的激烈斗争,在公益事业这块金字招牌的掩盖下,两者为了日月镇拆迁一事明争暗斗但又斗而不破,最后双双落入法网。正所谓:日月洞里乾坤大,情到深处假亦真。

　　小说家宁可就像一个善于编织罗网的能工巧匠,以醋为媒,以情做线,把地处偏僻的日月镇三女三男硬是串联起来,编织了一处另类的"世外桃源":人分三六九等,地分镇东、镇中、镇西,一棵硕大的老柳树,见证了一个小镇的兴衰起落、喜怒哀乐。小说细节出乎意料,又始终在情理之中,把一个农村小镇在经济大潮冲击下的人性蜕变刻画得淋漓尽致、活灵活现,读起来如临其境,如见其人,如闻其声;宁可还像一位技艺高超的画家,善于把虚无缥缈的梦境涂抹得五彩缤纷,令人深陷其境、眼花缭乱而又流连忘返,久久不愿醒来。

　　世俗红尘善恶皆有报,胸中丘壑喜怒何时休。小说语言幽默风趣,描摹状物精准深刻,细节安排曲里拐弯,既有大起大落、怒发冲冠之怒,又有柔情蜜意、刻骨铭心之恋,实实在在一幅醋海扬波、情天恨海的人生百态世相图。不愧为商品经济时期一部描写人性蜕变入木三分的经典之作。

在烟火中奋勇前行

——读长篇小说《烟火男女》

如果说爱情是一个奇妙的魔方,那作家的笔杆子就是那双玩耍魔方的巧手,几千年来的作家一直乐此不疲,书写着每个时代不一样的爱情。有人说,一千个读者眼中就会有一千个哈姆雷特,而我想说的是,一千个作家笔下就会有一千零一种爱情在纵横流淌,诉说着红尘俗世中的喜怒哀乐、悲欢离合。在作家的笔下,只有你想不到的情与爱,没有他们写不了的爱与情,常常如临其境,如闻其声,如随其影,令人唏嘘不已,久久难忘。

托尔斯泰有一句名言说得好:你不是我,又怎知我走过的路,心中的苦和乐?此话用来概括《烟火男女》里主人公的爱情似乎恰到好处。

主人公肖意是一个外貌性感漂亮、内心干柴等待烈火似的小城姑娘,只要有合适的男人来点火,她是可以随时燃烧起来的,至于玩火最后是否会灼伤自己,她可以不管不顾的。这样的个性,决定了一潭死水式的婚姻于她而言是不合时宜的:为了逃离窒息的婚姻,这"窒息"二字当然是肖意自己个人的感觉,事实上她在婚姻期内已经把老公的帽子绿了几次,老公的屡次谅解不仅没有让她回头是岸,反而跑到北京城里胡闹去了,短短几个月后就怀上了京城爷们的龙种,匪夷所思的是肖意不敢跟北京男人叫板来个小三上位转正,却大胆转身回家与老公讨价还价,要他认了肚子里这个来历莫名其妙的娃!是可忍孰不可忍,连门槛都被染绿的一乡之长终于在沉默中爆发了,把婚姻里高高在上的她踢出门槛,尽管"一哭二闹三割腕"的分手过程有点悲壮激越,肖意在爱情上的任性最终付出了代价;她的同窗闺密陈伟悦的爱情,则来了一个一百八十度的大转弯,与肖意走的路子截然不同:性格善良、外貌并不出众的她,从小就品学兼优,结婚后恪守相夫教子的理念,与婆婆亲如母女,对丈夫吴天百依百顺,甚至可以牺牲自己的才华来成全丈夫的成功,默默无闻地为小家庭奉献、牺牲,最后换来丈夫吴天悄无声息的背叛,在不知不觉中走到了婚姻尽头,这样痛彻心扉的致命打击让她备受伤害,甚至开始怀疑人生;与肖意、陈伟悦这对闺密相比,中学时代的同窗帅哥叶小叶的爱情内容则只剩"悲摧"二字,外表英俊潇洒的美少年叶小叶中学时代就死心塌地爱上了陈伟悦,可后知后觉的陈伟悦只认死理,在她眼里,性感漂亮的肖意与叶小叶才是郎才女貌的绝配,让一段本该幸福美满的爱情擦肩而过。

于是,一场啼笑皆非的爱情马拉松在三位同窗好友之间展开了追逐:叶小叶苦追陈伟悦无果后远走南下,在深圳大都市里又遇上了一场婚姻计中计,绝色美女主动投怀送抱,新婚之夜凭空消失,归来告白此举竟然是为了讨好前男友,以求破镜重圆;肖意苦苦追求叶小叶无果,最终下嫁给一名乡干部草草了事,无奈婚姻的枷锁关不住芳心红杏出墙,最终重回单身状态,做着北京城里某个男人的地下情人;实诚本分的陈伟悦一味逃避着同窗追求,却意外品尝到了一段最为浪漫的异地恋,驿寄梅花,鱼传尺素,既古典又时尚,终成正果的她本想一辈子守住这份爱情,结果无语被出局,只能全身心投入工作之中,用狂热的快节奏来冲淡单身的忧伤。

三位青梅竹马似的少男少女,三种不同的生存状态,三段不同的爱情之路,在人到中年的时候却各自归零,重回单身状态。这样的小说情节设置,无疑折射出时下男女婚姻的苍白与无奈:七年之痒时过境迁,三年之痛,两年分手,一年冷战,甚至刚走出结婚大厅就转身离婚的现象都屡见不鲜。夫妻之间一言不合就大打出手、毫无情感与责任的事例随处可见,令人痛惜不安。都说先有家才有国,小家不存,国之焉附?从这个角度来解读作家晓秋笔下的爱情魔方,不免有触目惊心的切肤之痛。

白居易蛰居浔阳城时曾感慨万千:同是天涯沦落人,相逢何必曾相识。千年之后,肖意、陈伟悦、叶小叶三位同窗好友历尽情感波折之后相聚于京都的风雪之夜,原本各自平静的心湖就像投入了一颗小石子,又开始波涛汹涌起来!

酒醉心里醒的京都之夜,三人同处一室,看似风月无边,实则凶险莫名:叶小叶的大胆表白,吓倒了如梦初醒的陈伟悦,也气跑了心机颇深的肖意。一对风风雨雨十几年的好闺密,友谊的小船说翻就翻:强悍的肖意明修栈道,暗度陈仓,一边入职陈伟悦所在的出版公司,一边略施小计,便离间了总编与陈伟悦的友好平和,抢走陈伟悦编辑部主任一职,赶走了陈伟悦信得过的同事,一夜之间,让同事奉为标杆的"大姐大"陈伟悦成了孤家寡人!

如此看来,爱情魔方背后更多的时候还是一块友情试金石,它不仅能测试男女之间的情深与缘浅,还能测试出闺密之间的真诚与鸿沟。小说里的肖意与陈伟悦似乎前世就是一对小冤家,今生的相逢只是为了却前生的恩怨:从小学时代起两个人就形影不离,当肖意失意成为一只离群的孤雁时,陈伟悦愿意用友谊的温暖去融化她心中的仇恨与伤悲;而当肖意逐渐出落成一只性感天鹅时,她给陈伟悦的回报却变化无常,若即若离,孤芳自赏,甚至忌讳陈伟悦在任何方面超越自己。一个心地善良的天使,一个变幻莫测的人精,因为红尘做媒,世俗牵引,鬼使神差般走到一起了,这才是生活的真正底片。

生在红尘中,不能不世俗;长在红尘里,不能不超脱。红尘阡陌,烟熏火燎,最普通的男女往往演绎着最疯狂的战争,最平凡的日子往往孕育着最浪漫的暗恋,最疯狂的追逐偏偏潜伏着最深沉的悲凉。小说故事细节在油盐酱醋的日常生活中映射出人性的光芒和阴暗,偏僻的江南乡村和大都市北京有机地融合,成为故事发生的真实背景:主人公在乡村烟火里成长,到都市喧嚣中打拼;肉体在灯红酒绿间挣扎,灵魂始终在归家的路上;故乡是疗伤的客栈,都市是奋斗的天堂。南人北漂,个中辛酸入骨入髓,做人做事之不易,职场生存之复杂,同事领导相处之莫测,男女相交之易变。正如叶倩文歌词里唱的那样:天地悠悠过客匆匆潮起又潮落,恩恩怨怨生死白头几人能看透?

《烟火男女》的结构之巧妙也是可圈可点的,小说开头从肖意老公打给陈伟悦的长途电话切入展开,小说结尾又从陈伟悦毅然决然把手机卡抽出来扔进垃圾桶结束。仿佛人生就是一个意外打进来的电话,让你无法猜测内容的变幻莫测,也无法预料内容的未来走向。入世如手机来电,出世似手机换卡,唯有善良、忍让、舍得才是合法的通行证。随着陈伟悦的手机换号,三人同行的是非恩怨也就烟消云散,戛然而止。一切都仿佛不曾发生,一切都将重新出发。

作家是纯文学大刊的资深编辑,文字功力深厚,小说语言的掌控、故事情节的铺垫、人物内心世界的起承转合无不娴熟精当,拿捏得恰到好处,常常令我于阅读过程中潸然泪下:肖意生活中情感丰富、敢爱敢恨,但她内心深处始终如一地深爱着叶小叶,如痴如醉,这一份真爱可谓刻骨铭心,值得点赞;陈伟悦内心尽管伤痕累累,爱情与友谊的接踵打击,却没有因此而泯灭自己的坚强与良知,始终清醒如昨,在伤感与孤独中挣扎前行,为了闺密早日康复,毅然决然拒绝了叶小叶的疯狂追逐;叶小叶一而再再而三地陷入多角爱情的旋涡,该大胆表白时却远走他乡,该矜持稳重时却死缠烂打,注定了一生的情感只能漂泊游离于灵魂深处而不得安宁……小说的一波三折,佐证了人类就是一个缺点与优点同在、伟岸与卑微共存的矛盾体。

《烟火男女》光看书名就充满了生活的真实况味,作家既没有高高在上的道德评判,也无激越刻意的愤愤不平:肖意的情感丰富但心中始终忘不了初恋,不幸成植物人后却收割了叶小叶的后半生;陈伟悦全身心地投入家庭毫无征兆被出局,与婆婆情深却不能去车站送别,从小听话又逃避父母的相亲安排;叶小叶英俊潇洒、人见人爱,可几段情感受伤碰壁的总是他;整日坐在书斋里的吴天满腹诗书,可挥剑斩情丝的杀伐果断令人胆寒。

人生不是游戏,无法提前彩排预演,存在的不一定合理,合理的不一定存在。主人公形象的丰满真实远胜过创作本身的奇技淫巧,小说故事的精彩最后当归功于真实情感的深度发掘与自然流露。从这个角度来看,《烟火男女》的许多细节处理是非常接地气的,主人公身上不时闪现着人间烟火的本真面目,不失为一部抒写世俗男女在烟火红尘中执着前行的好小说!

家国天下英雄梦

——长篇小说《家国天下义门陈》里的英雄情结

初识作家杰敏,缘于他的长篇小说《家国天下义门陈》(以下简称义门陈)正式摆在了我的案头,作为图书责编,审读书稿才是了解作家最直接的方式,随着时间的推移,我越来越觉得作家并不强壮的身体里,有一种浑厚的英雄情结在弥漫张扬,充溢文字的河流,奔腾翻滚着一路向东前行。

果然,一翻开《义门陈》,开篇就与众不同:第一章标题"国破山河在"赫然入目,让读者倍感压力山大,沉重、憋闷、揪心,甚至会有点喘不过气来,"国破"是一个沉重的话题,意味着所有的王公大臣、百姓子民接下来都要跌入"亡国奴"的火坑,受尽欺凌,任人宰割;"山河在"正好表达了主人公陈义敏从小就有"保家卫国"的远大志向,自古有"乱世出英雄""英雄不问出处"的说法,更何况义敏本身就出自天下第一大家族——义门陈氏。于是一幕令人动容的场景出现了:

> 他刚吟出上联:"国家有难匹夫尽责。"窗外便传来一声稚声:"男儿仗剑保国卫家。"刘子青一惊,心想,这小子不但出口敏捷,而且气度不凡。便大声道:"谁家小子妄言家国?"窗外应道:"义门子孙国即是家!"

少年陈义敏的出场充满了侠肝义胆且才华横溢的强大气场,使得满腹经纶、"为国家育人培才,弘扬家国大义"的国子监教授刘子青亦为之一震,深感欣慰。从此,以陈义敏为首的"义门七子"在恩师刘子青的教授下,他们除了苦读诗书外,还习练武艺,操演行军布阵,熟读各类兵法武略,在最短的时间内迅速成长起来,成为一支保家卫国的强大力量。在江州城破之日,义门七子在恩师的率领下,杀入重重包围,持刀跨马,血染战袍,左冲右突,亲身经历了"古来征战几人回"的惨烈与悲壮,在恩师为国捐躯后,陈义敏稚嫩的肩上又担起了庇护恩师遗孤玉卿——与自己青梅竹马的痴情弱女的责任……但这仅仅是小说的开端,这么惊心动魄的开门见山,正好说明了作家身上兼具小说家讲故事和侠义英雄情结交相辉映的文学才华。

综观全书,几乎就是一个英雄群体在接二连三地登台亮相、指点江山:比如,气冲牛斗、杀伐果断的守城将军胡则,阴险狡诈、视平民如草芥的残暴将军曹翰;比如,学富五车、文武兼修的国子监教授刘子青,武艺高强、潜入皇宫刺杀太祖赵匡胤的法显大和尚(刘子青胞兄刘子如);比如,江州城破之后能忍辱负重、振兴家族的老族长,微服私访、刚正不阿的知州大人康戬;比如,公正清明、礼贤下士的寇准,铁面无私、忠心耿耿的包拯大人……正所谓"你方唱罢我登场,义门陈美名传四方"。

"故天将降大任于是人也,必先苦其心志,劳其筋骨,饿其体肤,空乏其身,行拂乱其所为,所以动心忍性,曾益其所不能。"孟子如是说,在作家的笔下,小说主人公义敏和几位弟兄没有能够协助胡则将军保护好江州城,城破之日将军殉国,恩师惨遭杀戮,但他们在敌军刀刃丛中"威武不能屈",大义凛然,敢于奋起抗争,质询斥责敌将,及时制止曹翰的屠城之举,使江州百姓免去了一场空前浩劫。此等气魄堪称惊天动地,气吞山河。但要想成为一位真正的英雄,绝非逞匹夫之勇就可以了,一定要经历诸多坎坷、磨难方可修成正果。于是,接下来便有了义敏"忍痛割爱接受族长一职""强令三哥义智迎娶心上人玉卿"的痛苦折磨,在义敏、义智、玉卿三个人的情感纠结中,义敏的心智终于逐渐成熟起来,三哥义智、玉卿最终谅解他的苦衷并喜结良缘,为了报答"义敏让妻"的大义之举,三哥深谋远虑,为共度饥荒,毅然分析义门陈,选择新址为以后义门陈遭遇危机时出手相助埋下了一大伏笔。义敏真正意义上成了义门陈大家族的实际控制人,掌管着几千人的生老病死、功名利禄,使义门陈这个庞大的家族在新的王朝里再次赢得了巨大的声誉。但让他意想不到的是,"五子跃龙门"的蟾宫折桂之喜换来的却是朝廷统治者的猜忌与疑虑,一场空前的家族浩劫似乌云压城一般又席卷而来,巨大的压力又落在了义敏那并不强悍的肩膀上。

修身、齐家、治国、平天下。是古代文人志士一生奋斗的目标,进则居庙堂之高,退则处江湖之远。作家的身上同样流淌着这样的热血,在他的灵魂深处同样烙有"学得文武艺,售与帝王家"的深深印痕。现实中的作家在一家银行供职,虽不曾居高位,但其人品学识深得领导喜欢,深得同事下属尊重,足见作家身上的侠义之风是与生俱来的。

侠之大者,方称英雄。作家笔下的陈义敏就是这样一位平民英雄,虽然接任义门陈族长一职,让他失去了至亲至爱的心上人,让他失去了"朝为田舍郎,暮登天子堂"的功名机会,但他把胸中的侠义才能全部施展在义门陈家族的治理与管束上面,上承德高望重的老族长、下启博学多才的新族长陈泰,在他的言传身教下,家族上下击鼓传餐、共度饥荒,与邻人分享朝廷赈济粮款;在他的施政方针下,家族制定了流传千年的家法三十三条、家范十二条、家训十六条;在他执掌东佳书院时,一个家族书院走出来的进士居然占了全国皇榜的五分之一;在他"百善孝为先"的治理下,"堂前架上衣无主,三岁孩儿不识母。丈夫不听妻偏言,耕男不道田中苦"。(寇准语)义门陈鼎盛之时,百犬居然能同槽同食……修身、齐家能达到这种近乎"共产主义理想分配"的地步,当真是匪夷所思,难怪当皇上召见他时,他随机应变,对答如流:"回禀吾皇,古人说好,学得文武艺,售与帝王家。吾皇也曾说,书中自有黄金屋,书中自有颜如玉。古代圣贤与当今吾皇宗旨同辙,鼓励天下读书人,读好书,学好艺,学而优则仕,仕优则忠君,则爱民。草民之所以未曾参加科考,实乃不想一心二用,只想处为硕儒,专心为我大宋培养优仕,一心报答吾皇待我义门陈之浩荡皇恩哪!"在龙颜莫测、百官震惊的情况下。义敏能做到镇定自如,不卑不亢,三言两语就将义门陈家族危机化险为夷,这一份从容与自信绝不是一般乡村野老所能做得到的,就算是叱咤风云的疆场战将,匍匐在天子脚下也难免战战兢兢、唯唯诺诺。

作为义门家族的族长兼书院主持,义敏除了继承前任重托并发扬光大外,更加重要的是他慧眼识英雄,打破传统确立下一任的接班人陈泰(其父陈宗因触犯家规而受过罚),这就不得不佩服他身上那穿透历史风云的洞察力与判断力:

……名利有什么了不起,我从不拿名利当回事,又有什么新鲜?难道名利之忧之诱之热衷之煎熬,是从娘肚子里带出来的吗?非,非也!名利不是心肺,不是肝肾,不是灵魂,也不是心地!名利是俗出来的,是俗人闹腾出来的。一旦名利盛行,那必将是黄钟喑哑,瓦釜轰响;圣哲谦卑,小人张扬;学问贬值,伪学疯长;深刻难行,浅薄哄上;真人消失,作秀时尚;劣胜优汰,信口雌黄;吹牛不上税,垃圾舞八方!我说:"太阳出来了,你们看见了吗?除了几声鸟叫,又有几个人醒来啊!"

与其说这是主人公陈义敏睿智与胸襟的表白,倒不如说是作家在自我解剖,在良心拷问,何谓英雄?何谓世俗?何谓家国天下?

写到这里,耳边似乎响起了"大路朝天兮任纵横/水长山高兮南北分……黑白分兮吾守义/吾守义兮家国存"的歌声,歌声悲壮,如泣如诉;歌声悠长,飘过大江南北,飘过长城内外,飘过义门陈大家族的天空……作家笔下的英雄情结,在小说主人公义敏、义智、陈泰等人身上表现得淋漓尽致,我曾经编过三本关于"义宁陈氏"的图书,那里面都是硕儒巨匠寻求学问的内容,但《义门陈》一书的冲天豪气与义门陈氏绝代门风让我震惊了,这个"聚族三千口天下第一,同居五百年世上无双"的大家族,终因朝廷维稳需要而分家析产,作家笔下的一枕英雄梦随风散居全国各地一百二十处,继续开花结果,繁衍传承,孕育着新的传奇与不朽。

"金銮宴罢月如银,环佩珊珊出凤城。问道人间谁第一,咸称唯有义门陈。"(唐僖宗李儇)作为义门陈后裔的一分子,作家笔下的《义门陈》确是在为祖先树碑立传,为弘扬义门陈氏家风家规家训而摇旗呐喊;但作为责编,我以为《义门陈》一书是在传承一种"家国天下"的英雄情结,在传承一种"忠孝为本,家国大义"的爱国情怀,没有国何来家?只有国的稳定和平,才有家的兴旺发达。

敢为民营唱大风

——读长篇小说《春之梦》

长篇小说《春之梦》是作家吴清汀最新创作出版的一部长篇力作。小说人物原型立足本土生存状况,截取改革开放三十年来特别是党的十八大召开以后的中国经济发展的火热画面为创作背景,叙事结构宏大,主题立意深刻,人物形象丰满、真实可信,既是中国民营企业家引领时代潮流的创业梦,又是贫困山区精准扶贫、经济脱贫、文化脱贫的致富梦,更是一曲主人公情感生活追求纯真健康、寻求自由个性的"鸳鸯蝴蝶梦":为保家人平安不惜牺牲初恋、最终遭遇婚姻背叛而挥剑斩情丝、辞职南下闯荡的美女校长李颖,出身名门、学贯中西、才貌双绝的京城建筑设计界极品精英美女徐晓睢,精明能干却仕途不畅、风流倜傥又仗义豪爽的本土官员杨放,婚姻不幸却情感细腻、敢爱敢恨又才华横溢的美女画家周萍,个个栩栩如生,令人耳目一新,久久回味,浮想联翩。

特别是来自大山深处的民营企业家余波,求学时即有"让家乡变得比巴黎更美"的雄心壮志,后因初恋情人被生生拆散,从此发奋拼搏,几十年来从家乡走向京城,从京城走向广州,率领家乡兄弟从无到有,从弱到强,终成中国建筑艺术装饰业第一品牌。思想创新、大胆超前,情感深沉、执着专一,眼界开阔、胸襟博大,家乡情结浓厚,是余波作为民营企业家的最大特点,也是他回报家乡父老、率领乡邻外出致富的内在动力。几十年来,无论身份、财富如何变化,他始终酷爱沉湎于艺术世界的领域,创作上既有深厚的中方文化根基又有西方开放的美学理念;个人生活低调平和,洁身自好,身价亿万却滴酒不沾,身边美女如云却心如止水,执着于"柏拉图"式的初恋情结。与某些作家笔下豪掷千金、荒淫放荡的所谓明星企业家形象相比,实有天壤之别。

  《春之梦》系三部曲中的第一部,主要是讲述美女校长李颖辞职后南下广州,被初恋情人余波重金聘请回乡创办国际艺术学院的艰苦历程,其间李颖和余波这对初恋情人在工作中配合得非常默契:李颖主内,真抓实干,吃苦耐劳;余波主外,奠定办学方向,高瞻远瞩,接轨国际前沿的教育思维,"容纳五千余人的艺术大课堂"的建筑、"请大师做老师"的教学理念、"给学生建高档宿舍楼,让学生自己种树绿化""免费送五十名学员出国深造""组织学生赴全国各地绘画乡村"等新颖的教学模式,无不让李颖这个体制内的教育专家打心眼里佩服:"李颖不禁从内心深深地佩服余波,佩服他的睿智。这时她才明白为什么平时人家都称赞他是做大事的人,因为只有胸襟像海洋那样广阔的人才能做大事。"金无足赤,人无完人。作家犹如行军布阵的将军,在小说中巧妙设局,让人性深处的脆弱和欲望在利益面前原形毕露:因订制蒙古包材料收取回扣、最后因供货商以次充好而鸡飞蛋打的美女齐燕,工作能力极强但道德低下、贪图钱财又沉迷女色最后双规落马的官员王国民,甚至以资本逐利为最高目标的徐晓睢在面对初恋情人时也难免心猿意马……正所谓乱纷纷,争奇斗艳名利场。

  小说语言精美,刻画人物形象灵活多变,或心灵独白,或举手投足,或对话交流,或人物对比,互相烘托,使主人公的内心世界袒露无遗:李颖事业上是一个成功的教育专家,因为一场无可奈何的婚姻交易,让她蹉跎长达二十年,心中一直念念不忘初恋情人余波,离婚后的她毅然南下,其实就是为了找回心中的那一份真爱。可她见到初恋情人后却始终不敢表白,当年轻漂亮的齐燕主动出击,事业有成、风韵犹存的徐晓睢突然出现在余波的身边后,稳重矜持的李颖再也无法平静,她冷淡疏远齐燕,还准备找个理由撕毁公司与徐晓睢签好的合同。这看似近乎失去理智的举动,恰好证明了李颖对余波的爱是刻骨铭心的,绝对不容许第三者染指情感的决心一览无遗。正如文中一位作家说的"一切纯洁的爱恋在本质上都是紧缩的,颤抖的,心碎的。因为它神圣,含有一种敬畏和崇拜的成分,女人崇拜男人的力度和硬度……"这话说到李颖的心坎里去了,余波在她眼里就是一个坚强伟岸的男人,在他面前自己只是个小女人,这就是距离,她要缩小这个距离,贴近他,大胆去感受他的力度。

小说作家深谙先抑后扬的创作手法,巧借齐燕的年轻漂亮、常与余波电话沟通的特殊身份来刺痛李颖的心,如果说此时的李颖尚能沉住气的话,那个京城建筑界的美女总裁徐晓睢的从天而降,确实让李颖乱了阵脚:余波恩师的女儿、师妹,当年北师大的校花、如今京城建筑界的极品精英美女,可以当众让从不喝酒的余波破例举杯,这种耀眼的身份、做派和优势,是李颖所不具备的。但在余波眼里,李颖才是唯一的。二十多年的独身,始终面对的却是办公室里的李颖画像,一段历尽甘苦、看破浮华、刻骨铭心的旷世之恋跃然纸上:"……我知道她对我的真情真意。但我要对她后半辈子负责,她已经是受过一次伤害的人,不能再让她受到伤害……"

塑造新时期民营企业家的伟岸形象,构思新时期艺术教学的崭新模式,引进西方一流的、开放式的教育理念,探索新型建设人才由城市转入农村,从根子上让贫困山村群众脱贫致富,构筑具有现代审美情趣的农村居所,用新时代社会主义新农村发展变化的事实来说话,看似信笔写来,实则下接地气,上传正气,在精美简洁的文字里暗藏艺术大乾坤。这是小说《春之梦》的又一个闪光亮点。众所周知,现实生活中,许多民营企业家致富之后,并没有投入带动周边群众致富脱贫的时代大潮之中:反而有的勾结贪官污吏,侵吞国有资产;有的称霸乡邻,为非作歹;有的挥金如土,狂嫖滥赌;有的欺压百姓,为害一方……他们疯狂追逐资本利润,丧失了最起码的道德良知,有的甚至触犯国法,锒铛入狱,成了社会的反面教材。塑造人格伟岸、眼界开阔、胸襟博大、忧国忧民,与执政党同呼吸、共命运的民营企业家形象,自然是刻不容缓,任重而道远。

吴清汀是一位德高望重的老作家,二十世纪八十年代即开始文学创作,文创一级,先后创作出版《长城作证》《血染惊涛》《她,失落在梦中》《人间清浊》等二十多部文学作品,古稀之年再度出手,泉思如涌,男主人公余波形象的横空出世,为新时期民营企业家文学形象长廊中无疑增添了浓墨重彩的一笔,值得鼓与呼。书中配了大量的手绘插图,读来赏心悦目,许多细节年代跨度虽然不小,但读后亲切感人,如见其人,如闻其声,在某种程度上契合习近平总书记在全国文代会上讲话强调"文运同国运相牵,文脉同国脉相连"的创作原则。从这个角度来解读,《春之梦》的出版面世正是恰逢其时,与那些低俗、庸俗、恶俗的文学作品形成鲜明的对照,无疑有着重要的历史价值和人文价值。

春之梦,赣西北江南山村的脱贫致富梦;春之梦,中国民营企业家的振兴强国梦;春之梦,也是我们梦寐以求的中国梦。

赣东北的清明上河图
——读长篇小说《盐官纪事》

认识作家帅经芝,起源于文字。

记得那是千禧龙年的日子里,我手头上有一本正在编辑的作品集,作者是上饶市某公安局的一位领导,作序者就是帅经芝先生,于是在文字当中认识了先生;接下来的日子,我为他责编了散文集《人在天地间》,从文字当中对作家有了更为深刻的印象和了解,多年来电话短信不断,是一位值得信任的忘年之交;二〇〇七年,在我的推荐介绍下,他又开始了电影剧本创作,只是令我没有想到的是在他作为编剧之一的电影《美丽的故事》全国各地热播的日子里,我又收到了先生惠赠的长篇小说《盐官纪事》。

《盐官纪事》说的是二十世纪三十年代赣东北苏区政府供销总社派人前往浙西北商贸重镇——华镇开辟采办食盐通道的传奇故事。作者围绕苏区采办食盐这条主线,塑造了一系列独具赣东北风情的人物形象:既有侠肝义胆、至诚至信、机智豪爽的苏区总采办兼巡视员洪振坤,漂亮动人、胆大心细、爱憎分明的豆腐西施柳嫂,机智勇敢、深藏不露、该出手时就出手的地下党领导人耿良,八面玲珑、精明世故、诚信义气的正直商人王田辉;也有追求享乐、爱慕虚荣、渔猎美色的共产党败类贾进水,又不乏尔虞我诈、钩心斗角、荒淫无耻的敌军头目伍家贵、刘仁鉴;等等。让人耳目一新的是作者独具匠心地塑造了一个活跃在农村市镇的无产者群体形象:水崽、狗牯、侯五、老鼠嘴,这些人都是一人吃饱全家不饿的主,在人们眼中无权无势无地位,在统治者眼中更是如同草芥,可以任意加以践踏、蹂躏。但他们个个讲义气、重信誉,敢于打抱不平,一旦团结起来就可以形成一股强有力的反抗力量,每每在关键时刻挺身而出,抢军盐、劫法场,做出了一番惊天动地的大事,为赣东北苏区打通浙西北"血色盐道"立下了不可磨灭的汗马功劳。这各式各样的人物汇集在赣东北这块红色土地上纵横决荡,犹如一幅独具特色的"清明上河图"缓缓打开卷轴,读来使人如临其境,如闻其声。

作家出生于赣西北美丽的小山城——修水,这是一个孕育了北宋大诗人、大书法家黄庭坚和近代史上"一门五杰"陈三立家族的风水宝地,儒家文化底蕴深厚,也是秋收起义的发源地。淳朴善良而又不失强悍的民俗风情无疑给先生打下了深深的烙印,"水崽、狗牯、侯五、老鼠嘴"这些人名无疑具有浓厚的赣西北标识,这也许是我阅读《盐官纪事》倍感亲切的缘故吧!作家成长于赣东北这片道家文化深厚的红色土地上,对赣西北的儒家文化民俗风情又情有独钟,在刻画笔下人物时自然会别具一格,与众不同。

铁匠出身的洪振坤并不是天生的商人,甚至毫无做生意的经历,但他的为人深受赣东北苏区领导人方志敏、邵式平的器重和信任,当他被方志敏钦点为总采办盐官后,也曾有过一丝困惑和不解。但面对苏区军民缺盐度日的痛苦不堪,面对上级首长信任依赖的目光,他没有退却,在前任盐官惨遭杀害的白色恐怖下,义无反顾地抛下年迈的父亲、漂亮的妻子、幼小的儿子前往敌占区寻求开辟新的采盐通道。

古人云:"言忠信,行笃敬,虽蛮貊之邦,行矣。言不忠信,行不笃敬,虽州里,行乎哉?"主人公洪振坤虽然肚子里的墨水不多,没有读过多少前人古训,也没有经历商场的搏杀沉浮,但他知道做生意和做人一个样,要讲个天地良心。他就是凭着真诚守信、乐于助人、热情大方的美德,很快就在紫云寨站稳了脚跟。当守庙大伯为他挑来第一趟盐的时候,他遵守诺言,让守庙大伯得到了应该得到的利润。这种一诺千金的做人美德很快一传十,十传百,可以这么说,狗牰、侯五、"老鼠嘴"最初和洪振坤打交道,愿意冒着生命危险采办食盐都是冲着丰厚的利润来的,只是在和洪振坤打交道的过程中,不知不觉就被洪振坤真诚守信、大方豪爽的人品所打动,最后结为生死之交!

  精于刻画人物形象,擅长在矛盾冲突中比对人物的性格,是作者的强项。通篇小说在人物的塑造上没有任何口号式或标签式的现象!比如,同样身为共产党员的洪振坤、贾进水,在做事风格和为人处世的人格魅力上就截然不同:当"老鼠嘴"无意之中被保安团的侦探队长刘麻子、保警队长周三跟踪擒获,给紫云寨村民带来空前灾难的危急时刻,洪振坤不顾个人安危挺身而出,化险为夷,让刘麻子、周三知难而退,让"老鼠嘴"心怀感激、千恩万谢;身为外贸分局局长的贾进水可不这样,他凡事都权衡自己的利益得失,深恐洪振坤抢了他的风头,为了超过洪振坤的成绩,他可以三番五次地违背组织原则偷偷外出;为了自己的感官刺激,他也敢私下做些寻花问柳的下流勾当。当他冒险争取到了"表弟"侯五的帮助弄来大批食盐时,便大讲哥们义气,出手阔绰,大方豪爽;当侯五去绍兴贩盐被刘麻子查获随时有生命危险的紧要关头,他竟然可以见死不救,背信弃义。最后还是洪振坤侠义相助,在"水崽、狗牰、侯五、老鼠嘴"等人的配合下主动出击,化被动为主动,打了一场漂亮的伏击战,把保安团抢掠的十几万斤食盐又夺了过来送往苏区,既为苏区政府立下了头功,又赢得了"水崽、狗牰、侯五、老鼠嘴"等穷苦哥们的敬仰和信任。相比之下,两个人的人品人格强弱立判、高下分明。

  豆腐西施是本书当中一个非常鲜活的典型人物,她漂亮能干、眉目顾盼、巧妙周旋于各式贪婪的男人之中,小心翼翼地经营着自己的一爿豆腐小店,就算是手握生杀大权的侯仁贵营长痴痴守望了多年也无从下手,至于贾进水这个死不改悔的淫棍更是被她整得哑口无言、哭笑不得!柳嫂应酬各方来客颇像《沙家浜》中的阿庆嫂那样"垒起七星灶,铜壶煮三江。摆开八仙桌,招待十六方。来的都是客,全凭嘴一张。相逢开口笑,过后不思量"。但柳嫂实际上对客人做得更加热情,因为吃完豆腐后她还会笑靥如花地留人住宿,尽量多赚几个子来维持孤儿寡母的艰难日子。就算是遇到了贾进水这样夜闯卧室的下流坯子,她也没有立马翻脸,而是笑脸相迎,客气而又礼貌地把他撵出店了。

要是仅从柳嫂这温柔可人的外表就认定她是一个好欺负的女人,那就大错特错了,她的眉目顾盼、巧妙周旋只是为了生计所迫,她能够忍气吞声任人取笑,那是因为她骨子里是一个坚贞不屈、守身如玉的人。一旦内心深处的情感爆发出来,她的大胆泼辣就会让所有人震惊万分:当她得知儿子的救命恩人、自己眼中的好男人洪振坤已被推上刑场面临灭顶之灾时,她一反平时恪守妇道的拘谨,在众目睽睽之下,大方而又自然地把洪振坤当作老公给领回了家。在旁人看来这样石破天惊的大事,她却平静得不能再平静,就连平日里对她照顾颇多、正要硬着头皮出手相救洪振坤的王大老板也惊得目瞪口呆。特别是柳嫂在家中让儿子改口称呼洪振坤为爸爸的时候,行走江湖见多识广的洪振坤竟然也方寸大乱,除了不敢接纳柳嫂那颗火热滚烫的爱慕之心以外,洪振坤也深深地体会到眼前柳眉含春、风情万种的柳嫂确实是一个为了正义良心什么都敢作敢当的好女人。

如果说挺身而出搭救洪振坤是柳嫂对他有爱慕之心夹杂在里面可以理解的话,那么为了营救身陷牢狱之灾的王云辉老板去找侯仁贵求助就纯属报恩之举!柳嫂明知侯仁贵对自己的美貌觊觎已久,此次上门求助无异于羊入虎口:

  柳嫂本来不情愿接近侯仁贵,而这一回却要主动去找他,实在有些为难。她想,侯仁贵打自己的主意不是一日两日了,她都没有让他沾身。这一回去找他办事,人家又是升了官的人,他会不会端架子,打官腔,还要提出做那种事?他肯不肯救王老板呢?……但一想到王老板慈善的面容,想到他对自己的种种好处,就铁定了心要救王老板。但又想到侯仁贵平日对自己的痴情,此时去找他帮忙,他万一要她同意干那种事,她咋办?干还是不干?这时,他想到了王老板正在牢里吃苦,于是下定决心,干,就同他干一回,反正也损失不了什么,"拔了萝卜秧得麦",最多失去个面子,失就失吧！两个人之间做的事，没有第三个晓得，也不失面子。如今到了要救命的时候，也顾不了这么多了，救王老板要紧……

这种知恩图报、不计个人得失的侠义行为不但没有降低柳嫂的人格品行，反而让我们从内心深处感到了深深的震撼：一个手无寸铁的弱女子，数年如一日面对各式各样的引诱迷惑能够守身如玉，一旦自己的恩人身陷险境，居然愿意放下她那比生命更为重要的尊严去以身饲虎，搭救恩人，这需要有多大的勇气？在柳嫂这种恩怨分明、受人滴水之恩必当涌泉相报的美好品德面前，有多少堂堂七尺男儿该自愧不如！

一生与文字为伍的作者，自幼喜好古典传统文化，在上饶市文联主席岗位上长达十七年，培养和扶持了一大批文学青年爱好者。作为赣东北文学界领头羊的他十分推崇和倡导古人"孝悌忠信礼义廉耻"八德的传统美德，常以"古之欲明明德于天下者，先治其国；欲治其国者，先齐其家；欲齐其家者，先修其身；欲修其身，先正其心；欲正其心，先诚其意"的古训自勉。这种文化传承的潜移默化，让他笔下的人物个个栩栩如生，真实自然，平易近人，没有那种不食人间烟火味的仙风道骨，更没有那种"高大全"僵化模式的拔高与吹嘘。

譬如洪振坤，他身负组织重托，单枪匹马前往敌占区采办食盐，凭的就是他"一手交钱，一手交货"的经商原则，赢得了华镇上三教九流人物的大力支持和配合，这与他为人做事的原则是分不开的。他曾谆谆教诲助手大江说：

大江啊！在我们这条生意路上，白军官兵同样是我们争取的对象。以诚待人，以理服人，以情感人，始终是应该坚持的。只有迫不得已了才能动用武力。我们的目标很明确，主要是做生意，我不想在这条贸易中线上染太多的血，包括我们自己人的血，杀人不是我们的目的，杀来杀去……什么生意也做不成，我们的目标就偏向……交一个朋友不容易，失去一个朋友却是转眼的事。没有证据表明是狗牯走漏消息，我们不能怀疑任何一个曾经同我们合作过的朋友。

有这样的胸襟与气度，又能时时克制自己的欲望，这正是洪振坤得以在华镇采办食盐畅通无阻的根本。华镇王老板是徽商的后代,为人讲究诚信,在华镇上既结交权贵也同情弱小。三教九流,为官为民为工为农为商的,他都结交;就算是讨饭的叫花子懒汉,他也一视同仁;凡是进他家门的,都以清茶淡饭招待,小恩小惠,乐善好施。凭着这种为人处世的美德,他由一个乞讨的叫花子,到开小摊至开商号,事业如日中天,成了华镇上跺一跺脚地面也要抖三抖的头面人物、商会会长、人称三伯伯的王云辉老板。因为两个人行事方面有很多的共同之处,一经接触便成为莫逆之交,用王老板的话说就是:就算他洪振坤是共产党,冒杀头的风险我也愿意和他交朋友做生意。

为了感谢洪振坤出手救助自己大公子被困一事,王老板盛情邀请他前去镇上有名的脂粉窟里销魂行乐以表谢意,谁知洪振坤见美女佳丽后竟然拂袖而去!令王老板百思不得其解:难道这世上真有这样不吃腥的猫?后来见洪振坤真的不愿行苟且之事,王老板便又从生意红利当中拿出二百大洋酬谢振坤,洪振坤再一次婉拒。为了不让王老板起疑心,洪振坤只能自称是道教徒,两个人之间有一段关于泡妞的精彩对话:

> 王老板接着说:其实,我知道,全真道士也有七情六欲,也不是完全不近女色,并且讲究个阴阳互补嘛!可你这个道士却是清心寡欲。依我看,你犯不着如此苦自己。你商贸成绩突出,玩玩女人又有何妨?我为你保密,你们的道主离我华镇远隔千山万水,天高皇帝远,神不知鬼不觉。人生在世,及时行乐呵!

洪振坤将计就计,索性以道人的身份说:

> 王老板此言差矣!凡信道者都以个人的自我修行为重。天理昭昭,善恶分明,道者玄之又玄,无所不在。俗话说,若要人不知,除非己莫为,就是这个理呀!
>
> 信道的人就讲一个诚信,有信仰的人是不能靠人来监视的。不能有人监视就信,没人监视就不信。信仰要始终如一,表里如一,冥冥中,苍天大地在日日夜夜监视所有的道徒。人生在世,品行第一啊!

两位肝胆相照、惺惺相惜的好朋友一起坐而论道：一个是字字句句情真意切，推心置腹、苦口婆心地劝对方得行乐时且行乐！一个是光明磊落坦诚相见，强调人无"廉、耻"之心岂能苟活于天地之间的美好操守，婉拒对方金钱美色相邀。通过笔下人物的深度对话交流，作家所推崇倡导的儒道文化大碰撞在主人公身上也就水到渠成、一拍即合！

也许从作者第一次参与发现三清山旅游风景区时起，他就开始沉浸于道教文化的研究学习之中了。记得当年编辑散文集《人在天地间》时，就隐约见到作者道教文化的深厚造诣之一斑。事隔多年之后，我在阅读长篇小说《盐官纪事》时，又感受到了这种道教文化在谋篇布局当中无处不在。这样的文化底蕴至情至性，深入骨髓，让《盐官纪事》这部书稿当中少了几分血腥味，少了几多喊声震天的枪炮声，少了几分同胞相残的尔虞我诈；多了几分来自乡村的美丽自然，多了几分来自人性当中的善良亲切，多了几分人与人之间交往的诚信守诺。也许这就是《盐官纪事》读来令人如临其境、如闻其声的原因吧！

顺其自然，追求本真，不要逆天而行；为人做事，光明磊落，俯仰无愧于天地之间。这也许就是作者一生向往追求的人生最高境界。尽管是战火纷飞的战争年代，但作者展示在我们面前的赣东北风景依然美丽如画，令人怦然心动：

　　夏日清晨，柔和的阳光艳丽地照着葛源。山野间，燕子、画眉、杜鹃、黄鹂、相思鸟……各种名字的小鸟在村前村后、树林里、山石间盘旋，欢鸣雀跃，聒噪声声。高山上流水，映着红霞，像一条彩带漂浮而下，注入葛溪，流入稻田。田里的禾苗绿意葱茏，生机盎然。农夫们趁着早晨清凉来到田间耘禾，手拄棍子，一边悠闲地耘禾，一边愉快地唱着山歌：正有当兵竹叶青，我在外面当红军。工农革命真正好，打倒土豪斗劣绅……

如此风光如此景，分明就是一处世外桃源或者是五星级的旅游风景区哟！可是作者明明白白地告诉我们，这就是二十世纪三十年代的赣东北苏维埃首府葛源。就是在这片美丽如画的土地上，方志敏、邵式平、黄道共同发动和领导了弋（阳）横（峰）暴动，建立了赣东北根据地。

被中央苏区领导人毛泽东同志称赞为"方志敏式"的模范根据地。在作者的笔下,不但苏区风景优美,就连敌占区保安团长伍家贵发明的处决犯人的酷刑都显得"美感"十足:用一个杀猪的腰子盆,把犯人像猪一样按入盆中,然后用开水活活泡死,手段之残忍实在到了骇人听闻的程度!但说实在话,这个场面还是挺有美感的,小时候我就经常和小朋友一起围观大人杀猪时的情景。不过那是死猪躺在里面,任大人们高高举起两大桶滚烫的开水像瀑布一样轻轻注入盆里,画面动感十足,常常令我们乐此不疲,久久不愿离去。只是我从来没有想过腰子盆里面要是人躺在那里会有什么样的结果?看了《盐官纪事》才知世上还有这样富有美感而又惨无人道的酷刑,如此看来,国民党反动派当年屠杀革命者的手段真的是到了匪夷所思的地步。作者就是要用这样的画面来反衬国民党反动派的丧心病狂、令人发指的滔天罪恶。这样以美衬丑的高明手法,比起那些直接描写血淋淋的杀人场面更能令人震撼吃惊,久久难忘!

还有一个值得称道的地方,就是书中人物的最后结局安排也暗合了道家顺其自然的思想。比如贾进水这个人,身为外贸分局局长,本该是共产党员里面的中坚人物,可他却一而再,再而三地违背党组织的纪律,夜入寡妇屋险些被捉之后不死心,进而夜闯柳嫂房间占便宜,事情败露之后不思悔改,最后动用公款前去杭州狎妓,终于导致事情败露被抓,大家千辛万苦经营起来的赣东北采办食盐的地下通道遭暴露,要不是洪振坤他们及时赶到勇劫法场,软硬兼施逼走刘仁鉴,还不知会给党组织乃至整个赣东北苏区带来多大的损失?王老板在刑场上有一段心理独白颇令人玩味:

退一万步说,就是我王老三与洪振坤联系,那也不是通匪,世界上有洪振坤那样讲仁义道德的人做土匪的吗?再说了,如果他洪振坤真的是共产党,那我王老三也死得划算,因为我终于同共产党人的命运连在一起了……他再看看那个贾进水的样子,怎么看也不像个共产党呀!可偏偏说与他做生意就是同共产党做生意,一定是搞错了。像贾进水这样的人绝对不会是共产党,如果他也算是共产党,那也必定是共产党里的败类。难道共产党内也有坏人么？怎么看老洪都是个共产党,可他偏偏说他不是共产党。唉,这世上的事真是说不清楚。

就是这样一位贪恋美色的败类,作者还是没有让他去死,只是通过洪振坤以身饲虎的比方教育了他一番,任其自生自灭;伍家贵这十恶不赦的保安团长,平时吃喝嫖赌抽,是一个骑在劳动人民头上作威作福的恶棍,作者对他也网开一面,没有判他的死罪;最后死的是两个该死之人,一个是作恶多端、屡教不改、见利忘义,在主子落难时候落井下石的刘麻子,一个是隐藏在伍家贵身边告黑状的真小人。在作者看来,贾进水好色难改也有可取之处,最起码在刑场上没有怕死投敌,也曾为革命立过功劳;伍家贵反动透顶,但也曾经帮洪振坤助过一臂之力,为老洪采办食盐开了方便之门。作者最为反感最为痛恨的就是这种过河拆桥、背信弃义、卖身求荣、令人不齿的宵小之徒,所以很巧妙地让这两个小人死于非命,不再危害人间。这样的结局也算是道家文化在作者身上顺其自然地流露吧!

写到此处,突然想起几天前网上的报道来:因为日本地震核泄漏而引起全国多地抢购食盐的风潮。我不禁暗暗思量起来,要是这些抢购食盐的人们能够读一读长篇小说《盐官纪事》,不知会作何感想？

第一辑　文学是美丽的

铁血荡倭寇，忠魂铸长城
——读长篇小说《铁腿神枪》

年前，有一青年作家拿了厚厚一沓手稿来办公室找我，聊天的过程中方知他叫董连辉，一个有正义感、崇敬英雄的燕赵悲歌之士。这就是刚出版面世就好评如潮的抗战图书《铁腿神枪》，短短两三个月，包括权威媒体《解放军报》在内的五十余家媒体刊物先后刊发出版消息及相关点评。据作者说，小说主人公欧阳波平一夜之间成了炙手可热的网红。

主人公欧阳波平历史上确有其人，据作者遍查冀东各地抗战史料档案：湖南人氏，早年为十九路军军官，曾参加一·二八淞沪保卫战；后因看不惯国民党软弱无能，在抗日战场上节节败退，毅然投诚参加红军队伍，历经二万五千里长征；一九三七年，到延安入抗日军政大学学习；一九三八年，抗大毕业后来平西，任冀热察挺进军随营学校军事教育科科长、军事教员；一九三九年十二月，任冀东部队组建最早主力团十二团参谋长兼一营营长，足迹遍布冀东大部分县；一九四一年至一九四二年夏，他与迁青平联合县三总区区委书记李方州密切配合，浴血长城，开创出迁安早期抗日根据地。因他能文能武，善于排兵布阵，调兵遣将，且枪法极准，有百步穿杨之能，是冀东抗日战场上威震敌胆的优秀指挥员，屡挫强敌，既是日寇高级将领中的眼中钉，也是地方顽匪汉奸的催命符,所到之处,令敌寇闻风丧胆。一九四二年八月八日,欧阳波平率一营在三总区彭家洼设伏,全歼日本关东军第八师团步兵第十七联队原田东两王牌中队,不幸在打扫战场时遭自己的警卫员刺杀牺牲,令人痛心扼腕,叹息不已!

小说主人公欧阳波平身上有着以往文学作品、影视作品塑造的抗日英雄形象所不具备的特质:第一,无论环境如何恶劣,战斗如何激烈,宿营后每天坚持洗澡泡脚,极其讲究个人卫生,他的警卫员也必须跟他一样,在某些人眼里落下"洁癖""爱臭美"的话柄;第二,身怀武功,铁腿腾空,立毙敌命,长期坚持体能训练,注意外表形象,常在大庭广众之下给战友们晒强健的胸肌乃至块垒分明的腹肌,与战士一起比试拳脚,丝毫没有长官架子,被少数个别极左领导视为"作风不正"而遭打压、降职;第三,目光远大、观念先锋,多次直截了当拒绝地方姑娘的真诚求爱,并说打跑日本鬼子后要去国外参加健美大赛,通过参赛一洗"东亚病夫"的耻辱,认为自己形体美不是一种过错。这种塑造人物形象手法的标新立异,可以说是董连辉式的"独门绝技",既真实又可信,让英雄回归真实,回到真实的战争年代,不再是以往文学作品中那种不食人间烟火"高大上"的伟岸形象。我以为,这种与时俱进的创作风格与那些抗日神剧里的雷人手法是不可同日而语的。把一个威风八面的抗日"战神"写成了一位真实可爱并带有某些性格"缺陷"的邻家大男孩的阳光形象,无疑会契合新时代读者的审美胃口。图书出版后,董连辉先后到几所部队院校与学生就图书作交流演讲,事实果然证明,在九〇后大学生读者群体里,像欧阳波平这样的抗日英雄形象是颇受欢迎的!

《铁腿神枪》这部图书在揭露日本鬼子侵华战争中屠戮中国人民的残暴本性方面可谓酣畅淋漓、入木三分:他们对中国军民枪击刀劈、开膛破肚、断臂斩肢、挖心下酒、机枪扫射、放火施毒……手段之残忍到了无所不用其极的地步。当他们得知欧阳波平牺牲的情况下,还派出特务四处寻找烈士的掩埋地,扬言要挖出烈士的五脏六腑来下酒庆功,其令人发指的疯狂行为已经丧失了作为人的本性,确实禽兽不如,真是罪恶滔天,罄竹难书。

图书的另一个特点就是深刻揭露了"汉奸"这个群体在民族存亡

危急时刻的为祸之烈,警醒人们要注意现实中新形势下的各种"汉奸"行径:冀东抗日战场上牺牲的烈士人数之多,在全国所有抗日根据地都是罕见的,令人触目惊心。其中最大的原因之一就是当地汉奸如麻,他们出卖人民,出卖共产党领导下的抗日游击队与正规八路军,和日寇里应外合,干尽了伤天害理的事情,令亲者痛,仇者快。比如神枪手欧阳波平的前两任警卫员都是因为汉奸出卖而壮烈牺牲,他本人最后也倒在被汉奸收买的警卫员枪口之下,他的刎颈之交、地下区委书记李方州也是因汉奸出卖而英勇就义。

寻找英雄,呼唤英雄,祭奠英雄,重塑英雄的浩然之气,则是本书的灵魂所在。董连辉在后记里如是说:我们没有条件在硝烟中与前辈们一起冲锋,用镜头拍下他们慷慨赴死的悲壮瞬间。但我们能够拂去时光尘埃,用笔头书写他们气吞山河的诗篇,以艺术真实还原他们"浴血长城驱倭寇、荡气回肠谱壮歌"的伟大壮举。

"一个没有英雄的民族是可悲的民族,一个拥有英雄而不知道爱戴他的民族更可悲!"近年来,国内历史虚无主义沉渣泛起,各种丑化、矮化、恶搞英雄的不良事件层出不穷,"精日"分子亦频频曝光;国际上,近邻的日本军国主义阴魂不散,右翼势力不断抬头,钓鱼岛事件愈演愈烈,远在太平洋彼岸的美军咄咄逼人,航母、轰炸机常常搅局南海,近期又不断挑动"台独"势力这根最为敏感的红线,屡屡碰触大陆的底线……新时代在呼唤中国军人身上的铁血精神,呼唤全民族崇敬的英雄情结;新时代更迫切需要锻造出一支敢于打仗、善于打胜仗的人民军队,使他们呼之即来,来之即战,战之即胜。

文章合为时而著,歌诗合为事而作。我们虽生逢盛世强国,但也恰遇动荡不安,在这种复杂多变的国际、国内新形势下,《铁腿神枪》一书的横空出世,无异于一场洗涤灵魂的及时雨。从这个角度来解读《铁腿神枪》一书的出版价值,正所谓:黄钟大吕,振聋发聩。

期待董连辉今后写出更多更好的作品,为中国梦、强军梦的早日实现弹奏出更加美妙动听的音符。

《新兵》中的"特种兵"

——读长篇小说《新兵》

小时候读诗词就特别喜欢"沙场秋点兵""铁马冰河入梦来"的壮怀激烈,崇拜"将军百战死,壮士十年归"的英雄气概,向往"朔气传金柝,寒光照铁衣"的严酷场景,后来才明白能够驰骋疆场,搏杀敌寇,是每一个大好男儿心里天然自成的英雄情结。当然,我也明白"一将功成万骨枯"的悲壮惨烈,但军人自古以来的热血沸腾、豪气冲天依旧时时激励着我年轻的生命,无奈长大后却阴差阳错,成了一名手握笔杆的文弱书生。向往英雄的日子、以笔当枪的人生目标,也就只能在梦里纵横决荡、摇旗呐喊、快慰平生了!

除武侠、恐怖片外,喜欢咂摸战争题材的影视作品当是我休闲的一大乐趣,特别是现代战争题材影视作品中那些弹无虚发、武艺高强、出手就能一招制敌的特种兵,更是格外吸我眼球,他们强悍霸气的外在形象与坚毅沉着的内在修养,彰显男子汉的优良品质和军中霸王花的飒爽英姿,欣赏他们的英武雄姿,比喝上几杯咖啡与浓茶来提神要兴奋得多。

庚子年秋,从军二十五年、立二等功一次三等功九次的北乔长篇新作《新兵》摆上了我的书案,特别是书中来自农村的"特种兵",令我眼前一亮:比如,从小在农村长大却好吃懒做、娇生惯养的吴加林,凡事善于思考、心细如发、灵活机动的唐志刚;比如,志当存高远、珍惜时光、自学英语的贾海涛,身怀武功、腾挪跳跃、纵横球场的章大强;比如,商海搏击、脑瓜活络、财大气粗的陶有财……就这些新兵蛋子一个个野性未脱、童心未泯,在班长夏奇寒的带领下,度过了难忘的三个月新兵训练期,由年轻冲动的毛头小伙成长为真正的军人,完全刷新了我脑海里对农村兵"木讷本分、憨厚迟钝、见识粗陋、眼光短浅"的臆想推测,特别是出身豪门却不娇生惯养、待人坦诚以情动人的白小柱,明明可以靠父辈荫庇过"人上人"的好日子,却偏偏来到军营里摸爬滚打、煎熬打磨,从肉体到精神上的脱胎换骨,蜕变成长。当然,严格地说,新兵连里的他们都不是正式的军人,他们身上或多或少都带有原生家庭的印记、缺陷与不足,他们有着健康的体魄和标准的体形,思想深处的各种杂质需要加以提纯,去粗取精,去伪存真,或许这正是他们步入军营后第一站就需要进行三个月冶炼的原因。从这个角度出发,《新兵》一书中的主人公实在是一群可圈可点的"特种兵"。

"白小柱"这个小说人物形象的出现,让我特别感动,很自然地想到《高山下的花环》一书中的"小北京"。从他们身上表现出来的良好习惯与纯真气质,让我明白了一个道理:这一批生在红旗下、长在红旗下,甚至可以说是泡在牛奶面包里长大的少爷公子们,他们并没有退化成衣来伸手、饭来张口的酒囊饭袋,在他们的血液里依旧奔腾着父辈强悍的基因,延续了"老子英雄儿好汉"的万丈豪情。这一点,在商品经济大潮冲击一切领域的当下显得尤其重要与迫切:血性男儿的锻造,从来就是保证培养一支召之即来、来之能战、战之必胜的强大军队的重要保障。新兵班长的严格要求与人性化兼备的刚柔相济,新兵蛋子的偷懒投机,最后由老百姓的地方习性摇身一变,脱胎换骨成长为新时代的铁骨军人,是本书可圈可点的点睛之笔,这种治兵的全过程无疑是本书的最大看点。

"就新兵班而言,班长是十人之中最为孤独的,正所谓高处不胜寒。新兵与班长之间有堵墙,一堵根本无法推倒的墙。这堵墙和人与人之间的那堵墙还不太一样。新兵就是新兵,班长就是班长,这墙时刻都在,时刻都坚实无比。夏奇寒不在班里,是班里气氛最为宽松的时候。这时候,大伙儿的肉体和精神都能够得到尽可能地松弛。只要夏奇寒在,兵们的心理活动状态立马由稍息转为立正。高度紧张,高度戒备。"北乔在书中如是说,与他本人长达二十五年的军营生活是分不开的。

班长夏奇寒就是一个这样的"特种兵",作为班长出现在新兵面前,他是自信满满的,叠被子技术第一,从不要拍马屁的新兵代劳,做思想工作深谙孙子兵法,声东击西,三下两下就把新兵蛋子弄得服服帖帖,有的乖乖地把手机上交,有的停止在执勤的时候偷偷读英语,但在训练场上,他又铁面无私近乎残酷,导致有人偷偷去排长面前告他的黑状;作为班长,他对九名新兵一视同仁,没有因为白小柱出身高干家庭而迁就他,反而对他特别严厉,他口口声声说严是爱,松是害,以致白小柱在很长时间里都没有感到班长爱的感觉,可我们的夏班长却在心里偷着乐:"白小柱这样的兵不容易。他妈的,谁说高干子弟都是垃圾货?下次再听到这话,我不把瞎嚼的舌头割掉才怪呢。他咽了口唾沫,不是有唾沫,而是嘴里不太舒服。"作为班长,他平时可以和自己的新兵打成一片,一起抽烟,一起吃零食,一起叠被子,但在球场上比赛输给了自己的新兵章大强后,就立马翻脸,毫无班长风度:"你以为你打球很好,那是大伙儿瞎恭维你的,夏奇寒的脸成了猪肝色,一个新兵蛋子,抖什么?哼!"把一旁乐滋滋的章大强吓得一愣一愣的。当然,班长这种不成熟的表现并没有让自己的新兵敬而远之,反倒是更加亲近,视他为自己的兄长与顶头上司。

确实,一位不太成熟的班长与九位青涩的新兵,在三个月内形影不离,共同见证成长,共同比肩进步,这是一段多么令人难以忘怀的人生之路啊!有班长如斯,又何乐而不为呢?北乔笔下的新兵形象刷新了局外人对新兵连认识的惯性思维:一直以来,大家都以为三个月的新兵期就是在苦水里浸泡的,是血与泪的交融,是冰火两重天的淬炼,是毫无人性的魔鬼训练……其实,新兵连就是一个大家庭,松弛有度,宽严相济,时时充满温馨与关爱的,正如《新兵》所写的那样:"新兵连是盛产笑料的丰沃土壤。在桥上摇摇晃晃跌跌撞撞的新兵,又都是出色的喜剧演员。不需要舞台,不需要排练准备,随时随地都有新兵在无意和不情愿中登台亮相。训练走神、做错动作、走路同手同脚、在厕所里边撒尿边向领导敬礼、紧急集合时鞋子穿反了裤子套错了;等等。虽说有些笑声是苦涩的,但总能按摩按摩绷紧的肌肉和思维。""人的一生都有童年时代,新兵连就是军人的童年时代。新兵连是每个军人营区生活的第一站,也是他们记忆最为清晰,日后回忆谈论最多的话题。苦痛已被时光冲淡,那些当初自认为尴尬丢人的笑料,已成为温馨的最值得珍藏的细节。"俗话说得好:当兵悔三年,不当兵悔一辈子。读完《新兵》一书,果真如此啊!

  铁打的营盘流水的兵,流水的新兵不变的情。

  作为一部军事题材长篇小说,"情"字在作家笔下处处纵横流淌着,同乡情、战友情、思乡情、军营情。特别是读到小说最后为父母双亡的贾海涛过十九岁生日时,我的眼泪情不自禁地掉下来了。多好的军营啊!严酷而不乏温情,热烈奔放却又十分清醒。小说主人公全是一群刚刚入伍的新兵,他们没有喊声震天的豪言壮语,甚至每个人身上都或多或少地存在着一些小毛病,但这并不能影响到他们成为一位铁骨铮铮的钢铁战士。如果说老百姓与军人之间隔着一条纪律严明的河川,那么新兵连的日子就是一座飞架大河两岸的桥,只是走在桥上的年轻人个个都有一肚子嬉笑怒骂皆成文章的故事,他们在三个月的新兵连训练生活里,又像是一堆材料进入了加工厂,先碾碎一个个同床异梦的思想外壳,然后重新塑造成标准的军人。前途是光明的,过程却是锥心刺骨的,在训练场上,熬煎打磨肉体的同时,更多的是锤炼一股坚强的意志。如此看来,《新兵》既是一部可以零距离体验新兵独特生活的长篇小说,又是一部有关年轻人健康成长的人生之书。

  撼山岳易,撼中国军人难;冶钢铁易,塑一代军魂难。时下我国国内国际安全形势不容乐观,前有乱港势力肆虐横行,后有"台独"势力蠢蠢欲动,且有愈演愈烈之势;外有印度、五眼联盟等国虎视眈眈,特别是美国航母军机舰艇犯我南海,擦枪走火的概率大大增加,培养一支能够保家卫国的强大军队已迫在眉睫……文章合为时而著,歌诗合为事而作。从这个角度来解读北乔的长篇新作《新兵》无疑具有极其重要的现实意义和时代价值,它的出版发行,是习近平强军思想新时代道路上的一朵耀眼火花,它既能点亮军人的历史天空,又能塑造军人强悍无比的钢铁魂。

多少天涯未归客，尽借篱落看秋风

——读长篇小说《长乐未央》

读作家李玉平的长篇新作《长乐未央》，会让我想起江南的家乡：苍翠起伏的山峰、清澈透底的溪水，早出晚归的农人与摇头摆尾的耕牛，大片大片赖以充饥度荒的红薯地，一丘一丘水牛下去就掉不过头尾的袖珍稻田，调皮的儿时伙伴嬉戏打闹的场景……只是我没有李玉平那么幸运，他笔下的故乡叫长乐，地处东海之滨，三五天就可以开车回去一次；而我的家乡叫白鹇坑，地处赣西北层峦叠嶂之中，因为下游兴修水电站的需要早已沉入水底，平静的湖面封印了儿时的几多快乐，如今再也回不去了，只能在他乡与故乡之间徘徊复徘徊，张望归张望。

作家笔下的主人公叫倪水萍，是一位从乡村里走出来的文化人。虽然他没有进过高等学府的大门，但他是当地几家晚报炙手可热的专栏作家，笔名"刀力"，以笔作刀，在字里行间纵横四海，总想凭一己之力扫尽人间不平事，笔锋犀利，言辞激烈，敢为底层群体"鼓与呼"，在读者群里享有崇高的威望，只是神龙见首不见尾，周边竟然没有人知道刀力就是给朋友看管仓库的倪水萍，也没有人知道其貌不扬的倪水萍就是报纸上那个赫赫有名的大作家刀力。

世上所有的遇见，都是最好的重逢。

用这句话来概括倪水萍的前半生是恰如其分的。小说从儿时伙伴陈百歌海外归来在机场与倪水萍不期而遇切入,三十多年不见的玩伴,归来彼此不再是少年,各自的岁月沧桑与丰富阅历令人感慨不已:倪水萍自幼出生在长乐农村,这里的村庄如棋子般散落着,靠山吃山,靠海吃海,是长乐人世世代代的宿命;乡村生活的甜酸苦辣,海浪、海螺、礁石陪伴的童年,风沙、风声、风雨洗涤的记忆,鱼虾、渔船、渔民织成的风景,这一切的一切,决定了长乐人只有走出家门赚钱、走出家乡闯荡、偷渡出国乃至走私的大胆选择才有可能发家致富。长乐人前赴后继走在拼搏奋斗的路上,不是贪图享受与快乐,不是为了诗与远方,他们就是为了赚钱回来投资建设家乡。

倪水萍的少年是贫苦的,饥饿与辍学是他人生路上的两大痛楚:为了生存,他不得不离开生他养他的长乐乡村;因为没有文凭,好的工作找不到,只能从到处奔波推销蚊帐做起,积累了他人生的"第一桶金"。他胆子小,不敢违规作业,注定不能像走私大王杨之为那样疯狂走私,曾经一度搅得整个长乐镇热火朝天,让长乐的金峰成了国内走私货批发、买卖的最大市场;他也不敢跟卓平原一样搞歪门邪道,只要能够发财致富,不惜从亲表兄处下手,一路走来,骗财骗色骗顾客,硬是把貌美如花的四川姑娘肖洁俞哄到金峰,陷入万劫不复之境……但他有一颗奋发图强的上进心,在推销蚊帐四处奔波的空隙里,他大量地阅读文学作品,从文学作品当中的人物身上汲取积极向上的正能量,从一个文学爱好者转身为能握笔撰文的专栏作家,其间历尽甘苦,唯有自知!

好在倪水萍遇到了从长乐走出来的少年朋友赖瑞声,他承包工程但缺少文化,倪水萍空有一肚子诗书却衣食无着落,两个人的碰撞从此翻天覆地:倪水萍在仓库昏暗的灯下大作频发,成了名副其实的新锐作家;当赖瑞声知道眼前的发小就是报纸上那个大名鼎鼎的刀力,商海摸爬滚打的他紧紧抓住了这张文化名片,生意越做越大,成了远近闻名的建筑工程大户,文化与经贸搭台唱戏的桥段居然在两个好朋友头上生根发芽了。随着时间的推移,各行各业从长乐出来的企业家都与倪水萍有着千丝万缕的关系,不是远房亲戚就是儿时好友,或者就是朋友的朋友,亲戚的亲戚,各种七弯八拐的缘分扑面而来,读来满纸都是温暖与感动。

俗话说得好：人往高处走，水往低处流。胸有乾坤的倪水萍并不满足一生只干一件事，也不满足只给赖瑞声一家公司背后出谋划策，当专栏作家过足一把瘾后，他开始华丽转身，参与各种企业策划，在身边朋友经营的公司里注入文化基因，增强企业文化自信，赢得了一大批本土企业家及亲朋好友的高度信任乃至崇拜，毫不夸张地说，此时倪水萍的人生境界到了一呼百应的层面，可以不参与企业经营却能拿到企业的干股分红。按照常理推测，做人做事到了这种段位应该知足了，可倪水萍从来就是一个特立独行的人，就在众人羡慕崇拜的眼光中，他再次转身北上京城参与图书策划与编辑工作，成了北漂一族中的一分子。随着个人视野的开阔，知识层面的提升拓展，倪水萍终于拿出了文化与企业搭台唱戏的大手笔：全程策划，为身价过亿的程家安量身打造美轮美奂的西江月旅游度假村。

如果说男主人公倪水萍是作家李玉平笔下成功塑造的典型人物形象，那小说里的几位女性人物就更值得点赞一番了。

比如，林芬芳与她的金峰照相馆。这是一个集长乐女性善良、知性、美丽、贤惠、大度于一身的奇女子，从情窦初开就死心塌地爱上了"富二代"陈百歌，无奈落花有意，流水无情，心上人却爱上了唐诗燕，林芬芳不吵不闹，就那么静静守候，一旦陈百歌落难（儿子被拐）立刻来到身边守候安慰，将身处死亡线上的陈百歌拉回人间，可唐诗燕为一己之私却要求陈百歌陪她出国，两个人不辞而别一走就是二十年。因为人品厚道，诚信经营，林芬芳被闺密们顺水推舟成了"会头"，继而开起了地下钱庄，帮助、支持了无数想创业的长乐企业家走上成功之道……至于高山远与他的纺织产业、倪水声与他的炼钢炼铁、黄海浪与他的养殖大户、凌见星与他的金融梦、赖瑞声与他的工程队、李烟茵与她的闺密们、程家安与他的西江月都或多或少得到过林芬芳的帮助，也可以这样说，他们的成功或失败都与林芬芳有着千丝万缕的关系，因为此时的林芬芳背后有一个笔名叫"刀力"的作家在指点江山，而这个神秘的刀力就是小说的第一号男主倪水萍。

比如，高敏珠的爱情与她的出走。高敏珠属于典型的文艺女青年形象，她出身豪门却不娇生惯养，向往文学却不从事创作，相信爱情追逐爱情却又自尊自爱：她对倪水萍的爱情始于文学崇拜，执着于不离不弃，宁可服毒自尽也不屈从家长的阻拦，最后却终止于一场误会……当她恍然大悟却找不到倪水萍的踪迹时，强烈的自尊与失落让她放弃了等待与寻找，直飞大洋彼岸，过一种无爱亦无恨的孤独日子……而此时此刻的倪水萍正在北漂过程中经历着情感煎熬，真是造化弄人，本该深爱一生共度岁月的一段交响曲戛然而止，弦断音绝，令人唏嘘不已。

比如，陈若的死缠烂打与她的变脸。陈若是一位集美貌与智慧于一身的电台主持人，因为一次颁奖会认识了作家刀力，因慕名而了解，因相处而深爱，从此对倪水萍展开了一波接一波的情感攻势。平心而论，陈若是全书唯一清醒地认识到倪水萍身上潜藏的文化价值以及巨大商业价值的优质女性，以致她心甘情愿地放低身段，明知高敏珠在前的忌讳不管不顾争夺爱情，以她当时的身份地位，倪水萍算是高攀了，两个人在若即若离的交往中，陈若明显是主动的，她放下了电视台主持编导的矜持与傲慢，甚至向倪水萍发出了"用你的刀割我的草"这样明显的爱情邀约……她在回乡投资创业的亿万富豪程家安面前以倪水萍女友自居，极力推介刀力的绝世才华，可谁又能想到，当程家安向她发出夜宵的邀请后，一夜之间竟成了亿万富婆，变脸之快堪比川剧表演！这正是"故事里的事，说是就是不是也是；故事里的事，说不是就不是是也不是"的真实写照，好在倪水萍见惯世间风云，面对情感世界里的大起大落并无太出格的表现，他人在京城，情牵敏珠，心系家乡，在能确保衣食无忧的经济前提下毅然决然地回归故里，独自过着半年写作半年旅行的悠闲日子。至于陈水萍与少年玩伴陈百歌在长乐机场的偶遇，既可以看作是小说的开始，又可以当成是小说的大结局。故乡是每一个游子梦寐以求的回归之地，无论你走得有多远、飞得有多高，始终都是躺在她的怀抱里安静入眠。

小说采用第一人称的叙事手法娓娓道来，每一个人物的出现都可以单独成篇，但连贯起来又是天衣无缝的长篇佳构，这种串珠成线的合理布局，让全书精彩不断，高潮迭出。特别是陈百歌、林芬芳、唐诗燕三人情深而不乱的异性友谊，倪水萍、高敏珠、陈若三人瞬息万变的男女追逐，以及肖洁俞伤痕累累的内心沧桑，为全书的审美情趣打下了坚实的烙印，读来久久难忘。

《长乐未央》是一部反映福建沿海小镇自改革开放以来如何迅速崛起并成为一座现代化城市的励志长篇小说。全书语言精练，故事架构奇特，情节曲折多变，细节摇曳多姿，情感丰富传奇。特别是作者在书中提出"文化搭台，经贸唱戏""回归家乡，建设家乡"的人生理念与新时代建设中国特色社会主义现代化的大刀阔斧不谋而合。从这个角度来解读《长乐未央》，主人公倪水萍的文学艺术形象就有着意味深长的独特历史价值，可圈可点，值得关注。

谁才是世间那个最好的人

——读长篇小说《手机密码》

一部好的文学作品,必须有教化世人、劝人从善向上的唯美内容,让读者阅后能择其善者而从之,遇其恶者而弃之;一部好的小说文本,必须有一个或几个典型人物形象,他们的言行举止特立独行,他们的灵魂人格令人景仰,他们的生活际遇读后能够令人荡气回肠,引起人们的强烈共鸣。如斯,则开卷有益,善莫大焉!

《手机密码》是一部以全国文明城市东临为创作背景,以东临市银行系统一线员工为人物原型的正能量、主旋律、好看的长篇小说。它的文学性,它的阳光、美好、向上、向善,实在是一篇小小的文章所不能概括的。小说好就好在通篇并未以说教的方式告诉人们应当做文明人办文明事,甚至不会刻意提及文明的字眼,而是通过一个个鲜活的人物、精彩的故事,诠释了倡导文明的理念。

这部小说强调了做人做事要与所在的城市文明相匹配。比如拾荒老太太捡手机不归还,被人找到了还强硬地坚持不归还,甚至派出所都上门了也坚决不归还,这种看似很小、实则行为很恶劣的事情,引发了作家的无限感慨:在这样一座文明城市,怎么可以有这种现象发生呢?我们要尽量地减少、避免乃至杜绝这种现象才对。应当说这是作家创作小说的最初动机。

全书从女主人公习晓恬的旅行游踪、交友对象和积极向上的生活态度切入，以寻找手机泡泡的曲折过程为经，以大麦、满分、惠惠三朵金花不离不弃的友情陪护为纬，编织了一幅五味杂陈的人生世相图，让形形色色的人们在"寻找手机与拒绝归还手机"的故事里登场亮相：他们当中有人多愁善感、才思敏捷，有人善良忠厚、坦诚相见，有人光明磊落、真诚可信，有人恣睢粗暴、自私市侩，有人世故狭隘、见利忘义……正所谓，一个个你方唱罢我登场，读来忍俊不禁。

女主人公习晓恬虽然是银行基层一线的普通工作人员，没有显赫的身世，没有耀眼的光环，但她清纯善良、多才多艺的人格魅力深得闺密、同事、领导及客户的喜爱和尊重，她热爱生活，享受生活，在做好本职工作外的业余时间里致力于文学创作、野外摄影、琴棋书画、烹调插花乃至慈善义工等不同领域均有涉猎。但小说开篇并未从主人公居住的城市入手，而是从远隔千里之外的北京宋庄入手、从西南边陲的北漂青年入手，这极大地提高了小说的阅读亮点。

为什么要说这样的开篇是一个亮点，是因为"宋庄"与"北漂"这两个词语本身就是自带流量的：一个是地名，宋庄是全国书画家最多的聚集地之一；一个是身份，北漂是北京城里最为耀眼的流动群体。而北漂的向贵北就是这支庞大队伍中的一个有志青年。他在北漂过程中所经历着生活的苦与乐，以及他爱情路上的种种波折，不仅仅是他个人的不幸遭遇，甚至在很多北漂、南漂乃至进城务工的打工人身上都会有所体现。小说虽然只写个体，但它映射出来的对象却是一个庞大的群体。

这世界不缺少物质上的富豪，但缺少精神上的贵族。

在恬恬看来，北北虽然没有钱，不是富二代，但北北就是一个精神贵族，是值得现在的年轻人学习的，他不慕钱财，但精神富有。他用自己的文字与书画给人们送去精神食粮，用自己并不强壮的一双手给人们带来的是美，是爱，是勇敢，是坚持，是对梦想的不懈追求。

二〇一九年春节，在网络头条曾经报道过"一个北漂青年骑摩托车独行千里回家过年"的新闻，那条新闻说的就是向贵北。

近日，北北的书店搬迁了新地址。北北的朋友圈里，每天都有文朋诗友、书画爱好者去他店里的消息。只是再也不见雨儿的身影。

小说开篇从在宋庄创办"诗歌书屋"的北漂一族向贵北失恋一事切入，可谓点睛之笔，一下就把读者的眼光吸引住了：东临市与北京的宋庄远隔千山万水，短短几句，习晓恬对诗友向贵北人品的认可、经营书店的艰辛与关切之情跃然纸上，一个北漂族，不去想如何赚大钱改变自己的物质生活，想的是让诗歌作品给更多的人送去"爱与温暖，让阳光充满人间天地"，他可以"不慕钱财，但精神富有……用自己并不强壮的一双手给人们带来的是美，是爱，是勇敢，是坚持，是对梦想的不懈追求"。这是何等的思想境界和何等浪漫的人生？

俗话说得好，物以类聚，人以群分。习晓恬对北漂青年向贵北除了精神上的支持与关爱，还给他的书店捐钱捐书，利用到北京出席亲朋婚礼的空当，带上儿子亮歌直奔宋庄去看望这个志同道合的小北弟，甚至亲自出镜给北北及朋友的图书做模特，这样的义举与她年年到偏僻的扶叶园小山村助教、年年拿出工资资助那个山村小学的学生实有异曲同工之妙。一方是远隔千里的有志青年，一方是求知若渴的小朋友，在习晓恬眼中，他们小而言之都是祖国的希望，大而言之就是祖国的未来。

生活有时就像一面哈哈镜，和你迎面相撞时会开上一个不太友好的玩笑，让你大跌眼镜，措手不及，甚至是啼笑皆非。在一座号称"全国文明城市"的滨海小城里，习晓恬一直低调地生活与工作，谈不上高端极品，但至少一直优雅地前行着，生活中无忧无虑，在别人眼里"上得厅堂、下得厨房"的邻家好媳妇习晓恬，偏偏就被一件突如其来的意外事给恶心到了。

一天早上，跟随习晓多年的手机泡泡不小心掉在所在单位外面的广场上，短短十分钟的时间就无影无踪了，经过走访附近居民，调取银行监控录像，最终确认手机是附近居民楼里一捡垃圾的老妇人所为。为了手机里大量的珍贵资料和个人私密文件，习晓恬和闺密在登门索要手机的过程中遭遇了出乎意料的野蛮粗暴,被老妇人的女儿拒绝归还并恶语相向,就算后来拨打110报警、拨打市长热线,通过社区物管处、信访办甚至是法院,最后都如泥牛入海,毫无音信,手机泡泡眼睁睁从习晓恬的视线中消失了。

古人说得好:"塞翁失马,焉知非福。"习晓恬虽然没有找回亲爱的手机,但在寻找手机的过程中,见证了来自天南海北新朋旧友身上的闪光之处,深深感受到了来自身边同事、领导和家人的关心温暖:比如,区政府办工作人员的热情大方、爱岗敬业、恩怨分明,特别是其对庸俗爱情的抗拒和对真爱的执着追求令人称赞;比如,技术精湛的医院院长对女儿欣欣的终身愧疚、对发妻失足的宽厚包容,尤其是面对隔代女生追求的局面能把持内心波动,参透"放手才是真爱"的婚姻理念,彰显出坦荡做人的宽广胸怀;比如,大学时代一直追慕习晓恬而不得的徐梓博已成京城大律师,通过微信同学群再度相遇继续嘘寒问暖,并热心帮助她闺密满分的朋友洗雪了一场冤案;在寻找手机泡泡状况百出的那些日子里,闺密不离不弃的呵护成了习晓恬最大的安慰,她们同欢乐,共风雨,彼此关心,互相爱护,姐妹情深。

大千世界,无奇不有,丢失手机事小,报警寻找手机却敢拒绝归还的事大。全书围绕寻找手机到拒绝归还最终不了了之的过程,深度揭示了人性深处的阴暗与阳光、偏执与豁达、懒散与执着,耐人寻味。作家本身就是一位敏锐真挚的诗人,本书融入了她那激情澎湃、热力四射的原创诗歌及歌词,可以说是一部诗小说,或者是一部小说诗,文字珠圆玉润,意象多情空灵,故事设置颇具影视镜头的推、拉、摇、移,极大地提升了小说的可读性、趣味性、故事性。

小说《手机密码》涉及的人物众多,真实再现了生活之中的朋友情、闺密情。在这个商品经济时代,有的人把爱情都不当回事,更何况是友情。所以在这种充斥了太多的人情冷漠、金钱至上思想的商品经济时代,小说中四朵金花的闺密之情令人羡慕:大麦的厚道侠义、满分的简单直白、惠惠的纯情专一,都令人耳目一新,一扫当下庸俗世故、拜金虚荣的不良风气,传导出积极向上的社会正能量。她们同患难共欢喜,有好事同分享,有困难大家来扛,这种亲密无间的友谊值得赞赏……正所谓:繁华隐去童心在,洗净铅华不染尘。拈花一笑弹指间,世间真情唯清纯。

《手机密码》一书还有对婚姻家庭方面的解读可供思考。比如,满分的出轨与回归,终于认识到维持家庭的稳定比什么都重要;比如,医院院长卢光拒绝红粉小护士舒惠的爱慕与追求,不想让她辜负年轻貌美的大好青春。卢光不想伤害小护士,能够委婉地拒绝她,能够忍痛割爱牵线欧阳驰,但他却无法解决单亲家庭带给自己女儿欣欣的刻骨之痛,最后导致欣欣从高楼上飞身而下,香消玉殒,徒留一生遗憾。这些催人泪下的故事反映出了当下单亲家庭、婚内出轨等不端行为给孩子们带来的危害性。

书中还特别塑造了三个公务员的真实形象。

首先,副市长刘敬业在整部书里的职务是属于高层的。但是这个副市长非常务实,非常重视文学艺术、旅游开发、思想建设等有利于城市发展各方面的宣传,各项工作把关得非常好。当他听说丢失手机的作家习晓恬在写一部正能量的小说时,不但非常认真地听取意见,还跟摄影家协会主席沟通,把摄影比赛一等奖的奖品换成手机。就是这种勤政踏实、严谨细致的工作作风,让读者感到非常温暖,没有高高在上的官员那种压迫感,而是就像身边的邻居、朋友一样亲切。这种公务员形象是特别值得赞赏的。

另外,就是高以文这个角色,作为市政府的工作人员,他属于承上启下的身份。他的夫人大麦跟小说主人公习晓恬是闺密,所以她对习晓恬的情况是很了解的,但是他不会因此而对她无原则地夸奖,而是实事求是向副市长汇报工作,没有动用他的公共资源,只从他工作角度出发来解决各种问题。所以,这个高以文的形象也是给人感觉非常平易近人,做事情有头脑、有水平、有温度。比如书中有一个细节,当市长与副市长向山村小学代表捐款的时候,他不顾职场的忌讳,也毫不犹豫地捐了款。

至于区政府办的小帅哥欧阳驰,是在小说里出现频率比较高的人物。他存在于处理手机丢失与寻找、联系社区与手机主人整个过程中,同时,他还在追求四朵金花里的那个小妹妹。于私,他是一个追求真正爱情的男子汉;于公,他是秉公办事、认真负责、踏实肯干的公务员。

小说里三个公务员的形象都特别地鲜活、灵动、真切,读来感觉非常舒服。他们的身份地位都不一样,一个是普通的办事员,一个是中层领导,一个是属于市政府的高层,中高低三种身份三个公务员,他们都与小说中所写的全国文明城市非常协调一致,有这样的文明城市就有这样的地方领导,这也是小说《手机密码》的一大亮点。

作家左手诗歌,右手小说,虽然文体不同,但创作风格始终保持着一致:以一身正气灌注于笔端,以清纯的文字、空灵的想象、真挚的情感耕耘于字里行间,追求真善美,鞭笞假丑恶。她的小说语言就像诗歌一样,金句频出,令人深思:

> 恬恬常常鼓励自己更清醒一些,更客观一些,不作道德绑架也不退缩悲观。她一直相信:时间在一路向前,生活也在不停运转,幸福的摩天轮就在咫尺,与自己只是一个转身的距离。放下消弭意志、患得患失的过往,摒弃人性的弱点,积极推进光明,阳光就在前方。

所以当那个捡到手机却不肯归还的老妇人的外孙来找晓恬道歉时,晓恬选择的不是记恨,不是埋怨,不是报复,而是宽容、谅解与放手,是真诚的鼓励与叮咛,给这个未成年孩子满目阴霾的天空涂抹上一片耀眼的光芒。

> 在一个幸福的国度里,生活的大舞台首先确定了你的生活基础就是幸福,那么,一个人更多的快乐与否,幸福与否,谁来买单?答案是:你自己。所以她告诉亮歌,告诉贵北北,告诉大麦、满分、惠惠,告诉那个男孩子齐良,告诉生活中她所能接触到的每一个人,请善待自己的同时,更要善待他人,那么你将获得更多的存在感、归属感,幸福指数会不断上涨。

家国情怀的铺陈也是《手机密码》一书中不可忽略的亮点。比如,主人公习晓恬的三部手机都是国产品牌,她先生几次要给她买进口品牌手机都被她婉拒了,平时观看各项国际体育比赛她最关注的都是中国队……作为一个辛苦又普通的银行一线职工,这些上升到意识形态的问题是可以不必放在心上的。但是,强烈的爱国情怀让她成为一个时时关心国家大事的好公民:就是开着车去上班,路上都要听新闻,听到关于国计民生的好消息,她还要录下来,转发到群里,给同事们听;当发现上班路上经过的桥梁地面有破损时,她不会视而不见,而是主动打电话寻求相关部门维修解决……从这些细小的地方就能看到主人公爱国爱家的优秀品质。一个不友善的人不可能热爱他的职业、他的同事、他的朋友,更不可能爱家;一个连家都不爱的人,又怎么可能奢望他能去爱国?作为新时代的公民,秉持家国情怀是一个人的道德底线,也是每一个人需要培养的优良品德。尤其是当下,国际形势并不安全,各种间谍无孔不入,刺探我们各行各业的机密情报,在这个信息化高度发展的大数据新时代,主人公的家国情怀应该得到大力倡导和弘扬。

《手机密码》这部小说本身没有处处强调作家的人生观与价值理念,而是通过各种精彩的故事呈现在人们面前,让读者自己去思考,去品味,去评判,去歌颂,这些正是这本小说与其他正能量小说不一样的地方,它好读、耐读,它有小资味道、有爱情浪花更有人格力量,它没有在文字里很激烈地去批判与赞美,但是读者却能够体会得出作家提倡从善如流、文明为人的良苦用心。

红尘喧嚣,人海茫茫。在尘世间奋勇前行,谁会与谁交集?谁会笑到最后,谁才是世间那个最好的人?作家刘倩儿通过《手机密码》文本发出的天问,久久回荡在阅读者的耳旁。

一部好的小说文本,一定有教化世人的独到之处,从这个角度来说,《手机密码》给读者提出了一个直击人心的社会问题:在商品经济发达、诚信危机频发的时下,人们的内心世界是否还需要保持良善、忠贞、正直、执着的传统美德以及秉持家国情怀的忧患意识。

第二辑　风景这边独好

　　也许是耳濡目染的缘故,在我的北漂生涯里,结交的文朋好友越来越多,他们当中有声名显赫的文坛大家,有历尽沧桑、尝遍甘苦的铁血将军,有博学多知、满腹经纶的专家学者,有童心未泯、青春依旧的中年精英,有侠骨柔肠、多愁善感的慈祥老者。他们或多或少都曾给予我指点、帮助,使我的人生过早地成熟起来。随着时光的流逝,我越来越感觉到,漂泊的人生其实就是一部博大精深的书。

缘分天空　小题大作
——读杂文集《广语丝》

余生也晚,今生竟然无缘得见作家欧阳山先生一面;余生也幸,今年有缘为欧阳山先生百岁诞辰编校六卷本的纪念文集。

每当坐在京城某幢楼房的灯光下阅读来自欧阳家族第二代及第三代写作的文字时,我就像是一条干渴的鱼儿游进了文字的大海,跟随着欧阳老远去的脚步一直溯流而上,游到了广州,游到了上海,游到了延安,游到了陪都重庆,一直游进了那尚存稚嫩的《那一夜》……一路前行竟然舍不得停下脚步,这种阅读的方式让我真正地吸吮到充斥其中的各种养分;每当我品读到来自全国各地的专家学者们评介欧阳山的文字,以前无古人、后无来者的"30万字的作品引来300万字的批判"的磅礴气势矗立于当代文学史长廊中,成为文坛一大奇观时,抬头远望窗外天边高高挂起的一轮明月,不禁悠然神往,仿佛岁月正在倒流,有一道清澈的文字细流正在缓缓渗入我的五脏六腑,透过我的四肢百骸,让我的整个躯体顿时充满了力量,一种"大梦谁先觉"的振奋在心底悄然升起;而每当夜色降临、华灯初上,白日的喧嚣已落下帷幕时,独坐窗前的我轻轻捧读三小本薄薄的《广语丝》,平日里满是浮躁的灵魂竟然悄悄沉静下来,一股从没有过的清醒立时注满心头,真正是醍醐灌顶,恍然大悟,那些让我很是不习惯的各种困惑和疑虑顷刻间便透明起来:

一切原来如此！！！

当《广语丝》面世之时，我正在南方的某所高校里读二年级，还是一介懵懂的毛头小伙；当欧阳老辞世之时，我正在中国作协鲁迅文学院里面学习大先生的"硬骨头"精神及韧的战斗技巧；而当欧阳老百岁诞辰的日子里，我却有幸加入编辑审校"百年欧阳山"纪念文集的队伍之中。这应该是一种缘分吧！也许我与欧阳山确实有一种缘分，要不然像我这样一个穷山沟里的孩子居然在小学时候就读过长篇小说《三家巷》之《苦斗》卷是不可思议的，现在想来依然不明白是天意还是巧合：因为我家里并没有具备写作才能的亲友，按理是不会去买这种纯文学小说的书，可我偏偏就看到了，并且至今都记得周炳、胡杏、陈文婷等一些人的名字，尽管我当时对小说是毫无欣赏能力的，充其量也就是好玩吧；可是若干年后的今天，当单枪匹马北上京城独自漂流的我接到编校"百年欧阳山"纪念丛书的任务时，作为一位乡下小子居然有这样的荣幸，就不能不说这是一份从天而降的欣喜！

说起来惭愧得紧，我是在《广语丝》面世几近二十年之后的今天才有幸读到这三本薄薄的小册子。按常理说，时过境迁，物是人非，无论是文学也好，政治也罢，在这潮起潮落的改革开放年代里都是会受到或多或少的冲击，达尔文的"物竞天择，适者生存"同样适合于文学这一方圣土净地的，尽管时下这方圣土净地不再神圣干净，连阿猫阿狗也能跑到这里疯狂一阵，然后摇头摆尾扬长而去……《广语丝》这种印数少得可怜的小册子，也许早就会被人至少是某些人所淡忘、所丢弃，可我居然在《广语丝》里读到了一种久违的亲切和深长意味，实在是令我莫名惊诧！十多年啦，当年多少令我们年轻人血脉偾张的经典文学、天才之作不是早已随风而去、烟消云散了吗？为何八旬高龄的欧阳老先生写作的《广语丝》还是青春依旧呢？我不禁陷入了久久的沉思之中，耳边蓦然响起"尔曹身与名俱灭，不废江河万古流"的古训，让我明白了欧阳老临近耄耋之年小题大作的真正含义。

《广语丝》自面世以来，就像欧阳老先生以往创作的许多作品一样，得到了广大读者的喜爱和青睐，尽管印数不多但却广为传阅，虽然也有少数"专家学者"们的非议和或隐或现的排斥,尤其是境外那些与我们持不同信仰的自由人士精英们,对《广语丝》这样一剂适合治疗"软骨病""西方热"病的良药自然要在心底诅咒一番的!但我以为,这正是《广语丝》的魅力所在!世上本没有无缘无故的爱,亦没有无缘无故的恨。在欧阳老九十二岁的漫漫人生路上,我敢说他没有一个自己的私敌,但我们还是会承认有迁怒于他的作品的现象存在,特别是痛恨他耄耋之年所创作的《广语丝》。爱即是恨,恨也是爱。我以为,那些暗暗痛恨《广语丝》的人士,必定是心中有一种爱在泛滥,当然他们所爱的就是西方的一切恶习乃至垃圾!不是有"西方的月亮比中国的更圆更亮"的说法么?倘若东坡居士泉下有知,得知他的后辈如此向往西方的月亮,会不会悔恨自己当年填词"千里共婵娟"时眼光太近,没有看到万里之遥的西方还有一更大更圆的月亮正在翘首企盼他老人家前来吟哦一番呢,以至百年之后竟然招来后生小子们的讥讽,让他九泉之下颜面荡然无存!

其实仅仅用爱和恨来衡量对《广语丝》的态度是不够确切的,也是失之偏颇的,欧阳老曾打过一个这样的比方:

> 又比方说,男人脑袋上的发式吧:原来是留长辫子,接着是剃光脑袋,往后又留了很短的头发,叫作陆军装;再往后留得更长一点,把头发剪得平平整整的,叫作平头;再往后又把头发留得更长一点,从当中分开,或者从左边分开,叫作花旗装,或者红毛装,也叫分头;再往后又把头发留得更长一点,往后面梳,叫作背头。目前,男人的头发越来越长,长到跟女人一样了,或者比女人更长了,将来会不会觉得太长,行动不方便,又把它结成辫子,像前清的爷们儿一样,也很难说。一长一短,究竟哪一种是前进,哪一种是倒退;哪一种该受羡慕,哪一种该受诅咒,恐怕一时也说不清楚。

读到这段文字,心中对欧阳老真是佩服得五体投地!为什么八旬高龄的欧阳老竟然会有这种穿透时空的深邃目光呢?因为在车如流水马如龙的北京街头,我就曾N次见到拖着长辫子的老少爷们抑或是艺术家,乍看之下,我真的怀疑自己是不是走在几百年前的前门大街上？可看看身边穿着短得不能再短的裙子的时髦女郎和那些来来往往的各式进口豪华轿车，我知道自己没有花眼，也没有看错人，我是走在二十一世纪、中国特色社会主义国家的首都——北京的街头！可是确确实实有一条几百年前曾飘扬在中华大地上的粗辫子在我的眼前晃动！如此看来，在如何正确对待《广语丝》这几本小册子的问题上，我想有些观点是失之偏颇的，就像那条在我们眼前晃动的粗辫子，到底说它是前进还是倒退？是该羡慕还是该诅咒？是该永存还是该夭折？恐怕三五十年之内乃至百十年之内也是说不清楚的！

　　不是有某青年曾质询欧阳老"三十年媳妇熬成婆"么？如果按生理年龄来划分的话，我想自己现在还是应该划在青年之列的，至少是眼前这段时间吧！我怎么就感觉不出来欧阳老是位欺压媳妇的"恶婆婆"呢？反而觉得欧阳老心平气和，无论是谈古论今还是西学东渐，都是轻描淡写，娓娓道来，丝毫不带火气，就像是爷爷和小孙子坐在一起聊天一样，又何来指手画脚、恶言冷语的婆婆气派呢？就是对那些在日常生活中及文艺创作过程中形形色色的、披着"文化交流"外衣伪装得不露丝毫痕迹的精英们，老人家也是只用那些明白易懂、简单精辟的语言，三言两语就让他们原形毕露于光天化日之下，令人不齿！倘若与欧阳老前面创作的那些短、中、长篇小说里"东西南北调，古今中外法"的精彩语言相比较的话，我以为《广语丝》的语言已经到了大巧似拙、返璞归真的境界，恰似武学当中侠客毕生追求的"无招胜有招，无形胜有形"的通玄境界。我甚至以为欧阳老的《广语丝》恰是一杯纯而又清的"白开水"：清澈透明，绝不五颜六色，令人眼花缭乱，诱人上当受骗；更无病菌的污染，无论存放多久也绝不会发臭发馊！如果你能坚持长期地饮用，保证会让你的肠胃功能日益通畅起来，让你瘦弱的身体日益强壮起来。我知道把《广语丝》比作是一杯白开水也许是有些浅薄之嫌的，但我还是要把它当作一杯纯清的白开水来喝入自己那急需灌溉的干涸的心田。就让别人来讥笑非议我的无知吧！正如欧阳老说的那样：

　　　　精神世界中的价值观面临着前所未有的混乱与无序，缺乏统一的理想,集中的激情,坚定的信念和明确的审美情趣。这是一种精神上的颓废,据说是处在商品经济的夹缝和旋涡中,被吓得惊慌失措;同时又受了别有用心的蔚蓝色的文化和愚弄、欺骗、恐吓、诱惑的结果。

现在有些青少年确实像生活在蜜罐里一样,全身上下穿的都是进口名牌,吃的是"麦当劳""肯德基",喝的是五颜六色的各式饮料,乍一入口,确实是香喷喷的、软酥酥的,甜美无比,沁人心脾,但若长期饮用则有百害而无一利也。君不见,随着国门的开放,各式各样的西洋饮料、零食正在蜂拥而入,蚕食着我们的下一代下两代甚至是一代又一代的少年儿童,让他们过早地肥胖早熟起来。大凡家庭条件优越的家长对孩子的需求总是有求必应,随之而来的恶果就是这些本应活蹦乱跳的花季少年不要说跑步跳高跳远,就连走起路来也都吃力异常,气喘吁吁。有些明智之士正在呼吁有关方面要制定相关的法律来保护青少年儿童的生长发育,否则,数十年之后,恐怕连能够征兵入伍的青年也不会多到哪里去!就更不要说社会上那么多形形色色的思想上的"各式饮料零食"(诱惑和陷阱)在时时捕猎着他们幼稚的心灵。对于这种人小鬼大的孩子来说,损人利己已经不再是新鲜奇怪之事,就是杀人放火、放纵施虐也不鲜见!只要想想云南某高校曾经品学兼优的杀人犯马加爵的心路历程,就可以见一叶而知秋!现在重提当年大先生呼吁的"救救孩子"恐怕也不全是危言耸听啊!从这个角度来看,《广语丝》这杯没有经过污染的"白开水"无疑不失为一剂"救救孩子"的良药!

欧阳老以八十一岁高龄的耄耋之年开始创作《广语丝》,被众多文艺理论大家们称赞为作家自己创作旅程上的第三座高峰而纷纷著文予以评说,他自己在开篇"破题儿"中也对《广语丝》有一个经典的解说,我当然以为是十分恰当和贴切的。但在读过《广语丝》之后,我却更乐意让自己这样来解读《广语丝》中隐藏的各种玄机和奥秘:

我以为《广语丝》中的"广"字,首先应该是指欧阳老本身的文学修为已臻化境,知识渊博,见解深刻,而所写的文章取材十分广泛,举凡政治、思想、历史、文化、文学、方针、政策和人的精神面貌,几乎都涉及了。其次是《广语丝》的阅读对象亦是老少皆宜,仁者见仁,智者见智。政治家尤其是党和国家的高级领导阅读《广语丝》,看到的必定是国泰民安、安定团结的重要性,既要坚持改革开放,更要坚持四项基本原则,反对资产阶级自由化思潮及西方敌对势力的"和平演变",确保社会主义的光辉旗帜永远高高飘扬在新中国的上空。那些主张"全盘西化"的精英人士,主张"引进一位外国总理来管理中国、让中国再过上三百年的殖民地生活"的先生太太们,那些"打左灯,往右拐"的投机分子们,他们阅读《广语丝》时必定是恼羞成怒、诅咒不已的,因为欧阳老三言两语就把他们平时伪装得很好的"画皮"给撕了下来,暴露在光天化日之下。在他们的眼中看来,《广语丝》无疑是一把锃亮的匕首,是投枪、是利剑,刺得他们心惊肉跳,寝食难安,无怪乎他们要把一顶"左王"的帽子紧紧扣在欧阳老的头上方解恨泄愤!可惜他们忘记了这样一件事实,自从《一代风流》第一卷面世后,欧阳老可是被扣上右倾的大帽子而受到来自全国性的大批判的哟!他还是他,一向光明磊落,为人铁骨铮铮,为文掷地有声,怎么一眨眼之间就由右拐到了"左"呢?真是欲加之罪,何患无辞?难怪欧阳老也哭笑不得地自我解嘲:

  人生在世,不免会碰到许多人,也就会碰到许多风。有时候人们一窝蜂似的跑到你的左边,说你这个人为什么这样右;有时候人们一窝蜂似的跑到你的右边,说你这个人为什么这样左。你该怎么办呢?

当年那个共和国天才作家刘绍棠晚年时也曾悲愤地说"左右不逢源";文艺家们阅读《广语丝》,必定会真切地感受到:

"唯心主义的和西方资产阶级的新旧破烂成为时髦新潮,装腔作势,红极一时,却没有人看得懂,受到了广大群众的摒弃;文艺创作离开了现实生活,离开了人民大众,那些表现极端个人主义的,无政府主义的,悲观主义的现代派作品堕入了萎靡不振的低谷,气息奄奄,同时色情凶杀的毒品猖獗泛滥。"的不良现象正在文艺圈子里无孔不入、四处蔓延,只要心地正直的文艺家们都能体会到"距离论""淡化论""无主题论""非功利论""毛泽东文艺思想过时论""回到文学自身论""改写文学史论""文学观念更新论""主体意识论""贵族文艺论""性文艺论"等等歪理邪说的冲击对文艺领域造成的危害和对广大青少年健康成长所带来的毒化作用之巨之烈,切身体会到资产阶级自由化思潮及"全盘西化"论老调重弹的卑劣行径和罪恶阴谋,激起一切心存良知的文艺家们起来抵制否定共产党领导、否定社会主义文艺的歪风邪气;而广大青少年阅读《广语丝》,必然会提高自己思想上的免疫力,远离那些暴力、凶杀、色情文艺的毒害,认清谁是自己生活道路上真正的朋友,谁是自己思想和意识形态里面真正的敌人。正如欧阳老《代沟议》中所说的关于代沟的那段话:

> 有些青年朋友认为,现实生活里面,确实存在这么一条沟。他们相信得这么确凿,仿佛他们当真亲眼看过,亲手摸过,亲脚走过似的。据说那条沟是根据年龄划分的,八十年代的新一辈,跟七十年代的旧一辈之间就有沟,跟五十年代、六十年代,或者更以前的年代的更旧一辈,就不用说了。如果这种理论成立,那么,九十年代的更新一辈,或二十一世纪初的更新一辈,跟八十年代的新一辈之间,也必将有沟。这样沟沟不已,势必遍地都是深沟,而且据说都是无法填平,不能逾越的。这对于当年日本帝国主义者封锁八路军,或许很有用处。但是对于今天的中国人民来说,实在是妨碍交通,太不方便了。因此我对于仅仅按年龄来划沟的高见,实在有点怀疑。

这哪里是写文章,简直就是老祖父在和自己的小孙子聊天闲谈,语重心长,幽默风趣,把那些整天为了自己个人心中小九九拒绝长辈教育和劝阻而一意孤行的极端个人主义思想的真面目活生生地刻画出来了,引起人们的深思,明白只要心地坦荡,老人和青年是可以成为朋友的道理,同时也一针见血地指出,那些老人当中别有用心的坏人也会利用或教唆青年人变坏的不良现象大有市场,教育青年人不要上当受骗,要用自己的眼睛去甄别现实生活中的善良与丑恶、先进与落后、革命与反动等等,为自己将来的成长选择一条为人民服务、为国家与民族奉献自己青春的金光大道。

众所周知，欧阳老举六十多年之功力来写作这样一本看似小巧实则是包罗万象的人生大书，实在是举重若轻，游刃有余，大巧藏拙，大智若愚。所以我解读《广语丝》中"语"字的深层意义，则是句句语重心长、出自肺腑、情真意切、牵肠挂肚，篇篇短小精悍、通俗易懂、文笔清新、语气平和、寓意深刻，发人深思。尽管当时欧阳老面对文坛之上群魔乱舞的局势忧心忡忡、激愤难平，但写出来的文字却丝毫没有尖酸刻薄、恐吓怒骂，有的只是轻言细语，如话家常，他时时秉承大先生的"恐吓和辱骂不是战斗"的文风，幽默机智，读来令人久久回味不已，实在是文坛大家中的高手！

至于《广语丝》中的"丝"字，我以为是篇章之间丝丝相连，首尾相扣，一丝一缕总是情，一部三卷本《广语丝》就是一个浑然一体的整体结构，任何断章取义、零碎分割的偏颇做法都是不可取的，也是十分错误的！社会主义新中国是中国共产党领导下的全民族浴血奋战才得来的胜利果实，如何培养革命接班人和培养什么样的革命接班人是一个摆在执政党面前十分迫切而又严峻的政治任务，西方敌对势力和那些一直致力于"和平演变"的反动政客，他们必然会不惜一切代价来和我们争夺培养接班人的思想阵地和育人阵地，和我们打一场没有硝烟的战争！作为党中央顾问委员会委员的欧阳老早在十几年前就看到了这个问题的症结所在，这样的眼光和洞察力实在非一般人所能够相提并论的！

如此看来，《广语丝》确实是小书不小，小中见大，小题大作，小中出彩！真是一书一世界，一字一乾坤。作为当代知识青年中的一分子，我只是从内心深处想向广大青少年慎重推荐《广语丝》这部三卷本的"小"书！作为初读者，我深知现在是一个胡吹乱捧、克隆"著名艺术家"于瞬间的快餐时代，我不愿意吹捧我从小时候起就尊敬的欧阳老，但我不能不说实话，在我连续的阅读当中，虽不敢说《广语丝》字字珠玑、句句玉盘，但我完全可以向年轻朋友尤其是即将步入社会的青年们推介：一字一句，真情流淌，坦诚直率；一点一逗，严谨深刻，深入浅出，毫无半点惺惺作态、高高在上的说教脸孔,分析透彻,说理生动的文字平和得如同兄弟姊妹之间的侃侃而谈,亲切得恰似祖父孙子辈之间的情深意切,如春风,像细雨,在不知不觉中轻轻吻上你的脸庞,淋湿你的头发,渗入你的五脏六腑,让你在悄无声息的沐浴中领受欧阳老语重心长的真诚教诲,感受欧阳老那特立独行的正直人格以及拒绝诱惑、拒绝"和平演变"的共产党员风范!

最后,我想借用我曾经写作过的一段文字,来抒发我此时此刻阅读欧阳老文本的诸多体会!

微风吹拂,河面波光粼粼,放眼望去,犹如躺在一河金银珠宝之上……不知我的生命之河,是否也会有如此地富庶美丽:青枝碧叶其上,金银珠玉其中!

大爱无疆　大音希声

——我眼中的著名作家草明先生

也许是缘分吧，继二〇〇八年组编"百年欧阳山"纪念丛书五年后的今天，我又接到了欧阳家长女欧阳代娜、三女吴纳嘉老师交给的重任，编校为纪念新中国工业题材小说的奠基者、开拓者——著名女作家草明诞辰一百周年而创作的《草明评传》；让我吃惊的是《草明评传》的作者与当年《欧阳山评传》的作者同为一人，即欧阳家的第三代、全国特级教师欧阳代娜的大女儿田海蓝教授；在短短的几年时间内，能够马不停蹄为参加过延安文艺座谈会同为著名大作家的外公、外婆连续树碑立传的作者，恐怕在中国现当代文学史上也绝无仅有。当年欧阳山以三十多万字的《三家巷》招致全国各地三百多万字的批判文章的"欧阳山现象"，一生致力于新中国工业题材文学创作笔耕不辍、与工人阶级心连心的"草明现象"，如今呕心沥血为纪念新中国文坛开拓者那一代人数年来如一日笔耕不辍、树碑立传的"田海蓝现象"，需要我们用心去思考。特别是在这个商品经济大潮冲击现实生活乃至意识形态领域的变革时代，许多年轻人已经不再愿意坐下来读书的"快餐文化"时代，重温红色文化经典、研究红色文化经典、传承红色文化经典就显得格外迫切与需要。

说实在话，我对作家草明的最初了解仅始于二〇〇八年编校《百年欧阳山》纪念丛书(六卷本)的时候,而且只是在欧阳山身影背后片言只语地出现过;真正了解草明先生的生活及其文学创作成就,当得益于此次编校《草明评传》时的阅读。作为大学中文系的一分子,竟连鲁迅、郭沫若、茅盾这些宗师级文坛领袖都赞许有加的左翼时期著名作家欧阳山、草明夫妇都不知道,真是够惭愧的。幸好有缘,二十多年后的我终于有机会补上这一课,与草明先生的作品迎面相逢,详尽地了解到作家草明坎坷曲折的文学之路与生活道路。

田海蓝教授在评传的开篇,就用了大量的笔墨详细介绍了广东顺德地区独有的"自梳女现象":这是旧时代南中国顺德地区一种独特而又悲壮的人文景观,说她们独特是因为这些自梳女们为了能够争取独立的家庭地位所做出的抗争,这个群体都有一定的经济收入和独立自主的人格魅力,她们都能做到不依赖男人的支持而独立生活,也都不愿意成为男人背后的附属物品而供其驱使、奴役,在三从四德的旧时代里,她们的横空出世无疑是一种进步的抗争,一种无声的呐喊,说她们"用自己的行为颠倒了几千年来封建社会男尊女卑的社会秩序和思维惯式,她们就是中国妇女解放行动的先行和思想的先觉"(见田海蓝著《草明评传》中国文史出版社2013版,以下类同)一点也不过分;说她们悲壮其实在坚强独立的背后往往是不为人知的辛酸与无奈,是对她们人性的摧残与剥夺。作为女性,她们一生无法享受到男人们的呵护,无法体验到传宗接代、儿女成群的天伦之乐:"……那些个孤零零的、清冷幽静的姑婆屋,公婆庙,冰玉堂里的自梳女牌位和缕缕的浓浓的炉香,才是她们之中大多数人最后的无悔无怨的归宿和陪伴……"我个人认为,作为一位长期体弱多病的女作家,能够有勇气到本该是男人们去的大工厂从事工业题材的写作一辈子持之以恒且硕果累累,在草明先生这种坚强的个性与人格魅力背后,我们无疑能看到顺德"自梳女"的形象在出没闪现、耀眼夺目。

当然,我们不能把接受过马克思主义、毛泽东思想洗礼的革命作家草明与那些自发组织形成的"自梳女"形象完全等同起来,但两者之间不可分割的内在联系确实值得我们去深思、去探讨研究。很显然,从作家的处女作开始,在很长的一段时间内,其文学创作取材一直都是以缫丝女工这个群体为对象,与其说是作家同情她们的不幸遭遇,不如说是作家对这个群体的礼赞与呐喊,或者说是对这群"无论什么时候想起来都会感到很亲切、很熟悉的家乡姐妹"的顶礼膜拜。许多评论家们都认为草明的文学创作之所以一生都扑在工业题材领域且乐此不疲,与她早期文学创作所选择的对象是分不开的,而我却更愿意把她的早期文学创作归纳于她对"自梳女"现象的崇拜与钦羡,或者说是一种人性本能的自然流露,一种最初不自觉的文学创作现象。

真正让作家全身心地投入新中国工业题材的文学创作之中,最大的原动力应该是毛主席在延安文艺座谈会上的讲话对她灵魂深处的冲击与洗礼。当然,我们不能排除当时作家婚姻的破裂对她个人身心的沉重打击:草明骨子里是崇尚浪漫、爱情至上的,要么不爱,要爱就一辈子,这是她一生当中为人作文的座右铭。当年为了心中崇拜的文坛才俊欧阳山,甚至来不及与全力支持她上学的三哥打一声招呼,就毅然与欧阳山一同乘坐装猪北上的货轮远走上海。从此,在鲁迅先生的教育和帮助下,成为中国左翼作家联盟阵营中一位冲锋陷阵的得力干将;为了躲避特务的追踪抓捕,草明毅然冒险代替欧阳山去朋友处索要稿费,不幸落入圈套而被捕入狱,从某个角度来说,还是出自对欧阳山的深爱才受此牢狱之灾;历尽劫难,与欧阳山有了一双儿女之后,一家人千辛万苦先后到达延安,本该安享天伦之乐,不料婚姻突变,这种情感上的致命打击对于性格倔强的草明来说,无疑是她人生道路上的又一次严峻考验。

婚姻破裂了,对一个女人来说自然是一次重大的打击,草明先生亦毫不例外。倘若是换了别人,也许会寻死觅活地大闹一场,可倔强的草明先生没有,她只是默默地把对欧阳山的深爱收回来埋藏在内心深处。"从此,我的历史要单独重写了。是啊,重新写罢!我是个有独立人格的人,我是党的女儿,我是属于人民的。让自己一生的精力、工作都献给人民罢。"随后,她就全身心地投入群众火热的斗争当中去,一辈子也没有再结婚。把自己的全部热情和满腔的爱恋默默地转化为对人民大众的爱、对工人阶级的爱、对新中国工业题材文学创作的爱。这种爱不是一己之私，而是天地之间的一种大爱：为了这份发自内心深处的大爱，草明先生参加过哈尔滨市邮局的接收工作，到镜泊湖水力发电厂体验生活，进而在全国总工会第六次劳动代表大会结束的那一天，拿出了工人阶级第一次以主人翁身份出现在文学作品里、在中国现代文学史上具有首创意义的长篇小说——《原动力》；为了这份发自内心深处的大爱，草明欣然接受蔡畅大姐的郑重委托，为毛岸青精心辅导中文学习（也许这就是草明后来无论到哪家工厂都要抽出时间为工人阶级兄弟创办各种文学创作培训班的最初尝试），沈阳刚解放，草明又自觉地深入皇姑屯铁路工厂的第一线工作，毅然决然地离开了关心她、呵护她成长的蔡畅大姐，离开了优越、轻松的秘书工作环境，写出了反映我国铁路工人生活的第一部长篇小说《火车头》；为了这份发自内心深处的大爱，从一九五四年起，草明又打起背包，将自己的户口直接迁到了鞍钢，一待就是十年，"没有在五十年代的鞍钢炼钢厂待过，没有在铁屑粉尘弥漫的车间里待过，没有在震耳欲聋的吊车、罐车的呼啸声中待过，没有在烟熏火燎、煤气味儿呛人的现场待过，没有在炉前被辐射热度高达摄氏六百度的热浪烤过，没有在出钢时看见钢花四溅的壮丽同时也伴随着险象环生的危险……"一般的人是无法体验到这里工作环境是何其险恶和艰苦的！可是，体弱多病的草明先生硬是在一片纯属男人们的钢铁世界里安营扎寨。不但成功地闯荡了十年，而且还写出了新中国工业文学的扛鼎之作——《乘风破浪》；为了这份发自内心深处的大爱，一九六五年三月，刚从鞍钢调回北京作家协会不久的草明，在年过半百（五十二岁）的时候，又一次信心百倍地深入基层，拿着组织的介绍信正式去北京第一机床厂上班报到："那种震撼人心的声响如同一台训练有素的管弦乐大合奏在歌唱着劳动的颂歌。听着真是让人心花怒放……在这个时候，我在车间轻轻地走着，怕惊动他们（指正在忙碌生产的工人们），看到他们虔诚的脸面，这也是我最欢快、最幸福的时刻。"草明哪里像是去工厂体验生活，分明把工厂当成了自己的家、自己精神世界里的圣地，当成了自己生命中不可分割的一部分,把工人们当成自己的家人、自己的兄弟姐妹们一样深爱着、赞美着。

一个女人,挚爱自己的丈夫,疼爱自己的小孩是天经地义的;一位作家,热爱自己的文学创作,偏爱自己作品中的人物形象也是无可厚非的;可女人与作家二位一体的草明不但深爱自己的丈夫,疼爱自己的孩子,偏爱自己作品中的每个人物形象,她还深深热爱着一个巨大的群体对象——那就是为新中国创建和发展壮大奉献自己毕生青春和生命的工人阶级兄弟姐妹。君不见,当年草明来到深山老林里的镜泊湖发电厂工作时,就向领导特别提议"应该办个学习班来宣传党的方针政策,并且愿意亲自来教工人们学习文化……草明不但讲政治课,而且教工人写信、作文、算术,还给工人讲长征、讲延安的故事,每每讲到这些时,全班的工人们都听得鸦雀无声,还有人感动得直擦眼泪"。如果没有一种对工人阶级兄弟深沉的爱,一位作家无论如何也不会把宝贵的创作时间腾出来去为工人培训文艺知识的。正因为有了这种切肤之痛,所以才会有后来草明在鞍钢、北京第一机械厂举办数十期工人文艺学习班。草明深深地意识到,要想更好地宣传中国工人阶级兄弟在一九四九年后的伟大贡献,远远不是凭几位著名作家就能够达到了。为此,她每到一家工厂,首先就提出要义务举办工人文艺学习班,让工人阶级培养属于自己的作家队伍。只有这样的文艺星星之火,才可以在工人阶级队伍中熊熊燃烧起来,发出璀璨夺目的耀眼光芒。

一分耕耘,一分收获;一分爱心,一分硕果。草明先生几十年来,除了自己个人创作出了《原动力》《火车头》《乘风破浪》《神州儿女》等为代表的、享誉中外的大量文学作品外,还在全国各地亲自培养出二百多名很有作为和创作成就的工人作家,为构筑新中国工人阶级文学大厦立下了汗马功劳,说她是新中国工业题材小说的奠基者、开拓者,新中国无产阶级革命文学题材领域的集大成者,确实当之无愧。

一九九一年五月十八日至十九日,中华全国总工会、中国作家协会、鞍山钢铁公司工会、鞍山钢铁公司文联在辽宁鞍山的东山宾馆联合召开"草明同志文学创作六十周年研讨会"的盛况就是最好的证明：著名诗人、时任中宣部副部长的贺敬之在贺信中高度称赞草明是"六十年如一日，始终不渝，在这个领域执着地耕耘不已，成为一生写工人的唯一的中国女作家"；中华全国总工会副主席王崇伦则在贺信中充分肯定"六十年沧桑，您始终不渝深入工矿企业和群众之中，执意书写中国工人阶级的精神风貌，为繁荣我国文学事业，为推动社会主义革命和两个文明建设做出了积极的贡献"；中国延安文艺学会副会长、著名老作家曾克大声呼吁"我们要送她一个光荣的称号：'安泰'型的中国女作家。'安泰'离不开大地，草明同志离不开工农兵群众，特别是中国的工人阶级"；著名作家魏巍更是界定了"像草明那样长期深入工人生活，毕生热爱工人阶级，将一切献给工人阶级的精神太可贵了，这是自觉地实践毛泽东文艺思想才会出现的'草明现象'"，提出了要"研究草明现象弘扬草明精神"的文学命题。最后，一个无比激动人心的场面出现了：鞍钢总工会主席齐宝纯同志代表四十万鞍钢全体职工向草明同志赠送了一块题为"延安火种钢铁魂"的紫红色金匾，以表达鞍钢工人阶级对草明同志的无比爱戴与深厚敬意。

草明同志在聆听毛主席在延安文艺座谈会上的讲话以后，数十年来如一日，耗尽了毕生精力来印证毛泽东文艺思想放之四海而皆准的伟大创举，也把中国工人阶级的光辉形象推到了世界各地的无产阶级国家甚至是资本主义国家的读者面前。为了让工人阶级真正能读懂自己的作品，草明先生在创作《原动力》时经过了一番脱胎换骨的痛苦折磨："我立了一个决心，写浅些，写得明白点，尽量用工人自己的语言，让念过高小的人看得懂就成……我写作时竭力避免写长句子，或者把长句化成几个短句，竭力避免写心理描写、状物描写和自然描写……寓意的，暗示的，要人揣测的地方也尽量避免。"这是何其伟大的爱心，何其伟大的人格力量，为了让工人阶级真正读懂自己的作品，不惜冒着创作失败的风险，放弃已自成风格的创作手法去为工人阶级弟兄描摹画像，为工人阶级兄弟大唱赞歌，这才是一位革命作家的博大胸襟，一位真正意义上"大爱无疆，大音希声"的文化斗士。

其实，草明先生除了"大爱"之外，日常生活中的她也会时时闪耀出"小爱"的人性光辉:自从和欧阳山结婚的那一天起,她就把欧阳山的女儿欧阳代娜、欧阳天娜视为亲生女儿,在她们身上倾注了大量的母爱。"文革"期间,在自身难保的情况下,她像张开翅膀的"老母鸡"一样,艰难地庇护着远在外地遭受冲击的大女儿欧阳代娜、远在广州与自己毫无瓜葛的欧阳燕星(欧阳山的小儿子,其时父母均被关押,生死未卜),大家都知道代娜、燕星都不是她的亲生儿女,而在他们最危险、最困难的时刻,却只有草明向他们伸出了无私的伟大的母爱之手;草明对自己的子女却爱而不溺,要求严格,在东北的文联作协系统是出了名的。"她身边只有纳嘉一个孩子,从一岁半就离开父母,受尽磨难,享受不到亲人们的温暖、关心和爱抚,十四岁后,回到草明身边,可草明并没有对她有什么特殊的溺爱和娇宠,要求她进沈阳的育才小学去读四年级,在这之前,纳嘉只在广州读了一年书(还是欧阳山把她接回家里,为了尽快给她恢复健康,留在广州上了一年学),因此学习上的困难可想而知。然而草明硬着心肠督促女儿坚持学下去,三年以后纳嘉如期考上了沈阳的实验中学(当时东三省最好的中学)……可以说,纳嘉从回到母亲身边就没有真正在母亲身边生活过几天……纳嘉大学毕业了,草明却丝毫没有把纳嘉留在自己身边的考虑……送给女儿大学毕业的礼物竟然是两只大大的旅行袋(因为纳嘉已经有男朋友了),为的是方便他们到农村去锻炼,希望他们能在那里扎下根。这就是真实的草明,她就是用这样的方式去爱她的孩子的";当然,草明对她的第三代晚辈也是"爱屋及乌"无微不至地关怀的,据田海蓝教授回忆,小时候总是坐在饭桌旁听姥姥为他们讲"分析故事","不管我们读了什么书或者看了什么电影,都是先让大家自己介绍或者议论一下,然后再由姥姥来分析鉴赏、总结提高一番,从而让我们混沌无知的小头脑醍醐灌顶、茅塞顿开,学得了许多文学知识,懂得了不少人生道理。"当田海蓝身为大学教授甚至后来到北大以学者身份游学之时,依然不时地与草明交流着彼此对文学的领悟与探讨并从中获益匪浅。

如今,草明、欧阳山都已离我们远去,值得他们欣慰的是家族潜移默化传承下来的文化气息依然浓浓地笼罩着他们的第二代、第三代:二〇〇八年,是人民文学家欧阳山百年诞辰的日子,第二代欧阳代娜、欧阳天娜、吴纳嘉动员他们的子女参与进来,大家有钱出钱,有力出力,在家属内部自筹资金,整理资料,终于让《百年欧阳山》纪念丛书(六卷本)顺利出版;二〇一三年,又是新中国工业题材小说奠基者、开拓者、著名作家草明百年诞辰的日子,第二代欧阳代娜、欧阳天娜、吴纳嘉又一次动员他们的子女参与进来,在家属内部自筹资金,顺利出版了《草明文集》六卷本和《草明评传》。也许有人会不屑一顾地说,给自己的长辈出版文集是天经地义的,没什么大不了!朋友,如果他们筹措资金出版文集仅仅是为了利用长辈的声望去大赚一笔钞票,那么我会举双手赞成你的说法。可是,要是你知道他们筹措资金千辛万苦出版文集,只是为了赠送给全国各地、市级以上的图书馆及各大学图书馆,目的仅仅是纪念那些不应该被忘却的一代人,让我们的子孙后代要永远地记住这些曾经铸造过共和国历史的那一代人!不知您作何感想?

作为这两次文学活动的亲历者和见证者,我愿引用我所尊敬的文学前辈、成仿吾先生原秘书、中国人民大学著名教授余飘先生所说过的一句话来结束这篇小文字,以表达我个人对草明、欧阳山为代表的那一代文坛前辈们的崇高敬意:如果中国每一位文坛前辈的后人都像欧阳山、草明的后人一样,为他们筹措资金、整理资料、出版文集,则中国文坛会出现一束更为灿烂的耀眼光芒,为我们的后代留下更多值得品赏回味的大书,留下一笔无法用金钱来衡量的精神财富。

情到深处爱无敌

——读长篇非虚构《古人的爱情密码》

少时读元好问,尤喜《论诗绝句三十首》之四中的"一语天然万古新,豪华落尽见真淳"句,因为它是对乡贤陶渊明诗歌的精彩点评,所以读来分外亲切;至于他的《摸鱼儿·雁丘词》中"问世间,情是何物,直教生死相许?天南地北双飞客,老翅几回寒暑。欢乐趣,离别苦,就中更有痴儿女。君应有语:渺万里层云,千山暮雪,只影向谁去?"却是囫囵吞枣,半明不白的。正所谓少年不知情为何物,读懂已是中年时。

茫茫红尘,芸芸众生,只因为在人群中多看了你一眼,从此便开始思念:爱是什么?爱是一朵无影花,她开在心间,无根无蒂,美丽却有毒,能让你念念不忘、苦思冥想,也能让你偏执疯狂,众叛亲离;情是什么?情是一把锋利刀,杀人于无形之中,让你茶饭不思、长吁短叹;爱是一种懵懂无知,可以放荡荒唐,快乐之时仰天长啸,悲痛之时顿足号啕;情是一壶美酒,酒逢知己千杯少,话不投机半句多,让你豪饮过后不知身在何处,断肠人在天涯……从某种角度来说,爱情就是无奈桥头的孟婆汤,可以换你一生不流泪。

爱情还是一柄双刃剑,凡人之爱把握有度,可以教男女两方欲仙欲死,快哉乐哉;如果把握无度,则反目成仇,劳燕分飞。倘若是帝王之爱，把握有度则国泰民安、歌舞升平；把握无度，则手足相残、后宫争斗、江山易主，甚至可以让河山破碎、风雨飘摇，从而改写一个国家和民族的历史进程与发展轨迹。《古人的爱情密码》就是这样一部让人读后振聋发聩的、关于古人爱情是非曲直的长篇非虚构文集。作家贾兴安以中国历史上富有传奇色彩的八位佳丽苏妲己、孟姜女、吴娃、虞姬、陈阿娇、杨玉环、红娘、陈圆圆的爱情经历为线索，以有情感、有温度、有色彩的可靠和可信叙述，盘点、梳理、挖掘并整合大量史籍、考古资料、深入实地采风和广布于民间的口头传说，用新的视角切入，重新打量、解读和还原历史本来面貌。

比如，商末苏妲己是如何由父亲有苏国首领、冀州侯苏护掌上明珠到被进献给纣王帝辛侍寝，帝辛又如何由不动声色到愠怒转身要走继而惊鸿一瞥怦然心动的？秋波如双弯凤目、眼角娇滴滴万种风情的绝世美女苏妲己又是如何一步一步被有目的有计划地污名化，成为后世人眼中十恶不赦的千年"狐狸精"的？

比如，小家碧玉孟姜女本无其人，她又是如何被后人杜撰成"杞梁妻"进化成"范喜良妻"进而千里送寒衣哭倒大秦万里长城的？那个八竿子打不着边的一代枭雄秦始皇，又是如何被编排成好色无度想霸占孟姜女身体而不得的千古冤大头的？

比如，官家闺秀吴娃长在深闺无人识，却偏偏悄无声息地闯入了那个大刀阔斧提倡"胡服骑射"的赵武灵王的桃花梦境，成就了赵雍在中国历史上"美梦"唯一成真的美誉，进而被溺宠被立后还让赵雍做出"废长立幼"的疯狂之举……

让万古流芳的爱情故事弥新、让名垂青史的男女主人公复活，让生生不息的传世经典再现，是作家创作本书的初衷，也是本书的最大亮点。贾兴安是一位实力小说家，在小说、散文、报告文学等领域取得了丰硕的成果，近年来在浩如烟海的史料里搜罗爬梳，在字里行间与历史老人隔空对话，在跨文体的非虚构文学书写中精彩纷呈。

比如，天生神力的楚霸王项羽，手持三百斤的霸王戟，战场上所向披靡，无人能敌，曾在巨鹿之战中创造出"破釜沉舟"的传世绝作，三天内九战秦国著名将领章邯,杀死秦军十万,从此一举成名天下皆知,尤其是他胯下的乌骓马,日行千里,夜行八百,登山渡海如履平地,与三国时期吕布的赤兔马有得一比。就是这样一位气吞山河的大英雄背后,却有一位千娇百媚的绝代美女虞姬追随在身边不离不弃,"垓下之战"前夕为了不影响项羽突出重围而拔剑自刎,留下了千古一叹的决绝场景。

比如,金屋藏娇的女主陈阿娇是如何的风华绝代,她的母亲与祖母窦太后是如何处心积虑谋划干掉正宫皇后与太子,进而扶持刘彻顺利登基成为千古一帝,可是让人意想不到的是造化弄人,集万千宠爱于一身的阿娇做梦也没有想到有朝一日会败在出身贫寒的卫子夫手里,被无情打入长门冷宫。

比如,"回眸一笑百媚生,六宫粉黛无颜色"的杨贵妃集三千宠爱在一身,做到了让一身傲骨的李太白为她赋诗"云想衣裳花想容,春风拂槛露华浓"流传千古,也做到了让杨家兄弟"一人受宠,鸡犬升天"的官场传奇,可最后还是躲不过"六军不发无奈何,宛转蛾眉马前死"的惊天劫难,曾开启"开元盛世"的一代明君唐明皇变成了"天长地久有时尽,此恨绵绵无绝期"的垂垂老翁,徒有太上皇的虚名而已。

"冲冠一怒为红颜,三桂情倾三王朝""红娘牵线成主角,张生娶妻崔莺莺"更是本书可圈可点的吸睛之处。可以这么说,全书每一个故事背后都有着太多的惊心动魄,太多的暗藏玄机:或兄弟相残,或后宫争斗,或士兵哗变,或千古流传,或拍案惊奇,读来妙趣横生,真可谓处处摇曳多姿,时时心惊肉跳,从而启迪我们在历史真实与文学真实相互交融的文字盛宴里,去审视和探寻千年以降的传奇大戏铿锵澎湃地上演,以及中国历史上叱咤风云的杰出人物和发生过的重大事件有力地影响和改写中国历史,进而推动社会文明的历史进程的。

《古人的爱情密码》全书语言精练好读,引经据典时力求精准而有出处,高谈阔论时则情真意切才华横溢,在浩繁卷帙的史料当中去伪存真,在口耳相传的逸事趣谈中去粗取精,用元好问的"一语天然万古新,豪华落尽见真淳"来形容字里行间的清爽好读算是恰如其分,而全书八位绝世佳丽的爱情书写与她们托付终身而不得的悲欣交集,则正好印证了"问世间,情是何物,直教生死相许?"的千古之论,读来令人唏嘘不已,久久难忘。

鲁迅的真实与真实的鲁迅

——读文化随笔集《鲁迅新观察》

最早知道鲁迅的名字应该是初中语文课本中的《一件小事》,卑微的车夫形象和要榨出藏在袍子里的"小"来的"我",给我留下了难忘的印象,以至于长大后我也常常想榨出藏在自己衣服里的"小"来;后来又见到了戴银项圈的少年闰土的威风、中年闰土的麻木不仁和拿着"狗气杀"一路飞奔而去的小脚美女豆腐西施;再后来华老栓买人血馒头和那坟头上振翅腾飞的乌鸦让我百思不得其解;祥林嫂与阿毛的故事,刘和珍君的壮举与龙华五烈士白莽的迂,都曾让我心惊肉跳,只有滕野先生抑扬顿挫的话语唤起了我的记忆:鲁迅先生,中学时代语文课本出现频率最高的作家,人生成长路上不可或缺的一位导师。在我有限的阅读生涯里,鲁迅是一尊伟大的神,高高在上,可望而不可即。他的"横眉冷对千夫指,俯首甘为孺子牛"成了我的座右铭;他的《呐喊》《彷徨》《野草》成了我向往文学高原的坐标;他的"振臂一呼,应者云集"则成了我梦寐以求的至高境界。

读了作家张映勤的《鲁迅新观察》以后,我恍如在阅读的迷雾里遇上了一盏明灯,纷纷扬扬的思绪终于尘埃落定,清清楚楚,明明白白:鲁迅其实不是神,他也是人,有时还是一个普通的凡人:他一生孝敬母亲大人,从不忤逆母亲,不惜把母亲为自己选中的原配媳妇朱安当成一件礼物,封存在母亲身边若即若离一辈子。或许他内心有不可为外人道的切肤之痛,明媒正娶的原配夫人退婚不得、欲爱不能,这对于一辈子站在反封建礼教前线呐喊冲锋的大先生来说,无疑是一个令人窒息的问号与大大的惊叹号。

在《鲁迅与朱安》一文中,作者钩沉史海,条分缕析,拨开世人认为朱安"没文化、裹小脚、志趣相异、没有共同语言"是鲁迅终身不接纳原因之迷雾,实则朱安"瘦小枯干、面色黄白、下尖颔、薄嘴唇、宽前额",毫无女性魅力可言,这对于名门之后、书香门第、读过书、留过洋、见过世面的鲁迅而言,无疑是致命一击,让他一辈子都无法接受朱安。这样的爱情悲剧降临在鲁迅头上,无疑比常人更加触目惊心:曾有公知大V以此为据,向大先生远去的背影挥剑狂舞,质疑大先生一辈子反封建礼教的虚伪,认为他才是造成朱安一生凄苦的罪魁祸首。笔者以为,或许正是这段万分纠结的、毁了朱安一生也让大先生尴尬莫名的包办婚姻,让鲁迅对封建礼教势力扼杀人性之烈之狠毒有了切肤之痛,门当户对,父母之命,媒妁之言,让远在东洋求学的鲁迅都未能幸免,逃此一劫,由此可见,封建礼教吃人的根基何其之深?深受其害的鲁迅身处封建礼教的阵营看出了中国几千年历史册页之间都写着"吃人"二字,这才有了发自内心深处振聋发聩的"呐喊",才有了悲愤莫名的"彷徨"。正所谓:少年不懂大先生,读懂先生已中年!

鲁迅身为长子长孙,倍受周家宠爱,无奈生不逢时,正值家道沦落,祖父因科场行贿案身败名裂,为保性命,几近倾家荡产;因受祖父牵连,父亲亦曾锒铛入狱,后重病缠身,为救父病,少年鲁迅开始出入当铺,"在侮蔑里接了钱"。从小饱受世间冷暖;鲁迅身为长兄,长兄如父,当他在北京教育部谋到一份高薪工作后,物质生活滋润、手头阔绰的他,希望将绍兴老家以聚族而居的方式移植到北京,于是大股权购进西直门公用库八道湾住宅并把所有薪水交给弟媳羽太信子掌管,本以为从此家和万事兴,不料最后却陷入兄弟反目、自己被扫地出门狼狈郁闷不吭一声的尴尬境地;鲁迅在饱受手足相残与朱安婚姻折磨之后,终于赢得了弟子许广平的情感托付,发自内心的浪漫眷恋让他南下"私奔",置老母、朱安而"不管不顾"，甚至终身不再回故乡绍兴，这样的真性情彻底显露了鲁迅作为凡人的真实一面；他目光锐利，明知学医无果毅然决然弃医从文，从此成为新文化运动的旗手；他也会"睚眦必报"，与论争对手舍命相搏，发扬痛打落水狗的果敢精神……他也是凡人，有凡人的缺陷，但他又是伟人，有缺陷的伟人才是真实的，有血有肉，有悲有喜。正所谓嬉笑怒骂皆成文章，纵横文坛罕有对手。

他可以忍兄弟手足相残之痛，可以振臂一呼疗救国民羸弱的灵魂，但始终走不出困扰自己一辈子纠结不清的家长里短：

> 兄弟失和，对鲁迅的打击是巨大的，他的恶劣情绪长期难以平复。这之后，他多次使用"宴之敖""敖者""宴敖""敖"等为笔名，以发泄心中的积郁愤懑。他自己解释说："宴从门（家），从日，从女；敖从出，从放；我是被家里的日本女人赶出来的。"他对弟媳羽太信子的怨恨始终难以释怀，刻骨铭心。

在他的文字里，很难寻觅到与兄弟周作人反目的记载，哪怕是一星半点的信息都不曾透露。鲁迅的伟大是一个凡人真实的伟大，鲁迅的缺憾是一个伟人与生俱来的平凡真实。

少年家道中落，饱受世间人情冷暖；东洋留学孤独寂寞，忍受同学歧视侮辱；归国为母所迫，奉命成亲却婚姻失败；聚族而居京都，薪水丰厚却兄弟反目，净户出门……诸如此类，鲁迅先生亦可谓半生坎坷，饱受痛苦，好在半路有许广平的从天而降，陪伴左右，让他苦尽甘来，枯木逢春，泉思如涌，佳作迭出，奠定了他在中国现当代文学殿堂不可撼动的一席之地。作为藤野先生心目当中并不很是优秀的弟子之一，鲁迅撰写的《藤野先生》却让老师一夜之间闻名遐迩，回忆起当年求学生涯里得到恩师微不足道的鼓励、日本学生实实在在的歧视以及赴日留学公子哥儿醉生梦死的荒唐生活，读后令人唏嘘不已！

张映勤先生不但为我们勾勒出了鲁迅灵魂深处的真实，也为我们揭秘了一个现实生活中真实的鲁迅，聚数年之功，潜心研究，不忌讳，不夸张，在真实可信的史料之上，为我们还原一位真实丰满的鲁迅形象，值得各界关注与收藏。

谁的人生不似水

——读散文集《浮生似水》

水，是大自然对人类的无私馈赠，兼具固、液、气三种形态：温柔之时，碧波荡漾，玉液琼浆，滋万物，润众生，让不毛之地从此葱茏嫩绿，生机勃发；热情之时，如汤似煮，滚烫热辣，豪情万丈，正气升腾，能让人化敌为友，如胶似漆；冷酷之时，冰天雪地，寒气逼人，硬邦邦，冷冰冰，肃杀一片，能拒人千里之外，毁人于无形之中。自然之水是多变无常的，世间之人亦是如此。男欢女悦转眼便是陌路人，亲朋好友瞬间却成无情客。上司下属钩心斗角，夫妻双双同床异梦。问世间，多少往事不堪回首，多少情谊袅如青烟：好兄弟，分离之时喝一杯；好同窗，从此天涯各一方；好邻居，胜过父母血脉亲……真个是：人世难料乱纷纷，你方唱罢我登场，聪明人反被聪明误。

在作家张映勤的笔下，亲情是他心头永不消逝的一道情感电波，不因岁月流逝而淡忘疏远，反而随时间推移更见浓郁，难舍难分：姥姥很平凡，可这位平凡的姥姥就是不简单，夫君远赴他乡经商，独自一人带着年幼的大弟弟、前房的儿子和自己的两男三女五个孩子在山西农村的婆家度日如年，上养老下抚小，处境之难可想而知。姥姥性格异常坚强，无论多大的困难，从来没有屈服过，在痛失夫君之后，不但没有陷入困顿之境，反而能够深谋远虑，果断决策，毅然决然拖家带口从山西农村迁居天津城里生活。姥姥平凡而又伟大的一生至此跃然纸上,可圈可点,令人感慨。

老舍曾说过:失去了慈母便像花插在瓶子里,虽然还有色有香,却失去了根。我觉得这句话说明慈母对一个人是非常重要的,就像根对花一样重要。在作家笔下,母亲是每一个儿女身边的活菩萨,母亲的喜怒哀乐就是儿女人品道德的晴雨表,母亲看病住院前后的折腾奔波、儿女求医问药的低三下四、当下医疗大环境的恶劣风气,娓娓道来,文字里没有丝毫怨愤,没有过激的火气,但字字句句读来无不让人扼腕长叹。可以这么说,病在母亲身上,疼在儿女心头,折腾的是无良医生的阴暗心理,考验的却是身为人子感天动地的孝心与无奈;大舅年轻时的帅气忠厚吃苦耐劳换来的却是一生坎坷、命运多舛,早年丧母、中年丧妻、晚年丧子,当九旬高龄的大舅讲述初恋往事时,当真是情天恨海,绵绵无绝期,让读者备感凄清哀怨,嘘唏不已;二舅的慈祥和善,亲切寡言,与作家虽为甥舅,却情同父子,十多年的寄居生活,留给作家的是终身感恩、念念不忘,纵使二舅离世十多年,依旧在梦里常常出现……《孝经》里说"爱亲者,不敢恶于人;敬亲者,不敢慢于人",在作家的文字叙述里呼之欲出,令人动容。

作家笔下的亲情记录就像一股清泉汩汩流淌,从读者心底漫过,不曾留下一丝杂质,在眼下这个物质至上的商品经济时代,无疑是一部沁人心脾的暖心之作。前几年曾流行过一首《常回家看看》的歌曲,一时火遍大江南北,其实歌声里唱的就是希望做儿女的能够抽空回到父母身旁多一些陪伴,或许在父母身旁,你能想起儿时的许多光景,更觉往事如昨,光阴似箭,从而多花时间去陪伴最爱的亲人。

友情短,亲情长。用这句话来概括作家笔下的亲情和友情,我认为是很恰当的。比如《书商小汪》里的主人公一度事业飞黄腾达,谈笑有名流,往来无白丁,一时间成为文坛大咖眼中的座上客,皆因他眼光独到,了解市场,出版的图书都有一定的品位,把一家私营小书店经营得风生水起。可是成也萧何,败也萧何。就因为邀约出版一套在全国颇有知名度的作家作品集,最后因为稿酬的纷争弄得灰头土脸,赔了夫人又折兵,吃力不讨好。用作家的话来说:"小汪给我的印象与别人截然不同,他从来不是贪图小利的商人,从来不爱占别人便宜,人品比有些所谓的文人雅士高尚得多。"可就是这样一位诚实守信的个体书商,却遭遇了空前的经济危机与信用危机,事业由辉煌走入困境,除市场不可捉摸的原因外,与他做人做事的风格是分不开的。他是个热心肠,喜欢被人捧着的感觉,身边围着转的都是一些有求于他的人,最后因为利益之争又纷纷离去,尽管他不甘失败,也曾抗争拼搏,无奈性格过于固执,奉行一条道走到黑的人生信条让他再也掀不起生活的浪花。妻离子散净身出户,竟然成了他的无奈结局。"很长时间没有和小汪联系,手机里就有他的电话,可是除了心里惦记,却迟迟不敢打电话。我知道自己帮不上他,我怕打扰他的生活"。有一种友情叫作不敢打扰。这是多么痛的人生感悟啊!读到这里,我不禁想起了鲁迅先生笔下的闰土来,以先生当年月薪几百大洋的小康生活,对少年伙伴闰土的遭遇也是爱莫能助,只能在文字中记录下他的影像来。

如果说书商小汪是作家交往颇有时日的忘年小友,那作家老秦充其量只能算是作家外出采风时的房友了,短短几天时间,几件微不足道的小事,就让作家老秦身上那种自命不凡而又抠抠搜搜的小知识分子自私自利的人格缺陷暴露得淋漓尽致,读来真是令人啼笑皆非。至于编辑老吴坎坷辛酸的一生,作家的笔下是深怀同情的,从老吴一生兢兢业业入手,写尽了老吴一生当中的单纯幼稚,他的退而不休,他的窝囊压抑,他的为人作嫁衣,他的急火攻心……皆来源他的家有悍妻啊!"家庭幸福不幸福关键看夫妻感情,与贫富关系不大。"作家如是说,"在送别老吴的路上,我一直在想,以编辑为职业,老吴兢兢业业勤勤恳恳干了几十年,名利不能说没有,都不多。他幸福快乐吗?我怀疑。即使是身边那些大红大紫的人物也不过尔尔。从老吴身上我感觉到,应该平凡而快乐地活着,活好每一天。进而又想,老吴的今天是否就是我们的明天,我不知道,只是想起来后怕。"诚哉斯言,作家写的是老吴,想的是自己,推而广之,凡世间之人,又何尝不是如此。写别人的事,抒自己的情。当是《浮生似水》这部散文集子的一大特色。

爱情甜，夫妻痒。弱水三千，独取一瓢饮。《浮生似水》对爱情的描写也是别具一格，意味深长。《神秘马丽雅》的主人公以超凡脱俗的漂亮容颜出现在读者眼前，颇有罗敷再世、西施重生之感，作家以孩童无邪的目光记录主人公"美到极致，刻骨铭心，惊为天人"，虽然是住在隔壁的邻居，却没有任何人可以和她接近，一种拒人于千里之外的冷漠孤傲，平添三分神秘：小小年纪便描眉打眼，媚气十足，一口标准的普通话，在当时已是惊艳无比，嘴叼香烟就格外地少见；她没工作却可以入住昂贵的国民饭店，她独来独往门前却常有不同的帅哥出入，正所谓姐虽不曾开口，但姐早已名动江湖。可惜就这样一位千娇百媚的大美人，最后也免不了以离婚收场，悄然出国，不知所终。人生是一条没有回程票可买的单行道，青春貌美也罢，放纵恣睢也罢，短短几十春秋，所作所为一旦迈步就注定覆水难收。正所谓红尘如海，浮生似水，谁的人生不似水？

亲情、友情、爱情，往小里说就是家事一桩，可没有家又何来国？没有国又何谈天下？《浮生似水》一书从身边亲人朋友、街坊同事、幼时玩伴、各色匠人等入手，描摹他们的性格特征和生存状态，用平实的写作手法，勾勒出他们各自不同的行为、心理、语言及生活环境，娓娓道来，不虚夸、不丑化，让各式各样的城市小人物形象跃然纸上。全书篇章感情真挚，字里行间透露出对真善美的讴歌点赞，对假丑恶的无情鞭挞，给中国现代城市化进程留下了一帧帧珍贵的影像。

亲情、爱情、朋友情，情真意切五脏六腑；家事、国事、天下事，事事关心滋润人生。愿接下来能读到作家更多的好作品。

豪华落尽见真淳

——读诗文集《坐看云起时》

好的诗文应该是用心血去写作的,不能板着面孔装腔作势,不能云里雾里摸不着头脑,更不能凭空捏造弄虚作假,只有让真情鼓荡于字里行间,才能吸引读者的目光跟随文字步入作家的内心世界,在作家创作的一亩三分地里,与作家同呼吸、共悲喜、品甘甜、尝苦辣。正所谓一语天然万古新,豪华落尽见真淳。

高尔纯先生的散文创作除了文字真情鼓荡外,还有独特的镜头感。作为中国影视圈中最高级别的资深专家,他笔下的散文就像影视镜头一样美轮美奂,让读者阅后心灵震撼且过目难忘。

写亲情,骨肉同胞之情跃然纸上,血浓于水,情至深处催人泪下。比如《父亲的味道》一文,先从父亲身上的酱油味道切入,像电影的镜头一样慢慢回放,从父亲开小杂店到开办酱油厂,从传统酿制酱油到新型的化学酱油酿造,从私人产业"庚寅酱油厂"到公私合营"国营宣化市酱油厂"的横空出世,从个体老板到国家单位的技术干部,从"大跃进"的踌躇满志到"文革"的靠边站再到粉碎"四人帮"后的重新出山……这何止是写父亲,分明就是在记录一部中国酱油发展史啊!从个人到家庭再到国家,从旧时代到新中国再到改革开放,父亲始终不能忘怀的就是他的酱油情结:

父亲和他的酱油厂已融为一体,别人议论酱油厂,他就觉得是在议论他,他不容许酱油厂的声誉有一丝一毫被玷污。父亲最痛恨弄虚作假坑害消费者的缺德行为。有一次,他听说经销部门怕市场脱销,纵容下面的人往成品油里掺水,以增加产量。他知道后气愤地找主管厂长,要求立即制止这种不法行为。他说:"我们想赚钱,只能靠质量取胜,不能靠弄虚作假赚钱。这种钱赚得越多,我们厂子就垮得越快。"

寥寥几句,一位高大伟岸、诚实守信、深知创业不易守业更难的企业家形象跃然纸上。写父亲大人的文章世间不知有多少,但像作家这样把父亲个人的成长史融入社会的大变迁,以时代更替做人物生存的大背景,以个体生存做时代的主人公,像电影镜头一样慢慢回放、穿插、推拉、摇移的写法实在是新颖别致,让人过目难忘。

如果说《父亲的味道》是一部纪录片的话,那么《天上的婚筵》就是一部科幻片了。九十一岁高龄的母亲驾鹤西归,本是一件人间悲恸的事情,可在作家的笔下,却成了母亲应父亲邀约上天庭赴宴的大喜事,其间穿插母亲与父亲年轻时的相见不相识、莫名拜天地、懵懂入洞房、新婚筵、花烛夜……两个人由不打不相识的青年男女,到相濡以沫、来生相约的白头夫妻。这种以喜写悲、以虚写实、以天上写人间的创作手法,实在是我有限的阅读当中见所未见、闻所未闻的新奇之笔,一对先结婚后恋爱生生世世的传统夫妻形象横空出世,反观时下的快餐婚姻、交易婚姻,真是令人嘘唏不已,感慨良多!

作家写友情,立足点放在君子之交淡如水的层面,追求一种至纯至善至美至真的崇高境界。《好人迎庆》一文开篇即揭谜底:在影界,许多人喊他"庆哥"。这种感觉颇有电影里推送片名一样,先声夺人,吸人眼球,然后娓娓道来,随着画面的不断变换,家庭变故、单位重任、邻里相助等等,写尽了王迎庆先生急公好义、热心助人、不计较个人得失的博大胸襟与忠厚美德。他孝敬父母,帮人不分圈内圈外、熟悉与陌生;他关爱家庭,却因朋友事多在家时间过少,引起夫人不满最后劳燕分飞。尽管他在影界首任国家广电总局电影剧本中心策划部主任,后调中国电影报社社长兼总编,再调中影集团精神文明办副主任,头顶如此光环耀眼,但他并没有再娶娇妻美人,"老娘老了,我要孝敬她;女儿还小,我要抚育她;前妻虽已离婚,但为我受了不少苦,身体又不好,我要关心她……"这就是作家笔下的好人形象,一个只替别人着想却自始至终不顾自己甘苦的伟岸男儿形象兀然矗立在读者的眼前:

> 迎庆常说"人生苦短"。他经历了痛苦和磨难后,终于在孤独中大彻大悟。孤独酿造痛苦,酿造回味,也酿造幸福,酿造憧憬,酿造生命的动力。于是,内心世界孤独的他愈加热爱集体、广交朋友,愈加热心营造热闹的场面和和谐的氛围,愈加珍惜今天他所拥有的一切:生命和事业,亲情、友情与爱情。在茫茫宇宙的无限时空中,人生只是短暂的一瞬。我们要与短暂的人生挑战,那就用人间的至情大爱,去温暖、帮助身边每一个需要温暖和帮助的人吧,而且要争分夺秒……

说句实在话,在这个诚信危机日益严重的商品经济时代里,"好人"二字可以说是一个分量很重的评价。作家通过笔下不断回放的镜头,让我们看到了一个稀缺而又珍贵的男人形象——王迎庆现象。难怪作家在文末无限感慨:

> 我有时想,眼前有迎庆这样一个参照物,有他这样一面镜子,该是一种幸运。人活于世,做人难,做一个好人更难,如果再提升一个境界——做一个乐观的好人,永远快乐地无怨无悔地奉献自己的一切,当会更难! 我愿在此同迎庆共勉,愿天下好人一生快乐,一生平安!

"爱情"二字可以说是电影里永恒的一个话题,作为影界资深专家,作家写爱情也是别具一格的,正所谓刻骨铭心忠贞不渝,白头偕老,双宿双飞鸳鸯鸟。父母亲从不相识即入洞房的旧式爱情,磕磕绊绊数十年,也无风雨也无晴,从地上延伸到了天上;君妹的爱情,她没有去追求门当户对,而是下嫁给一个家里穷得叮当响、母亲长期瘫痪在床的大孝子,百善孝为先,她认为孝敬老人是一种美德,对待卧病在床的婆婆尽心尽力侍候直至离世;三哥属羊,以羊为媒,娶了一个牧羊的姑娘为妻,这样的爱情也是可圈可点,画面感十足,不禁让人想起《少林寺》主题曲"林间小溪水潺潺,坡上青青草,野果香,山花俏,狗儿跳羊儿跑,举起鞭儿轻轻摇,小曲满山飘"的优美意境来;大姐的爱情故事可谓惊心动魄,大姐从小爱读书、爱唱戏,个性孤傲,喜欢较真、认死理,因为班上女同学受老师性骚扰拍案而起打抱不平,结果被老师在档案里别有用心地加了一句"该生有走白专道路的趋向,思想不开展",从此与高考无缘,为了改变自己的政治宿命和处境,她找了一位根红苗正的军人,结果组织出面棒打鸳鸯,初恋无疾而终后,大姐又与一位现役军人喜结连理,从此生死相依,过上了相夫教子的幸福生活……无论哪一种爱情的破土、抽芽、开花、结果,在作家的笔下都是正气浩荡、温暖帮扶、积极向上的。没有当下闪婚时代里的尔虞我诈、欺骗背叛、金钱至上、肉体欢腾的时髦与病态。

《坐看云起时》一书分上下卷,上卷共分七辑,记人叙事、岁月见闻、乡情乡音、游踪旅痕、随笔感悟、序跋点评;下卷全部是诗歌。作为责编,我是有愧于作家的,上卷曾有一篇文字,叙说先生当年从大学校门出发,与几个小伙伴进首都、下江南,一路舟车劳顿,一路跋山涉水,一路欢歌笑语,一路艰辛坎坷,在困难之中磨炼自己的意志与体格,向井冈山进发,去感受黄洋界上炮声隆隆的冲天豪气。文字优美细腻、画面感强,除了没有枪支弹药,没有硝烟弥漫,没有敌人的围追堵截,阅读起来感觉与长征路上有几分相似,实在是珍贵而又稀缺的美好记忆……但考虑到诸多因素,或许不合时宜吧,随着我的大笔一挥,这段记忆从纸页上消失了。好在作家没有责怪于我,反而夸我审读认真,至今于我心有戚戚焉!都说人如其文,作家坦荡的胸襟,在编辑过程当中给了我许多启示,受益匪浅。

作家的诗歌亦自成风格,讲究节奏与韵律,诗意深远而悠长,诗格诗品既有来路,又有去处。比如《暮归》一诗:

  天边 / 一轮浅黄 / 引来点点灯光 / 一只离群的乌鸦 / 徘徊在水泥丛林之上 // 西风萧瑟 / 暮色苍茫 / 不知该落还是翔 / 叫声听来也凄凉 / 突然 / 眼下 / 几树寒枝挥臂膀 / 借风传语莫彷徨 / 此处原本你故乡 / 老树老巢老街坊 / 盼你从天降 // 钻天杨 / 热心肠

/早把圆月挂在树梢上/愿借这盏灯/把你回家的路/照亮。

乍一看,似曾相识,有点元朝诗人马志远《天净沙·秋思》的影子闪现出没,但细品又大相径庭,马志远笔下的"枯藤老树昏鸦"在作家笔下已经变成了"老树老巢老街坊",此举可谓点铁成金,妙笔生花。特别令人感动的是诗歌一扫千年来游子漂泊不定的凄凉孤僻,给予一种温暖的安慰,愿为游子照亮回家的路,这是何等的古道热肠,又是何等的诗情画意。

笔者以为,诗人写在纸上是诗,吟诵出来应该是一首歌,吟诗与唱歌一样,都要打动读者那颗阅读的心。如果字里行间都是虚无缥缈、云里雾里,抑或堆砌辞藻、卖弄才情,抑或只是文字的分行与错位、无病呻吟,我以为那样的诗不叫诗,那是有病,一种连诗人自己都摸不着头脑的轻狂臆想症。

都说诗抒情诗亦言志,我想说的是,诗文还离不开"真诚"二字。正如作家在文中论诗所说的"诗应该很真,真情实感。那些爱说假话的人不配看诗写诗;诗应该很善,与人为善。那些心存恶念的人不配看诗写诗;诗应该很美,美轮美奂。没有审美能力的人不配看诗写诗"。诚哉斯言,文如其人,诗亦如其人。

坐看云起时,看的不是云,看的是人心、世道与才情;坐看云起时,看的不仅仅是云,看的是善良、真诚与凄美;坐看云起时,看的确实是云,但还有"风声、雨声、读书声,声声入耳;家事、国事、天下事、事事关心"。坐看云起时,任凭风浪起。在人生的风景画里,我们多一些真诚的底色,多一丝善良的笔墨,多一点浪漫的风格。如此,岂不快哉。

作者的《坐看云起时》不仅仅是看得见摸得着的诗文荟萃,它还是一首淳朴悦耳的歌吹,吹奏出人生路上的喜怒哀乐悲,吹奏出青春岁月里的甜酸苦辣咸。读作者的诗文,如沐春风。

铁血山河在　驱倭铸英雄

——读长篇非虚构《浴血战沙场》

战争是残酷无情的,战争也是不可避免的。自古以来,一味以和平求得苟且偷生者,则国破家亡,民族沉沦,百姓妻离子散,风雨飘摇;只有聚民族之力,上下同心,奋起抗击,才能以战止战,求得真正的和平。

一将功成万骨枯。其实,在抗日战争时期,"万骨尽枯将亦亡"的惨烈场面随处可见。日寇践踏河山,屠戮军民,毁灭家园,其凶残狠毒远超人类想象的极限,所到之处"杀光、烧光、抢光"震惊了整个世界。无数优秀的中华儿女崛起于阡陌之间,抛头颅洒热血,前赴后继,进行了极其顽强的抗争:从浴血淞沪到防守开封,从保卫长沙到急驰两广,从坚守云南到飞赴缅甸,从攻克密支那到平卫战斗,从平卫战斗到昔卜之役……长篇非虚构《浴血战沙场》一书真实记录了这些血淋淋的战争场景,为读者勾勒出一位慷慨悲壮的铁血将士形象——王大中:从军二十三年,历任排长、连长、营长、团长、副师长、军参谋长。他转战千山万水,出入国门内外,身经百战却从未负过伤,堪称战场奇迹。

书稿开篇先声夺人,大起大合,从八一三淞沪激战场景切入,到一九四四年四月于云南远征止,在七年的时间里,王大中身先士卒,亲赴前线搏杀,其间因作战勇敢,有胆有识,从中尉代理连长到上校团长,与日军作战百余次,冲锋陷阵,在炮火中迅速成长。足迹遍及上海、浙江、江苏、安徽、河南、四川、湖北、湖南、江西、广东、广西、云南,近半个中国都留下了他浴血奋战的身影,无愧于抗日战场上的一员虎将!

一九四四年四月到一九四五年七月,是王大中抗日生涯里最为辉煌的时候,他奉命乘坐第一架飞机率部参加印缅战场的对日大反攻,积极主动与英、美盟军配合,协同作战,节节胜利,取得了辉煌的战果。"昔卜之役"完美收官之后,盟军东南亚司令部在缅甸首都仰光召开隆重的祝捷大会。王大中率领的中国部队受到特别尊重,大会典礼刚结束,中国军队代表就被当地华侨争抢着带到各自家里做客,远征军士兵受到了侨胞极为热情的接待。旅居于此的侨胞们都以祖国的英雄部队驱逐残暴的日寇而深感光荣与自豪,因为中国军队出国作战而且取得辉煌的胜利,在现代史上实属罕见。王大中率部打出了军威国威,用实力赢得了欧美盟军的点赞。凯旋时,师部又指定王大中乘坐最后一架飞机,一来一往之间,王大中早已扬名四海。

书稿第二部分从国内三年内战场景切入,抗日战争胜利后,渴望和平幸福的华夏儿女并没有迎来渴望已久的美好生活,一场兄弟之间互相残杀的浩劫又在这片古老土地血腥上演。王大中此时此刻却幡然醒悟过来,在人生的十字路口,又一次选择了正确的道路:从四上北平到南京受训,从陆大深造到郫县起义,从什邡受命到接受改编,王大中走过了一段复杂的心路历程。民族大义,民心向背,是非曲直,血淋淋的现实让他看清楚了国民党政府当局的腐朽黑暗。从此,他四处奔波,秘密联络,冒着掉脑袋的巨大风险,为部队起义投诚做出了独特的贡献,为新中国的创建立下了汗马功劳。王大中思想上的拨乱反正,灵魂上的脱胎换骨,奠定了他的后半生必定走向光明、获得新生的坚实基础。

事实上,王大中并非一介武夫,在他的内心深处,有着深厚的传统文化基因。上马击狂徒,下马草军书,是他从小向往的人生之路。书稿第三部分从王大中家世渊源入手,细细解读王大中家族的人文历史背景、早年求学生涯、投笔从戎直到一九四九年后几十年来兢兢业业,赢得了组织的信任与重用。特别是离退休后,他苦练书法,精研传统文化,以笔当枪,发挥余热,遍访名山大川,广交学界好友,还致力于两岸统一,撰文写稿,揭秘历史真相,可谓鞠躬尽瘁,死而后已!

  本书作者在内容的编排上可谓匠心独运,开篇极力烘托出主人公抗日驱倭期间铁血悲壮、慷慨激昂的高大形象,盛赞"男儿七尺热血躯,保家卫国志不移"的民族气节。第二部分内容告诉读者一个放之四海而皆准的真理:时代造就英雄,英雄顺应时代。作为一名英雄,光有一腔热血是远远不够的,还必须选择正确的人生道路。只有方向对了,政治上才不会走弯路。几十年来的历史实践充分证明,人民军队只有在中国共产党的正确指引下,才能英勇无敌,所向披靡。王大中作为一员抗日猛将,只有选择与人民为伍,他的人生才能走向光明,才有了后半生的辉煌,才有了铁肩担道义、挥笔铸华章的传奇人生。为了塑造好王大中这位抗日英雄的光辉形象,作家历经数年时光北上南下,千里奔波,钩沉史海、核查资料,采访主人公亲属故旧,可谓三更灯火五更鸡。图书在新中国成立七十周年前夕正式出版发行,无疑是对共和国创建的艰辛历程提供了一个有力的佐证:军民团结如一人,试看天下谁能敌?

  当今世界并不太平,许多国家和地区依旧战火熊熊,生灵涂炭。以美国为首的西方霸权势力到处插手,唯恐天下不乱!"台独"势力嚣张跋扈,空前猖狂;美国航母屡闯南海、东海,犯我疆域;周边国际形势,空前紧张。培养军人的铁血精神实乃当务之急,以战备战,以战止战,迫在眉睫。从这个角度来解读《浴血战沙场》一书,无疑有着极其鲜明的时代性和迫切性。

  毋忘国耻,铭记那些为中华民族之崛起而奉献青春乃至生命的英雄们,当是书写时代永恒不变的群体之一。呼唤英雄、崇尚英雄、歌颂英雄,打造一支召之即来、来之能战、战之必胜的英雄军队,为新时代中华民族的崛起保驾护航,当是时代赋予人民军队的光荣任务。

  铁血山河在,驱倭铸英雄。期待杨勤良笔下涌现出更多可歌可泣的英雄形象来!

一生痴绝处，唯解花间语

——略谈《周邦彦词传》

吴俣阳，本名吴小军，二〇〇〇年在鲁院学习时，我们是同班同学，当时他还是一个小孩子，整天围着女生屁股后面转。其时我主持着一家民刊与一家民营图书公司的业务，学习只能是半工半读，白天上课，晚上还得加班，从不住校的结果最终让我与同学之间极少有来往，直至毕业后，仍有许多同学叫不出名字来，知道名字的也与本人对不上号，吴小军当属于这一类同学里面的一个。

十几年后的某一天，同学之间有了微信群，我才知道有一个畅销书作家叫吴俣阳，一打听才知道就是吴小军。据他自己说，小军这个名字不吉利，常被人骗财骗作品，骗他的人甚至就有身边的同学与朋友，于是发誓要振作起来，像太阳的光芒一样，让自己的满腹才华映照这个知识爆炸的年代，改名为吴俣阳，意味着跟以前的日子作一个告别。

吴俣阳果然没有辜负自己改名的愿望，自从《相见何如不见时：仓央嘉措的诗与情》（畅销一百多余万册）代表作出版后，果然一发不可收拾，接二连三地出版了《相见何如不见时2：仓央嘉措，他路过玛吉阿米》《仓央嘉措：人生就是一场修行》《只缘感君一回顾：千古第一情痴元稹的诗与情》《曾经沧海难为水：风流才子元稹诗传》《相思始觉海非深：白居易的诗与情》《李煜词传：一种销魂是李郎》《陆游诗词情话：

只有清香似旧时》《柳永词传:忍把浮名,换了浅斟低唱》《朱生豪与宋清如:一生花落随》《一寸相思一寸灰》等数十部图书。成为诗词解析类图书市场上一位炙手可热的青年作家,他的创作成就及写作成长过程无疑是中国文坛上的一匹黑骏马。惊愕之余,我果断地向吴俣阳发出了约稿函,希望能出版他的一部图书。

  于是便有了我们十几年之后的第一次见面,昔日翩翩美少年如今看似沉稳有余的知名作家,健谈、快乐依旧如故,最大的特点是他身上竟然还保留一颗童心,这很难得,特别是什么事情都要用"真善美"的眼光去执着追求原本的真相,然后口无遮拦地说出来,全然不管不顾别人乃至朋友的感受,这与我在群里见到的他果然是一致的。面对他开出的一长串可供我出版的书单,我选择了《天青色等烟雨,而我在等你:周邦彦词传》(以下简称《周邦彦词传》),因为在读大学期间我就对周邦彦的词曲情有独钟,当然对他与宋徽宗、李师师之间那一段情感纠结更感兴趣,我个人以为这是北宋文坛上绕不过去的一道文化大餐,或者说一段文坛公案,我想看看吴俣阳如何来解析这些古代风流人物身上的光环与神秘之处,没有想到的是吴俣阳果然给我带来了意想不到的惊喜:《周邦彦词传》这部书稿独创性地将周邦彦的一生分"风""花""雪""月"四卷,分别从青少年、壮年、中年、老年各个不同的人生阶段,通过词人大量的词作,以图卷式的笔触,完美展现了词人的经历与遭遇,同时全方位地记述了贯穿于周邦彦一生的八个身份不同、性格迥异的女性人物,以极其生动细腻的刻画,讴歌了至真、至美、至纯、至善的爱情。除了对周邦彦爱情的细致描摹,作者在书中更精心构筑了北宋末年的文化群像,王安石、司马光、宋徽宗、李师师、岳楚云等历史人物鱼贯而出,加之其时新旧两党在朝堂上争相交替,一场划时代的潮涌无可避免地席卷了所有人,到底,他们在读者手中将遭遇怎样的命运?我们将拭目以待。

  周邦彦(1056—1121),北宋著名词人,字美成,号清真居士,钱塘(今浙江杭州)人。北宋晚期重要的文学家,诗、词、文、赋,无所不擅,但他在生时即为词名所掩,其文、其诗,多零落不传,唯有年轻时所献《汴都赋》为当时所称。《宋史》说他年少时"疏隽少检"(生活放浪,不守礼节),不为州里推重,而博涉百家之书。

据史料记载:周邦彦乃宋词发展史上当之无愧的结北开南的人物。他的作品内容主要写男女之情和离愁别恨之类,但在艺术技巧方面对于北宋婉约派词人来说,称得上是集大成者。他的词作艺术形象丰满、语言优美,因善于精雕细琢,在雕琢中能时出新意,给人以比较深刻的印象。他还善于把古人诗句融入自己的词作里,并做到巧妙自然,在艺术风格上具有浑厚、典丽、缜密的特色。其词风对南宋的史达祖、姜夔、吴文英、周密、张炎等产生了很大的影响,"前收苏、秦之终,复开姜、史之始"(《白雨斋词话》),开启了南宋之后的格律词派,在词史上具有极为重要的地位。

有宋一代,乃至之后的元明清及民国,周邦彦在文坛依然是独树一帜的人物,但时至今日,大家对他的了解却越来越少,甚至早已被湮没在历史的烟尘中。吴俣阳要为这样一位诗词大家作传,无疑是一道极具挑战性的创作难题。吴俣阳解读诗词不只囿于引经据典、逐字逐句解析、一味穷究学问的写作藩篱,他对我说过,他的写作是需要成本的,这里的成本不是指研读史料和创作的时间,也不是购买图书资料的各种费用,专指他每写一部书稿,动笔之前一定要按诗人或词人当年出生、求学、出仕、养老归葬所在地进行访察寻根,对沿途的名胜古迹、人情风土进行了扫描式的观摩与研究,不断地积累与打磨第一手资料。为此,他花了数年时间,自费沿着周邦彦当年为官求学的足迹走了一圈,在行走与阅读当中解析周邦彦存世的部分优秀词作,捧出了《周邦彦词传》这部有传承价值的好图书。

欲为人作传,必先晓其史。传主一生经历的文史、情史、家族史都必须了如指掌,才能下笔千万言,上下数百年,纵横几千里。《周邦彦词传》一书是按周邦彦与八位女性人物相处、相知、相爱直到离去的顺序落笔:发妻嫣若,周邦彦少年时期所娶之妻,二人青梅竹马、两小无猜,感情深厚。无奈求学期间,嫣若因病早夭,成了他心头永远无法回避的怅痛;续弦婉宜,发妻嫣若因病去世,经年后回杭州续娶王氏婉宜。因长期两地分居,周邦彦时常在东京思慕远方的妻子,这一时期的词作,大多体现了他睹物怀人的心绪;汴京妓萧娘,青年时代的周邦彦在东京求学任官期间,因与妻子婉宜两地分居,时常流连在烟街柳巷,并结识了才貌双全的汴京妓女萧娘。二人虽只是露水情缘,却也是真心相爱,彼此取暖,这一时期周邦彦文风香艳的词作中有不少都是为这位红颜知己所写;庐州妓追月,宋哲宗元祐二年三月,新旧两党激烈交锋,作为新党支持者的周邦彦被贬至庐州任教授之职,并由此邂逅了温柔可人的官妓追月。然而,元祐五年秋,三十五岁的周邦彦再次遭到朝廷排挤,改迁荆州教授,他与追月的这段感情至此亦无疾而终;主簿妻心荷,元祐八年春,三十八岁的周邦彦改迁溧水县令,因早已被排挤在朝堂之外的新党继续遭受到来自旧党势力接二连三的打击,心灰意懒的他无意于仕途上有任何的转变,却在胭脂河畔,与下属主簿的妻子心荷开启了一段令人侧目的婚外情。然而这段痴爱来得快,去得也快,心跳之后,终又归于寂灭;知音岳楚云,元祐末年绍圣初年,因新党势力重新回归朝堂,遭受多年排挤的周邦彦终于等到了扬眉吐气的这一天,在溧水县令任上的他结识了苏州营妓岳楚云。此时,周邦彦已年近四旬,但他那颗不老的心,却依然为他那些绚烂的情事,添上了最为浓墨重彩的一笔;知己李师师,宋徽宗政和六年,六十一岁的周邦彦从明州知州任上卸任回到东京,并出任秘书监一职。竟然在这个时候结识了艳帜天下的名伎李师师,二人惺惺相惜,迅速发展成一对忘年交,一时传为街巷美谈;归宿容霜,宋哲宗元符元年秋,已回东京任职的周邦彦经历了人生中最为煎熬的变故,与他相守经年的续弦王氏在杭州病逝,而这一年,他已四十有三。怅痛之后,他在东京另娶了第三任妻子容霜,二人感情甚笃,在此后的日子里可以称得上形影不离,堪称夫妻典范。朝堂之上,新旧两党交替执政,周邦彦的仕途也一直处于沉浮之中,但无论身在何处,容霜始终相伴在侧,直至六十六岁的他溘然长逝在流浪逃难的路上。

全新解读古人诗词背后的浪漫情感、人文关怀,文字优美而多情,清丽迷人,雅俗共赏,如彩蝶翻飞,又似百灵歌唱,往往三言两语便能直击人心深处最柔软之地,在字里行间引领读者穿行于风花雪月的唐诗宋词之间,正所谓"一生痴绝处,唯解花间语"。

  吴俣阳被女性读者推崇为"新花间派掌门人""中华诗词解析第一人",是有着其深厚的创作背景的。当年因为《相见何如不见时:仓央嘉措的诗与情》(畅销一百多余万册)一书而成功引领图书市场的"仓央嘉措阅读热"至今仍未消退,吴俣阳没有停滞在成功的喜悦里。他深知,古人读万卷书、行万里路的重要性,他给自己定下的目标是写一部书,至少要行千里的路,用他的脚步去丈量古人远去的行踪,与时光同行,与变幻莫测的岁月同步,去对更多的诗人词家进行"吴俣阳式"的解析与诠释。接下来,我们将期待他的笔下会有更多更美的词传作品涌现出来。

画有诗书气自华

——我眼中的水墨情缘

认识夯石,是在中国红色文化研究会第一届年会上,因为他新当选为研究会理事,而我忝为副秘书长一职,彼此自然有了交集;了解夯石,则是因为他手头上正有一套红色题材图书寻求出版,交谈之下,方知夯石乃同龄人,本名张琳,祖籍山西洪洞,生于北京,数十年来跨界游走于新闻、杂文、小说、书画、收藏之间,建树颇多。

因为编辑出版过一本古玩方面的图书,我向夯石请教、印证品鉴收藏知识的同时,得知夯石于书画方面亦大有收获且造诣匪浅;因为机缘巧合,和书画圈中一些朋友偶有来往,从此便开始关注夯石在书画方面的一举一动,深感夯石的笔下和时下圈里诸多画作有着许多不同的特质。古人说得好:腹有诗书气自华。古人又说文如其人、画如其人、字如其人……先有人品才有文品、画品、书品,我以为,用"画有诗书气自华"来概括夯石兄笔下的水墨画作是比较贴切的。

画家笔下画的是什么?画得像不像?画家笔下的形象有什么寓意?有人说中国画的精髓就在于笔墨线条的神韵,有人则说中国画根本就无线条一说,观点泾渭分明,甚至是截然相反,正所谓公说公有理,婆说理更多。其实这种品赏画作方式就是一种传统的讲"故事"的方法,如果靠借助"文学性"的描述来欣赏工笔的、写实的中国画,因为对象是具体的、真实的,确实能够看得懂。但如果是写意的,特别是水墨写意的作品,就会有点力不从心的感觉。曾有朋友和我说过,某某人作品很俗,色彩艳丽,就像日本女优一样,涂脂抹粉,俗不可耐,而且反复提醒我,千万莫收藏此人的画作……我无语了,因为我心里非常明白:一幅绘画作品的好与坏,是不能以画面"像"或"不像"来衡量的,就艺术品位而论,首先在于绘画作品的主题,或者说绘画作品中折射出来的某种观念、某种思想、某种情绪乃至某种境界,能否紧紧抓住观赏者的心弦,能否给人以充分的艺术审美享受,并使人从中获得某种启迪和教育,这才是一切艺术作品的真正目的。

　　夯石的水墨山水画无疑是一种高层次的艺术创作,画面整体气势磅礴大气,神韵风姿,笔墨趣味十足,构图高古,曲径通幽,着色艳而不俗,丽而不妖,笔力雄浑,时而配以古体诗作,通过色彩的鲜明与灰暗搭配,线条的流畅与笨拙交融,工笔与写意交相辉映,透露出对时代的背景与时代精神的深刻理解,对作品思想内容与社会主题的曲意表达,都诠释得淋漓尽致,一览无遗,令人无比震惊。比如他的水墨山水《山中胜景》,以当年轰动一时的周正龙拍虎事件为背景进行创作,画面远观苍茫大气,群山起伏,树木翠绿,水瀑流泉,暗藏丘壑,烟雾缭绕之中宛若仙境,画面上有一只仓皇小豹仿佛在苦苦哀号:山中胜景,恍如昨日。再称大王,却不敢当。溪涧有声,人无踪影。一怕猎户,二怕游客……多么凄凉的猛虎告白声,整个画面奇幻瑰丽,给人以美的感官享受。可是就在这山川之中,人性的贪婪却张开血盆大口,吞噬着一切飞禽走兽,让往日啸傲山林的猛兽战战兢兢……祷之告之,和谐共处。若得自由,永不称王。至此,画家笔下的作品犹如当头棒喝:天人合一乃亘古不变之自然法则,人啊人,凡事留有三分余地,不可逆天而行,逆天而行,必遭天谴。一幅看似简单的水墨山水画作,却蕴含着画家悲天悯人的巨量信息,揭示了一个日益严峻的社会问题:天人合一的大自然法则正在离我们渐行渐远,地球上的生态平衡日益遭到破坏,倘若再不引起相关部门的重视与正确引导,猛虎真的会从我们的生活中消失,留给后代子孙的不再是青山绿水,不再是飞禽走兽,甚至不再有千年流传的杀伐渔猎之业……其实稍稍关注报刊的人就会知道,在我们生活中逐渐消失的又何止是猛虎?内蒙古大沙漠里的偷排工业污水、河北天津交界的排污扩散、北京地下水的无节制抽取,因环境破坏而引起的雾霾肆虐、沙暴横行、洪水泛滥、山体垮塌,如此与呵护大自然背道而驰的各种行径,何处不在?细思之下,简直令人触目惊心,两股战战矣!

　　水墨山水画美学很讲究人与自然的亲和,这种亲和把画家个人的得失、胸襟都融入自然的状态中。水墨山水画还讲"天人合一"这个哲学命题,实际上也反映在绘画时始终要重视人与自然的关系。水墨山水永远不要刻意地去一味追求新且异,但要极端讲究思辨色彩。只有首先把画家个人的感情融入时代精神和群体感情当中,然后才会有感而发,有真情实感物化而成的造型、笔墨,有一定的原始色彩。所以对当代文化的把握,对当代人生存状态的体验与认知,对一个画家而言就显得格外地重要。夯石先生在这方面无疑有着得天独厚的先天优势:自幼研诗文书画,举凡四书五经、诗词歌赋、古今名著均有涉猎,尤精文字,曾背诵《康熙字典》《说文解字》《现代汉语大词典》,亦曾研习西画之明暗、造型且能熔于一炉。

　　作为中国画的一朵奇葩,水墨山水画还需立足于中国文化语境,通过对中国画特有的造型和笔墨的探索性体验,这方面夯石也是深得其味的。比如他笔下的画作《抱树图》,画面只有一个硕大无朋、须发飘扬的威猛男人抱着一树瘦小不堪的树枝,无论从哪个角度去看都觉得特别扭,既没有黄金分割的帅气,也不见腹有诗书的才华,简直就是一鲁莽汉子在耍酷,近乎于漫画的搞笑顽皮,但一眼扫过旁边的文字"真名士抱朽残,不舍德操;假君子攀高枝,唯利是图"时,就会有一种震撼从脚底升起,直击你的内心深处,激起你强烈的精神共鸣:是的,只要是真君子,纵使没有外来的力量帮助,依然内心坦荡,体如金刚,浑身充满着力量,身粗似龙体,臂壮如巨柱,仿佛刚充过气体一般精神饱满,虎虎生风、须发飘扬,潇洒自如地立于天地之间,真乃大丈夫也!只有这样的精神力量才可以顶天立地,至此方知他的抱树本不是寻找靠山,而是去锄强扶弱、帮穷济困;至于那些为了一己之利而攀附权贵、溜须拍马、抱粗腿的假君子必定到处寻求靠山,猥琐低下、令人不齿,魏晋名士风流的高标俊格也就呼之欲出了。

其实,中国画最本质的东西就是境界的高下,许多画家只注重于视觉的力度或形式上的探索,缺少一种深度内涵的自然流露,作为画家应该静下心来认真地研究"意象"与"境界""个人经验"与"群体情感"的辩证关系,夯石兄在这方面也有与众不同的表现。比如,他的水墨作品《少女》,少女,顾名思义,一定是漂亮性感、活力四射的青春代名词,可夯石笔下的少女虽说五官还算端正,眼睛也不小,但头上却给她戴上了一顶极为夸张的绿帽子,身穿一件极其别扭的绿衣服,胸部以下全被虚化直至没有了,乍看之下怪怪的,少女形象确实不敢恭维,与那些画家笔下美轮美奂的仕女图相比实有天壤之别。但再仔细琢磨一下,就会发现画家下笔极具个性,高大厚实的绿帽子暗示着作为女人,应该头脑发达,知识储存容量极大,满脑子里都是环保的正能量,没有一丝一毫害人损人的坏主意;身穿极其艳丽的衣服也在提醒人们,外表长得再漂亮,腹中空空,没心没肺没肚量乃至虚无,就算是高鼻梁、脸庞丰润、嘴唇性感爆棚也不过就是一"花瓶"罢了,一生一世只能是充当别人的装饰或者干脆沦为男人的玩偶。夯石兄这幅作品无疑是在提醒警示那些只注重外表打扮得花枝招展的少女们该静下心来,好好充实自己,正确走好自己的人生之路。如此看来,中国画艺术的创作过程,就是人类的性灵舒展的过程,在凝神专注、摒除杂念、调整气息的创作画面里给人一种美的享受。可以说,绘画艺术常常用一种隐喻的形式传递人类的视觉经验,带给人们欣赏绘画作品的审美功能,使欣赏者与画家的审美情趣能够随时交融互动起来。

黄宾虹先生曾有高论:"画有笔墨章法三者,实处也;气韵生动,出于三者之中,虚处也;虚实兼美,美在其中,不重外观。艺合于道,是为精神。实者可言而喻,虚者由悟而通。实处易虚处难。苟非致力于笔墨章法之实处,则虚处之气韵生动不易明。故前人观画,往往误以设色细谨为气韵,落纸浮滑为生动;不于笔墨章法先明实处之美,安能明晓画中之内美尤在虚处乎？"果然是画中金科、至理名言，不愧为一代宗师。

  如此观之，我以为夯石的画作尤其他的水墨画作已初具特色，其构图色彩暗合古人，上追唐宋；其色彩艳丽且常用积墨，意在墨中求层次，表现山川浑然之气，实在可喜可贺。愿夯石在以后的日子里，画出更多更好的作品，以慰平生诗书之气。

艺术家的社会责任

——序《当代书画精选集彭耀宗》

我与画家彭耀宗先生素不相识,千里之外却有幸观赏到了先生笔下千姿百态的画作,其间缘由,多亏彭先生之胞弟、书画家彭钧先生的介绍。两位彭氏后人一奶同胞,画路并非一脉相承,可谓是风格迥异,各擅千秋。当彭钧先生邀我为胞兄的画作写上几句话的时候,心下诚惶诚恐。无奈彭钧先生再三叮嘱,盛情难却,只好硬起头皮写一点自己的肤浅感受,以期抛砖引玉,如蒙耀宗先生不弃,则幸甚。

品读耀宗先生的画作,颇有鸟入丛林、鱼游大海之感,令人心旷神怡、浮想联翩,突然想起国学大师王国维先生关于治学三重境界的精妙概括:"昨夜西风凋碧树,独上高楼,望尽天涯路;衣带渐宽终不悔,为伊消得人憔悴;众里寻他千百度,蓦然回首,那人却在,灯火阑珊处。"这原本是言男女之情的佳句,被大师用来表现"悬思——苦索——顿悟"的治学三重境界,把诗句由爱情领域推绎到治学领域,赋予了它更深刻的内涵。我以为耀宗先生的人生和绘画经历都暗合了这三重境界。

耀宗先生画作的最大特点就是他不但很好地继承前人借景抒情、托物言志、体现中国人"返璞归真""天人合一"的观念,而且更多的是他独到的个人思考以及独有的视角感悟。凭借他对中国传统文化的深度领悟和把握,从经营布局到笔墨运筹,大到表现手法的不断转换,小到局部色彩的微妙处理,都具有极大的自由度和灵活性,通过画面,让观者触摸到的是宇宙间生命的节奏和律动,也暗合了古人"诗是无形画,画是有形诗"之说。他的每幅作品,都是一种意蕴悠远的诗意表达。

耀宗先生的山水画,质朴中蕴含雄浑,荒芜中透露沧桑,光秃的不毛之地给人一种酸涩而又沉重的压抑之感,让人想起近百年来中华大地所经历的天灾人祸造成的剜心之痛,一味地信奉"人定胜天"的唯心主义的思潮,使原本的绿水青山成为满目疮痍、乱伐林木、污染环境,天灾不可避免,人祸却愈演愈烈,令不少有识之士扼腕叹息。由此看来,生存在这片土地上,无论是谁,不管各行各业,都要讲求"天人合一、顺其自然"的法则,所谓"逆天而行,必遭天谴",实乃放之四海而皆准的真理。画家隐藏其中深深的忧患意识由此可见一斑。自然如此,社会如此,人类的生存方式与艺术领域的开拓又何尝不是如此?就我个人而言,我最欣赏的一幅作品,是画家匠心独运地把一叶小舟放在激流已过的下端,绕过的是翻滚的惊涛骇浪,留下的是过后的耐人寻味的平静。

耀宗先生的花鸟画则更是别有一番情趣。其作品无论是表现严冬过后尽享早春初日的群鸟,还是借清秋月色抒发画家本人割舍不断的思乡情愫,都注入了他强烈的生活感受和情感寄托,更难能可贵的是他在努力探索和拓展花鸟画表现形式语言的基础上,又不断地寻找内容方面的突破点,特别是如何使已有上千年历史的中国花鸟画这个画种与急速发展的社会接轨,使中国传统的花鸟画更具有时代色彩。他最近的作品反映由种种因素造成的环境沙化带来的严重后果,土地的干涸,小鸟觅水寻食无着的无奈,看后不能不让人震撼和沉思。这无疑也使画家本人和他的作品担当了当代社会文人应该担当的社会责任。

行万里路、读万卷书、泼万点彩、抒万般情,耀宗先生曾感怀地说,他对待一生挚爱的绘画艺术,如同与心仪的人恋爱,一是用心,二是用情,三是执着。只有这样才能逐渐地进入艺术的圣地,获取艺术的真谛。享受艺术给人生带来的难以言述的愉悦。他的女儿、宁波市电视台节目主持人菲儿在《我的父亲》一文中如是说：父亲要求我读书，却不主张我死读书，他带我走遍了中国的大江南北，让我增长见识，知晓天下事。长大后，我渐渐不满于父亲做人的呆板和不善变通，他拒绝作画商们要求的商品画，更不愿标价出售他的作品，用他的话说，没有艺术品位的画他不画，他不谙世事、不善交际，他只是不停地低头作画……却不能为家里带来更多的收益。"正是这种抛弃了功名利禄的思想境界、全身心投入画作与构思当中数十年来如一日的痴迷历练，才会让耀宗先生的画笔由"悬思"到"苦索"最后到达"顿悟"和"入道"的艺术真境界，从而喷涌出这么多艺术风格清新、格调高雅、充满激情、饱含诗情的好作品，衷心祝愿并期待耀宗先生能有更多更好的精品面世！

　　班门弄斧，恐有贻笑大方之虞；弄斧班门，必有光宗耀祖之日。愿与耀宗先生共勉！

亦师亦友亦书生

——序随笔集《共品茗香》

转眼来京已经有好多年头了，曾亲聆不少前辈宗师的谆谆教诲、豪门贵人的指点迷津，可京城的皇家瑞气始终没有将我打磨成别人眼中的"座上宾"，旷远博大的北国之都给我牢牢地烙上了"北漂"的印记。尽管是千年古城、天子脚下、皇城根儿，于我内心深处而言竟然没有太多留恋！然而，当鲁院学业结束之后，我却又找到了各种借口拒绝返乡留下来工作。其间耳闻目睹，许多有趣无聊的见闻皆如过眼烟云，随风而逝。倒是夜深人静之时，一些故人旧事时不时挤进脑海，让我久久不能平静。

记得那年因为需要开拓业务，我创办了一份文学小报《作家交流》（内刊）。这份报纸正应了"麻雀虽小五脏俱全"那句俗话，一个人一张报，编稿、写稿、版式设计全包，每期印刷五千份赠送给全国各地的作家朋友。那个时候，因为刚从鲁院学习出来，我还是相信文学的，相信文学可以改变自己的生活，总以为文学是通向诗与远方的金光大道，从来就没有更深一点地想过，诗与远方许多时候其实就是遥遥无方啊！每期五千份报纸，不说别的，光是抄写信封就累得手腕酸痛，令我至今感到遗憾的不是我当年白白投入了多少人民币，而是抄了那么多的信封居然没有抄成一位书法家，想起启功老先生讲演时调侃自己是抄大字报抄成了书法家的掌故,我就觉得当年的做法真是不可思议。好在因为这张报纸的鸿雁频传,让我有了许多天南海北的作家朋友。比如,吴春荣先生就是在此期间结识的一位忘年交。

先生是上海市松江区人,上海市中学语文特级教师、上海市中学语文教材专职编撰、中国作家协会会员,集教学、编辑、作家于一身,教书育人之余,笔耕不辍,出版、主编各类作品百十部,可谓著作等身,桃李满天下。

第一次见先生是二〇〇一年的秋天,那时候我漂在北京通州的某处公寓,对北京城区的地形非常陌生,出门见人谈事都得查地图坐公交,常常在公交车上一颠簸就几个小时,实在是很不方便的。有一天,突然一个手机号打进来了,接通电话才知道是先生,他告诉我和同事去内蒙古旅游,准备从北京转乘飞机回上海,落地之后在京会有几个小时的空当,问我有没有可能见上一面?其实当时我和先生之间并没有业务来往,就是平时电话里聊天彼此觉得很是投缘,我立马说进城请他吃午饭然后面聊,先生有点迟疑,说不是一个人,同行有十几个人,吃饭还是免了。我爽快地告诉先生不用顾忌,必须大家一起过来吃饭,我来尽地主之谊,尽管我心里明白,自己只是北京城里的一名过客,还真不敢以"地主"自居。

或许因为我不顾盛夏酷热来回几个小时坐公交只为接待未曾谋面的远方朋友却没有丝毫陌生感,或许是因为我宴请先生及同行友人让先生在他们面前颇有面子,或许就是缘分已到。佛说,今生一切的相见都是前世种下的因缘,我和先生到了该见面的时候。总之,此后交往日益密切起来,二十多年的时光里,我给先生及先生的友人、弟子出版了不少文学作品及学术专著,字里行间读先生,特别是先生给友人及弟子所作的序跋常常让我感动莫名:为什么早年的我没有遇见先生这般谆谆教诲的前辈师长呢?如斯,或许我会做得比现在要好一些吧?换句话说,或许会比现在更有出息一些吧!

作为师者,先生在松江二中长期任教,后调至松江进修学院任教,深得学生喜爱,先生重在教书育人,为门下弟子传道授业;作为编撰,先生不但对现代汉语知识应用及语法滚瓜烂熟,而且国学功底深厚,特别是对古诗词的点校丝毫不逊色于大学中文系专门从事研究的教授们;作为作家,各种文体均有涉猎,小说、散文、随笔、诗词、报告文学、文学评论等文体写作均质量上乘且数量不菲;作为忘年交,二十多年来,先生从不以前辈自居,与我平等相待,始终如一,特别是电话交流时,真的是无所不谈,天南海北、人情世故、师生情谊、文坛逸事、创作交流、学术争鸣乃至各种八卦事件,少则几十分钟,多达一两小时,许多趣闻知识就是从电话交流中得以知晓,大大拉近了我们之间的情感距离与时空距离,其中有几件事情是值得记上一笔的。

诚信为本,做事先做人。记得那是二〇〇二年年底的时候,我因工作南下广州,一周后准备绕道上海拜访先生再回京,订好车票后,我先给一位上海作家打电话,接通后我说明天会到上海拜访吴先生,有没有时间一起见面聊聊……话未说完,电话那头断线了,我再打过去对方已经关机。当时我的心就一沉,先生会不会也这样呢?毕竟只在北京见过先生一面,不像挂我电话的这位作家认识在先,经我推荐过的作品还获过一笔奖金,去北京出差时也到过我的单位,享受着我们提供的专车接送待遇,万一先生也不接我的电话,我的上海之行岂不是白白绕了个大弯吗?迟疑了一会儿后,我还是拨通了先生的电话,没想到电话那头先生非常热情,问我到站的时间,让我在火车上要注意安全,并说要到上海火车站接我!

刚刚还忐忑不安的心终于放下来了,第二天我准时到达上海火车站,但先生提前一个小时就到了,不巧的是上海还飘起了小雪花,时年六十六岁的先生在雪花飘飞的寒冷日子为我接站,这份感动一直记在心里,仿佛就在昨天。晚上我们相聚在松江的一家餐厅,先生拿起电话给那位作家打过去,电话通了,我在一旁装作不知情地听着,先生告诉对方北京的刘先生到上海了,能不能过来见一见,对方说自己不方便,先生略显遗憾地告诉我,说作家朋友不能过来。我这才把前一天在广州打电话碰壁的事情从头至尾说与先生听,先生顿时激动起来,说怎么会这样子?若干年以后,先生有一部书稿在我手里出版,我一眼就看到彩页里有先生与几位作家的合影,其中挂我电话的作家靠在先生身边,我一笑而过,不料书下厂印刷前夕,先生电话通知我,务必把那位作家的影像消除。其实此时此刻我早已忘了这件事,可先生的态度让我很是吃惊,做事得先做好人的道理先生没有直接跟我提及,但先生疾恶如仇的书生意气让我怦然心动。

为人师表,奖掖后辈。先生是个热心人,门下弟子众多,遍布松江、上海乃至全国各地的各行各业,先生为了帮扶松江域内的弟子,或与他们合作著书,或推荐他们出版个人专著,在出版过程中,先生总要帮他们的文字把关,或亲自编排书稿,为他们修改文字,润色语句,几乎每本新书出版先生都要给他们作序推介,字里行间常常褒奖有加,让许多原本文字功底不太扎实的弟子得以迅速成长起来:他们当中有的因为专著出版被单位提拔重用,有的成了单位的骨干人才得以另眼相待,有的直接加入上海作家协会,成了名副其实的作家。一时间,他们成了松江文坛新世纪初以来引人瞩目的生力军,为松江区作家队伍的不断壮大奠定了坚实的基础,而先生的种种参与都是义务劳动不计分文报酬的。如果文坛有"志愿者"一说,我以为,先生是松江文坛最早、持续时间最长的志愿者之一。

勤奋笔耕,敢与古人较真。先生曾先后创作历史长篇小说《夏完淳》《黄道婆》《云间柳如是》,这些古人形象的塑造离不开搜寻资料的艰辛过程,特别是面对正史野史均少得可怜的黄道婆,无疑是一个不小的挑战。可先生却一头扎入故纸堆中,搜罗爬梳,硬是替这几位松江古代人物造像且栩栩如生,令人过目难忘。步入八旬高龄后,我曾多次在电话里要求他每天工作不得超过五小时,要多休息,少劳作,可事实上八旬高龄的先生却老当益壮,数年间接连推出《松江人物》《散步思絮》《〈南村诗集〉笺注》《松江历代作家作品选注》等专著,这些古人古诗的搜集整理校注,其工作量之大之多真可用"浩如烟海"一词来形容,如果不是亲眼所见,真不敢相信这些成果竟出自一位八旬高龄的老作家之手。

观往知来,博学审问。在字里行间熟读深思,在藏书册页里反复推敲，从不人云亦云，有着求真求实的强烈愿望，凡是认准的事情必定要探个究竟并尽心尽力去做好，是先生数十年如一日坚持不辍的治学态度。《共品香茗：与历史碎片对话》就是先生在八五高龄以后着手编著的一部类似于笔记体小说的集子，全书三十多万字，共分六大部分，涵盖了松江千年以来的人文历史、名人逸事及各种典故、传说，可谓精彩纷呈，琳琅满目。除附录里篇幅较大的少数序跋及前言，其他篇章都很精短简练，真正做到有话则长，无话则短，特别是先生对其中某些传说掌故进行详尽考证并指出其中的错讹之处，逻辑严密，思路清晰，治学精神令人叹服，叫人不敢相信这是一位年过八五的老者所为。

比如，《松江鲈鱼，四鳃》一文，从《三国演义》中左慈掷杯戏曹操的故事入手，考证左慈庭前钓鱼的神话传说，"操因被册立'魏王'而大宴群臣。行酒间，左慈表示愿为曹操取筵席上所缺之佳味。他当场拿起钓竿，于堂下鱼池中顷刻钓出数十尾鲈鱼。操曰：'吾池中原有此鱼。'慈曰："大王何相欺耶？天下鲈鱼只有两鳃，惟松江鲈鱼有四鳃；此可辨也。"众官视之，果是四鳃。进而引出《本草纲目》一书的记载："鲈出吴中，松江尤盛。四五月方出，长仅数寸，状微似鳜而色白，有黑点，巨口细鳞，有四鳃。"先生对此质疑，并引用《汉语大词典》的注释，又以松江大学问家施蛰存之语加以佐证，最后得出了"不管是否四鳃，松江鲈鱼的名贵则是毋庸置疑的。隋炀帝也云，'金齑玉脍，东南佳味'也"之结论。全文到此戛然而止，余味无穷，真的是旁征博引，妙趣横生。

比如，《关于"上海之根"》《关于沪上之巅(颠)》《关于"浦江之源"》等文，全文思辨滔滔，不容置疑地指出其中疏漏不当之处，行文思维缜密，史料翔实，读后令人信服，将历史遗留下来的一些疑难问题逐一辨证考析，于庞杂零碎之史料书海当中独辟蹊径，此等专注于做学问的人生态度，使得先生晚年之作功力愈显深厚、笔力愈发老到，当是先生《共品香茗》一书蕴藏其中的锦绣亮点，倘若读者能反复咀嚼，徜徉其中，定会获益匪浅。

吁嚱，有师友忘年如斯，不亦乐乎？

师恩如山亦如诗

——序诗词集《桃源新咏》

时间过得真快,三十五年弹指一挥间,恍如又回到了在南岭中学就读初三的美好时光,那时候先生任教我们班上的语文课,一周八节语文课,每一节都是我最为期待的,除了授课讲解格外精彩外,先生留给我的印象是每周的作文都会及时批改讲评,对于一个几十名同学的班级来说,已经很不容易了;对于现在的语文老师来说,则几近天方夜谭之举。

九年后的一九九一年,我以语文教师的身份又回到了南岭中学任教,先生依然在校任教,只是彼此身份不同了,先生系分管教学的副校长,我是班主任兼语文教师,住最破的大礼堂,担任班级纪律最差、学生最喜吵闹的班主任,就是我当时的真实境况。先生依然是我的老师,我却成了先生手下的兵,尽管南岭中学摇身一变成了四都镇中学,但先生在我眼里依旧和蔼可亲:作为班主任,我的工作业绩是学校每次大会固定不变的表彰对象;作为语文教师,我羽毛未丰时就被先生指派到江西省教委参加乡镇中学教改骨干教师培训班学习。事后才知道教研组同事对此愤愤不平,认为我刚毕业不久,无法代表四都镇中学语文教研组的最高水平,背后议论先生此举有失公允,先生一句"全秋生的起点与你们不一样"呛了回去。就先生这一句话,烙印在我心里了,时时催我奋进，促我自新。

一九九三年，我调入修水第三中学任教，因为当时高二（二）班的语文老师调任团县委书记一职，我被赶鸭子上架直接任教高三语文，对于没教过高中语文的我来说，其压力可想而知，但我迎难而上，似乎没有拖班级的后腿，说起来还得感谢先生当年为我打下扎实的语文基础，也感谢先生一句"全秋生的起点与你们不一样"的准确判断和定位。可惜的是，第二年，新任校长谢某为了任用身边跟随多年的同事，竟然让我去任教初一年级的语文兼班主任。可以这么说，在修水三中的几年，是我人生当中最为失落的时期，但我坚信先生当年对我的评价，绝不会像某些人一样去干拍马溜须、逢迎送礼的勾当。

闲余之时，我开始用文字去寻找快乐，用骨血滋补自己的精神，不断磨炼着自己的意志与体力，寻觅着能逃离这片精神窒息地的每一种可能性：一九九七年，校园文学报《南苑》在我手里创办、发展、壮大，一个人办一份报，改、编、校一条龙；一九九八年，校园文学报《南苑》荣获中国教育学会全国评比一等奖、我个人获校报优秀指导老师；一九九九年，在新任校长夏劲松先生的支持与鼓励下，我像鱼儿一样游出了大山的围困，开始了我的北漂生涯。我不敢引用古人"震开金锁走蛟龙，摇头摆尾再不回"来自吹自擂，但我真的感到了自由自在的天空是多么地快乐与兴奋。

尽管远隔千里，我和先生依然时有联系，电话交流时常听先生说现在迷上了诗词创作，或关于钓鱼，或关于旅游，或关于人生，还常在全国各地诗词刊物上投稿发表作品，我从先生的语气中分明感到了一种"老有所为""老有所乐"的欣慰之喜。我为先生自豪，亦为先生担忧：自豪的是短短数年时间，先生的古体诗词功力日见深厚起来；担忧的是诗词创作乃一桩苦差事，需日积月累，打磨推敲，先生是否能坚持下去，正所谓"吟安一个字，拈断数茎须"，其间辛劳，自不必与外人说也。直到前段时间先生发来一部名叫《桃源新咏》的诗稿，这部洋洋洒洒三百多首风格各异但主题却高度集中的诗词集子，让我震撼了,心里久久不能平静。

从诗稿中我才知道,先生其实是武宁人,年轻时从师范学校毕业就一直在南岭中学任教,从南岭中学到四都镇中学,学校名字及任教环境几经变迁,但先生一如既往地醉心于传道授业,几十年来,在先生门下走出来的莘莘学子不敢说成千上万,至少可以千位数来计算吧!一位外乡人,能把自己的青春热血全部奉献给四都镇人民,就算在退休赋闲、安养天年的晚年生活里,依然奔波不停,历尽甘苦,三更灯火五更鸡,专门为四都镇域内的山水风光创作一部诗词专集,这是一种如何博大的胸怀?又是一种怎样伟大的奉献精神?大诗人艾青曾经吟哦"为什么我的眼里常含泪水?因为我对这土地爱得深沉……"的诗句,由此可见,先生对四都镇这片土地的爱有多深沉?望着书桌上厚厚的诗稿,我激动的泪水不禁夺眶而出。

> 春风剪碎九天霞,化作夭桃妩媚花。
> 香雾氤氲馨秀岭,彤云灿烂映农家。
> 抚枝摄像倾情赞,泼墨挥毫赋韵夸。
> 乳燕呢喃相对语,仙葩此日最秾华。(七律·东岭观桃花)

> 东岭梨园访玉魂,断肠最是雨纷纷。
> 巉岩幽涧晶莹雪,水榭山庄瑷璒云。
> 漫步林蹊花织梦,沉吟石径蕊成文。
> 齐纨素舞仙缘在,一晌贪欢几日醺。(七律·东岭赏梨花)

东岭风景区可以说是四都镇名气最大的地方,当年我任教时,就常带学生们去春游、秋游甚至是冬游,每一个季节都有不同的优美风光:春天看桃花、梨花争奇斗艳,秋季看枝头叶儿金黄、硕果累累,冬季看石林奇形怪状、峭拔险峻。可就这样一个小村子,先生居然为之创作了四十首诗词,这样的创作激情与锦绣才华,无论从质上还是量上都达到了一个很高的层次,读来令人浮想联翩,神往不已。如今我远隔千里,在时有雾霾骚扰的大都市里,读着"香雾氤氲馨秀岭,彤云灿烂映农家""巉岩幽涧晶莹雪,水榭山庄瑷璒云"这样的佳句,恍惚之间又回到了青春时代,回到了当年东岭秀丽怡人的喜悦之中。

如果说,三都镇是修水的东大门,那么四都镇毫无疑问就是修水的前客厅了,在这个五光十色的大客厅里,抱子石、清水岩、红旗水库三处就是不得不提及的绝版收藏珍品。请看先生是如何描摹记录的:

望夫抱子几沧桑,独立山隈岁月长。
化石依然情脉脉,生苔还是泪汪汪。
修江逝水难消恨,幕阜流云欲断肠。
守节忠贞人共仰,千秋传颂美名扬。(古风·修江抱子石)

清凉洞府有仙风,山谷书台人敬崇。
乳石参差悬峭壁,琪花馥郁漫琼宫。
巉岩幽涧泉流冷,金鼎神龛烛焰红。
古刹通灵名远播,八方居士竞朝宗。(七律·清水岩)

当代愚公壮举多,兴修水利治山河。
晨霜冷月奔工地,夜雪寒风宿草窝。
担土挑沙肩压肿,拉车推碾背弯驼。
全民苦干抒豪气,高峡平湖奏凯歌。(古风·忆修建红旗水库)

千年沧桑依旧含情脉脉,碧波荡漾果然泪水汪汪,望夫抱子的优美尽管因抱子石电站的崛起而支离破碎,但先生的文字会给我们留下美好的记忆,守节忠贞永远是一个说不完、道不尽的人生话题;"清凉有仙风、山谷书台雅"的清水岩洞,仿如空谷幽兰,沁人心脾,成为游人心头一道永不褪色的风景,好一个"参差悬峭壁""馥郁漫琼宫""幽涧泉流冷""神龛烛焰红",进得洞来,恍如人间仙境,倘若细细思索,又会给游人一种"洞中方一日,世上已千年"的切肤之痛;学愚公,治山河。这是几十年前曾经风靡神州大地的伟大壮举,人心齐,泰山移。读着"晨霜冷月奔工地,夜雪寒风宿草窝""担土挑沙肩压肿,拉车推碾背弯驼"的诗句,不禁又唤起了我童年的记忆,人来人往、红旗飘扬的水库工地上,永远是车水马龙,饿着肚子依然不眠不休的昂扬斗志。正所谓:一声令下,敢教日月换新天;五面红旗,重整山河塑家园。多么豪迈的凌云壮志,多么炽热的社会主义新天地。只可惜如今年年洪灾年年抗,劳民伤财为谁愁?

读先生的诗句,常令人如听其声,如临其境,画面感极强,正应了古人"诗是有形画,画是无形诗"之论,但先生还有一高明之处,即隔空能摇笔,文采自风流,顾盼生姿,阅读时思乡之情莫名升起,时时充溢其间。比如写我出生之地龙岸村的十五首诗中,有一多半是根据拙作《穿过树林》中的文字而点铁成金,其中更有两首仿佛是为我量身定制的:

雪骥金刀任纵横,灵禽夺号白鹇坑。
乾隆噩梦淋漓汗,峡谷惨闻杀伐声。
抱电平湖成泽国,京华江月作云鹏。
华文细述传奇事,资料聊供秃笔耕。(七律·传奇白鹇坑)

三重瓦屋两层墙,雨阁云窗望月廊。
杰构原思贻后裔,华堂谁想付汪洋。
忍离老宅迁新宅,且认他乡作故乡。
幸有京华江上月,勤书遥忆话炎凉。(七律·全姓老屋)

北漂是一个寻求梦想与快乐的远方,但同时也是一个远离故土亲人的无奈过程,所以在拙作《穿过树林》里确有一部分文字都在锥心刺骨般地记忆白鹇坑的一山一水、一草一木,甚至是一石一路。我的笔名江上月来自张若虚的《春江花月夜》,我想到了"千江有水千江月,万里无云万里路"的古训,但我没想到的是多年以后,我的笔名竟会出现在先生的诗句中,"京华江月作云鹏""幸有京华江上月"这两句诗又让我想起了当年先生对我的褒奖,"华文细述传奇事""勤书遥忆话炎凉"正是我北上十八年来做人做事的真实写照,先生如此为我点赞,我当为先生摇旗呐喊,喊出深藏于心底的感恩之情:云山苍苍,江水泱泱;先生之风,山高水长。

最后,还是用一首小诗来结束此文,以表我对先生的敬佩之情:

七律·颂故乡

——步其原韵,贺恩师汪维仁先生大作付梓

执笔描摹颂故乡,贺词唱罢亦彷徨。
彭姑抱子芸窗烛,岭下高沙酒席觞。
龙岸三溪留屐印,窝头噪口饱诗囊。
归田解甲书山兀,半字吟安凤愿偿。

是为序。

缘分，无处不在

——序诗歌摄影集《让时间停留在这一刻》

红尘俗世里，有许多说不清道不明的事情常常在我们身边发生着，凡事当讲究缘分，人有人缘，物有物缘，文亦有文缘。人若无缘，何来相聚，物若有缘，注定相逢；文若无缘，与己何干，书若有缘，必须相悦。我与孙俊君、袁丽娟君二位生物医学教授相识，当属一段文缘吧！

读孙俊君的诗歌，眼前常常会出现一位清纯、靓丽、多情的小姑娘迎面走来的幻觉，一举手，一投足，都是那么优雅、潇洒；一轻吟，一慢唱，总是诗意盎然，柔情似水；一字一句，透出点点纯真、无忧；一词一语，处处尽显简洁、健康。多情的目光常常隐藏在文字的分行里波光粼粼，格外夺目。事实上，现实生活里的孙俊君已年届中年，西渡太平洋求学后头顶各种耀眼光环，美籍华裔顶尖级别生物医学科学家的身份令人钦羡，诗歌创作只是她在繁忙研究工作之余的母语记录、休闲寄情而已，既无名缰利锁之羁绊，亦无衣食住行之担忧，这样的诗歌写作实在有不食人间烟火之仙气，空灵、纯情、直白，无太多的创作技巧之炫耀，亦无过度的哗众取宠之媚俗，完全看不出来这些从心底汩汩流出的诗句竟然出自一位学术态度严谨，视追求科研客观性、准确性和唯一性至高无上的科学家笔下。

比如开篇诗《韧》"疾风中／劲草／知道／／严霜下／青松／知道

//长夜里/孤狼/知道//怒海上/水手/知道//忍耐/等待/不急不躁"。诗句看似直白无奇,实则匠心巧用,通过"疾风中的劲草""严霜下的青松""长夜里的孤狼""怒海上的水手"一连串的排比组合,最后得出了"忍耐、等待、不急不躁"的人生真谛。与其说是在闲余时候写诗,倒不如说是诗人在以物言志,以诗传情,向世人表达了自己在人生道路上或者说在科研路上执着追求、一往无前而又不骄不躁的努力坚持,或者说是诗人对"忍耐、等待、不急不躁"美好品德的向往、颂扬。是的,古往今来,有多少仁人志士,有多少能工巧匠,有多少高僧大德……甚至是帝王将相也毫不例外,他们或许是因为精神上耐不住寂寞,或许是身体上经不住岁月风霜的摧残,缺乏"忍耐、等待、不急不躁"的最后坚持,终于为山九仞、功亏一篑,留下千古憾事。人生如此、爱情如此、事业如此,甚至是开疆拓土、图霸江山大业亦如此!由此可见,诗人的眼界、胸襟、气度,从一首小诗中就表达得淋漓尽致了!

诗人是一位事业上成功的职业女性,也是一位生活中称职的母亲,远渡重洋,在异国他乡工作、科研、生活,早已落地生根、开花、结果,可谓事业与人生比翼齐飞,但过往的求学时代、青葱岁月、情感世界乃至故土情结,无时无刻不在诗人脑海里萦绕不已,不绝如缕。那种等待重逢、等待喜悦、等待收获的人生情结始终在跳跃着、欢呼着、呐喊着:比如诗作《千帆过后》"我喜欢/千帆过尽后那场/等待//也许/希望如秋水般渺茫/但我还迎风而立//让心情一次次曝光/让蓝天做复写纸/投下个朦胧的形象"。虽然一切都是未知数,"渺茫""朦胧",甚至是"千帆过尽"依然没有等来自己心中的"风景",但诗人就喜欢那样静静地站在一个无人知晓的地方,翘首企盼地等待,直到天荒地老,始终无怨无悔!这样的画面是令人感动的,这样的等待充满诗情画意,让我不禁想起了温庭筠的"过尽千帆皆不是,斜晖脉脉水悠悠"的无尽温柔与莫名愁绪,当然也让我想起了苏芮原唱《跟着感觉走》里的轻松与欢快:"……跟着感觉走/紧抓住梦的手/蓝天越来越近越来越温柔/心情就像风一样自由/突然发现一个完全不同的我/跟着感觉走/让它带着我／希望就在不远处等着我……"这样的诗歌集子里很多,比如《罗浮寻踪》《蒙上你的眼睛》《那个南方的冬天》《那场雪》《七月半》《春的迷藏》《初心》《丝巾》《幻》《寂寞》《爱过》《致珞珈》《奶奶的蒲扇》《家》《父母亲》《紫薇》等等,举凡花卉、树木、亲人、友人、爱人、同窗、母校、家乡,无不信手拈来,裁剪分行;上至浮云明月,下至江河湖海,寄意青春,展望未来,正所谓精骛八极,心游万仞。一颗七窍玲珑心在诗文的洗涤浸泡里,晶莹剔透,呼之欲出。

古人云:诗是有形画,画是无形诗。用这句话来概括袁丽娟君的摄影作品,是再恰当不过的。

丽娟君打小出生在北京军营大院,虽是纤弱淑女身上却透出一股军人的飒爽英姿,就是男孩子站在她跟前也要逊色三分,在北京生活期间可谓极品驴友,常常穿行于崇山峻岭之间,边走边拍,江南秀水、西域风光、三山五岳、大漠边陲,都曾留下她深深的印痕,二十世纪九十年代初漂洋过海,勤奋求学成为顶尖级别的美籍华裔生物医学专家,在二十多年的科研生涯里,每逢外出开会、旅游,总是相机不离手,拍下数以万张计的风光美景,热爱学习、善于学习的她曾听过多位美国摄影大师的学术讲座,其中已故美国著名自然摄影家、摄影教师及作家南希·罗滕卜格 Nancy S. Rotenberg 对她的摄影技术影响最大。

摄影与画画有着本质上的差别,创作手法不同,创作工具不同,创作的对象不同,创作理念也有着天壤之别,但它们永恒的共同点都是在为人类留下难以磨灭的珍贵艺术品,从这个意义上来说,优秀的摄影家与技艺精湛的画家巨匠是可以并驾齐驱的。在我有限的审美情趣与眼界当中,丽娟君的摄影作品无疑是富有收藏价值的艺术品,每一张图片中都凝聚了丽娟君与众不同的镜头语言与审美情趣。

比如开篇诗作《韧》的配图照片,在一望无垠的大海上,一股乌黑的云柱如高大的巨人、似矗立的青松更像仰天长啸的孤狼一样冲天而起,身后的云彩随狂风肆虐、任意飘荡,渲染出一片苍茫、博大的图腾,仿佛有一种"黑云压城城欲摧"的洪荒力量从天而降,令人心生恐慌之意,两股战战,几欲先走。但如果你胆子足够大的话,是可以清楚地看到乌云的背后有一束光亮正在慢慢延伸着，顽强地、一点点地向外扩散，此时此刻，我不禁想起了高尔基笔下《海燕》中的诗句："在苍茫的大海上，狂风卷集着乌云。在乌云和大海之间，海燕像黑色的闪电，在高傲地飞翔。"是的，鸟儿确已飞过，天空不留痕迹。只要你有足够的耐心，静静地等待，不急不躁，乌云始终是遮不住日出的。一旦风平浪静，水波不兴，海燕飞翔、云开日出、阳光灿烂的无限风光也就近在眼前，任你一饱眼福了。

随着镜头的推、拉、摇、移，一幅意境深远、构图巧妙、取景雄浑，抓拍火候准确、冷静、恰到好处的好作品就这样横空出世了。把镜头当作画笔，把名山大川当作画布，把日月星辰当作五彩涂料，在横跨七大洲、四大洋的广袤空间里，用独特的取景角度、丰富的镜头语言、优雅的深远意境快乐地创作着，与孙俊君的诗歌创作背景有着惊人的相似之处。除此以外，丽娟君还是一位爱花成痴的园丁，在自己居住的别墅院子里种满了数百种花草树木，几乎成了一个初具规模的植物园，一个关于浪漫、传说（Flora of Legend and Romance）和乡愁的花园。这本书中的花卉作品大多来自她亲手种植的花草，从花草的萌芽、成长、旺盛、凋谢乃至季节变换入手，以花语寄托情怀，用图片留住时间，无疑是她摄影创作的快乐源泉，各种花卉草木在她的镜头下千姿百态，有着独特的创造力，呈现出美轮美奂的自然审美情趣，一种原生态的审美品格顿时充溢画面，令人莫名感动。这样的作品在书中有许多：比如《罗浮寻踪》《蒙上你的眼睛》《日子》《让时间停留在这一刻》《七月半》《往昔》《秋蛹》《春的迷藏》《飞》《幻》《爱过》《青春的记事本》《远方的家》《别离》《昙花》《寻找桂花》《太阳花》；等等。

遇上你是我的缘，叫我如何不感恩？丽娟君的摄影作品与孙俊君的诗作一经搭配，交相辉映，简直就是水乳交融的统一体，读诗作可以欣赏摄影家镜头下的磅礴大气与细致入微，观图像可以品味诗人笔下的眼界、胸襟、气度。读着《让时间停留在这一刻》这部诗歌摄影结合体，常常会让我流连忘返于文图之间，我不禁悄悄地问自己，孙俊君的诗能遇上丽娟君的摄影作品，远在太平洋彼岸的我又能遇上她们二位的诗作与摄影作品,这算不算一种缘分呢?

感谢浙江台州籍诗人林海蓓君的举荐,让我有幸认识了两位在国际生物医学界硕果累累的科学家;感谢孙俊君和袁丽娟君二位教授的诗与摄影,让我得以窥见科学家内心深处的文艺情结是如何浓郁与茂盛,是如何经营与滋润着她们那严谨得近乎苛刻的科研生涯。

古人说得好:诗画同源。其实我想说的是,诗与摄影也是可以联姻结亲、融为一体的。因为,缘分无处不在。

是为序。

走 近 缪 局

——《求索人生》编后记

早就听中国人民大学文学院余飘教授说,天津二教局缪礼寅局长有一部书稿想要出版,但时间过去了将近一年仍不见书稿寄来。我想这也许是缪局的一个梦想,毕竟是七十六岁的老人,要想写一部书不是那么容易的事情。就在我快要淡忘这件事的时候,缪局果真在女儿缪红的陪同下到北京来了。

一脚踏进余教授的客厅就看见一个普通得不能再普通的老头坐在沙发上,个子偏瘦偏小,衣着极其朴素普通,丝毫没有局座的威严和风采,普通得就像邻居老爷子在串门似的。如果不是教授站起来介绍的话,我怎么也不敢相信坐在面前的这位老人就是当年在天津市教育界口碑甚佳、鼎鼎有名的第二教育局局长呢!接下来令我莫名诧异的是餐桌上的缪局竟然滴酒不沾,我想作为一个直辖市正厅级别的教育局局长,能够滴酒不沾恐怕也是一道独特的风景!

真正走近缪局的内心世界还得从我审读文稿的时候开始说起,我有一个阅读习惯:每当拿起一本书稿时,总是先翻后边的文字,然后再从中间挑一段文字来阅读,因为我知道大凡是要出版的书稿,前面的文字总是被作者弄得美轮美奂的,我绝对不会从头至尾循规蹈矩地一路看下去。我也知道自己这样的阅读习惯并不好,但积习难改也就只好作罢!

　　读缪局的文字自然就是先从他关于职教的几篇论文开始,读完之后我不禁拍案叫绝:因为就在前不久的两会上,最为重要的议题几乎都集中在关于大学生就业工作的焦点问题上,而他的论文正是谈论关于职业教育和职工就业上岗的问题,要知道这是缪局十几年前所写就的文字,而那个时候就能预见十几年后发生的就业困难,这种高瞻远瞩的洞察力和深邃的学术眼光不能不令我肃然起敬!倘若从那个时候起我们的教育主管主管部门和政府主管部门能够按照这个设想来规划我们的高等教育和职业教育,恐怕现在也就不会出现大学生毕业即失业的尴尬局面!我甚至这样推测,当年天津市成人教育和职业教育能够走在全国各兄弟省市的前列,恐怕与缪局这只"领头雁"所起的带头作用是分不开的!抛开这些话题不说,单就论文的学术含金量和专业水平来看,这样的作者恐怕在全国教育界的领导班子里也是不多见的,这与那些作报告发言都要秘书写好稿子的所谓领导相比较,真的是有天壤之别!

　　读完论文,我按照习惯从中间挑选文字来读,结果就读到了缪局在如何关心职工住房、小孩入托等切身利益的焦点问题时,又是高风亮节,先人后己,做到了"先天下之忧而忧,后天下之乐而乐"的崇高境界,纵使自己住在狭小的单元房里,也要把职工安排得妥妥帖帖。尤其是读到缪局几十年如一日精心照顾自己病残的夫人时,眼泪不知不觉地溢了出来,这种人间之爱、夫妻之情实在是感天动地,撼人心魄。单凭这一点,缪局哪怕没有做成任何一件事情,我都要说他不愧为人间堂堂男子汉,不愧为学界教书育人的楷模,更何况他的所作所为是那样令人击节赞叹:就是在退休之后本应安享天年的日子里,他竟然和一批志同道合的朋友一起创办了天津职教社,在无经费、无编制、无办公场所的"三无"情况下,毅然决然从并不富裕的家中先后拿出数万元。保证了这一事业的启动和运转得以顺利进行。这种在外人看来貌似傻瓜的做法却得到了几十年来相濡以沫的夫人和家人的一致赞成和支持,这样的无私奉献精神,这样和睦温暖、志同道合的小家庭,在当今这个商品大潮冲击得人性裂变的时代里，就不能不令人一赞三叹！

　　粗粗翻阅了一遍书稿后，我立马拿起电话向余教授汇报我的读后感，我告诉余教授，这是我迄今为止所读到最为感人的个人传记，字里行间真情流露，不但文笔流畅，涉猎广泛，而且职教专业知识相当扎实，特别是传统文化的功底尤为深厚，作者并没有受过高等教育，但他在公共场合能够即兴赋诗填词且用毛笔书法写下来，这种能写会吟颇有古文人气质的深厚国学功底，深得台湾各界同胞的极力称赞，他还利用工作之便和自身特长为台湾朋友来大陆访问进行学术交流做了大量的工作并取得了可喜的成绩。可以这样说，在缪局的晚年，他不顾年迈，身体力行，为推动两岸早日统一做出了不可磨灭的特殊贡献……余教授听了我的汇报后兴奋异常，立即将此事向中国老龄事业发展基金会会长、民政部原副部长李宝库作了汇报，要求此书出版后要到天津举行一个学术座谈会，要大力弘扬缪局这种无私奉献、德才兼备的高贵品质和高尚人格，以此为契机和切入点，进一步弘扬我国千千万万老干部身上的崇高品质和无私奉献的可贵精神，以此向中华人民共和国成立六十周年大庆献上一份厚礼！也作为一份宝贵的精神财富留传给后代子孙！

　　激动之余，我又给缪局挂了电话，谈了我对书稿的一些感想及编排意见。缪局希望我能抽空前去天津面谈书稿的编排问题和某些内容的修改。于是我带上校对清样稿踏上了前往天津的火车。

　　天津虽然近在咫尺，可我却是第一次前来拜访，当我走下列车踏上天津站那气势磅礴的站台时，我真真切切地感到了现代化的建设给我们的生活带来的巨大变化。透过朦胧的暮色，在灯光的耀眼处我看到了缪局早已站在那里等候，我快步迎了上去，紧紧握住老局长的双手，怀着崇敬的心情注视着这位德才兼备的老前辈。缪局精神奕奕，丝毫不见疲倦的样子，他告诉我天津站扩建后最近才投入使用的，他也没有来过，为了前来接我，头天晚上特意让女儿开车前来打探路线。一想到让七十七岁的老人三番两次前来车站问路，我就浑身不自在，我真的后悔不该告诉他我乘坐的车次，我知道自己又犯了一个不可原谅的错误(尤其是近几年来,我南来北往在许多城市,总是让一些老前辈前来为我这个晚生接站,有的甚至在寒风中站上几个小时,为此我常常内疚不已),我想我应该悄悄地来,正如我几天之后悄悄地离开这座城市一样,不给任何人增添一丝麻烦,那样才算是一个礼仪周到的晚生后辈!就在我胡思乱想的时候,公交车已到点了,缪局拉着我的手下了公交车,沿着河边小道,我们很快就到了缪局的家里。

一进家门,缪局立即下厨亲自做饭,我想为他打一下帮手,可他老人家一把将我推开,不让我插手,让我好好休息。很快,香喷喷的饭菜就端上了桌,这也许是我这一生中吃得最为香甜也最为内疚的一顿饭吧!说香甜是因为他的厨艺实在是高,不是我亲口尝到,哪敢相信一个这样级别的领导在家里居然是进得厨房、下得厅堂的贤内助!缪局告诉我,当年一下班就骑上自行车到菜市场买菜,然后回家就开始做饭给老伴吃,吃完饭洗刷完后还得给老伴做一阵按摩才骑车去上班,除了因公出席会议外,从来不用组织上为他配备的专用小车,几十年如一日,一直是骑自行车穿街过巷,直到如今七十七岁高龄出门时依然是骑自行车的;说这顿饭是我吃得最内疚是因为让一个七十七岁长者为我做饭,实在是愧不敢当。在天津的几天里,除了在外面吃过一顿饭外,其余的全是他老人家下厨操办的,哪怕是想帮他刷刷筷子洗洗碗也被他婉拒,弄得我只好"心安理得"地享受着他这位正厅级别大领导的周到服务,真是食之有味,受之有愧!

在津门的三天,是我零距离接触缪局的最好时光,除了谈论书稿外,我们还进行了各个方面的交谈,使我对他有了一个较为全面的了解。缪局最大的特点是吃苦能干、忠诚踏实、为人豁达、表里如一,无论是为人夫,为人父,为人领导,都是兢兢业业,尽职尽责。真正是按"先天下之忧而忧,后天下之乐而乐"的标准来为人做事,所以他家里家外都是一把手,做事不做则已,一做就必须做到最好!这种优良的品质从他在三联书店工作时就开始显露出来:当年他在三联书店当学徒的时候,用别人的话说就是一个卖书的,只要把书卖出去就完成任务了,那个时候人们读书的风气可比现在要浓得多得多!一本好书来了,前来购买的人总是排成一大队，可缪局小小年纪就显出了不同一般的个性出来，为了能给别人介绍书中的内容，几乎把所管书架上的书都先读一遍，他读书是为了更好地卖书，以致有一次把几个大学教授都镇住了，以后只要是买书总是先找这个惹人喜爱的小缪同志。当然他以后的人生走向也与这段时间刻苦学习是分不开的，他之所以能干一行，爱一行，专一行，就是他身上有着一种不服输、不屈服、不折不挠的求知精神，虽然是学徒出身，硬是凭着自己的努力得到组织上的信任和重用，就是在退休之后依然没有在家安享天年，而是继续奔波，身兼数职，既是天津职教社的常务副主任，又身兼市关工委教育部部长。近年来，他和一班志同道合的老战友、志愿者一起，参与了"关心少年儿童健康行动"的活动。由他亲自执笔起草的、以天津市关工委名义上报的调查报告得到了中央领导同志和许多主要部门领导的批示，用他自己的话说就是："百年不遇我逢辰！"

时间过得很快，转眼我就要回京了。尽管缪局再三挽留我多住几天，我还是决定要走，因为还有许多事情等我回去处理。他见我去意已定，就说抽空带我去外面走走，看看天津的市容市貌，我想了想便提出去天津文化街走走。于是那天下午我和缪局乘公交车到天津文化街古玩一条街，边走边看，然后顺着海河一路前行，缪局完全像换了一个人似的，像年轻人一样挽着我沿着海河向火车站方向前进，一路上大声地说笑着，边走边停下来照相，既没有领导的架子，也没有长辈的矜持，有的只是朋友似的亲近，就像是多年的好友一样在海河边徜徉闲逛，我时不时问他累不累，说实话我内心担心极了，他毕竟是七十七岁的老人，不可能像我们年轻人一样皮实，万一把他老人家累坏了，岂不是我的罪过？谁知缪局丝毫不累，说话的声音中气十足，大笑之时河堤两岸居然发出回响之声，惊得我目瞪口呆，惊讶不已！缪局还告诉我当年七十岁时和台湾同胞爬泰山，比起那些年轻的台胞们也不相上下，惊讶不已的台胞在泰山之巅纷纷要与他合影留念。

当我们走到火车站时，夜色已经降临了，五光十色的路灯仿佛在向我们招手致意，我排了好一会儿队终于买到了第二天的车票，回来的路上，我们坐上了公交车一路欣赏着津门的夜色，朦胧的灯光轻轻地往身后流去，仿佛一条彩色的河流，我和他就在这条河流之上轻轻滑行，丝毫不觉疲劳，回到家里我立即催缪局早点休息，谁知他又加班到晚上十二点多钟才休息，我除了摇头赞叹之外，真的是无话可说！

记得我以前曾写过一篇《老人是一部书》的小文，内容基本已经淡忘了，这么多年过去了，我愈来愈觉得老人是一部厚重的书，一部厚重的人生大书，而我几乎每天都在阅读这样的大书，缪局就是这种厚重大书中的一本，无论是哪一点都值得我去学习、去仿效、去借鉴、去体味：他的为人在津门教育界几乎是一边倒，碰到的人都说他口碑好；他的品德更是值得大书特书，光是任劳任怨细心照料病残的夫人数十年如一日这一件事就能感天动地；他的养生之道值得所有人去学习，七十七岁高龄居然能天天骑自行车，他还当着我的面做好几下俯卧撑，吓得我赶紧扶起他老人家；他的才学更是一绝，即兴赋诗即兴书写，一气呵成……当我收拾好行李后，我一本正经地对缪局说了几句话：

"缪局，您太可爱啦，如果当年我能在您的手下工作该多好！可惜人生之路是没有太多的如果……老爷子！我会想您的！再见啦！"

我转身走出缪局的家门，一直不敢回头，我怕我一回头就舍不得离开这个可爱的老局长！走下楼很远，我回头一看，嗨，老爷子又骑着自行车赶出来了，说要送我到公交站才行，我只好又一次感受着这种父辈的浓浓爱意，仿佛沐浴在醉人的春风里，耳边突然响起徐志摩《再别康桥》里面的声音来："轻轻的我来了，正如我轻轻地走，挥一挥手，作别西天的云彩……"

我轻轻举起右手，向车窗外的缪局挥了挥，然后看着他那矫健的身子跃上自行车，转眼消失在茫茫的人流之中。

大 爱 无 疆

——《津门春秋》编后记

当我在键盘上敲下这个标题时,脑海里又浮现出王克先生那慈祥可亲的脸庞和高大魁梧的影像来。

认识王克先生,还得先从天津市第二教育局原局长缪礼寅先生说起,二〇〇九年八月,缪老自传体文集《求索人生》一书出版发行,因为我参与了此书编辑的全过程,很荣幸地被邀请前往天津参加这个规格档次颇高的出版座谈会,而王克先生就是这次座谈会的发起者与会议主持人。会后我们还一起合影留念,王克先生紧紧地握着我的手,那种发自内心的热情、大方、好客给我留下了极为深刻的美好印象,这张照片还被我郑重其事地收入拙作《穿过树林》里面,作为永久的纪念。

接下来的日子里,我去天津的次数也开始频繁起来,时不时会听到缪老提起王克先生,说王克先生是自己几十年来风雨同舟的患难之交,正在搜集整理参加革命几十年以来所写的文章,文稿整理好后就会与我联系,希望我能够继续为他的老朋友打造一部精美文集。

就在我盼望能早日读到王克先生的文字时,从缪老口中得知王克先生不巧因感冒招来一场大病,几遭灭顶之灾。我不禁在心底里暗暗为先生祈祷,希望他老人家能早日康复,至于先生出版文集一事,我私下琢磨着恐怕先生是力所不能及啦。也许正应了"吉人自有天相"的古话,王克先生竟然又一次与死神擦肩而过,顽强地站起来了。二○一○年底,我因事到天津出差,又一次见到了热情好客的王克先生,为了不打扰先生的静养,我们只谈了半个小时,缪老和我就匆匆告别,手拎着一大袋书稿,望着先生这厚厚的手稿,一股敬佩之心油然而生。

　　回到京城,我就开始了紧张的编辑工作,因为文稿内容丰富、体例繁杂且有的稿子年代久远,我便给王克先生打电话,谈了我自己的一些不同看法,王克先生在电话里语重心长、情深意切地对我说:"上月,我们是好朋友,我的稿子就是你的稿子,你可以全权处理,该删则删,该改则改,我就全权委托你啦!"有了王克先生授权的"尚方宝剑"在手,我开始沉浸在先生的文字当中,按自己多年的编辑经验和文稿的实际情况做了一些必要的变动,同时在体例编排上也作了微调。很快,一部洋洋洒洒四十多万字的《津门春秋》清样稿便出现在我的眼前,此时此刻,我才知道王克先生不但在繁忙的本职工作之余写出了数十万字的随感、散文、诗歌、游记等不同体裁的文章,而且在离而不休的日子里开始练习书法,这对于一个体格强健、视力正常的人来说也许不是一件太难的事情,可是对于一个体弱多病、左眼没有视力右眼仅有零点六的视力的老人来说,实在是有如登天一般艰难!

　　但年近八旬的王克先生做到了,不但做到了老有所为,而且做到了老有所用、老有所乐、老有所思、老有所感。小而言之,《津门春秋》的公开出版可为先生革命几十年的光辉历程画上一个完美的惊叹号;大而言之,《津门春秋》则是为天津市老干部局和天津市关心下一代工作委员会的工作增添了浓墨重彩的一笔;说得更确切一点,《津门春秋》的出版是为后来人研究天津光荣的革命历史提供了一个重要的参照物或曰一本可资借鉴的参考书。卷首诗中"老骥自知夕阳短,昂首奋蹄毋须鞭"正是先生革命生涯几十年如一日的真实写照!

　　翻检目录,犹如好奇的拾贝者走进了五光十色的海滩一样,映入眼帘的全是各式各样的值得收藏的奇珍异宝:大到国家、政党、军队的创建发展壮大,小至津门各界一九四九年以后几十年来的历史发展变迁,无不囊括其中;上溯辛亥革命、北伐战争、抗日战争、解放战争、抗美援朝战争期间的各界精英，下至建国初期、"三反五反"、"文革"期间、改革开放各条战线上的英模人物、专家教授、政坛奇才，个个众说纷纭。一大批值得后人仿效学习、可歌可泣、可敬可爱的英雄人物形象跃然纸上。更为难能可贵的是，书中还有大量描写天津市老干部在理论学习和关心下一代等工作中取得的累累硕果，主人公们既有行动上的亲力亲为，又有理论知识修养上的学习积累，无愧为一支活跃在津门大地上、代表着中国共产党光辉形象的老干部英模群体。如果说《津门春秋》是集津门几十年来各行各业老干部先进事迹之大成的一部史书，我以为是当之无愧的。

"文章合为时而著"。值此中国共产党成立九十周年的喜庆日子里，王克先生及时推出《津门春秋》一书是有着特别的意义和特殊的历史价值。古人云：大象无形，大音希声，大爱无痕。在这里，我以为用大爱无疆来给《津门春秋》一书定义是恰如其分的。

打开书页，一股浓浓的爱意扑面而来，洋洋洒洒四十多万字的书稿，爱是贯穿其中的一条红线。在这里，爱无大小之分，亦无厚薄之别：热爱自己的民族、热爱自己的祖国，是作者十多岁就从军入伍的最大动机。在国破家亡的深重灾难岁月里，作者不顾体弱多病之躯毅然走上战场，胜芳整训、涿县待命、夜奔天津、创建电台、保卫开国大典、参加防空部队等场景让我们看到了一位年轻有为的爱国军人的飒爽英姿。就算是晚年出国旅行目睹国外资本主义国家国际化大都市的繁华与富有，王克先生依然为自己的祖国倍感自豪：

……的确是见了世面，开了眼界，增加人生阅历。但是，我仍然认为，中国是个历史悠久的文明古国，我们有自己的文化有自己的历史，有我们的优势和特色。别国的长处可以借鉴，学人之长补己之短。不必气馁，更不要妄自菲薄。什么外国的月亮比中国圆，没有那么回事。我们伟大祖国是最可爱的，特别是在今天，更加可爱，我们要用双手把祖国建设得更加美好！（见《东京之行》）

真是拳拳之心，天地可鉴；热爱中国共产党，更是作者一辈子无怨无悔的政治信仰。自从入党的那天起，王克先生就始终没有忘记自己身上的光荣使命,每逢七一都要重温入党誓词,回顾学习党的光辉历史,增强党性锻炼,就连被下放在黄酒铺的苦难日子里依然没有忘记党的生日,慷慨激昂地发表演讲,得到了大家的一致好评。尤其是在天津老干部局常务副局长任上更是逢七一必发表演讲或撰写纪念文章,这种数十年坚持如一日的精神正是一位共产党员光辉形象的真实写照;关爱阶级兄弟、爱护同事朋友,是《津门春秋》中的一大亮点,本书当中提及有名有姓的人员就有百名之多,如《难以忘却的纪念》一文中,详细而又心酸地描写了王克先生是如何帮助阶级兄弟摆脱困境的,当许多素未谋面或没有任何交情的落难人深更半夜上门求助时,王克先生没有丝毫退避之意,总是甘冒风险帮他们出谋划策指点迷津。仅"悼念篇"一小辑当中就写了十二名天津市各界的精英人士,在这个闪光的群体当中,既有教育、文化、艺术部门的精英人物,也有医疗、卫生、科技战线的杰出代表,其中不乏天津市政界的高级领导干部,作者以"爱"字为红线,把他们的光辉形象和模范事迹用文字抒发得淋漓尽致,读来不禁让人为之动容,一赞三叹:兴奋冲动之时,令人血脉偾张、豪气顿生;缠绵悱恻之时,则催人泪下,欲罢不能……爱护关心青少年下一代的健康成长,也是《津门春秋》与众不同的地方,王克先生在书中用了大量的篇幅来记述天津市关心下一代工作委员会的动人事迹,把关心下一代工作提高到了事关中华民族兴衰的战略高度来论证,既有令人信服的理论依据,又有看得见摸得着的准确数字,用事实来诠释天津市"五老"关心下一代的工作走在兄弟省市前列的骄人成绩。

爱家人,是王克先生心中永不熄灭的一盏明灯。但先生在书中对于这方面的描写反而显得单薄,除了《古稀之年忆母亲》一文抒发了作者对自己父母亲人的强烈爱恋之外,对几十年来如一日支持他工作、照顾他生活起居、携手与病魔作殊死斗争的夫人丁老师(原天津医科大学护理学院党总支书记,为了照顾王克先生提前办理退休手续)却只有片言只语,这样的安排未免让人深感遗憾。当我向王克先生提起此事的时候,我还和先生幽默了一下:王老,现在有人说一个成功的男人背后必有一位伟大的女性,一位成功女性的背后必定站有一大群的男人。

如果按这个推理的话，丁老师实在是太伟大啦！您应该花点笔墨写一写丁老师在您背后默默无闻不为人知的奉献精神。王老嘿嘿地笑了几声，一种内疚之情油然而生：上月，我现在身体状况不允许我写了，我实在是写不了啦！一旁的丁老师更是连连摆手说，不要写我，不要写我，只要他健康就行！多么朴实无华的语言，多么真实自然的感情流露。单是他们身上几十年如一日无怨无悔、默默奉献、相濡以沫的纯真爱情就值得大书特书，与时下"宁可坐在宝马车里哭"的庸俗情爱观相比，又岂止是天壤之别！这就是真正的共产党员博大胸襟与高尚情操的真实写照！感动之余，我又向王克先生进言，如果写文章没有精力的话，可以适当安排一些家人的照片来弥补遗憾，毕竟有家才有国，在没有家的基础上空谈爱国也是无本之木、无源之水，实在难以令人信服。王克先生同意了我的观点，于是《津门春秋》一书当中没有太多的文字篇幅留给家人，但最后还是挤出了一点空间来安置作者家人的照片，其中甘苦也就唯有作者自知矣！

现在很多场合经常有人会提出疑问，为什么当初中国共产党创建之时那么的弱小和不堪一击，却在短短的二十八年之间就推翻了压在劳动人民头上的三座大山，赶走了帝国主义和国民党反动派，建立了几千年来历史上从没有过的、劳动人民当家作主的中华人民共和国新政权。我认为，这跟以毛泽东同志为代表的中国共产党创建了一支战无不胜、攻无不克的人民军队，培养了一大批"先天下之忧而忧、后天下之乐而乐"的优秀干部队伍是分不开的。这样战功显赫的共和国将帅形象和一大批党的高级领导干部、英模形象在《津门春秋》中都可以一一找到对应的答案！也许这就是作者王克先生在建党九十周年之际出版《津门春秋》一书的动机之一！

通观全书，《津门春秋》除了"大爱"贯穿始终以外，还有一个明显的特点，那就是史料真实可靠。最为突出的就是书中多处描写了我党我军在战争年代派遣地下党员打入敌人内部的真实情况，为我们还原了一幅中共地下情报工作人员与魔鬼打交道的真实场景。比如《战斗在敌人的心脏》一文中以傅冬菊、甄贯兴等为代表的地下党员，他们把自己的生死置之度外,长期潜伏在敌人的心脏地带,为我军战胜国民党反动派立下了汗马功劳。中共地下党组织艰苦卓绝的斗争手段和随时都有可能牺牲的风险使得他们行动如走钢丝,丝毫不敢大意。在谈及当年国共两党的特务斗争时,作为中共地下情报组织的创建者和指挥者的周恩来曾无限感慨地指出:我们诚心诚意地同国民党合作抗日、合作和平建国,但蒋介石硬是要反共、打内战。我们为了人民的利益,绝不能听之任之。我们在军事上、政治上是这样,在情报上也是这样。周恩来还特别强调说:"我们是依靠政治,不搞下流手段,同国民党的特务工作有本质不同。"

无可讳言,随着商品经济大潮的愈演愈烈,某些影视制作机构为了多赚花花绿绿的钞票,完全无视影视作品对青少年的正确教化引导作用,甚至不惜歪曲历史事实,把中国共产党领导下残酷血腥的革命战争年代娱乐化、庸俗化,把中共地下党组织艰苦卓绝的对敌斗争粉饰为声色犬马的花花世界,实在是混淆视听,害人不浅!怪不得现在为数不少的年轻人对中国近代革命历史充耳不闻、视而不见,有的甚至还说共产党当年要是不起来领导劳动人民进行暴力革命,中国现在会建设得更加美好等等不一而足,这样的负面影响对青少年一代的思想侵蚀、心灵扭曲无疑起到了推波助澜的消极作用,不能不令上级有关主管部门引起高度的警觉和重视。从这个角度来说,《津门春秋》无疑是一部可以起到以正视听、还原革命历史英雄人物的真实面貌、发扬光大党的优良传统的好教材!

写到这里,我不禁又想起《实话实说忆地震》文中的一个小细节:当"7·28"唐山大地震发生的第一时间,王克先生从床下抱起四岁的儿子交给老伴后没有丝毫犹豫,夺门而出直奔天津师范学院查看危楼是否倒塌,后经别人提醒才知自己脚上竟然没有来得及穿鞋子。王克先生身上这种先人后己、先公后私、处处为他人着想的真正共产党员的高贵品质让我深深地震撼,不禁让我想起"5·12"汶川大地震后名噪网络的"范跑跑"先生来。同样是百年一遇的大地震,一个是名校毕业的在职人民教师,竟然可以丢下学生不管不顾自己仓皇逃跑后不以为耻反以为荣在网上频频曝光露脸搏出位；一个是炮火连天中走出来的共产党员，竟然可以丢下自己儿子夫人不管不顾赤脚冲出家门奔赴师范学院查看校舍危楼是否倒塌默默无闻几十年后才在书中轻描淡写一笔带过。两者前后时间相距三十多年，思想境界之高低实有天壤之别！

最后，想引用今年两会期间我在北京某空军干休所墙上看到的一副大红标语来结束这篇小文，以表达我对一九四五年就参加革命、有着六十一年党龄的王克先生的崇高敬意：尊重老干部，就是尊重我们党和军队的光荣历史；爱护老干部，就是爱护我们党和国家的宝贵财富！

凤凰花开缘自来

——读小说散文集《凤凰花开》

二〇一六年,中国文史出版社决定组编一套政协委员丛书,我通过手机短信冒昧地约了一批文学界的委员,其中就有艾克拜尔·米吉提先生(以下简称艾先生)的两部书稿,编完他的《政协委员履职风采·艾克拜尔·米吉提》后,我被艾先生参政议政的强烈责任感和使命感深深感动了,无论是政治经济、知识产权保护、文化产业创意,还是少数民族地区文化产业等方面都做了详尽而深入的探讨,提交了许多有着重大历史意义的提案与建议,特别是对参政议政十多年来的切身体会做了较为完善的解读。

当《凤凰花开》书稿摆上我的案头时,我被震惊了:艾先生的小说风格竟然如此独特,开卷便有一股强劲的西北风吹拂我的心头,令我兴奋莫名。比如,全书开篇的《红牛犊》一文,从祖母唠叨"我"和叔叔哪怕就是走到天边也要把那头走丢的红牛犊给找回来切入主题,让读者一直牵挂着如何去寻找一头走丢那么久的牛犊,令人意外的是,一直到小说结尾,作家笔下根本就没有写"我"与叔叔如何去寻找红牛犊的文字,而是不惜笔墨大写特写叔叔带着"我"如何去喝喜酒,如何去观看他参加叼羊的壮观场面:

那从后面追来的骑手们陆续赶到。于是,一场真正的争夺在冬麦地里展开。已经没有人记得这里是冬麦地,只是那圈子越围越大,越收越紧,谁也别想从中突围出来。就在这时,那个麻脸汉子骑着他的虎纹色犍牛赶到了。闪开!闪开!他得意地大声呼唤着,朝那个圈子里挤去。没有人理会他的喊叫声。然而,正是那头满嘴吐着白沫的虎纹色犍牛,硬给他开了一条通往圈心的通道,转眼又从圈子里冲了出来。我从来没有见过犍牛也会有这等雄威——只见那只白山羊明晃晃地横在麻脸汉子前面,任凭骑手们左右夹击,那犍牛虎虎地晃晃它巨大的犄角,不让任何一位骑手轻易靠近。

他们俩配合得多么默契呀,我简直惊呆了——那麻脸汉子才刚刚靠近冬麦地边,叔叔忽然从一旁闪了出来,接过那只白山羊,便一溜烟尘消失在切过墓地的弯道那边了。我这才目睹了霜额马奔驰的奇姿,它简直像一条黑绒铺展开来,又像一阵劲风卷过山冈。

所有的骑手潮水般朝着那条切过墓地的弯道压了过去。

我也被这汹涌的潮流卷走了。

多么动感迷人、精彩绝伦的叼羊场景,像旋风一样呼啸而来,在文字里荡摇、颠簸、空旷的冬麦地里,强悍的骑手、雪白的山羊、奔驰的霜额马、犍牛巨大的犄角,组成了一幅看似杂乱无章实则井然有序的画面,主人公们在呼喊声中争夺、拥挤、奔腾,这种只有在大西北豪放粗犷的土地上才会出现的场景,跃然纸上,美轮美奂的西部风情和剽悍的男子汉形象呼之欲出,令人浮想联翩。整整快乐了一天的"我",几次提起寻找红牛犊一事,可喝得醉醺醺的叔叔竟然忘得一干二净,令人大跌眼镜的是,叔叔回到家中居然脸不改色心不跳地对祖父祖母说:"我们找遍天下也没见您的红牛犊的踪影。"叔叔一边给霜额马松着肚带,一边说。

当然,再美丽的谎言终究也是谎言,掌灯时分,有马背上的人来叫叔叔去吃份子羊肉时,叔叔的假话自然不攻自破。可奇怪的是,平时唠叨的祖父和祖母"闻声不由得先是面面相觑,而后会心地笑了起来,看来你们爷儿俩真是为了给我找红牛犊跑遍了天下,快去吧,别少了你们的份子。祖母搁下手中的茶碗,冲着叔叔笑道"。本以为祖母会把叔叔大骂一顿的我"忍俊不禁,跑出屋来"。

这样的小说结尾真是太出人意料了,小说从找牛犊开篇,其实一直都不曾去找牛,却处处有牛的影子在文字中晃动。这样的小说,读后无疑会让人久久难忘,显示了作者深厚的文学修养和敏锐的社会洞察力,透过文字背后所流露出来的人物性格、人文关怀和博大胸襟,令人感动而又意味深长,哈萨克族劳动人民内心深处幽默风趣、外表直爽率性的可贵品质由此可见一斑。

阅读艾先生的小说,还能感受到他的语言精练独特,往往几个字就勾勒出一幅大的印象派画面来,比如,"天空蓝得奇特,蓝得耀眼。在蓝色的天际深处,隐隐地透着一股寒气。"短短两个句子,就把故事发生的地理背景、季节时令交代得一清二楚,空旷高远的蓝天透着一股寒气,西北冬季特有的荒凉寂寥对我这个江南人来说,简直就是触目惊心,可就是在这样的恶劣环境下,哈萨克族的兄弟们却照样办喜事、迎新娘、玩叼羊、大碗喝酒、大块吃肉,其祖祖辈辈顽强而乐观的生存理念让外人肃然起敬。这种眼光独到、描人状物惟妙惟肖的深厚功力,在小说主人公身上得到了淋漓尽致的表现,直击阅读者的灵魂深处,引起读者的强烈共鸣。

艾克拜尔·米吉提先生是我国著名的哈萨克族作家、翻译家、评论家。他精通八种语言,写作题材涉猎极广,散文创作正应了那句"行万里路,读万卷书"的古语,天南海北,边陲境外,无不成为他创作散文的源泉,各地风土人情写得摇曳多姿,令人神往。比如,《修水老表》一文的开篇就写得独特而精彩:

……我忽然感动起来,是的,在我走过的所有山脉中,天山、阿勒泰山、祁连山、昆仑山、唐古拉山、喜马拉雅山、帕米尔山、阿尔卑斯山,几乎都是自西而东延伸(当然,也有自北而南的山脉,诸如阿尔金山、阿拉套山、乌拉尔山、洛基山、安第斯山等)。这不,此刻飞行其巅的祁连山,便是自西向东逶迤而去,目送着西下的夕阳。而在未曾踏足的修水,又有哪一座山脉在期待着我?在飞越青海湖上空时,看到一架交错飞去的海航客机,彰显着红色尾翼标识匆匆消失在后方。天色渐渐暗了下来,飞机越过青海湖便向东南折去,雪峰已经退隐,黄土高坡的一角也很快被黛色山脉交替。于是,云层与夜幕遮盖了一切。当飞机降落在武汉机场时,早已一片灯火阑珊。而修水在沉沉夜幕下的某一角正遥遥期待。沿着高速公路跨省飞驰三小时,钻过无数山洞,才在午夜十二点赶到近三百公里开外的修水县城。

修水是我的出生地,也是我日夜思念的故乡,有禅宗起源地、名闻海内外的黄龙禅寺,有北宋书法四大家之一、江西诗派创始人黄庭坚的出生地、号称一门四十八进士的双井村,有一家三代四人收录《辞海》的桃里陈氏寅恪家族,还有帝师万承风等等,正是一处山川深重、文风鼎盛的世外桃源,有红色、绿色、古色文化,用官方的宣传语来说,修水就是一处空气都是甜的宜居之乡。在我有限的见识当中,看过不少写修水的文章,但从山脉的走向切入话题来写修水的,艾先生无疑是近现代作家里的第一人。

开篇已是独辟蹊径,著文更是如行云流水,从导游姑娘的山歌下笔,考证了修水是除新疆之外把姑娘叫作姑娌的地方,然后从陈宝箴、陈三立故居到陈氏后裔陈寅恪,从茅竹山林场到千年小镇朱砂村,从七岁就出口成诗"骑牛远远过前村,短笛横吹隔陇闻。多少长安名利客,机关用尽不如君"的黄庭坚到近代的秋收起义事件⋯⋯艾先生移步换景,眼中所见,耳中所闻,无不经典到位,娓娓道来,如数家珍,修水的山水风光、人文历史如一幅美丽的画卷在艾先生精美的文字里缓缓打开,读完令我怦然心动,一颗心又飞到了千里之外的江南故乡。

品读艾先生笔下的散文,格外亲切自然。我向来相信文字是有缘分的,作为责任编辑,在艾先生的文字里,我不但读到了先生的故乡与他乡,也读到了自己的故乡与他乡,这是要多少年的积累才能修来的一段缘分呢?艾先生不但有一支生花的妙笔,还有一颗善于思考的睿智大脑,这是作为散文家尤其难得的品格。比如,在《修水老表》一文结

尾,艾先生如是说:

> 走在修水大地上,逢人便可以道出当年秋收起义时,修水有十万之众参加暴动的壮烈景象,但是现在有名有姓的烈士,只有一万二千多人。最让修水人纠结的是,解放后修水人没有出过一位将军。不过,发动那场秋收暴动的伟人的著名诗句犹在耳畔:"为有牺牲多壮志,敢教日月换新天。"走向诡谲的大山虽然沉默,但是先驱们依然活在今人记忆深处。

这样的结尾让全文的意境陡然深刻起来,真可谓虎头凤肚豹尾矣!如此行文,不仅需要作家有清醒的判断力,而且还要作家有相当的胆识才敢下如此结论。确实,历史就像一位沉默的老人,历尽红尘岁月的洗刷、风霜雨雪的侵凌之后,他已大彻大悟,根本不屑于旁观者情绪激昂地指指点点、评头品足,愈发地孤傲缄默,站成一尊雕塑,一言不发,任由后人评说。

《凤凰花开》是一部小说散文集,全书既收录了艾先生的部分代表作又结集了近年来的部分新作,精巧成熟的文字,画龙点睛的手法,让读者阅后既能从中了解到先生博大的胸襟、悲天悯人的情怀,又能从中汲取人生百态的各式滋味。不失为一部雅俗共赏、老少咸宜的纯文学读本。期待接下来能读到先生更多的文章。

缘 寄 川 东

——序《砚边诗话:欧阳楹联大家书》

二〇一八年春暖花开之时,认识了一位名叫欧阳福的书法家——人不高大威猛却五官端方,下笔游龙戏凤却腹有诗书。正所谓:头聚三花,气蕴精华。身居西川,品学高雅。果不其然,他数月来精心编撰的《砚边诗话:欧阳楹联大家书》(以下简称《欧阳楹联》)清样书稿又摆在了我的案头。

大八开长条幅的开本,外在形式非常契合楹联本身的书写格局;仿民国线装的"古典范",让我想起了小时候听到的一副奇联:坐北朝南吃西瓜,皮往东放;从上到下读《左传》,书往右翻。图书要令人不忍释卷,需从形式到内容下足功夫,使其透出中华传统文化的精髓与灵气,散发出浓郁的古色古香。《欧阳楹联》正是这样一部精致而又独具特色的好图书。

装帧形式素朴典雅,编选内容丰富多彩。这是《欧阳楹联》最为吸人眼球的一大特色。一般人的楹联专著都比较单一,纵是名家结集亦不过如此。可《欧阳楹联》打破了这个传统格局,尝试了一种楹联与书法的有机组合:约请全国各地有影响的书法家,选写自己数十年来创作的几百副精品楹联。聚百家书法之长,放楹联墨华之彩,正所谓百花齐放,百家争鸣。书中还配发了契合楹联内容的当代名家的金石篆刻、汉代的瓦当、画像刻石、崖墓题记、画像砖、文字砖等不同形式的小品。此种点缀补白,既增加了阅读信息,又避免单调乏味,亦为图书出版园地试种一畦新苗。

一本图书能兼顾多种艺术形式的巧妙搭配,除了显现作者欧阳福传统文化修为精深、审美眼光独到之外,更有意义的奉献是让人能在同一载体里面阅读、赏鉴到不同形式的传统文化精华。如此看来,《欧阳楹联》一书不仅对书界、联界具有一定的借鉴作用,对现当代诗联书画爱好者来说,也是一本学习研修的好读本。对广大在校的大、中、小学生来说,更是一本传承中华文化国学精粹的好教材。

事实上在编撰之初,欧阳福先生就考虑到了《欧阳楹联》与校园这个艺术教育主阵地的接轨:入选一位小学生的书法作品,并以此"小手笔"为自己如此郑重的图书、展览题签,喻示大手笔的书家都是从小时候走过来的,书法、楹联等传统文化教育需要从娃娃抓起,确保"江山代有才人出";而"书、展题名皆大佬"的惯例,读者,尤其是校园读者,只有对其望而生畏、望而生厌,对作者的底气、学养望而生疑!另外,编排上的独具匠心:书法创作保持传统样式的繁体竖写,各联原文、注释及书家介绍采用简体横排,让中、小学生既能欣赏到传统书法的艺术韵律,又方便读懂楹联的思想内涵。从这个角度出发,《欧阳楹联》的出版面世,就不仅仅是书界、联界的一桩盛事,它也是出版界、收藏界、教育界乃至文化界的一件大好事。

书法风格各异其趣,联艺精湛意境深邃。这是《欧阳楹联》的又一大特色。书中来自全国各地的一百五十余位书家朋友,都有着深厚的书法艺术修养和创作实力,这在一至六部分都是精彩呈现;而第七部分"自书自撰"的书法作品,亦展示了欧阳先生植根传统的审美取向和众体兼修的艺术探索。我曾亲见欧阳先生挥毫创作的场景,气沉丹田,酣畅淋漓,浓淡相间,枯润适意,疏密得宜,错落有致,循古而不泥古,吸纳百家,熔铸自我,其韵律节奏令人不时击节叫好!但我绝没想到,欧阳先生多以自作诗词、楹联入书,不是一般意义的抄字书家,故能心手双畅,气韵生动。此已众所周知。这里我要从楹联艺术创作本身指出,欧阳先生从艺术才情和思想境界,皆令人称道;从一字短联到几十字长联,无不运用自如;从习书感悟、咏物言志到针砭时弊、放歌时代,尽显家国情怀。

文章合为时而著。紧紧抓住时代脉搏,顺应党的十八大提出的时代发展需求,创作出充满正能量的楹联作品,是欧阳先生楹联创作中的一大亮点。比如:

四海宣威中国梦;九垓振志大风歌。

黑脸蔑权贵,龙虎铡包廉,肃贪惩恶青天朗;赤心恤庶民,浩然气拯世,济困雪冤雨露滋。

打虎拍蝇,扶危巢于既倒;切肤刮骨,拔恶毒在膏肓。

稳增长,去产能,再度陡坡起步;惠民生,补短板,何妨弯道超车。

这些楹联充满了时代气息,既歌颂了中国梦的时代大潮,更揭示了党的十八大以后神州大地的反腐态势。四川官场曾一度为反腐重灾区,长居四川的欧阳先生在创作中抒发自己的政治抱负,自然也在情理之中了。第四联中的"去产能,补短板"简直就是今年中央经济工作会议精神的翻版,我们不能不为欧阳先生敏锐的政治嗅觉和深邃的哲理思辨而点赞!

内心平静,不为功名所累,始终追寻传统美德,鄙视官场弄虚作假、厌恶艺术圈里各种庸俗、恶俗、低俗的不良现象,到了疾恶如仇的地步。且看下面一联:

扯把子,绷阵仗,掌教开坛,扬幡放炮,轰轰烈烈搞形式;打摩登,涂口红,拖声卖嗓,作古正经,认认真真走过场。

入木三分地刻画!欧阳先生深谙"穷则独善其身,达则兼善天下"的先哲训导,放逐了官场上的追捧碾压,选择了诗词书画联的艺术追寻。可是,在商品经济大潮的冲击下,艺术世界已不再风平浪静,同样是鱼龙混杂、泥沙俱下,各种道貌岸然的所谓艺术家随处可见,欧阳先生辛辣讽刺的笔触又转向了另一群体,读后使人五味杂陈:

胎毛干否?虽长发美须,作右任大千状,何计艺坛跋扈,票也？剽也！

　　风骨在哉？纵坦腹光腔，效东床阮籍行，徒劳人世招摇，技乎？妓乎！

　　幽默风趣，化腐朽为神奇；各种网络用语、民间俚语信手拈来，皆可入联。这是欧阳先生楹联创作中最具时髦的地方。比如：

　　拽；萌。

　　有板眼；莫名堂。

　　神猴探道，求索何辞路漫漫；壮士催鞭，逞仁一快风萧萧。

　　循常理，破陈规，掘藏拓荒风飒飒；造景观，招游客，啜红拥翠爽歪歪。

　　网络词"拽、萌"原本是网友们为调侃游戏人生而硬造的，可在欧阳先生笔下却别有一番风味，读来干净利落却又顽皮可爱，套用一句时髦的网红词：此联真是么么哒！"有板眼、莫名堂"均是地方上的民俗俚语，经欧阳先生一组合，是多么的风趣而又乐不可支。我个人认为，欧阳先生这种文风是值得褒扬的，毕竟我们生活当中不全是沉重压抑的，也有过我们的欢快和豪壮。给自己一点放松，给朋友一点幽默，或许会比正儿八经的说教要入心入脑得多。

　　"路漫漫"对"风萧萧"语不惊人，可你见过"风飒飒"对"爽歪歪"的么？连广告词都入联了，这恐怕是欧阳先生的独创吧？看到这里，我不由想起乡贤、北宋大书法家、大诗人黄庭坚创作时的"点铁成金"一说，用在欧阳先生身上也未尝不可吧。

　　交流贤达，往来方家，吸方外之精魂，聚尘世之光华。当属欧阳先生楹联创作的又一个特点。欧阳先生公干之余，也学古人行万里路，读万卷书，不断地吸纳前辈先人、同辈师长的优点长处。在他几十年的游学生涯里，大江南北到处都留下了他的足迹和墨迹，也养成了他重情重义、豪爽豁达的胸怀：

　　出入皆贤达，茫茫人海和为贵；

　　往来非俗客，滚滚红尘聚是缘。

　　茫茫人海，滚滚红尘，常人而言，谁也无法逃避，谁也无法超脱，更

239

何况斗酒之下诗联书画喷薄而出的欧阳先生,但他在行走的路上却能规避低俗、恶俗、庸俗之丑陋现象,力求优游,交往更多志趣相投、琴瑟和鸣之士。所以他处处强调"和为贵""聚是缘"。从《欧阳楹联》一书中,有这么多大方之家为之站台助阵,即可窥见一斑。

最后,我想用一首小诗来结束这篇短文,也作为我与欧阳先生缘分的见证:神鹰背上沐秋风,半壁河山影亦红。万里乾坤无俗客,方知友忆梦川东。

是为序。

第三辑　坐看云起时

坐看云起时,看的不是云,看的是人心、世道与才情;坐看云起时,看的不仅仅是云,看的是善良、真诚与凄美;坐看云起时,看的确实是云,但还有"风声、雨声、读书声,声声入耳;家事、国事、天下事、事事关心"。坐看云起时,任凭风浪起。在人生的风景画里,我们多一些真诚的底色,多一丝善良的笔墨,多一点浪漫的风格。如此,岂不快哉。

只要在这里,总会等到你

——新锐唯美爱情故事片《情定三清山》中的杜鹃形象

浓雾弥漫,群峰突兀,云烟柔曼,袅袅升起,恍惚缥缈的仙子在引渡凡夫俗子,空气中弥漫着甜润清新的味道,恰如蓬莱仙境一般,随着摄影师镜头上、下、左、右,推、拉、挪、移,奇石、怪松蜂拥而至,流云、险峰擦肩而过,放目远眺,苍苍茫茫,重峦叠嶂,飞瀑流泉,尽收眼底,让三天两头就被京城雾霾困扰得无可奈何的我顿时眼前一亮:电影里每一个角度都像一幅绝美的山水画,每一块岩石都是灵气十足的通灵宝玉,每一株树木都如玉树临风的俊男靓女,每一个细节都被精心地点染涂抹。呼啸的山风卷起稀薄透明的烟雾,时而飘散时而聚集,一如人生旅途中的某种机缘,让你无从猜测、无从把握亦无从等待。

上海大都市白领戴依依生活中仅仅因为没有本地户口就遭到前男友家人的轻看,从不甘居人后的戴依依没有像她的名字中"依依"一样去靠别人,她凭着自己的聪明才智努力打拼,终于在大上海可以买最贵的衣服、喝最贵的咖啡、出入最高级的交际场所,用她自己的话来说"我就是要比他们活得好,气死他们"。无奈红颜门前烦恼多,本身就够烦的戴依依很老套地遇上了顶头上司的性骚扰,性格刚烈的戴依依一气之下拍案而起炒了老板的鱿鱼,听从"闺密"的建议到三清山游玩放松,想抽支上上签解解霉运以求解脱……身居北京的著名摄影师李飞则遇到了另一种都市生活难题,终日狂轰滥炸的各种摄影展览和新闻发布会,让生性喜静的他不胜其烦,百无聊赖,经纪人只会把他当成一棵摇钱树,丝毫不考虑李飞本人的情感需求,四处出击,为他安排各种身不由己的商务活动,无可奈何的李飞只好来个不辞而别,悄然坐上南下的列车前往三清山寻求一直在自己心头荡漾的那种声音,那种发自灵魂深处的令人向往、无拘无束、自由放松的召唤声。

看到这里,也许有的观众会不屑一顾甚至有点不耐烦:这不就是一对帅哥美女南来北往,从各自不同的方向来到风光秀丽的三清山双宿双飞谈一场感天动地的恋爱吗?太老套了。真的老套么?如果你认为剧情真的就会像这样发展下去,那确实是老套了。可我们的编导却能匠心独运,在李飞与戴依依这一对都市青年萍水相逢于三清山的背后,还留有伏笔,这个伏笔就是本土的漂亮姑娘杜鹃。

杜鹃姑娘是三清山脚下集勤劳、善良、漂亮于一身的农村女子的典型代表,她痴情、善良,始终相信"只要在这里,总会等到你"的爱情理念,无怨无悔地痴痴等待自己的心上人回到身边。出身中医世家的杜鹃,白天靠到三清山上出售各式各样的纪念品和三清山独特的中草药,晚上回到家里掰着手指头计算青山哥进城求学的时日,苦苦思念青梅竹马一起长大的青山哥早日学成回家创业,帮老父亲发展壮大祖祖辈辈经营的中药百草园。她天真、清纯,像三清山脚下的清泉一样,心里没有半点沉渣杂念,一心一意地等候着自己的心上人,就算是目睹了自己的青山哥已经登上了城里"富二代"女子的豪车绝尘而去,她依然相信青山哥会回到自己的身边,她十分自信地对父亲说:"只要我把李飞哥给我拍的照片寄给青山哥,青山哥一定会回到三清山,回到您的中药百草园来创业。"这样的执着在观众眼里看起来未免幼稚可笑,但蕴藏于其中的莫名感动是不可否认的。

三清山是一座道教名山,其中深厚的文化底蕴绝不是一部电影所能诠释的,但编导们还是尽自己的能力,试图从更深层次的人性角度来向观众表明一个道理:三清山也是一座胸怀博大的山,就像一位母亲的胸怀一样,能同时接纳来自四面八方的游子和过客,特别是著名风景点神女峰,被编剧巧妙地融入了电影元素。可以这么说,杜鹃之所以能够在时下商品经济大潮的冲击下,依然能够留在本地创业,苦苦等待自己的心上人,与神女峰的优美传说是分不开的:从前村子里有一位小妹,和自己的心上人哥哥相亲相爱,过着神仙伴侣一般的日子,不料被路过的王母娘娘最为宠爱的小女儿发现,一眼看中了哥哥,于是心疼女儿的王母娘娘用法力把哥哥从小妹面前凭空抢走。痴情的小妹沿着溪水走了三年山路,三年水路,又走了三年大路,终于来到了王母所住的瑶池。但王母娘娘告诉她,哥哥身上已经有了神性,只能和仙女结婚,你是凡间女子,今生今世也不可能再和哥哥在一起了。痴情的三清山小妹一路哭着回到三清山,不吃不喝,一坐就是永远,等着她的哥哥回到身边,最后路过的人不知谁说了一句,这不就是神女峰么？于是,电闪雷鸣,三清山小妹终于成了神仙,哥哥也如愿回到了神女的上空,朝为流云,暮为雾霭,朝朝暮暮,相依相偎。当旁白的声音在观众耳旁响起时,三清神女的坚贞不屈、为情感始终不愿放手的执着无疑给了杜鹃姑娘极大的生活勇气和继续等待下去的决心。

"只要在这里,总会等到你。"这是杜鹃姑娘畅谈情感时的一句口头禅,也是杜鹃姑娘灵魂深处散发出来的一种传统美德,就连极具主见、为情所困的大都市美女白领戴依依失去了北京摄影家李飞的联系方式时,也不得不相信杜鹃姑娘"只要在这里,总会等到你"的无穷魅力。于是,原本可以日进万金为高端猎头所注目的上海都市白领戴依依心甘情愿地放弃了令人钦羡的薪水留在山上当了一年导游;原本坐上"富二代"美女豪车的青山哥也毅然决然地推开车门跳了下来,返回了生他养他还有心上人日夜等他的故乡创业致富……一段极富浪漫时尚的都市高端白领忘情之恋,一段立足本土、青梅竹马的苦苦痴情,还有一段催人泪下的神话传说在牵引着,两者一明一暗,交相辉映,证明了三清山不仅仅是一处风景秀丽的世外桃源,更让人震撼的是她那海纳百川、有容乃大的博大胸襟,大凡到此一游,无论你是黄牙小孺还是白发苍苍,无论你是高官厚禄还是平头百姓,无论你来自五湖四海还是越洋跨境,莫不因之奇绝风景或投怀送抱,或流连忘返,久久不愿归去,正所谓:鸢飞戾天者,望峰息心;经纶世务者,窥谷忘返。

三清山乃世界双遗产地,吸天地之精华,聚日月之光辉:奇松怪石、雾海云山、杜鹃遍地、栈道蜿蜒、台阶入云、索道凌空,不愧为一处民风淳朴、山清水秀的方外之地。随着电影《情定三清山》的成功上映,必将在海内外掀起一股三清山旅游的热潮,也必将在时下这个"宁可坐在宝马车里哭,不愿坐在自行车后面笑"的物欲时代里,重新让人去品味那萍水相逢一见难忘的山水之恋,去品味那种敢于抛弃一切身外之物"执子之手与子偕老"的忘情之爱。

青山、碧水,纯情、忠贞;守望、接纳,包容、和睦。儿女之情无小事,小至家庭,大至国家,家因国而安,国因家而稳。让我们唱一曲三清之恋儿女歌,共圆华夏大地中国梦。

一部中国式的"廊桥遗梦"

——观新锐唯美爱情电影《情定三清山》

没有香艳无比的裸露镜头,没有心跳耳热的狂吻滥抱,没有重口味的肉搏或野战情景,甚至连脉脉含情、久久对视不愿移开的双眸镜头都格外珍惜;有的只是奇山秀水、云遮雾罩,有的只是鸟鸣花开、游客往来,有的只是轻松休闲、乐而忘忧,有的只是男女主人公之间情感由抵触到了解、由相知到相识、由相恋到不得不离开最后变成遥遥无期的等待;一部不靠故事情节复杂多变打动人,不依赖观赏画面刺激取悦观众,纯粹由微妙的男女情感推进为线索牵引观众接受一次唯美爱情洗礼,于纯情、清新中夹杂着一丝淡淡忧伤的中国式"廊桥遗梦"——新锐唯美爱情故事片电影《情定三清山》终于横空出世了。

都市白领戴依依赤手空拳在龙蛇混杂的大上海努力打拼着:凭自己的能力可以出入最为高档的娱乐场所消费,可以买最贵的服饰,吃最贵的西餐。但自古红颜多薄命,如此优秀的都市丽人却仅仅因为没有当地户口不被前男友家人看好,就在她努力想改变自己的处境成为一位货真价实的上海人让别人刮目相看时,又遇上了来自顶头上司老男人的性骚扰,忍无可忍无须再忍的情况下,戴依依拍案而起愤而辞职,前往三清山散心求签,以驱赶心头之霉气。不料,就在她为逃避上司远赴三清山度假休闲之时,她又遇上了另一位来自北京的摄影家李飞的

"骚扰"：在前往三清山的大巴上,正独自欣赏两旁迷人风光的戴依依被迟到上车的李飞一屁股占去半边座；下榻如诗似画的田园牧歌国际度假村之后,本想好好睡个懒觉放松一下平日绷紧神经的戴依依居然被一阵激烈的音乐声吵醒了,起床兴师问罪之时竟然发现对面住下的就是占她座位的讨厌鬼；更让她不爽的是第一次上三清山索道观看佛光,一个人独坐轿厢自得其乐时又被这个可恶的男人破门而入冲进来打破了内心的宁静：真是哪壶不开拎哪壶哟！

于是,情感微妙的变化在戴依依与摄影家李飞之间悄然拉开了帷幕：第一天,戴依依在索道轿厢里面视座位上的李飞如空气一般根本就懒得搭理,扬起脖子高傲地左顾右盼,四处张望着远处迷人的景色；走南闯北、获奖无数、见识过大世面的北京摄影家李飞生性低调平和,为了逃避经纪人马不停蹄地为他安排各种活动和新闻发布会而不辞而别,一头扎进三清山苦苦寻找佛光出现的人间奇迹,寻找一直以来在他心头拂之不去的那一种声音,一种远离都市世俗的天籁之音。只是他做梦也想不到自己的一举一动居然会成为戴姑娘的"眼中钉、肉中刺",于是善意的问候招来了戴依依极不友好的白眼,"你看我身边像坐着一个人么？"本可以结伴同行的一对年轻人顿时又变成了陌路人。最让观众可乐的是,当戴依依被李飞一句"山上可以看到佛光"的戏语而扭伤了脚狼狈归来时,外表温柔可人的戴依依可不干了,气势汹汹地拍打房门闯入房间兴师问罪……第二天,脚伤被李飞推拿治好的戴依依开始与"讨厌鬼"李飞有说有笑地一起登山看佛光了,话语也开始多起来了,戴依依那一心向往成为大上海人的想法遭到了李飞的嘲笑,于是,不依不饶的依依又开始攻击李飞了,这番较量,让依依知道了李飞的真实身份——专业摄影家,但姑娘家的好斗情绪却让戴依依说出了完全不一样的话语："你是拍淘宝的还是拍婚庆的？""照你这么说,你没被饿死还真是奇迹？"两个人开始插科打诨、斗嘴取乐了,彼此的心理距离却不知不觉地拉近了。以致当戴依依撒娇埋怨又没有看到佛光时,李飞大声嚷起来了："我反对,昨天我们各走各的,今天我们一起上山看佛光,怎么能说是竹篮打水呢？"观众也不禁为之一笑：原来萍水相逢是如此有趣的一件乐事,怪不得徐怀钰当年曾甜甜地唱着:"你不要写奇怪的诗给我,因为我们没有萍水相逢过。"

五天,短短的五天,在人的生命长河里简直就是一瞬,可萍水相逢于三清山上的戴依依与李飞各自的心里却经历了漫长的破冰之旅:对经纪人催命似的纠缠李飞一反常态、不屑一顾,对能去法国办摄影个展的天大消息也付之一笑,眼看着对面房间里戴依依的身影,他果断地对经纪人当头棒喝:"有很多事都比这个重要!"然后挂掉了电话;那个平日高傲得公主似的戴依依也接到了猎头公司的催促电话,薪水高得吓人的总经理助理职位让她起了回大上海的念头,但面对李飞前来邀请自己一同登山失落而去的背影,她毅然决然地放弃了,跑步追上了李飞,此时此刻,两个人的眼神已经有了明显的变化,你中有我,我中有你,但又很矜持的清纯模样令人怦然心动,悠悠向往……最后,神奇的佛光终于出现了,两个人想起来三清山时导游"如果能有幸看到佛光,一定会找到彼此的真谛"的解说词,再也控制不住那藏在心底深处的爱恋,终于在峭壁千丈的观景台上紧紧相拥。观众那好奇而悬着的心终于放下来了,原本以为这一段姻缘已经水到渠成了,可谁知这仅仅是一个开始。

如此看来,这位八〇后的导演果然是一位驾驭男女情感走向的高手。三清山山高路窄,天气变化反复无常,一年四季的天气往往会集中在一天当中表现出来,很多设备比如摇臂升降机都无法带上,更不要说发电车之类的庞大设备,就连山上正常需要的电源都得不到保障。这样的特定拍摄条件促使导演只能在艺术手法上铤而走险:放弃以故事情节复杂多变打动人、以观赏画面刺激取悦观众的传统手法,纯粹以微妙的男女情感推进为线索来安排电影细节……于是乎,一段本土姑娘杜鹃与青山哥的忘情之恋也就顺理成章地出现了:眼大肤白、勤劳善良、漂亮纯情、美得令人窒息的畲族姑娘杜鹃白天上山售卖纪念品及三清山草药,晚上静坐书桌前默默地写着思念的文字,盼望着在城里上大学读书的青山哥早日归来迎娶自己并从父亲手里接替祖传下来的百草园。

优美的三清女神传说,被恰到好处地作了旁白技术处理,杜鹃姑娘"只要在这里,总会等到你"的爱情信念,成了维系青山哥与自己之间爱情的唯一支柱;那个被经纪人强行逼走的摄影家李飞已成黄鹤一去不复返,是回大上海就职高薪岗位还是留下来做导游等待李飞的爱情回归?就成了大上海女白领戴依依情感生涯里无比纠结的唯一选择……在时下物欲横流的商品时代里,在各种靠裸露、走光吸人眼球、吊观众口味的庸俗爱情故事充斥大小屏幕和网络角落的时髦潮流中,一段清纯唯美极富浪漫时尚的都市白领忘情之恋,一段立足本土、青梅竹马的苦苦痴情,还有一段催人泪下的神话传说在牵引着,两者一明一暗,交相辉映,叙说一段永不过时的青春岁月,无疑成为电影《情定三清山》上映时的最大亮点。

　　看完电影走出楼门口,抬头望着满天灰蒙蒙的京都雾霾,突然有一个声音跳入脑海,欲说还羞:哥们,去三清山谈一段天荒地老的忘情之恋吧。

"文艺范"电影背后的本土文化
——观新锐唯美爱情故事片《情定三清山》

青山碧水、花开鸟鸣、奇山怪石、雾海茫茫、缆车穿梭、栈道弯弯,在美轮美奂的世界双遗产地三清山风景名胜区境内,一位来自上海大都市的靓丽白领,一位来自天子脚下知名度颇高的著名摄影师,萍水相逢于川流不息的游客队伍中,在山水木石之间上演了一场纯情、唯美而又淡淡忧伤的浪漫爱情;一位扎根本土眼大肤白、勤劳善良、清纯痴情的小家碧玉,一位考入高等院校学业优良、向往都市繁华却良知仍在的农家子弟,在守望与背叛的心灵纠结之中终成正果。在时下影视圈片面追求裸露、走光、野战来吸引观众眼球的低俗时代里,电影编导们无疑过了一把文艺小资的瘾,一部"文艺范"十足的电影——《情定三清山》着实令看惯了低俗粗野、肉欲横流的观众们眼睛一亮,久久难忘。

天子脚下的高端大气、上海陆家嘴的繁华热闹、大学校园的土豪千金,无疑构成了电影《情定三清山》里浓郁的都市风味;而白领佳丽的傲慢不凡、摄影家的低调为人、邻家女孩的爱情独白,则让电影《情定三清山》处处充满了文艺爱情的小资情调。这看似简单实则纠结不休的男女情感在编导们的手中纵横流淌,如水滴石穿般地消融世俗红尘中的情感块垒,解读男、女主人公内心深处的心理障碍,最后如涓涓小溪汇聚前行,水到渠成地成就了两段清纯、唯美的忘情之恋。

但我想要说的远不止于此,三清山是一座道教名山,集黄山之壮美、峨眉之神奇、庐山之灵气、华山之险峻于一体。奇峰怪石,劈地摩天,丹崖叠翠,秀中藏美。自晋代葛洪炼丹伊始,多少文人墨客流连忘返于这青山绿水之中,大文豪苏轼就曾写下"览胜遍五岳,绝景在三清"的名句:一草一木,皆蕴藏天地之精华,聚汇日月之光阴;一山一石,无不喷涌通天彻地之灵气,袒露飞禽走兽之奇巧。三清山博大精深的道家文化构成了众多生灵源源不绝的生命之根,亦构成了电影《情定三清山》里本土文化的深厚底蕴,作家丛维熙曾说过:情爱话题在任何民族中的文化位置,都是一顶永不褪色、闪闪发亮的皇冠;纯真的情爱,像天上的云霞,流动着的美丽,是人间的感情世界中的无极宇宙。著名风景点"神女峰"就被电影编导赋予了浓郁的人性与神性:当人性的善良因爱情而不离不弃,人性的美好就会焕发出神性的光芒;当神性的野蛮威胁到人类安全的底线,人性的坚强执着就会逆天而行,甚至撼天动地,与河山共存,与日月争辉。正所谓:一日相思,三年不知甘苦味;一帘幽梦,身在天涯亦无涯。

三清山的道家文化自葛洪始历经千年沧桑荡涤而不绝如缕,几番兴衰起落终得流传至今:电影《情定三清山》正是选择了商品经济大潮下人们追求腐朽没落庸俗生活的沉渣泛滥、道德沦丧、传统美德几近崩溃之际,在道家文化圣地、世界双遗产地三清山演绎了一幕远离世俗红尘的忘情之恋。淡泊名利、远离世俗,追寻真爱、守望清纯,等待回归、拒绝诱惑,是电影男女主人公情感得以继续维系的内在动力,也是三清山博大精深的道家文化得以诠释的突破口:久居天子脚下的摄影师李飞走南闯北,见识过人,成为行业中的佼佼者,但他内心深处却痛苦不堪,极力逃避经纪人为他精心炒作策划的各种计划安排,在香火缭绕的三清宫里,他分明听到了来自内心深处的天籁呓语,寻觅到了自己人生之路上可遇而不可求的真爱;独自在上海滩陆家嘴钢筋水泥构筑的高楼大厦里努力打拼、做梦都盼望着能成为上海人的白领戴依依小姐,不堪重负和顶头上司的性骚扰,辞职前往三清山寻求改变运气重返江湖重振旗鼓,在风景如画的三清山上与李飞由误会到碰撞、由争吵到相恋,最后为了一段情毅然决然地放弃了即将到手的高薪职位而留在山上做导游;本埠畲族姑娘杜鹃坚守家乡,用淳朴、单纯的痴情苦苦等待呼唤着在城里求学的男朋友回乡创业;学业优秀的农家子弟青山曾一度向往富庶多姿的都市生活,与"富二代"美女眉来眼去,收到杜鹃寄来"只要在这里,总会等到你"的靓丽照片终于良心发现,毅然选择情感回归,立足家乡本土创业。

　　道家文化崇尚自然,回归本真,提倡物无大小、各顺其适之精神,平等尊重每一个生命的人生观念在电影里更是随处可见:戴依依、李飞两个人南来北往,萍水相逢于三清山之巅,其实只为了一睹佛光的出现。而佛光的可遇而不可求,恰恰是道家文化的精髓所在:不畏天威,不违人愿,在该出现之时绝不吝啬;顺其自然,如羚羊挂角,杳无踪迹,亦毫无规律可循,比的就是诚心诚意,只要在这里,总会等到你。最终两位心心相印的年轻人终于在观景台上一睹佛光的出现,各自隐藏在内心深处的爱恋终于喷薄而出,冲破了世俗的种种禁锢紧紧相拥在一起。土生土长的本埠畲族姑娘杜鹃既是道家文化的典型又是三清山胸襟博大的象征:在年轻人纷纷选择到繁华都市打工赚钱的时候,她无怨无悔地坚守自己的家乡,坚守自己那一份深藏在内心深处的情感。"外面那么大又那么乱,一走就散了,只要在原地不动,青山哥就会找到我。"这样看似简单幼稚的想法,其实是令人感动莫名的,因为在时下有钱就有一切的大环境下,许多传统美德特别是男女之情的矜持和含蓄早已荡然无存,两情相悦只剩下赤裸裸的性爱和饥渴的肉欲纠缠不休,那种"岁月静好,夜色温柔。你还没来,我怎敢老去"的忘情之恋早已黄鹤一去不复返也! 而杜鹃的这一想法正是道家文化浸淫的真实映现:不因外面世界的躁动而三心二意,亦不因自幼青梅竹马的青山哥与城里的女人眉来眼去而大吵大闹,一哭二闹三上吊。她默默地思念着,苦苦地期待着,始终坚信"女神峰千年守得情郎归"的美丽传说会在黎明之后降临到自己头上。

　　道家文化的淋漓尽致之处在电影里还表现为良好的植被和"树不能砍、草不能除、石不能炸"的纯天然生存环境,过去那种鼓励人们与天斗、与地斗,敢教日月换新天的盲动愚蠢行为已随风而去,杳无踪迹,所到之处只有天人合一、自然和谐的世外桃源般的风景让人倍感清新,如醉如痴:在一曲如泣如诉、仙风道骨的音乐背景下,《情定三清山》如一幅清纯脱俗的山水画横空出世,徐徐展开,正所谓人在画中游、情在心中留。

  在时下国土资源濒临各类污染与水土流失日益严重、城市空气常遭雾霾侵袭的日子里,能够静静坐下来观赏一部如诗似画的"文艺范"电影——《情定三清山》,无疑是一种可遇而不可求的福缘。

好一位有胆有识、永不言败的"虾哥"

——观励志电影《虾哥的故事》

随着镜头的摇转,电影呈现出来的画面竟然是那样的美轮美奂:蓝蓝的天空、碧绿的湖水、金黄的稻谷、笔直修长的水杉、浓绿得快要滴下来的各式花草,以及那飘然而过的小渔舟和蹦跳跃动的小龙虾,好一幅江汉平原特有的水乡美景图。一只只鲜活美味的小龙虾仿佛要把我带回江南水乡,带回到那曾经充满童趣的少年时代。

主人公王水生就是生活在这片充满诗情画意的土地上的年轻人,他虽年轻却有远大志向,个性倔强,只要是他认准了要做的事情,哪怕就是九头牛也拉不回:为了学习人工养殖小龙虾的相关技术,本已订婚的未婚妻因他拿不出彩礼而离他远去,和同是光屁股一起长大的发小陈大明一起进城打工赚钱;与他同龄的男青年不是进城打工赚钱就是生儿育女,早已成家立业了,他却偷偷地把老父亲珍藏三十多年的好酒换成了一捆养殖小龙虾的资料,恨铁不成钢的老父亲最后只好托人偷偷"绑架"他进城去打工赚钱,谁知又被他给"逃"回来了;实在拿他无可奈何的老父亲只好退而求其次:一是不再阻拦王水生去研究养殖小龙虾的相关技术,二是希望他能尽快成个家,生个一儿半女的也让自己将来到地下好见祖宗先人。

没有父亲阻拦的王水生从此如鱼得水,一头扎进了他的小龙虾世界，至于老父亲要他趁早生儿育女的要求早已抛之脑后，他认为生儿育女这种事情只要是个男人都可以干，他要干就要干一番不同凡响的大事业，可接下来的残酷事实却给了他一连串的致命打击：上酒店推销自己的小龙虾被大堂经理给当众轰了出来，到小餐馆里推销自己的小龙虾又被结巴厨师当作骗子而不受欢迎，到街上用小瓶子把小龙虾当宠物卖，又被别人当作神经病而冷嘲热讽。好在天无绝人之路，关键时刻王水生的救星出现了，水产局的女博士舒云看中了他身上有一股子撞了南墙不回头的倔强劲，在她看来，那个在别人眼里只会空谈理想的王水生恰恰是一个实干家，是一个小龙虾养殖业的最佳人选。于是，女博士舒云每每在关键时刻向王水生伸出援助之手，在女博士的指点下，王水生开始尝到了养殖小龙虾的甜头。

  王水生在初尝小龙虾甜头之后立即进城去寻找青梅竹马一起长大的春霞，费尽九牛二虎之力，终于从好友陈大明身边把春霞给"抢"回来一起开办餐馆，小龙虾的生意开始红火起来了。谁知王水生却因此种下了祸根，从此，小龙虾被投毒、投资人上门逼债、王水生变卖家产、春霞劝说王水生外出打工赚钱以图东山再起未果二度出走进城打工等不顺心的事情接踵而来，体弱多病的老父亲支撑不了这种从天而降的"天灾人祸"，终于含恨撒手西去。关键时刻，王水生没有被接踵而来的灾祸压垮，再一次显露出了与众不同的顽强意志，在亲手埋葬老父亲后又一次重振旗鼓，把小龙虾的事业做得更大更强了，正如他对舒云博士说的那样：我是在这片土地上长大的人，只要看到水面上冒什么样的泡，我就知道水下面有什么样的鱼；只要看到别人屋顶上冒什么样的炊烟，我就知道这家人炒的什么菜，如果我这样都干不出一番事业出来，那我就不是王水生，我就是王八蛋！

  诚哉斯言，王水生是这样想的也是这样做的，尽管他身边的亲人好友因种种原因先后离他而去，但他始终不改初衷地沉醉于他的小龙虾事业当中，在舒博士的帮助下，他又一次重新振作起来，不但前无古人地开辟了在冷浸田中养殖小龙虾的新天地，而且不再仅仅满足于小龙虾养殖和饮食业的拓展，斥重金租用厂房、购进小龙虾深加工的现代化设备,这样的养殖规模和加工档次已经让王水生悄然完成了由农民水产养殖专业户向民营企业家的大转身,昔日被人骂作"脑门给驴踢了"的"狗屁理想家"王水生,终于成了一个远近闻名、叱咤风云的商场猛将,由他引领的小龙虾养殖业集团也已经走出国门,漂洋过海,占领国际市场,成为欧美市场上的抢手货。可是我们的主人公并没有就此满足,望着窗外成片集约化、现代化的高级厂房,一个大胆的新构思又在他脑海里形成:他决定放弃这已有的一切,又一次重新出发,去创造一个更加辉煌的新天地。电影至此戛然而止,一个有胆有识、永不言败的民营企业家形象悄然横空出世,呼之欲出,不禁令人拍案叫绝。

在观看影片的过程当中,我发现了一个有趣的现象,就是主人公王水生之所以能够在自己的信念当中排除各式干扰走得如此义无反顾,与他身处的这片土地和这片土地上所孕育的深厚文化背景是有着千丝万缕的关系,影片当中有一首当地原生态的民谣曾反复地出现:当王水生偷偷地将父亲珍藏了三十多年的美酒换成了一大捆养殖小龙虾的技术资料时,他兴奋地念叨着那首传唱了不知多少个年头的古老民谣;当王水生历尽羞辱进城找到春霞、春霞断然决定跟王水生回乡创业时,王水生躺在房顶的平台上兴奋得手舞足蹈,口中又得意地念着那首民谣;当王水生接受新闻媒体采访之时突然祸从天降——小龙虾全部死亡、村民上门要债之时,王水生一个人躺在床上又念叨起这首童谣。原来这首生于斯、长于斯被人吟唱了数百年之久的古老歌谣竟然是王水生坚强人生背后的疗伤法宝:如获至宝之时兴奋地低吟,慷慨激昂之时欢快地轻唱,悲观绝望之时沉重地体味,然后从中汲取自己所需要的各种养分,又一次大踏步地奋勇前行。看着眼前憨厚耿直的主人公王水生,我的脑海里竟莫名地想起了希腊神话中的巨人安泰来,安泰是大地女神盖亚的儿子,他力大无穷,只要他保持与大地的接触,他就是不可战胜的(因为这样他就可以从他的母亲那里持续获取无限的力量),原来源自王水生脚下这片土地的力量是如此强大而又持久!

也许有人会质疑说,一首土得掉渣的民谣也称得上是深厚的民俗文化么?其实不然,这种土得掉渣的民谣本身就是原生态、最鲜活、最有生命力的本土文化,是历经数百年甚至上千年时光的打磨考验、经过劳动人民口口相传一代接一代地流传下来的,它所蕴藏的强大生命力是不可小视的,有一句话总结得好:愈是有地方特色的,就愈是民族的;愈是民族的,就愈是世界的。文化如此,经济发展壮大又何尝不是如此!一个有着深厚历史文化背景的民族是不可摧毁的,一个有着深厚历史文化背景的企业必将是可持续发展壮大的。君不见,自从改革开放以来,我国农村涌现出过多少经济实力雄厚的农民企业家,各行各业风起云涌的民营企业家更是多如牛毛,然而真正能够立足本土做大做强冲出国门占领国际市场的成功企业就凤毛麟角了。有很多民营企业家一开始做得并不赖,可是因为缺失历史文化背景的支撑,时间一长,或因好大喜功、追求盲目扩张,或因贪大求洋、一味强调和国际接轨,最后只能是悲壮地倒下。

电影《虾哥的故事》主人公王水生坚守故土,扎根本土,依靠本土深厚的文化背景为依托,把他的企业不断做大做强,最终做到了走出国门,冲向世界,抢占欧美国际市场的巨大份额,让久居海外享有盛誉的甲壳素方面技术研究专家也慕名前来投奔加盟,这无疑是本土文化兼容吸收西方文化的一种崭新尝试,也是当下民营企业家破解企业壮大瓶颈值得借鉴的一种新模式。小小一首原生态民谣的反复吟唱出现,把主人公王水生爱情事业上的悲欢离合、喜怒哀乐都给贯穿起来了,将主人公形象提升到了一个空前的历史高度!一部小小的电影竟然可以承载着这样现实、深刻、厚重、积极的思想主题,从这个角度来说,编剧和导演的匠心独运实在是发挥到了极致,真可谓用心良苦矣!

电影除了通过主人公王水生"有胆有识、永不言败"做大做强小龙虾企业这条红线贯穿始终以外,还设置了大量的细节供观众玩赏,这些精心设置的细节场景为电影故事的发展增添了可信度和亲近感,它告诉我们,英雄楷模既是血肉之躯,也有普通人的七情六欲,绝对不是那种不食人间烟火的神仙妖人。譬如,舒博士第一次前去王水生养殖小龙虾的基地实地考察的那一天,偏偏就有一个调皮的小孩把王水生定制的路标给颠倒过来了。于是,一连串的事情接二连三地发生了,王水生养殖小龙虾的所有辛苦几乎毁于一旦;博士因为迷路才碰上了从城里归来、满肚子怨气的陈大明,于是博士才会被小心眼的陈大明带到了村委会,本来好好养虾的王水生变成了村长口中的"害群之马",成了一个脑门"被驴踢过的"的神经病,真相大白之下,王水生的父亲狠狠地敲了陈大明的脑门,于是接下来又有了陈大明的投毒泄愤之举,导致王水生费尽心血的小龙虾全军覆没,村里投资户蜂拥上门要债,最后王水生变卖家产、春霞二次出走终于失身于陈大明之手、王水生父亲活活气死……可以这么说,就是这小小路标一个偶然的错位,王水生人生道路上的家庭、爱情、事业几乎全部毁于一旦。

正所谓一步走错步步皆错!由此可见,习惯成就人生,细节成就大业,人生之路不可不慎哟!电影就是在这种啼笑皆非的娱乐之中让观众去领会解读某种严肃的人生话题。诸如此类的细节设置,电影里俯拾皆是,既体现了编剧的精巧构思,亦增添了电影的娱乐因素,从这个角度来看,《虾哥的故事》就不仅仅是一部农村题材的乡土电影所能概括的,她还有很多都市时尚元素的内容在里面:既有江汉平原水乡的质朴纯真,亦有大都市生活的娱乐细节,还有一段令人钦羡不已的跨国之恋,看后定会让你忍俊不禁,在笑声里和泪光中去体会那真实的百味人生。

相信不久的将来,随着电影的公开上映,《虾哥的故事》必将传遍大江南北,走入千家万户。

大 爱 无 言

——电影《虾哥的故事》的爱情保卫战

"我有一个理想,很快就要实现了!"
"等你理想实现了,我都老了。"
"你老了我也要娶你!"
……

这是电影《虾哥的故事》一开始,主人公王水生和从小一起长大、曾经谈婚论嫁的春霞姑娘告别时的对话情景,憨厚、木讷、老实、不善言谈的王水生在高大英俊、能说会道的发小陈大明面前实在是自矮三分,说起话来也显得底气不足,仿佛被一只无形的大手捏住脖子往上提一样困难。王水生苍白无力的爱情游说最后在陈大明一声"车要开了"的叫喊声中戛然而止,眼睁睁地看着自己心爱的姑娘随着那早就不怀好意的发小哥们一起进城打工去了。

王水生、春霞姑娘、陈大明本是村里自小一起光着屁股长大、无话不说的好朋友,用电影里的话来说就是一个青梅、两个竹马的关系,也许是因为王水生从小就有远大志向的原因,长大后的春霞姑娘心里的砝码总是向着王水生这一方倾斜,这就让高大英俊、能言善辩的陈大明心里格外的郁闷与不爽,也许这就是影片里陈大明自始至终没有和王水生说过一句好听入耳话的缘故吧!

当王水生拨通千辛万苦从春霞母亲——一个势利的农村老太那里好不容易弄来的电话号码时,在城里与春霞合租一起的陈大明刚巧接到了电话,"打错了。"陈大明一股莫名的火气冲天而起,"咔嚓"一声给挂了。陈大明哪里想到王水生就是一个这么执着的人,只要是他认准了的事情,就是九头牛也拉不回;于是,电话铃声第二次又响起了,陈大明就是想挂电话也来不及了,只好悻悻起身离开,电话终于给春霞姑娘接到了,一对分隔两地的有情人两年之后终于又联系上了。观众的心里顿时松了一口气,希望接下来的剧情结局是有情人终成眷属式的大团圆结局。

其实这仅仅是王水生与陈大明争夺春霞姑娘的第二个回合罢了,当王水生春风满面戴着墨镜出现在春霞姑娘面前时,一场无声的战斗已悄然打响,只不过争夺阵地不是在战壕里而是在酒桌上,那个脖子上挂着一根硕大的金项链、自恃比王水生会赚钱的陈大明压根就没有把对手王水生放在眼里,他早已在餐馆里摆下了一桌鸿门宴,想让春霞看着心爱的男人在自己面前如何狼狈出丑,如何丢人现眼:"去,把眼镜摘了,把这杯酒喝下去!"陈大明没有一丝发小见面时的友好热情,满脑子都是强烈的敌意和恼怒,当着春霞的面蛮不讲理地强迫远道而来刚刚落座的王水生喝下满满一大杯白酒。陈大明居高临下的姿态让观众都暗暗替王水生捏一把汗,春霞姑娘也被弄得哭笑不得,只好眼睁睁地看着两个男人在自己面前明枪暗箭地较劲:当王水生慢慢地、不慌不忙地喝下整整一杯白酒没有任何问题时,陈大明终于控制不住自己的情绪了,他大声地教训着王水生:

春霞好不容易才在城里站稳了脚跟,你现在却要她回去帮你弄小龙虾,你能不能讲句人话?王水生,能不能不再说你那狗屁理想,理想值多少钱一斤,你给我来二斤!

"理想是无价之宝,哪里能卖呢?"当王水生慢吞吞地说出这一句话的时候,春霞姑娘心里终于有了自己的主张,她拍案而起,同时也表明了自己的鲜明态度:我要跟水生哥回去,我想做什么就做什么,轮不到你们来管!说罢拂袖而去,陈大明苦心经营的一场鸿门宴就这样灰飞烟灭了。

就这样,时隔两年之后,从王水生身边被陈大明"抢走"的春霞姑娘又回到了王水生的身边,临上车之际,陈大明软硬兼施,一边劝说春霞姑娘不要在乡下待得太久,实在不行的话他会回去看望她;一方面用武力威胁着王水生,扬言要是他敢与春霞姑娘和好的话一定会让他下半辈子不得安宁。一场原本悄声无息的爱情争夺战就如火上浇油一样地开始熊熊燃烧起来了。

都说爱情的路上好事多磨,久合必分,久分必合,可对于一心投入小龙虾养殖事业之中的王水生来说,分分合合、曲折多磨的爱情却并非全是好事:春霞姑娘随王水生回村后,终于炒出了味道鲜美的小龙虾,开发出小龙虾系列美食,为王水生的小龙虾事业捞到了第一桶金;心生嫉妒的王水生也放弃在城里的打拼尾随春霞而来,尽管他在城里的打拼有许多是不可为外人道的灰色收入,回到淳朴善良的乡村里他还是做出了有违良心的事情,蒙骗博士舒云诬陷王水生不务正业失算之后又投毒小龙虾;王水生的小龙虾事业在舒云博士的帮助下刚刚有了起色,成为当地的新闻人物,谁知转眼之间又祸从天降,一夜之间虾死、家败、父亡,春霞姑娘有心帮忙又遭势利母亲的阻拦,终于又一次随同陈大明回到了城里,在一次酒醉之后被陈大明强行占有了清白之身并怀有身孕,观众们终于明白了,王水生人生路上第一场轰轰烈烈的爱情保卫战至此以彻底失败而告终。

可我们的主人公王水生并不知情,他依然沉浸在他的小龙虾养殖和对春霞的爱情美梦之中,当漂亮的女博士舒云问起他与春霞的真正关系时,憨厚、木讷、老实的王水生还蒙在鼓里,十分自豪地告诉舒博士春霞是他未来的老婆。其实,此时此刻舒博士的爱情也正处于另一场无声的保卫战之中:一方面是初恋情人的无情抛弃令她刻骨铭心,一方面是家里不断地安排各类男孩帅哥与她约会相亲,是接受那些能说会道的城里男孩的追求,还是选择眼前踏实肯干、憨厚正直的乡村虾哥,这悄然萌生的念头就像十五只吊桶打水——七上八下,在女博士的心里深处确实激起过阵阵涟漪。

王水生是坚强的,在面临小龙虾被毒死、初恋情人再次转身而去、父亲被活活气死的打击下,他没有沉沦下去,而是重新振作起来;王水生又是脆弱的,当他在医院急救室门外得知初恋情人被儿时好友以"生米煮成熟饭"的卑劣手段横刀夺去之后,他终于闭门不出,躲在无人知晓的老屋暗处自我疗伤;王水生是幸运的,在他养殖小龙虾的创业之路上,每次身陷绝境之时都会得到美女博士舒云的无私帮助和大力支持;王水生又是不幸的,当他刚刚准备向舒博士表白心中的朦胧爱意之时,那远在大西洋彼岸的甲壳素方面研究专家欧阳靖又幡然醒悟,回来抢救差点就要擦肩而过的初恋之情,让王水生好不容易找到的一个表白机会也只好拱手相让;王水生更是无私大度的,当陈大明在城里偷钢筋当废品卖东窗事发锒铛入狱后,他不但没有计较陈大明曾经对自己的屡次伤害,也没有记恨春霞对自己情感上的背叛,主动地担负起照顾春霞母子的日常生活……随着各种蒙太奇镜头的重叠、穿插、交叉、闪回,就像有一双无形的大手,紧紧地把观众的心抓住,又像有一把锋利的钢叉扎进观众的五脏六腑,一股酸楚的疼痛悄然弥漫全身,让人们情不自禁地为王水生的一举一动感慨、担忧、牵挂起来,电影就是这样从头至尾让爱情时时穿插在王水生的身边:或与他若即若离地结伴前行,或与他悄然相遇又迅速地擦肩而过。在事业取得巨大成功的日子里,爱情最后给王水生开了一个不大不小的玩笑:初恋情人带着小孩与从监狱里出来的父亲团圆了,心里刚刚开始暗恋还来不及表白的美女博士又与他人结为秦晋之好,那一杯杯勉强仰脖喝下的喜酒在王水生的舌尖底下直冒苦味,如此场面如此景,真个是"问世间情为何物"的经典对白,让观众久久深味其间,不能自拔。

爱情是美丽的,美丽的爱情是令人温暖终生难以忘怀的;但爱情同时又是充满着悖论的,成功的爱情不一定美丽,美丽的爱情不一定就能成功。电影《虾哥的故事》在这方面也做了有益的探索和大胆的思考:譬如,陈大明的爱情貌似成功了,但他的成功是靠乘人之危巧取豪夺得来的,这种损人害己的做法终究是要遭到生活报应的,电影里有一个细节值得我们深思:当春霞洗衣服听舒博士说王水生最爱的人、要明媒正娶的人就是自己时，春霞并没有正面回答，而是一下就把洗衣盆给戳破了，此时无声胜有声，一个小小的动作，多少哀怨悔恨之情油然而生，对陈大明乘人之危强夺他人之爱的卑劣行为进行无情的鞭挞也就显得入木三分，令人警醒；王水生则不同，自从春霞爱上他以后，那个从小一起长大的陈大明对他就没有过好脸色，虽然期间他也抗争过，甚至是挥拳而出，以暴力对抗的形式来保卫自己的爱情，最后还是被陈大明以"生米煮成熟饭"的丑陋方式夺走了，虽然他的爱情美梦在医院急救室里被"丈母娘"狠狠一记耳光抽醒了，虽然他也曾痛苦万分闭门不出任凭生意无人照管……但他内心对春霞的爱护从来就不曾减少：当他乘坐舒博士的小车路过发现挺着大肚子的春霞正在干活时，立马跳下车来帮春霞推着沉重的大包奋勇前行，留在舒博士眼中的景象只有王水生高大的背影和道路两旁挺拔向上的水杉和远处蓝天上轻轻飘过的一丝白云。王水生和陈大明这一对自小光着屁股长大的欢喜冤家，一个相貌堂堂、能说会道却沦为横刀夺爱的爱情窃贼，一个憨厚木讷、外冷内热却成了爱情至上的殉道者。生长在同一片土地上、生活在同一片蓝天下的两个发小人格追求为什么会有天壤之别呢？编剧这样独具匠心的人物设计，让我不禁想起了建安才子曹植的"煮豆燃豆萁/豆在釜中泣/本是同根生/相煎何太急"的千古名句来，其实爱情大可不必如此，生活亦不必如此，人生更不应如此这般地巧取豪夺啊！

　　追求爱情，是上天赋予红尘中每一位男人的本能权利，但如何去追求爱情？如何去追求成功美丽的爱情？自古以来就没有成功的经典模式可资借鉴参考：是像电影中陈大明那样把自己的快乐寄托在别人的痛苦之上，为了得到自己的爱情不惜去干出种种伤天害理为正人君子所不齿的卑劣事；还是像王水生那样一头扎进事业中，置家父要自己成家立业、生儿育女的劝告于不顾而忽略身边曾经出现或正在出现的爱情？为什么编剧者刻意安排美女博士舒云和初恋情人劳燕分飞之后能够破镜重圆，却不肯让王水生与春霞姑娘兑现片头所说"你老了我也要娶你"的诺言再一次走到一起，这无疑是电影《虾哥的故事》中对现代乡村都市爱情的深度拷问和深刻反思!

　　看完《虾哥的故事》,我们不禁恍然大悟起来:作为男人,既不能赞成陈大明式的伤天害理的自私爱情观,也不能完全认可王水生"只爱江山不爱美人"的事业狂式的偏激爱情观。无论是在现实生活之中还是理想的自由王国里,我们所推崇的爱情模式应该就是舒博士和初恋情人欧阳靖之间那种既注重各自的事业发展又能呼唤爱情回归的美好结局。

　　或许这就是主人公王水生人生道路上的最佳选择——毅然决然地放弃眼前大好事业,一个人又重新上路出发,去寻找一个既有爱情滋润又有事业相伴的全新境界。

一位女公务员的亲民情结

——电影《虾哥的故事》的女博士形象

无论是在现实生活中还是文艺作品里,美女的出现总是会让周围的男人们眼前为之一亮的:漂亮的美女们就像高贵的花瓶一样亭亭玉立,吸引着俗世红尘中各种各样的男人目光,如果像花瓶一样漂亮的美女偏偏又腹满诗书气自华的话,那么这养眼而又知性迷人的俏美人,必定会令男人们过目不忘而又趋之若鹜:电影《虾哥的故事》里的博士舒云就是这样一位人见人爱的知性美女——一位有着强烈亲民情结的公务员形象。

一位千娇百媚的靓丽美女从繁华的街道上悄然而过,也许不会引起一群衣食无忧的男人集体注目和怦然心动;一位开着单位公务小车的美女博士悄然出现在乡村偏僻的羊肠小道上,必然会引起某些别有用心的男人无端猜疑。当美丽、大方、热情、执着的水产局女干部舒云博士第一次出现在一心钻研小龙虾养殖技术的王水生家乡时,因为问路莫名其妙地被王水生的情敌陈大明当作打击对方的重磅武器"挟持"到了村委会,能说会道、一表人才的陈大明一面极力奉承美女博士为大领导,一面又极力鼓动村支部书记将舒博士一行撵走。也许是因为不想给自己仕途惹麻烦的缘故,憨厚直爽的村长只好配合着陈大明在美女博士面前一唱一和地演起了双簧戏:王水生是一个脑子里进了虫子、从小就给驴踢坏的"神经病",一个只知空谈理想不知如何赚钱、为了养殖那些臭虾子欠了一屁股债的"大笨蛋"。可惜人算不如天算,眼前的美女博士并不是常人眼中的花瓶那样中看不中用:她坚信自己的目光是准确的,在为王水生辩解无效的情况下,她丝毫没有被陈大明的花言巧语所蒙蔽,而是抽空偷偷地给王水生家中打通了电话,当端着一盘小龙虾的王水生气喘吁吁地出现在大家眼前时,陈大明的弥天大谎轻而易举地被当面戳穿了,让观众们心里高高悬起的那块石头砰然落地,长长地舒了一口气。

舒云博士是一位小龙虾养殖专业方面的顶尖技术专家,也是江汉平原某地方水产局里分管小龙虾养殖业的一名业务干部,她对一心投入小龙虾养殖业的农村青年王水生上门推销小龙虾时被酒店大堂经理赶出来的不幸遭遇十分同情,对王水生身上那种撞了南墙不回头的执着精神更是十分地看好和钦佩:在王水生上街卖小龙虾吓哭路过小女孩被人痛骂的尴尬时候,她悄然出现在王水生面前,并以购买宠物的形式给予王水生支持和鼓励;当脑瓜机灵的王水生照葫芦画瓢上街卖宠物小龙虾被路人斥为神经病时,她又恰到好处地出现并一次性全部购买。这样付诸行动的巧妙支持,胜过平时千言万语的空洞说教,无异于给一头钻进小龙虾养殖业的王水生打了一针兴奋剂,可以这么说,王水生之所以没有如陈大明所诅咒的那样倒在养殖小龙虾事业发展壮大的前夜,那是因为有水产局公务员、美女博士舒云的热心帮助和正确指导。

作为一位专业对口的技术人员,免费传授一心投入小龙虾养殖业的王水生各种业务技术是无可厚非的;作为一位国家公职人员,在王水生养殖小龙虾的事业当中充当保驾护航的保护神也在情理之中。美女博士舒云如果做到了这两点就已经是非常的了不起,可是我们的美女博士其所作所为远远超出了这个范畴,说她把农民养殖专业户王水生当作自己的至亲至爱之人一点也不过分:当王水生与未婚妻春霞开办的餐馆炒出了色香味美的小龙虾捞到了第一桶金时,我们的美女博士专门为他请来了电视台的记者们,准备为王水生的小龙虾事业大造舆论；在王水生的小龙虾遭遇投毒全部死光、大失所望的村长悻悻甩手离去的尴尬情况下，我们的美女博士并没有泄气失望，而是在第一时间里去用科学的方法验证事故发生背后的真相；当王水生走投无路被迫变卖家产田地房屋抵债之时，我们的美女博士竟然慷慨大方地拿出了厚厚一沓钞票去资助他、鼓励他东山再起；当王水生小龙虾事业再度辉煌而爱情却惨遭重创闭门疗伤之际，我们的美女博士再度四处奔走，为联系小龙虾美食加盟店而探访有孕在身备感失落的春霞姑娘并道出了自己的真正心声。此时此刻，我们不禁为这位漂亮、大方、知性、豁达、侠肝义胆的美女博士大声叫好！为这位能够和农民企业家打成一片、与农民企业家几起几落依旧同甘苦、共患难的国家公务员拍案叫绝！

  对民营企业家的发展壮大创造环境扶上马再送一程，是我国改革开放以来各级人民政府发展民营经济、振兴民营企业的积极举措，也是每一届地方人民政府视之为政绩考核的重要内容之一，主人公王水生之所以能够立足本土、做大做强小龙虾事业，让这一新兴的、独特的地方产业漂洋过海占领国际欧美市场的庞大份额（正如影片里甲壳素方面技术专家欧阳靖所夸奖的"只要美国餐桌上有三只小龙虾，就一定有两只是我们潜江的，而这都是您王总的贡献也"一样），取得这样令人羡慕的业绩与当地人民政府的大力扶持和帮助是分不开的。《虾哥的故事》避开了以往那种一提到政绩就非得让一些地方领导出场大讲空话套话的俗套模式，独具匠心地塑造了这样一位又能代表当地政府职能部门水产局形象又能吸人眼球的美女博士，实在出人意料而又在情理之中：美女博士舒云果然不负单位领导的重望，在自己个人情感面临危机的痛苦日子里，依然一心扑在工作上，硬是把王水生从事业失败的泥沼边缘挽救过来，并助他一臂之力，让王水生如愿以偿地走上了成功的养殖业道路。如果美女博士就此打住的话，那么王水生充其量也就是一位小富则安的农民养殖专业户了，只管揣着大捆的钞票躲在家里偷着乐就行。可是我们的美女博士不满足于那种蜻蜓点水式的扶持资助，也不满足于那种点到为止式的理论支撑，而是四处联系，一方面把水产局主管部门的技术扶持计划亲自送到王水生养殖小龙虾的水田边,一方面安排王水生进行理论上的学习深造,一方面又打听小龙虾深度加工的各种高科技设备,当王水生在美女博士的帮助下作出租用村里的厂房对小龙虾进行深度加工这一重大举措和决定时,意味着我们的主人公王水生已经由一草根农民养殖专业户的小打小闹向国际化、集约化、现代化的民营企业家发展之路迈进来了一个华丽的大转身。

  大千世界,无奇不有。在现实生活之中,有的人甘愿付出不求回报,有的人不求付出却偏要去勒索敲诈,电影《虾哥的故事》人物命运走向也毫不例外,随着镜头的延伸、变换,细心的观众就会发现一个令人震惊难以理解的细节:相貌堂堂、高大英俊的陈大明乘人之危强行占有与自己在城里打工合租住房的同村姑娘、发小王水生的未婚妻春霞心生愧疚拿出两万元钱让春霞去支持王水生的小龙虾事业,本来是赎罪之举,最后却以此为由振振有词地要强占王水生那生意兴隆、日进斗金的小龙虾餐馆;而素昧平生的美女博士舒云除了不断地在技术方面支持帮助王水生之外,还在最困难的时候慷慨地拿出一大笔钱给王水生让他重振旗鼓、东山再起,从头至尾就没有索取过任何的一丝回报。一个是从小光屁股长大的发小,一个是从城里追踪而来免费上门提供服务的技术专家;一个是相貌堂堂、高大英俊的时尚帅哥,一个是漂亮大方、满腹才华的知性靓女。为什么做人做事的差距会有这么大呢?这样的情节设计也许会让观众不得不陷入对现实生活种种不如人意的沉思之中。

  好在上天是公平的,只要你付出了努力,总会得到相应的回报。我们的主人公王水生在美女博士舒云无私的帮助下终于苦尽甘来,把原本让人瞧不起的小龙虾事业做成了跨国式、集约化、专业化的集团经营规模,成为引领当地民营经济腾飞的带头雁;我们的美女博士也因为王水生的小龙虾事业发展壮大而赢得了爱情保卫战的最后胜利。当五年之前弃她而去的初恋情人、引领国际美容化妆领域潮流的甲壳素方面技术专家欧阳靖丢弃在美国发展的优越条件回归她的爱情怀抱之时,我们的观众都不禁会心一笑:眼前的美女博士绝对不是荧屏上曾经炙手可热的各种偶像剧、穿越剧中性感撩人、嗲声嗲气的花瓶式美女,也不会是现实生活里男人眼中可望而不可即的"三高(高学历、高年龄、高薪水)"美女,而是一位大方、平和、亲切如邻家闺女似的大姑娘,一位与乡间田头百姓同呼吸、共命运的国家公务员。这样一位在事业上执着、热情、亲民的公务员,在情感生活上时尚、新潮、浪漫的新女性形象在不经意之间向我们迎面走来,与那些沉迷低俗无知、靠卖弄风骚吸人眼球的性感女郎形象真有天壤之别。影片从头至尾一路走来,美女博士舒云的每次出现都会令人颇有清风拂面、赏心悦目之感。

　　公务员,是指依法履行公职、纳入国家行政编制、由国家财政负担工资福利的工作人员。按职位的性质、特点和管理需要划分为综合管理类、专业技术类和行政执法等类别,无疑是一个令人羡慕的特殊岗位,小而言之,公务员形象代表的是地方各级人民政府的正面形象,大而言之,公务员形象代表的是一个国家和民族健康发展壮大的正面形象。众所周知,随着信息时代的来临,网络传播的真假难辨,早已在不知不觉中把公务员这一特定的公众形象推到了一个令人敏感的风口浪尖上:某些公务员向企业单位伸手吃、拿、卡、要的不良风气令人反感、屡遭抨击,各种拆迁事件和群体事件当中的公务员形象更是让人大跌眼镜,之所以会有"我爸是李刚"之类网络事件的迅速发酵、广为传播,实在是某些公务员的所作所为跌破道德底线,有损国家公职人员的正面形象,他们当中某些人品质卑劣低下甚至可以称得上是令人发指的,实在是令人不敢恭维!《虾哥的故事》中塑造的美女博士舒云形象无疑是公务员这个群体当中为数不多的、光彩夺目的优秀形象之一,这个人物形象的设计定位,体现了编剧的独到构思和良苦用心:在这样的大环境大背景之下,电影《虾哥的故事》能够塑造出一位把民营企业家当作自己的亲人一样去大力扶持和帮助的、事事处处都具有亲民情结的女公务员形象,这恐怕就不是艺术上的巧合和现实生活中的偶然现象,这里自然有着编剧独特的审美情趣和深远的历史目光。从这个角度来说,美女博士舒云无疑是近年来各类题材影视剧当中不可多见的、独特鲜活而具有强大生命力的公众人物形象之一,为中国本土电影人物形象长廊中增添了靓丽的一笔。

如果像美女博士舒云一样专业技术过硬兼具亲民情结的公务员形象在现实生活之中越来越多,这无疑是土生土长的中国民营企业家乃至整个中国民营企业发展、振兴、腾飞之大幸,亦是改革开放的中华民族之大幸!

我们期待着这一天的早日到来!

坚守或者漂泊

——从电影《虾哥的故事》破译农民工进城务工的尴尬密码

  改革开放之初的那个年代,能够进城务工对农村青年来说是一件多么时髦而又自豪的事情,除了每天与高楼大厦、豪华汽车相依相伴外,工作之余还能出入影院、舞厅、KTV呼朋引伴潇洒走一回,过着与城里人一样时尚而又浪漫的新潮生活,最令人兴奋的就是时不时能给家中父母亲人寄上几沓厚厚的钞票,这样的另类生活对于依然留守在农村里面的青年来说简直就是天方夜谭一般地可望而不可即。于是乎,一夜之间,大江南北、长城内外都刮起了进城务工的"黑旋风",短发的男孩、长发的大姑娘争先恐后地挤向那高楼耸立的大小城市。

  电影《虾哥的故事》主人公王水生就是这种大背景下依然坚守在农村地里田头屈指可数的农村青年,为此,他不止一次被家里那相依为命、望子成龙的老父亲劈头盖脸地骂过:你这个败家子,别人进城打工的打工,娶妻生小孩的生小孩,就你整日谈什么狗屁理想,你想气死我也!也没少被村子里头的同伴讥笑、嘲讽过,从小一起光着屁股长大的发小陈大明就经常指着自己脖子上明晃晃的粗大金项链趾高气扬地训斥:王水生,有本事跟我一样进城来赚大钱也行,你待在那个破村子里会有什么出息?当王水生答非所问、话不投机又谈起他那个养小龙虾的理想时,陈大明指着王水生的鼻子破口大骂:王水生,你能不能给我讲句人话,你那狗屁理想,值多少钱一斤,给我来二斤!这样的诸多打击和鄙视并没有打消王水生立足农村创业的积极性,反倒激发起了王水生的满腔斗志。

为了早日掌握养殖小龙虾的技术,王水生瞒着老父亲偷偷地把珍藏了三十多年的好酒给换成了一捆书;为了能早日实现自己的理想,他不断地投入试验,把已经定了亲的春霞姑娘气得进城打工去了;为了打听到春霞姑娘在城里打工住处的电话号码,只好在那势利的准丈母娘面前低三下四地讨好、献媚……看到这里,观众脑海里就会情不自禁地想起"故天将降大任于是人也,必先苦其心志,劳其筋骨,饿其体肤,空乏其身,行拂乱其所为,所以动心忍性,曾益其所不能"的千年古训!谁也没有想到王水生这个外表憨厚、木讷、老实、不善言谈的农村青年,内心深处竟然是这样的坚强不屈、满腔斗志,难怪远在城里水产局专攻小龙虾养殖技术的顶尖专家、美女博士舒云在餐馆吃饭相亲时一眼就看中了他身上撞了南墙也不愿回头的顽强意志和创业精神。

可是王水生的父亲却不这么想,村里德高望重的老村长也不这样想,他们的口径高度一致:待在农村一辈子是不会有任何出息的,只有和别人一样到城里去打工才能改变自己的生活。于是,望子成龙、用心良苦的老父亲与热心助人的村长密谋策划了一起令人啼笑皆非的绑架案:趁着夜深人静之时,几个年轻人一拥而入,把白天侍弄小龙虾累得呼呼大睡的王水生用麻袋装好,强行塞进去城打工的车上,不混出个人模狗样就不要再回村子里。谁知人算不如天算,车到半路时竟然被治安巡逻的警车发现了,当自以为得计的老父亲正在家里哼着小曲、安心调试生产农具的时候,满脸不悦之色的王水生昂头挺胸地冲进了里屋。看来强扭的瓜就是不甜,老父亲终于无奈地放弃了自己的主张,默许王水生去搞他的小龙虾事业了:于是一家立足本土、扎根农村的民营企业——潜江红小龙虾集团应运而生并漂洋过海抢占欧美市场,一位有胆有识、屡败屡战的民营企业家老板王水生横空出世了。如此看来,电影《虾哥的故事》给我们提供了一个可资借鉴的立足农村、大力发展特色产业的崭新模式:农村青年不进城打工赚钱同样可以投身到社会主义新农村的建设热潮之中,只要选准了自己事业发展的正确方向,坚持屡败屡战、永不退却,农村的广阔天地一样可以成为当代有志青年大显身手的风水宝地。

众所周知,农民工进城务工之初确实给广大农村带来了一片勃勃生机,同时也给现代大都市的发展变化做出了巨大的贡献,随着农民工兄弟一笔笔汇回家乡的款项,祖祖辈辈脸朝黄土背朝天一年到头只能混个温饱的农村生活已经一去不复返。但无可讳言的是,另一种潜在的社会危机随着时间的推移却日益浮出水面:因为南来北往、春去冬回,两地分居的尴尬状况导致农村的离婚率也像城市一样地飙升,大江南北的农村里开始大面积出现"空巢老人""留守儿童""乡间怨妇"的社会现象,村子里头从此不再是"阡陌交通、鸡犬相闻"的世外桃源,几千年来"男耕女织、黄发垂髫并怡然自乐"的乡村美景摧枯拉朽一般地随风而逝,取而代之的是新楼空置、田地抛荒、蒿草狂长的"荒村"景象,除了老人和小孩以外,村子里很难寻觅到青壮年劳力的一丝踪影,"童孙未解供耕织,也傍桑阴学种瓜"的景象不再温馨浪漫富有诗意,而是一种难以言说的苦涩之味从心底悄然泛起。

因为不同年龄、不同文化层次的农民工大量涌入城市,除了挤占城市的各种公共资源外,也为城市的交通、治安、居住环境等带来了严峻的挑战和空前的压力,他们的医疗、卫生、子女教育等切身利益同样很难得到强有力的支持和保障。可以这么说,随着商品经济时代的迅速发展,农民工兄弟已经沦落为城里的弱势群体,漂泊城市奋斗多年的他们到头来才发现"自己始终是一个外人,无法融入眼前摩天大楼林立的大都市",正如歌手陈星唱的那样:"流浪的人在外想念你/亲爱的妈妈/流浪的脚步走遍天涯/没有一个家/冬天的风啊夹着雪花/把我的泪吹下/走啊走啊走啊走/走过了多少年华……"各种不尽如人意的现状表明,农民工兄弟不再像改革开放伊始那样受到广大城市居民的热烈欢迎,车水马龙的城市已不再是农民工兄弟的"提款机":那种单纯依靠出卖廉价劳动力的工作岗位渐渐被高科技、高素质的工种所取代,农民工兄弟身上理论知识缺乏、专业技术缺失的致命弱点慢慢显露出来;各种政策的相对滞后、监管部门的职责缺失,都成为黑心老板挖空心思算计、拖欠农民工兄弟工资的漏洞,就算是那种不需要多少技术含量的服务餐饮业老板也常常会玩"人间蒸发"等无良游戏,翻翻前几年有关国务院总理出面为农民工讨要薪水的新闻报道,就可以观一叶而知农民工兄弟进城务工处境之深秋也。

能说会道、相貌堂堂、满脑子歪主意的陈大明就是这支数量庞大的农民工进城队伍中的一分子,赚那轻松而又体面的大钱是他选择由农村向城市漂泊的最大动力。可一没文化知识二没任何专业技术的缺陷,注定了他在城市里面不可能找到那种既轻松又赚大钱的如意工作,何况他偏偏要在春霞和王水生面前装大款充能人,心情不爽时还偏偏要到歌舞厅里去潇洒走一回,面对有理想有事业心的发小王水生,他处处咄咄逼人,扯着脖子上不知到底是真是假的粗大金项链显摆自己的经济实力,这样的虚荣心注定了陈大明要想赚到大把钞票就只能干一些歪门邪道的勾当:先是以招工为名,介绍本村同伴到城里一家"三无"公司去打工,目的只是赚取一笔可观的中介费;后被王水生识破落空怀恨在心,竟然引诱王水生的未婚妻进城打工合租一处,从感情上处处打击报复王水生;当春霞姑娘决定跟随王水生回村去助一臂之力时,陈大明极力阻拦,软硬兼施、利诱威逼不成,竟然潜回村子投毒小龙虾,导致王水生花费数年心血的小龙虾事业前功尽弃、家破人亡,迫使春霞姑娘二次回城并失身于他;当春霞姑娘拿着他主动赎罪自掏腰包的两万元钱回到王水生身边帮他投资小龙虾餐馆生意兴隆、日进斗金时,陈大明又巧取豪夺地当众宣布自己才是餐馆的实际投资者,要把王水生的小龙虾餐馆凭空据为己有……一个自私、狡诈、为达个人目的不择手段的农村青年小混混被勾勒得活灵活现,恰好与同是发小、坚守在农村创业的农民企业家王水生的远大志向形成鲜明的对照。

如此看来,正确引导农民工回乡创业和扶持农村青年立足、坚守农村就近创业,无疑是破解目前我国农民工进城务工所带来种种尴尬的有效途径之一。这也就是电影《虾哥的故事》编导所要做的深层次的人生探索和深度思考:坚守立足农村创业的王水生崇尚海阔天空的人生选择，对发小陈大明一而再再而三地打击报复和情感伤害付之一笑，最后苦尽甘来地成为远近闻名的小龙虾养殖大户，成为当地赫赫有名的跨国集团公司总裁；而自以为颇具小聪明、又会赚钱又能干的农村青年陈大明因为一心向往城市生活，为了满足个人私欲铤而走险，最终因在城里盗卖建筑工地上的优质钢材东窗事发锒铛入狱被判重刑。两种截然不同的人生之路，为我们敲响了农村青年劳动力资源何去何从的警钟：是一味地去城市里漂泊还是选择坚守回归农村创业？

众所周知，相比城市而言，农村大多拥有丰富的自然资源和廉价的劳动人力资源，只要地方政府引导得当，给予正确的扶持措施和优惠政策，坚守农村创业无疑是一条方兴未艾的金光大道。好在我们的各级人民政府已经意识到了农民工进城务工这样空前规模的人口流动大潮对社会各阶层的巨大冲击力和潜在威胁，本着"权为民所用、情为民所系、利为民所谋"的服务宗旨，在许多地方乡镇提出了"鼓励农民工回乡创业"的新口号，对在外务工有所成就并回乡创业的农民工开办企业一路绿灯，掀起了新一轮建设社会主义新农村的新高潮，电影《虾哥的故事》的主人公形象就是这种大背景、大环境下应运而生的真实写照和艺术再现。也许细心的观众会有一丝疑问，为什么坚守农村创业的有志青年王水生对进城打工赚钱的发小陈大明一再伤害自己的卑劣行为能够一笑了之：陈大明先是引诱王水生未婚妻春霞进城打工合租一处，后是软硬兼施逼春霞留在城里不成又对前来游说春霞回乡帮忙的王水生进行武力威胁，再是诬陷王水生不务正业未遂继而投毒小龙虾，最后乘人之危强占春霞姑娘的清白，以"生米煮成熟饭"的下作手段夺取王水生视之为生命般重要的爱情……

难道同为农村青年出身的王水生个人修养真的达到了不嗔不怒的空灵境界么？显然这不是编剧的本意初衷，这样的细节安排自有其不可言喻的深意：如果说美女博士舒云代表的是地方政府形象，陈大明无疑就是代表进城务工没有一技之长而步入犯罪泥沼的失足青年形象，王水生恰恰代表着坚守、立足农村的创业者形象。只有用博大、包容的胸襟来接纳像陈大明一样的失足青年，才有可能正确引导更多的进城务工兄弟回乡创业、投身社会主义新农村建设的火热高潮。这样具有重大现实意义的创作主旨也就一目了然、水到渠成,毫无空洞理论说教之嫌。

还现代都市建设一个健康可持续的发展空间,让"空巢老人"不再空巢,让"留守儿童"不再留守,让"乡间怨妇"不再哀怨;让坚守者继续坚守,让安居者继续安居,让漂泊者不再漂泊。最后,社会主义新农村与现代化大都市必将和谐共处、比翼双飞。也许这就是电影《虾哥的故事》背后所隐藏的、更深层次的、更值得广大观众品味推敲的人生故事吧!

坚强的母亲　诚信的楷模

——观电影《美丽的故事》

　　二〇一〇年十二月二十日是一个寒冷的日子，北风无情地扫荡着行人匆匆、车流不息的大街小巷，卷起枯黄的树叶不时在空中盘旋飞舞，让刚刚走出机房的我本能地打了一个寒战，我下意识地裹紧衣服，仿佛害怕脑海里那股奔腾激荡的热潮也会随之冷却下来。因为此时此刻的我，刚刚看完以江西上饶村妇陈美丽替亡夫还债的故事为原型改编的电影《美丽的故事》。

　　电影一开头就让久居都市里的我眼前一亮：群山起伏，蜿蜒逶迤，薄雾轻笼之下的江南小城仿佛似醒未醒的睡美人，一种圣洁的光彩自然而然地弥漫开来，远近闻名的江南名塔"聚远楼"巍然矗立于山巅之上，彰显着"山川之宝，惟德乃兴"的古老民风。

　　随着镜头的移动，可以看到主人公美丽一家世代祖居在这一方灵山秀水之中，因为交通偏僻，信息闭塞，加之上有年迈的母亲、下有一双未成年儿女，还有一位智障弟弟需要照料，美丽一家人过着清苦并不富足但却很幸福的平凡日子。丈夫山林是一位重情重义、慷慨诚信的江南汉子，影片通过他为贵平叔家送货、护送孕妇秀秀进城治病、借钱救人危难等镜头的展示，一位为人豪爽、乐于助人的硬汉形象跃入眼帘。就在回家途中的路上，山林突遇一场森林大火，按理说，出车一天本已十分疲惫的他完全可以视而不见直接开车回家,给媳妇美丽和女儿红红送上自己精心挑选的小礼物,一家人乐陶陶地说说笑笑,也许这个家庭就会继续着她的温馨、幸福,像天下许许多多普普通通的家庭一样平凡而幸福快乐着。可这不是山林的选择,他立即踩下刹车,义无反顾地冲向熊熊燃烧的火场,与大家一同奋力地扑打着、紧张地开辟着灭火隔离带,意想不到的事情发生了,就在山林忘我地开辟隔离带的时候,一棵被火烧断的大树轰然倒下,来不及躲闪的山林被压在树下,随着大树轰然倒下的特写镜头,一股锥心之痛刺伤了观众的双眼:一个家庭的顶梁柱也随之倒下。

也许撕心裂肺的号哭不能代表什么?重情重义的江南汉子山林并没有随着美丽凄厉的哭声醒转过来,而是扔下一家老弱病残在天国渐行渐远……也许七凑八凑来的抚恤金、赔款不能代表什么?柔弱多情的江南女子美丽只能深夜躺在床上辗转反侧地抚弄着山林走前给她买的发夹……也许来自亲情的安慰、启示、训导不能代表什么?亡夫欠下的巨额债务就像一座大山一样压在了村妇美丽的肩上……当各种蒙太奇镜头的重叠、穿插、交叉,就像一双大手,紧紧地把观众的心抓住,又像锋利的钢叉扎进观众的五脏六腑,一股酸楚的疼痛悄然弥漫全身,让人们情不自禁地为村妇美丽的一举一动感慨、担忧、牵挂起来:谁知这个外表平常看起来柔弱无助的村妇身上竟然有着不同寻常人的坚强果敢!

美丽在丈夫留下一身债务撒手而去的悲伤日子里,没有沉浸在忧伤的陷阱里不能自拔,也没有听从哥哥的规劝另嫁他乡,远离亡夫山林一家老小。经过再三考虑,她在征得年迈婆婆的同意下,毅然决然地来到小学找老师为她起草了一张替亡夫还债的告示。于是,一向沉静的山村又一次轰动起来了:感慨同情者有之,将信将疑者有之,占小便宜揩油水者有之,光天化日之下趁火打劫者有之,正所谓你方唱罢我登场,世态百相纷纷扬扬。

没有欠条,没有人证,没有询问,只要你说一句欠多少签个字就可以拿着崭新的钞票扬长而去,这一幕人世间不多见的离奇一幕就发生在这个偏僻的小山村,就发生在亡夫尸骨未寒的村妇美丽家里,人性之中的高尚、同情、卑劣、无耻等等被美丽这面诚信的镜子无情地曝光了,"诚信"就像照妖镜一样,让我们在赞叹贵平叔菩萨心肠的同时,也不禁暗暗责骂宝生媳妇的势利无情,当然更让我们痛恨的是那些闻讯而来的趁火打劫者,于是,当弱智弟弟山峰带着村长、记者前来解救被绑起来的美丽和老母亲时,群情激奋的村民们终于爆发了,高举着各式工具呼喊着从四面八方赶来追打着路过的骗子……

一场诚信与欺诈、善良与丑恶、高尚与卑劣的正面交锋较量掀起了影片的又一个高潮,一直处于压抑、担忧之中的观众长长呼出了一口气,脸上也露出了一丝轻松的微笑。这样巧妙的剧情设计,除了说明编剧者的匠心独运以外,恐怕与时下人们日常生活中诚信缺失的诸多现象不无关系。

"坚强"这个词语,很容易会让人们想起那些在战火纷飞的战争年代里向敌人阵地奋勇冲杀的英雄将士来,也会让人们想起那些抗震救灾、日夜奋战在第一线的人民子弟兵形象。但要是把"坚强"二字用在这个替亡夫还债的村妇美丽身上,是不是有点小题大做,故弄玄虚呢?

看完影片,我觉得用"坚强"二字来形容村妇美丽实在是恰如其分:在有"人死债亡"一说的小山村里,面对丈夫留下的一家老少和那未知数目的大笔债务,美丽不但没有退却或者再嫁了之,反而迎难而上,在明知有人会趁火打劫的情况下毅然贴出了还债的告示;面对婆婆那由支持慢慢转为反对到最后斥责的眼神,面对因拿走学费钱女儿红红痛苦而又无奈的目光,面对大哥由苦口婆心到恨铁不成钢的规劝到愤怒斥责,面对嫂子推心置腹的交谈忠告,最难的是面对弱智弟弟山峰哀求的眼神和偷偷藏钱倒地哭喊的凄凉,村妇美丽硬是用诚信为人、忠厚传家的美德说服了一家大小,为了兑现"诚信"二字,她做出了常人所不能做或不愿做的惊人之举,用为数不多的抚恤金和赔偿款项偿还丈夫遗留下来的部分债务,最后只身前往城里打工赚钱来支撑一家人的各项开支和剩下的债务。这种不逃避、不靠天、不靠地、不靠祖宗保佑,只靠自己双手去打拼,去支撑起一家老小生活重担的大无畏精神,这种坚持诚信为本、恪守劳动美德的顽强意志实在无愧于"坚强"二字。

电影除了通过村妇美丽"坚守诚信、偿还债务"这条红线贯穿始终以外,还设置了大量的细节供观众玩赏,这些精心设置的细节场景为电影故事的发展增添了可信度和亲近感,它告诉我们,英雄楷模也是血肉之躯,也有普通人的七情六欲,绝对不是那种不食人间烟火的神仙妖人。譬如,山林送货进城的时候为美丽买的发夹,尽管天不从人愿,没有亲手戴在美丽的头上,但在山林离去的日子里,哀伤的美丽深更半夜不停地把玩丈夫留下来的发夹来给自己鼓劲加油,见物如见人,她宁可再苦再累也绝对不能容忍一家人被别人看作是不愿还债和不守信用的人,不能让别人轻看或在背后指着自己的脊梁骨骂;虽然是一只不起眼的发夹,但却是山林与美丽纯真爱情的见证,家境贫穷没有压垮他们,反而让他们活得有自尊和快乐,这种恩爱俭朴的乡村爱情恐怕是山林走后美丽没有改嫁并尽力还债抚养家人的最大动力所在吧!相对于时下"宁可坐在宝马车上哭不愿坐在自行车上笑"的时髦爱情真是有天壤之别!一只发夹不仅见证了勤劳、诚信、助人为乐、见义勇为的救火英雄山林那细致浪漫的爱情观,也见证了坚强、诚信、善良的村妇美丽替亡夫还债的高尚人格和伟大情操!类似这样的细节设置还有宝生媳妇归还多要的钱的小信封,美丽进城打工时顾客脚下无意踢出来的手机等等,这种细节的出现为电影增添了许多情趣,也是剧作者匠心独运的点睛之笔。

一部好的电影,应该有一个令人赏心悦目的优美环境,有一个值得人们学习模仿的主人公,还有主人公身上所发生的催人泪下的动人故事以及故事给社会时代所带来的巨大冲击力。电影《美丽的故事》正是这样一部令人值得把玩、值得推敲、值得借鉴的好电影,在时下这个诚信严重缺失、人生走向迷失、一切唯金钱马首是瞻的商品经济大潮时代中,无疑具有说不尽、道不完的教化作用,值得每一位崇尚诚信、追求真善美的公民前去观看。

作为电影《美丽的故事》最早的策划人之一,看完样片,我的内心再一次为村妇美丽替亡夫还债的举动所震撼,泪水不禁潸然而下。泪光中,仿佛又看到了这位坚强的母亲、诚信的楷模、善良的天使在向我渐行渐近,其身影愈来愈高大,直至高大到要挤压出我藏在厚厚冬装里面的"小我"来!

谁说继母不如娘

——观电影《家里有我》

二十世纪九十年代初看过一部电影,具体情节已经记不清楚了,但电影里的主题歌至今记忆犹新:"世上只有妈妈好,有妈的孩子像块宝,投进妈妈的怀抱,幸福享不了;世上只有妈妈好,没妈的孩子像根草,离开妈妈的怀抱,幸福哪里找……"记得当时影院里一片哭声此起彼伏,令人情不自禁地流下热泪,我当然是这个群体当中的一员。没有想到的是,事隔二十多年后的今天,我又看到了一部令我动容的好电影——金巧巧主演的《家里有我》,只是里面的主人公不再是孩子的亲妈,而是一位人见人爱的美丽后妈。

随着镜头的推移,美丽后妈碧心的幸福小家庭生活进入了我们的视野:天真活泼、聪明可爱的儿子天天,高大英俊、稳重成熟的丈夫韦山成,布置得一尘不染、精致大方的现代化住房,这一切都仿佛在告诉我们,这是一个经济来源丰足、夫妻恩爱举案齐眉、儿子乖巧好学的和谐小家庭。然而有谁知道就因为一次偶然的野游聚会活动,竟然会使这个平时和睦美满的小家庭顿时陷入了风雨飘摇之中:军人出身的某建筑行业老总山成因为攀比心理作祟,硬是要让本来成绩很好的儿子天天转学到收费昂贵的私立学校去读书,而且理由借口特别巧妙充分,说是不想让人在后妈碧心背后指指点点;平时待天天如同己出的后妈碧心则质疑教学水平的高低不仅仅是以学校硬件标准来衡量的,但又说服不了丈夫山成;儿子天天则颇有新奇之感,既没有欢呼雀跃也不会感伤难过,正如他向碧心所表白的那样,只要有老师在,他到哪里读书都无所谓。在一家人出现三足鼎立的分歧情况下,最终的结果就只能是让后妈碧心一个人暗暗牵肠挂肚起来。

　　出身书香门第的后妈碧心做梦也没有想到,自己原来心里若隐若现、模棱两可的种种担忧终于很快变成了现实,各种不如意的事情接踵而来:因为山成的原配妻子、天天的亲妈杨鹃的骄纵,天天在私立学校由被人欺负进而摇身一变成为同学口中的"韦老大",前呼后拥威风八面,学习成绩却急剧下降;碧心爱子心切,不惜委屈自己前去与丈夫原配当面商谈如何教育孩子进而被破口大骂深深刺伤自尊;丈夫山成的姐姐因病住院,姐夫是现役军人无法照顾孩子,儿子子坚也只好寄居碧心家里;原配杨鹃意外出车祸,丈夫山成只好把女儿朵朵接来与碧心同住,让碧心细心照顾;丈夫山成因所在公司资金紧张外出求助被人谣传携款潜逃,一时人心惶惶……家庭琐事、亲戚求助、员工逼债,正所谓"屋漏偏逢连夜雨",因为逼债之故碧心又遭所在公司经理的无情解聘……接二连三的打击摧残并没有让碧心这位美丽大方的后妈垮下来,反倒激起了她身上与生俱来的勇气,硬是挺起那原本柔弱无比的双肩,把这一切都承受起来,义无反顾地一路前行,至此,一位漂亮、坚韧、大度、无私的后妈形象横空出世了,让观众们心里高高悬着的石块终于落下地来,并啧啧称赞后妈碧心的善良美丽。

　　自古以来,后妈在人们印象之中形同巫婆,是一个贬多褒少甚至是十恶不赦的丑陋形象,如何摧残原配留下的孩子,如何虐待丈夫的父母、亲戚好像是她们嫁进丈夫家里来的"神圣天职",说起后妈许多离异家庭的小孩子都会有切肤之痛甚至会不寒而栗。从这个角度来说,电影《家里有我》为我们塑造了一位人见人爱的后妈形象——碧心,为了培养好丈夫原配留下的孩子天天,她把全部心思都用在了天天身上,天天的一举一动她都会特别留心观察,无论是生活和学习方面都视同己出甚至是有过之而无不及。作为女人,能够作出这种牺牲并不是每个人都会心甘情愿的,就算是碧心的亲妹妹也无法理解姐姐的这种举动,何况是一贯骄纵傲慢的原配杨鹃。所以当碧心诚恳登门商讨如何教育儿子天天的对策时,杨鹃不仅不心存感恩,反而对碧心苦口婆心的劝告破口大骂进而恶毒讥讽也就见怪不怪了。

　　如何正确地教育小孩子,特别是那些离异和再婚家庭里的小孩子,这是一个连教育专家都会觉得令人头痛的难题,在这方面后妈碧心有着与众不同的独特方式:一方面培养天天练习书法,一方面和学校老师保持联系,时刻关注天天在校的各种表现,如果不是她巧妙地让天天参加原校的期末考试作一比较的话,恐怕一家人还会沉浸在"私立学校出天才"的怪圈里面,特别是韦山成身上那种借用自家孩子就读学校的硬件来进行朋友之间争相攀比的虚荣心理更是要不得。在这方面,身为天天的亲妈——杨鹃的种种做法就失之偏颇,令观众大为失望:以爱的名义骄纵前夫的儿子,大把花钱,欺压同学,满足于"用钱砸死对方"的虚荣心理;溺爱自己身边的女儿朵朵,只要她学习成绩好,其他的什么事都不用做,甚至连洗菜这样简单的家务活都不让干,试想这样培养出来的孩子就算是成绩能得满分又有什么出息呢?

　　一位是后妈,一位是亲妈,在对待孩子的教育方式上的方法截然不同,不是亲生的天天、子坚最后在碧心的教育帮助下都取得了优异的成绩:天天考了全校第一名,子坚不负死去妈妈的厚望,考取了医科大学。就是那个因妈妈出车祸而寄居碧心家里称呼碧心为阿姨的小姑娘朵朵也躲着亲妈杨鹃不见,要跟碧心在一起生活,这样的场景对溺爱骄纵孩子的亲妈杨鹃们来说无异于当头棒喝,再一次印证了后妈碧心身上所潜藏的教育方式是有着耐人寻味的深层次意义:在时下这个商品经济时代里,许多小家庭里的父母早已忽视了对孩子进行正确的教育,动辄以钱代爱、以钱代教、以钱代罚,认为只要给孩子吃香喝辣,穿名牌、戴名表就是大爱无疆。这或许是编剧所要表达的深层次的如何教育培养孩子的呼声,从这个角度来说,电影《家里有我》里的后妈碧心教育孩子的正确方式与当年鲁迅发出"救救孩子"的呼声有异曲同工之妙!

　　家庭是社会的一分子,只有无数的小家庭和谐相处才能真正组成一个大的和谐社会,正所谓家兴国才旺;爱情是美妙的,婚姻是现实的,如何在两者之间巧妙地经营,这不仅仅关系了夫妇双方的幸福生活,更多的是涉及孩子的身心健康。我们真的希望天下所有的小夫妇都会白头偕老、小家庭都会固若金汤。可是事实却不总是美好的,有聚必有散,有散必有聚。家庭如此,社会如此,国家又何尝不是如此,所谓天下久分必合,久合必分,又何况是一个小小的、不堪一击的小家庭呢?所以后妈这个角色总是会在现实生活中存在的,只是如何做好一个后妈,让原配的孩子和自己亲生的孩子都享受到人间至爱,享受本应该享受的天伦之乐,从这个角度来说,电影《家里有我》为我们做了有益的尝试和深层次的探索。

　　如果现实生活中的继母们都能像电影《家里有我》的碧心后妈一样善良大方、体贴入微,我相信天下所有的孩子尤其是那些离异再婚家庭里的孩子生活一定会充满阳光,充满母爱,处处像宝不像草!

师恩浩荡　父爱如山

——观电影《万年烛光》

绿树、小溪、野鸭、碧水,鸡鸣犬吠,鸟啼声声,一座古老的小石桥上,行人匆匆,影影绰绰。好一幅熟悉而又遥远的小山村画面如诗如梦般地出现在我的眼前,让我仿佛又回到了那远在千里之外的江南小镇。

主人公何子策就是这一片美丽的土地上家喻户晓的乡村中学教师,方圆数十里,上至老翁、下至顽童,几乎没有不知道何老师这一号人物的。这不,大清早的,何老师的儿子家明正在窄窄的小石桥上如斗鸡般地赌气,踢起的小石子"砰"的一声落入水面,激起的层层涟漪一波又一波地向远处漂散开去……电影一开头,就是何老师与儿子家明之间的尖锐冲突,起因是何老师把重点班的尖子生家明强行调入自己所带的普通班学习。就在家明赌气不愿理睬父亲步入学校的时刻,刚刚转入学校的"调皮大王"刘飞在不到二十分钟的时间先后追打三位同学的雷人情景又映入眼帘,众目睽睽之下,刘飞扔出去的书包一下正好砸在闻讯前来劝架的何老师脑门上,剧烈的痛楚让何老师顿时倒在地上晕了过去,而这一场激烈打斗的缘由仅仅是因为同学们对刘飞说了一句"你长得真像外国人"!

随着镜头的摇转,教数学的胡老师和班主任何老师之间又发生了矛盾冲突,胡老师认为像刘飞这种"双差生"或曰"害群之马"就不应该在学校出现,而应该到派出所或少管所去接受劳改教育,并且在第一时间里报了警,素来随和客气的何老师不顾胡老师前来探望自己的好意,甩手离开医务室前去寻找"差生"刘飞的下落,及时挡住了曾是自己收养的学生——警官大壮前来学校拘捕刘飞的行动,最终以江湖大侠讲义气的奇特方式"收编"了刘飞前来自己班上学习。学习也就罢了,而且还安排刘飞坐与自己儿子同桌,此举让心情本来就郁闷不乐的家明更是反感,特别是刘飞上课时不认真听讲不顾劝阻时不时给前面女生背上贴条的调皮行径,让家明本来就颓废不已的糟糕心情更是雪上加霜,几近崩溃,终于在下课放学之后冲着自己的父亲——何老师喊出了"初二(四)都是一群小混混"的激烈之语。

解铃还须系铃人!何老师在儿子家明面前像朋友一样推心置腹地沟通交流,排解疏导儿子家明心中那股莫名的怨气,最后以"上阵父子兵"的道理让家明回心转意,还把人人嫌弃的"调皮大王"、私生子刘飞给带回家中抚养,成为家中的一员!于是,被贪财父亲以出去给富人家当保姆赚钱为由胁迫退学的女生李珊,与爷爷相依为命、在爷爷撒手西去后又拒绝前去福利院度日的优秀学生小武,因祖母年迈、母亲受刺激患病无法继续学业的学生李宏,因父经商被骗破产的学生浩明,都接二连三地先后走进了何老师那并不富裕的小家庭。

多一张嘴就会多一份负担,这期间,何老师与儿子家明之间、几个学生学习生活之间的诸多矛盾也就不断地困扰着每月工资并不高的何老师,除了每天晚上要格外花精力为几个学生补习功课外,还要处理协调好与师母之间的关系,还要面对好几个人日常生活所需柴米油盐酱醋茶等实实在在的各式问题。

苦难自古出雄才,困难压不住英雄汉。外表其貌不扬的何老师,内心的坚强却是无与伦比的,他和师母两个人心往一处想,劲往一处使,在每月有限的薪水面前总是精打细算,宁可自己省着不添加衣物,也要给调皮的刘飞买一双新鞋,给孤苦伶仃的小武准备一件过冬的棉袄,这种悲天悯人、视学生如同己出的博大胸襟,真的不是父母胜似父母,让同事们一赞三叹,悠然神往。

中华民族自古以来就是一个尊师重道的文明国度："一日为师，终身为父"本意就是要做学生的对自己的授业恩师终其一生如父母般尊敬、爱戴；"天地国师亲"更是《论语》中的核心精髓，把老师的位置定位在父母双亲之上；唐宋八大家之首的韩愈老人家对老师职业的定位更是准确无误——师者，传道受业解惑也！可是电影《万年烛光》中的主人公何子策老师却不只满足于传道授业，他不但像父辈一样地照顾着那些学生，还像传说中的江湖大侠一样，路见不平一声吼，该出手时就出手。

孤儿小武是一个自尊心极强、学习成绩十分优秀的学生，在爷爷去世后他三次拒绝福利院的救助，独自爬上大树杈上，用他那独特的方式抗拒着外界对他的干扰，目的之一就是要和相依为命的爷爷继续相守着；可毕竟是一抔黄土，天人永隔，年幼无知的他哪里能够继续和爷爷过着相依为命的生活呢？在这关键的时候，前去为儿子家明过生日买蛋糕的何老师又像"及时雨"一样降落在小武的眼前，经过何老师一番以退为进的说服，这个令人同情而又有着倔强个性的学生乖乖地随着何老师走进了家门，在几个孩子欢呼雀跃地分吃着蛋糕的时候，何家明却分明有一种落寞之感，深感自己在父亲心中的地位远不及那几个收养的学生，面对亲生儿子心中这些微妙的情感变化，何老师又何尝不知道呢？于是便有了月夜父子屋檐下促膝谈心的沟通交流，此情此景不禁让我一阵心酸，身为亲生儿子的何家明和身为一家之主的何师母当时心中是何等的委屈而又无奈啊！可是他们为了何老师视学生如己出的崇高的教育理念，做出了他们本不需要承担付出的巨大牺牲，这样的场景确有"此时无声胜有声"的冲击效果。

尽管何老师悉心照管，何师母任劳任怨，不愉快的意外之事还是出现了，孤儿小武因思念爷爷之苦，悄悄拿了何师母用来买菜买米度日的钱去买冥纸，独自一人带着各式奖状来到坟前祭拜那曾相依为命的爷爷，在坟前，小武哭诉着对爷爷的思念之情，拿出他在学校获得的各种奖状焚烧起来，说是要寄给爷爷，让爷爷放心安息。这撕心裂肺的一幕被匆匆赶到的何老师及时制止了，何老师自降身份，陪同小武一起祭奠爷爷,没有任何空洞的说教,没有声色俱厉的叱责,望着何老师的一举一动,小武真正从内心深处体会到了何老师不是亲人胜似亲人的博大胸怀,终于扑倒在地号哭起来,喊出了偷拿师母钱的真相与无限愧疚,何老师并没有半点责怪之意,反而捂住小武的嘴巴不让他往下说,因为他深知小孩子知错能改就是最大的收获。

在袅袅飘散的一缕青烟里,在高大而挺拔的高大树影下,一老一小默默站在低矮土坟前的背影在我眼前陡然高大起来,何老师那体谅学生、宽容学生、用真情去打动学生的高超育人艺术,给予我一种前所未有的震撼,我蓦然明白一个道理:一日为师、终身为父的前提必须是建立在教师视学生如己出的基础之上。否则,教师一旦视学生为芥草,学生则必定视教师为仇寇。为人之师、为师之道实在不可不慎!

何老师的大侠之风还表现在毅然决然地拒绝学校领导的安排照顾,把进修指标大度地推让给胡老师,以便她早日解决夫妻分居问题;表现在挺身而出保护女学生李珊拒绝去城里人家当保姆赚钱,后又以德报怨去为李珊的父亲安排一份维持生计的工作;表现在为了救助老娘疯的学生李宏,耐心等待妻子的回心转意;还表现在对老师职业不屑一顾、自恃财大气粗、傲慢无比最后终因文化知识欠缺被骗破产的浩明老爸的宽宏大量,毅然接受了这个并非贫困家庭出身的学生来家寄住学习。只是他万万没有料想到的是,就是这个浩明因想早日盼到父亲前来接他而在考试当中冤枉成绩一向优良的家明作弊,此举致使何老师与爱子家明阴阳两隔之时还带着胸中垒块未能消融,这才是何老师胸中生平最大的痛楚啊!

当看到影片当中何老师疯一样地猛劈木柴身体接近虚脱时还不肯罢手的情景,就像有一把刀扎在五脏六腑里一样难受,我知道何老师劈的不是木柴,劈的是胸中与爱子未能来得及化解的纠结:他是多么希望爱子家明在另一个世界里能明白自己心中的苦衷,手掌手心都是肉,任何一个"儿子"的缺失都是他生命之中所不能承受之痛,何况家明是他的亲生骨肉!好在幡然醒悟过来的浩明终于明白眼前的何老师就是自己的亲爸爸,好在小武、李宏、李珊、刘飞这几个懂事的孩子终于明白过来，眼前的何老师就是自己的亲爸爸！

一声何爸爸，几多辛酸泪。

影片的高潮瞬间出现，如潮水一般冲击着我那颗悬着的心，一位不满足于传道授业解惑、因材施教、视学生如己出的乡村教师高大形象巍然屹立在我的面前，泪水不由自主地夺眶而出。

如诗似画一般的江南风景，富有地域特色的民俗文化，着实为《万年烛光》这部电影增色不少。随着各式蒙太奇镜头的摇摆、穿插、交叉、重叠，一幅幅江南美景跃入眼帘，再次凸显了编导们对赣东北这块红色土地上的民俗风情把握得恰到好处，了如指掌，信手拈来，毫无牵强之感，让观众在青山、绿水、小桥、野鸭的江南水乡里悠游一回，既领略到江山如画的诗意，又能从中悟出"好山好水出好人"的真正含义。特别是何老师曾经先后收养过上百名学生，这么多学生如何在短短九十分钟的电影当中表现出来是一个不小的难题，最后导演想到了一个绝妙的好办法，就是用当地民间艺术刺绣荷包的标号来点破玄机，既明白无误地表达了电影所要表现的主题，又让观众欣赏到了万年当地精美的地方文化特色，实在是一石二鸟，起到事半功倍之效。诸如此类的细节设置和小巧功夫，影片当中随处可见、比比皆是，在此就不一一道来。

众所周知，电影是一门遗憾的艺术，总是或多或少地存在着各种瑕疵与疏漏之处，电影《万年烛光》当然也毫不例外。但我要说的是，电影主人公何子策老师身上那因材施教、视学生如己出的教育理念是永远不会有遗憾的；他那师恩浩荡、父爱如山的高大形象将永远铭刻在赣东北这一片青山绿水之中，成为世界稻作之乡——万年教育史上一座不可磨灭的指路明灯。

远去的呐喊

——读诗集《在前沿》

在我的记忆当中,和鲁煤先生一起参加过多次学术研讨会,仅仅是从座牌上得知老先生的大名,因为不是同时代的人,所以几乎没有进行过交谈,更谈不上有什么交情。真正认识鲁煤是在田间先生诞辰九十周年学术研讨会结束之后,在中国现代文学馆正门的场地上,我和几位出席会议的前辈们在一起合影,其间他问过我的名字后,和我开了一个友好的玩笑:

小江同志,你这么年轻,又是学会副秘书长,又是常务理事,应该是我的领导,我是你的兵!

我也开玩笑地回答老先生,"您老要这样说的话,可折杀晚辈也,我就是帮您提鞋子都不合格哟!"逗得他哈哈大笑起来,我这才知道大名鼎鼎的鲁老原来是这么一位可爱风趣的长者,可惜我们见面的机会并不多,对他的了解仅此浮光掠影!

读了诗歌卷《在前沿》一书才恍然大悟:原来从年轻时起鲁煤就是如此的才华横溢、卓尔不群,深得中国当代文坛两位前辈大腕——胡风、周扬先生的褒奖提携,正应了那句古话:人不可貌相,海水不可斗量。要不是有《在前沿》一书为证,我怎么敢相信那个和我开玩笑的、其貌不扬的老人家竟然会是"七月诗派"的重要代表作家之一。我一边为自己的孤陋寡闻深感惭愧,一边如饥似渴地品读着这些铅印的、黑白分明的文字。此时此刻,眼前出现的鲁煤不再是文绉绉的诗人,恍如一位骑着高头大马踏步向前、冒着敌人炮火勇敢冲杀的无畏战士,只是这匹"马"不是一般意义上的马,而是常人不易驾驭的诗歌之马!

一个振臂一呼、应者云集的呐喊者形象悄然矗立在我的眼前:

被逼于敌人的炮火/当我提脚向前/我把国土留在后面/我把爹娘丢给敌人——/我是民族的不肖子孙(1944年5月下旬,白杨镇)

这是诗人写于一九四四年抗战后期的诗歌,面对日寇的疯狂入侵,到处烧杀抢掠的罪恶行径,代表一个国家尊严的政府军——国民党军队不但不敢起来抵抗,以期保家卫国、拯救黎民百姓于水火之中,反而望风披靡,不战而逃。这样腐败无能的政府和军队让身为年轻教师的诗人深感无奈,只能以诗歌的形式喊出自己内心深处的愤懑与痛楚:既痛恨自己无力上前线杀敌报国、拯救黎民的软弱无奈,又痛恨反动政府军队只顾自己逃命而置百姓于不顾的可耻行径,所以诗人以"不肖子孙"为题发出了强烈谴责反动当局、大声呼唤有志之士团结起来保家卫国的呐喊之声。

《我愿越过墙去》也是这样一首悲愤的呐喊之诗。当时诗人正在重庆磐溪国文艺术专科学校读书,重庆是抗战的大后方,国民党政府的高级官员都龟缩在这个歌舞升平的花花世界里,整日醉生梦死,极尽享乐,哪管前方驰骋疆场的将士们正在浴血奋战、英勇捐躯,正所谓"商女不知亡国恨,隔江犹唱后庭花"。身处这样的高墙大院之内,诗人再一次用手中的铁笔发出了悲愤的呐喊之声:

我愿越过墙去,/看遍地的油菜开花;/我愿越过墙去,/听小鸟说些什么话;/我愿越过墙去,/把那争执的孩儿劝解;/我愿越过墙去,/向着春天出发!(1945年春,重庆磐溪,国立艺专)

对反动政府不敢抵抗的一再失望,对祖国大好河山落入敌手的焦虑与痛惜,对亲友同胞惨遭杀戮的愤怒与哀悼,促使诗人要越墙而出,冲破这囚笼的禁锢,去寻找新的光明,去寻找真正肩负着民族希望的革命队伍,投身于热火朝天的抗战前线。这样的呐喊声充满着向往胜利和自由的渴望,就像苏联伟大作家高尔基笔下的海燕一样,把一个不愿自甘堕落、有志于报效国家民族的热心青年形象描写得淋漓尽致,跃然纸上。

在抗日战争和解放战争年代里,鲁煤的诗歌曾被誉为站在革命最前沿的呐喊声,是战场上冲锋陷阵的进军号角,这时候的诗歌创作也是诗人一生当中引以为自豪的高峰期,比如《敬礼,向你练兵的》这首诗:

……/ 看吧 / 新兵们 / 教练们——/ 这是夜 / 大反攻的前夜 // 捷报 / 像黎明的鸡啼 / 已响遍四方 // 胜利 / 像黎明的彩霞 / 已四处闪光 // 我们 / 将丰收胜利——/ 胜利 / 像五月的麦收!/……(1947年6月5日)

句子短小,节奏明快,朗朗上口,鼓动性强,就像号角一般,把战士心中的杀敌士气鼓荡得饱饱满满的。作者的诗也"像黎明的鸡啼"一样,嘹亮、急促,颇有"雄鸡一唱天下白"的气势。短小精悍的句子就像一把锋利的尖刀,直刺敌人的心窝,令敌人闻风丧胆,大长人民子弟兵的志气。这样像号角一样满是战斗激情的文字在《祖国呵,假如敌人侵犯你》等诗篇中亦能读到,正如杰出诗人、文艺理论家胡风先生所说的"诗人和战士是一个神的两个化身"。难怪当年胡风先生一见到诗人的作品就情不自禁地夸奖说:"这是一个小天才!"

如果说鲁煤的诗歌对敌人是站在斗争的前沿阵地上作金刚怒目式的"横眉冷对千夫指",那么对于人民内部的丑陋现象和一些不尽如人意的人或事进行鞭挞时,更多的则是"哀其不幸,怒其不争"式的同情与宽容!这样感慨万千又万分无奈的复杂情感在他的诗中不时流露出来,比如打倒"四人帮"以后创作的《在公判大会上》:

……/ 突然,像猛挨刀扎,我心巨痛 / 像突发地震,把我猛晃两晃——/ 呀,我看出,押上的罪犯行列中 / 有几个是少年模样 // 我悲不自胜,热泪欲涌 / 但是,大敌当前,我为何心态异常?/ 难道罪犯是少年,我就该 / 犯资产阶级人性、菩萨心肠?/……/ 但是,我也可怜他们啊 / 本是人民子弟,社会主义接班人 / "四人帮"培养

文盲、流氓、匪帮/拉他们陪自己走向刑场(1978年5月13-16日)

同样是站在拨乱反正的前沿阵地上大声呐喊,但作者对这些被"四人帮"蒙蔽教唆的少年罪犯更多的是爱怜与痛惜。尽管作者自己落难时也曾遭受严重的迫害打击,但诗人悲天悯人的人文情怀在长达二十五年的摧残中依然没有被泯灭,良知仍在。"像猛挨刀扎,我心巨痛""我悲不自胜,热泪欲淌"这样的文字与鲁迅当年发出"救救孩子"的呐喊之声实有异曲同工之妙,又岂能是"资产阶级人性、菩萨心肠的思想在作怪"之论所能概括的?

"诗歌合为时而著"。鲁煤的诗歌都是顺应社会时代的需求而横空出世的。改革开放是一桩值得称赞的新生事物,早在大家都在观望怀疑改革开放的前景时,诗人就看到了这一新生事物的巨大优越性且用诗歌"鼓与呼",借以表达自己对国家民族前途的翘首企盼:请看《专访中国大酒店纪实》一诗中作者思想感情的前后变化:

……/我心头的热血立即冻成一盆冰水/又像怒火上锅炉里开水沸腾:/三十六年前,中国人民已经站起来了/人人都成了新中国主人/城市、乡村、工厂、矿山和/一切社会财富的主人//领袖、干部、工农兵群众,分工不同/但一律平等,统称同志,不分高下贵贱/不存在专门伺候别人的奴仆/也没有专受别人伺候的贵人/但今天,为什么/我们年轻的后代又沦为奴役?/外国人又比中国人高出一等?/神圣的中国地,又开张了一爿半殖民地?/……/吃不好但又饿不死的大锅饭/拿到手就丢不了的铁饭碗/惯坏了、腐蚀了太多的年轻人/穷国里养成了阔少脾气/懒懒散散,拖拖沓沓,不推不动/老一辈忙死,他们闲死/忙里偷闲经营自己/社会主义家业面临坐吃山空危险//而今天,他们投入现代化熔炉中/矿石炼成铁,铁炼成钢,钢炼成材/这正是我们老辈人的初衷/革命人生价值的衣钵真传/我呀,不该再思想僵化,护犊、溺爱!(1986年底,北京)

由愤怒到喜悦,由极度厌恶到心理平衡,由感性到理性,诗人的思想来了一个一百八十度的大转弯,敏感地认识到改革开放的必要性和迫切性，并由衷地发出了对改革开放的大声呼唤，同时也委婉地批评了那些死守在大锅饭旁边"宁要社会主义的草不要资本主义的苗"的"左倾"思想和强调"一大二公"的僵化保守。对于一个从炮火纷飞的战争年代中走过来的老人来说，思想上能有这样大的转变是多么不容易。何况诗人还把这种观念上的转变过程通过诗歌手法表现出来并大声疾呼，可以肯定的是，其灵魂深处必定经历了一番痛苦不堪的自我"否定和扬弃"！

当然，诗人对待事物发展变化过程的观察是辩证的，也是理性的，绝不盲目僵化保守，尽管他对改革开放的政策是举双手赞成的，但对在这个过程中出现的各种假丑恶现象，诗人也毫不含糊地大加鞭挞，绝不姑息养奸，这样明辨是非的"火眼金睛"同样在诗歌中得到很好的表现。比如，《一只企鹅》：

……/开发者呵，我佩服你有经营头脑，生财有道/劫来寒带珍禽，向热带居民推销/奇货可居，横赚大钱/但我诅咒你见利忘义、人性泯没/把弱小的生灵任意糟践/我这个从地狱里逃脱的生还者/最了解强暴者的残忍、无辜者的苦难！（1989年3月15日，深圳）

新时期的社会变革是巨大而深刻、复杂而多变的，在各种变幻纷纭的思潮面前，诗人的目光同样与众不同：大家都陶醉于改革开放的大好形势，在一片歌功颂德的欢呼声中洋洋自得时，诗人却独具匠心地看到了改革开放以来某些不法商人身上见利忘义、人性泯灭、贪婪无耻、唯利是图的阴暗本质，寥寥几句，就把不法商人的卑劣手段刻画得入木三分，一针见血！看看如今市场上泛滥横行、层出不穷的"毒奶粉""毒大米""地沟油""苏丹红"等恶性事件，就可以得知诗人那独到的眼光有多么深远，从他血管里流出来的呐喊声音又是多么振聋发聩、发人深省！

三十年改革开放的确为国人的精神面貌和物质生活带来了天翻地覆的巨大变化，中华民族也步入快速发展的历史轨道并逐渐走向富强之路。但毋庸置疑的是，在打开国门迎来"凤凰喜鹊"的同时，也不可避免地招来了各种"蚊蝇臭虫"的肆虐横行,这些"害虫"所造成的灾难表现在诗歌创作方面最明显的就是后现代主义诗歌写作,这些所谓"非非化""日常化""解构化""色情化""神秘化""垃圾化"的创作浪潮一波未平一波又起,让各色诗人纷纷粉墨登场,一头扎进了声色犬马的旋涡。除了对生活的怀疑、否定和对欲望满足的疯狂追逐,再没有其他东西。艺术的高贵情趣和精美品质被他们完全消灭,这种歪风邪气曾激起了广大文艺队伍中有良知的老艺术家们的强烈愤慨和抵制。请看《这样的诗歌》:

首先自伤手脚/使它们残缺异化/如此触摸、感受世界/然后写诗、编诗//首先食物中毒、水泻、发烧/一时清醒,一时呓语/如此观察、体验世界/然后写诗、编诗//首先孤傲、乖戾,颠覆一切常情常理/对一切健康感觉挑刺儿、找碴儿/如此拥抱、亲吻世界/然后写诗、编诗/……/切不可狂热推行唯我独尊/炸毁人类文化遗产/砸碎祖传的古典与革命诗歌/营造可悲的单极世界(2001年11月3日,北京)

作者用幽默、辛辣的语言把"后现代派"诗人充当"救世主"实则将诗歌创作引入歧途、让一代乃至数代青年人陷入万劫不复的"后现代"泥淖的美丽画皮一一撕开,暴露出他们主张"告别革命""拒绝崇高""解构英雄"的丑恶嘴脸,痛斥他们貌似激进实则"残缺异化"的本来面目。"孤傲、乖戾,颠覆常情常理""唯我独尊""对一切健康感觉挑刺儿、找碴儿""毁灭传统文化""砸碎祖传的古典与革命诗歌"这样的准确定位,把"后现代派"诗人"导致文学作品对思想和意义的取消,粗制滥造,极大地迎合了时代的粗鄙要求,使文学作品支离破碎,变成一块块没有意义和内在结构的文本碎片,也使文学作品从根本上失去人文价值高度和面对世界的言说能力"的严重恶果暴露于光天化日之下。最近中央领导人明确指出,要引导广大文化工作者和文化单位自觉践行社会主义核心价值体系,坚持社会主义先进文化前进方向,坚决抵制庸俗、低俗、媚俗之风。总书记的重要讲话距离诗人创作此诗的时候已经过去十几年了,历史再一次证明了诗人对时代脉搏的准确把握、对革命文艺的坚定立场和疾恶如仇的可贵品质。诗如其人,这是我在读《在前沿》诗集时在诗人身上所能感受到的强烈的时代气息。

在诗歌的写作与领悟方面,我们不得不佩服诗人那与众不同的、能穿透时空隧道的锐利目光。早年因为写作《星之歌》而遭人批评"小资产阶级青年的矫揉造作和虚假的乐观主义",直到六十年后的二〇〇四年,诗人才"真相大白"起来:"坚信毛泽东战略指挥的绝对正确,坚信有解放区军民的力量和自卫战争的正义性质,绝对会最终战胜反动派,这信念已深入骨髓,形成潜意识。所以在诗中把失去土地的撤退视为通向最后胜利的必由之路,心境活泼、欢悦、幸福、陶醉,就是自然而然的了。"我以为,好的诗歌,应该是文字金字塔尖上的皇冠,而诗人就是这样一位几十年来不断锻造打磨一顶又一顶皇冠的"苦行僧"!

关注社会底层群体的生存状态,关注民生,是诗人新时期诗歌当中的一大亮点。请看《不是对话》:

> 头顶酷日,几个农民工/在居民楼间绿地上剪草、灭虫//一对少男少女,在二楼阳台纳凉/口呷冷饮,看楼下风景//农民工不服气他俩,悄悄议论:/就凭有城市户口,事事比我们走红/在家是"小皇帝",爹妈"称臣纳贡"/有钱上学,卖知识赚大钱当股东。/我们兄弟姐妹辍学,进城打工/盖大楼,修地铁,当保姆,看公厕,搞街道卫生/没有乡下人,城里人会脏死、臭死——可是为什么,你我不平等?!//少男少女轻视农民工,低语嘲弄:/全怪爹妈把你们超生,超生不停——/越穷越生,越生越穷/我们独生子女为国为民分忧/你们把人口爆炸灾祸转嫁给我们和公众/广袤城乡人口密集,水泄不通/谋生路上你拥我挤,寸步难行……/你家已成制造劳动力专业户/出卖苦力,命中注定……(1990年8月)

《不是对话》这首诗恐怕是新时期以来较早反映农民工群体生存状态的诗篇。诗人通过臆想中一对养尊处优的少男少女和一群头顶烈日、辛勤劳动的农民工之间的对话,揭示出新时期以来社会上不断出现的贫富不均和劳动成果分配不公的反常现象。联想到几年前党中央、国务院大张旗鼓专门为农民工颁发讨要工资的红头文件,社会各界群起关心弱势群体的生存状态,就可以明白诗人的超前思维是如何的难能可贵!从而再一次印证了诗人作品的不同凡响之处,在长达七十多年的诗歌创作生涯里,他时刻不忘利用手中的笔杆为民众"鼓与呼",时时不忘自己作为呐喊者的形象兀然挺立在诗坛的前沿阵地上。

何谓呐喊者?我以为,应该就是那些在思想意识形态上有着与众不同的、有着自己独到见解的、可以振臂一呼应者云集的先知先觉者。诗人鲁煤就是中华民族几千年历史文化长河中为数不多的、可以称之为呐喊者的一分子。当年曾读过鲁迅先生的《呐喊》《彷徨》,如今又读到了诗人充满呐喊之声的《在前沿》,其中隐藏的意味深长难道不是一种可遇而不可求的缘分?

读鲁煤先生的诗集《在前沿》,仿佛时时能听到一种来自远方的呐喊声音,只是这种声音离我们现在的日子已经渐行渐远!

鼓角声声犹入耳

——读诗集《田间》

假使我们不去打仗,/敌人用刺刀/杀死了我们,/还要用手指着我们骨头说:/"看,/这是奴隶!"(1938年作)

这是我当年在中学讲台上为学生讲解过的一首诗,尽管那个时候对诗歌理解肤浅单薄的我还谈不上赏析诗歌,讲解过程当中免不了还会有"照本(教学参考书)宣科"之嫌,但诗人田间的名字却在我的脑海里留下了实实在在的、不可磨灭的印象。没有想到北上漂流的日子里,我居然会有机会参加"时代的鼓手——田间学术研讨会"这样高规格高档次的学术活动,居然会有幸得到田间夫人葛文老亲笔题签的、由人民文学出版社结集出版的"中国当代名诗人选集"之《田间》卷。

说实在话,来京之前对田间这位"七月诗派"重要代表诗人的作品了解仅此一首诗而已,除了说明我的孤陋寡闻以外,实在找不到其他的推脱之词。我怀着诚惶诚恐的心情细细品读诗集《田间》,很快,我那平日浮躁不定的灵魂悄然跟随着诗人的文字回到了七十多年前那个"国破山河在"的苦难岁月里,透过字里行间,眼前不时映现出一幅幅鼓角齐鸣、杀伐之声四起的战争场景,面对中华民族几千年来不甘屈辱、奋勇反抗外来之敌的大无畏精神,一股崇敬之心从心底油然而生。比如卷首诗《中国底春天在鼓舞着全人类》:

中国底春天/走过——/无花的/山谷,/走过——/无笑的/平原,/望着它底/曾经活过了五千年的人民,/人民底/肩膀,/在倚着/壕沟,/人民底/手,/在抚着/枪口,/向法西斯军阀/人民底/公敌/坚决战斗。//中国底春天生长在战斗里,/在战斗里鼓舞着/全人类。

诗人寥寥几笔,就把一幅全民浴血奋战、抗击入侵日寇的悲壮场景勾勒出来,跃然纸上。平淡无奇的文字经过作者的精心组合,在作者的笔下爆发出了巨大的力量,仿如一把正在吹响的战斗号角,召唤着、鼓舞着热血健儿奋勇搏杀疆场,去向人民底公敌——日本侵略者讨还血债!曾经被日寇糟蹋得到处都是"无花的山谷,无笑的平原"的中华大地,此时此刻却处处呈现出一派"人民底肩膀,在倚着壕沟,人民底手,在抚着枪口,向法西斯人民底公敌坚决战斗"的大好形势,这样的美丽画面不正是当时每一个身处水深火热之中的炎黄子孙日思夜想所企盼出现的奇迹么。祖国大好河山,岂容外族异类肆意糟蹋!于是,诗人寄寓"中国底春天生长在战斗里,在战斗里鼓舞着全人类"的美好希冀也就顺理成章,水到渠成。

诗人笔下像号角一样富有鼓动性、战斗性的激越篇章在集子里比比皆是,随处可见,比如《棕红的土地》《这年代》《回忆着北方》《到满洲去》《义勇军》《儿童节》《保卫战》《曲阳营》《她底歌》等等,还是让我们来诵读那首脍炙人口的长诗《给战斗者》吧:

……七月,/我们/起来了。//嘹亮的号角,/昼夜地吹着,/吹着,/吹着;/我们一齐奔上战场,/决心消灭强盗!/我们立誓:/誓死/保卫中国。//……我们/复仇的/枪,/不能扭断。/因为我们知道/这古老的民族,/不能/屈辱地活着,/也不能/屈辱地死去。//我们一定要/高举双手,/迎接——/自由!/……在诗篇上,/战士底坟场,/会比奴隶底国家/要温暖/要明亮。(1937年12月24日,武昌)

作者就像一个站在高山坡上振臂高呼的斗士,又像是战场上冲锋陷阵时吹响的嘹亮号角,发出了振聋发聩的呐喊之声!众所周知,一个没有气节贯注的生命个体虽生犹死,一个没有脊梁支撑的民族在世界上同样无法立足生存。身为诗人和斗士的作者,对于这个生存真理自然深味其中,这种"山河破碎,风雨飘摇"的切肤之痛让他手中之笔化为了战场上锋利的投枪、匕首,化为振臂高呼应者云集的号角,向那些抗争者勇敢地发出了"与其匍匐地活着还不如勇敢地去死"的召唤,振聋发聩地指出"这古老的民族,不能屈辱地活着,也不能屈辱地死去。我们一定要高举双手,迎接——自由!"的亘古真理,"生活就要战斗,高贵的灵魂,宁死也不屈服"的坚贞不屈,让作者得出了"在诗篇上,战士底坟场,会比奴隶底国家要温暖,要明亮"这一放之四海而皆准的生活哲理。诗人这个时期的大量作品在审美情趣上和杰出诗人、文艺理论家胡风先生"诗人和战士是一个神的两个化身"的论断简直就是不谋而合,正所谓英雄所见略同!难怪当年胡风先生和闻一多先生见到诗人的作品都不约而同地大加赞赏并亲自撰写书评向文坛大力推荐!

对敌人无比地恨,就是对人民无限地爱;对祖国大好河山的无比依恋,就是对外来强盗入侵的格外憎恨。诗人这种强烈的爱憎观就像散落的蒲公英一样跨越了国界的局限,上升到了对全人类热爱和平的广大人民的爱和对侵略者的恨,这种强烈的爱憎感情同样在诗歌当中得到了很好的体现,请看《给一位女郎》:

在一棵大树旁,/ 强盗叫你歌唱,/ 女郎你宁肯死,/ 不向敌人投降。// 美国强盗,强盗,/ 把你挂在树上,/ 用火烧死了你,/ 你死也不投降。

当我走到树旁,/ 我听见你在歌唱,/ 歌声冲出坟墓,/ 好像号角一样。// 当我走到树旁,/ 我听见你在歌唱,/ 这支歌叫"反抗",/ 传遍你的故乡。

女郎呵朝鲜女郎,/ 我想拿一把琴,/ 放在这棵大树旁,/ 放在你的墓上。// 我要为你弹琴,/ 我要伴你歌唱,/ 在你的歌声中,/ 高举复仇刀枪。(1951年6月)

全诗分三节,第一节,明白如话的文字、冷峻平静的叙述语气,寥寥几句就把美国强盗入侵朝鲜烧杀抢掠的滔天罪恶暴露于光天化日之下,顽强勇敢的朝鲜姑娘宁死不屈,就像当年山西的刘胡兰烈士面对敌人的铡刀一样不动声色,从容就义,平静叙说的下面,其实蕴藏着的是诗人那愤怒激越的强烈愤慨之情！在第二节诗里面,诗人已激动得无法抑制自己强烈的思想感情,以至从树旁走过居然能够听到死去的姑娘在不屈地放声歌唱,唱着一支名叫"反抗"的曲子,仿佛当年抗日义勇军高唱"大刀向鬼子头上砍去"一样,气势磅礴,坚不可摧。只是当年的义勇军如今已化身为朝鲜美丽的姑娘,凶残的日本鬼子已变幻成来自大西洋彼岸高鼻梁、蓝眼睛的美国野兽。在诗歌的第三节里面,诗人又吹起了他那独特的战斗号角,只是这把号角已经幻化为诗人手中的琴弦,诗人要鼓琴伴奏姑娘去反抗,去复仇,去为惨遭强盗肆虐的朝鲜人民报仇雪恨,把凶恶野蛮的美国强盗从朝鲜美丽的大好河山上赶出去,重建美好的家园。

"诗歌合为时而著"。诗人的战斗号角不仅仅着眼于歌颂人民反侵略反压迫,其实在某种程度上,诗人更加重视对和平自由的追求,这种美好的人文情怀在诗人出访亚、非、拉等友好国家时所写的诗篇当中流光溢彩,美不胜收。比如《苏丹女儿》中的"自由儿女银项圈,她比紫罗兰更美,一曲自由之歌,招来春天的溪水"。《尼罗河畔》中的"岸上篝火升起,白帆向前轻划;大自然像一位画家,正在船上坐着啦"。《月和船》中的"我向白帆与明月,发出一封请柬：——驾大风,——挽狂澜。朝日红霞旗上染,同为劳动人民唱凯旋"。《白帆》中的"谁知这一页白帆,记下五千年时间？谁知这两岸绿叶,曾是诗歌的摇篮？尼罗河老人在船上,他正在和新月攀谈。尼罗河鹤发童颜,未来的美景无限。白帆请带上这首诗,远航吧真理是岸"！《石像辞》(又名《自由颂》)中的"自由呵你在哪座山？自由呵你在哪层天？美国是一个大监狱,自由神也成了囚犯。自由并不在美国,美国已经把自由绞杀"。"黄金难买自由心,锁链难锁自由心。世界上少一头豺狼,自由就多生一棵芽。世界上少一个暴君,自由就多开一朵花"。等等;对和平自由的呼唤追求,又何尝不是对专制统治的反抗斗争,从这个角度来看,这些美丽诗篇同样是诗人战斗号角般的一个重要组成部分。

通读全书以后,我以为在诗人的写作世界里,诗的意象是美丽的,语言是口语化的,诗意是深刻的,尤其令人称奇的是诗人创作时候取材的广博,几乎到了无处不在的程度,大凡日常生活当中所见之物均可在诗人的笔下化为优美的意境:比如赛马、柳树、鸽讯、鹿、喷泉、祁连山、莫高窟、枣树、咏鼓、沙枣花、旭日、水仙、云雀、棒槌峰等等,正是一花一世界,一物一诗词。印证了诗人自己所说的:"诗是一种风声,诗是一种火光,诗是一种雷电,诗又是高度文化的一种象征。不应该是局限于某一方面。每一首诗,似乎是一个世界的缩影。"这些诗句当中处处闪现着诗人敏锐的目光、灵动的构思、深邃的意境,让那些从诗人血管之中流出来的文字既具民歌简练、通俗之长,又兼有小说谋篇布局之宏阔,更富有诗歌意境之深邃、散文情感之充沛,如泣如诉,读起来节奏强烈,如鼓点一般振聋发聩,内容质朴而丰富,刚健又不失其意韵,简洁而富有张力。实在是诗歌当中的上乘之作!如《蝴蝶》一诗:

看 / 白的蝴蝶 / 像剑 / 闪过去 // 不久 / 又闪回来 / 银铃一般 / 轻轻地响着 // 它,响在 / 麦地上 // 好像为了麦地幸福 / 它不倦地 / 闪耀在青苗上 // 我们 / 去追逐它吗 / 不啊,/ 它爱在那儿闪耀 // 它,它 / 爱春天 / 它也不怕 / 在这片田园上 / 滴下自己底血 // 而我们 / 田园 / 新的法律 / 决定欢迎 /(一切革命者)

蝴蝶给人的印象一向是花里胡哨的小动物,或称粉蝶,或曰彩蝶,自古以来就是文人墨客用来经营推销爱情的最好媒介,甚至还曾是哲学范畴里的经典命题之一。"庄生化蝶"还是"蝶化庄生"的典故,历来就是哲学家们争论不休的话题,在她的背后不知隐藏着多少人生的智慧和玄机?"梁祝化蝶"的哀怨故事更是家喻户晓、流传千古,可诗人偏偏就选中这样一个人人皆知的小动物,硬是用生花妙笔、寥寥几句就把她点化成一个"为了麦地幸福""爱春天""不怕在这片田园上滴下自己底血"而备受人民群众爱戴敬重的战士形象或曰革命者形象。这样融精巧的构思、美丽的意象、深远的意境为一体的"点铁成金"术,充分显示了诗人煮字生涯里练就的高超非凡的艺术功力,读来真是令人一赞三叹!

　　余生也晚,无缘得见诗人一面,亲聆教诲;余生也幸,在时下这个商潮滚滚、文风低吟不见当年之强劲的世俗日子里,居然有幸读到了这样一本好诗集,从字里行间认识了一位从乡间走出来的平民大诗人,得以沐浴在大师构筑的文字光环里独得其乐,甚幸!

　　田间——一位来自乡村田间阡陌、吹着战斗号角数十年后又重新回归田间阡陌的战士诗人!阅读《田间》,仿佛有一阵激越的鼓角声从远方的天际遥遥传来,回音绕梁三日,久久不绝。

　　孔子曰:"三月不知肉味!"信乎?

一处灵魂栖居的精神家园

——诗词赏析

一

古人云:诗缘情。《心荷舒卷集》就是这样一部诗歌集子,自始至终都贯穿着作者心中浓浓的情感。打开诗集,一股浩然正气便充溢着文字的沟沟壑壑,一览无余地展现在读者眼前:

> 那是河流的一架傲骨 / 是浪涛凝固的背影 / 放眼望不到头的沙石 / 仍保持向前滚动的模样 // 严酷的命运和一路腾跃 / 岩石被挤压和打磨得溜圆溜圆 / 曾经养育人们生息繁衍的母亲 / 乳汁已不再为岁月流淌 //（《河床,浪涛凝固的背影》）

人不能两次踏入同一条河流。是的,岁月之河其实就是一条没有回程票可买的茫茫不归路,只要踏上就不可能再回头,她不会为任何虔诚挽留的信徒们停下那匆匆的脚步,可是那支撑着河流前行的傲骨却永远不会消失,那浪涛凝固的背影始终会保持着向前滚动的模样。这就是作者心中那条涌动的岁月之河,尽管作者已解甲归来,但骨子里那股冲天豪气依然在奔腾不息地涌动前行,"廉颇老矣,尚能饭否?"这样的苍凉之情同样在作者心中滚动着,面对远去的峥嵘岁月,曾经满怀凌云壮志的作者不得不发出"乳汁已不再为岁月流淌"的慨叹!

是人,就得有感情;是军人,就得有豪情;是诗人,那还得有一腔侠骨柔情在血管里奔腾不息地流淌着、奔腾着。对诗人而言,如果笔下没有"情义"二字可言那将是可怕的、也是不可思议的,就算是著作等身也只能算是一位伪诗人、一位码字者或者一位只会在电脑键盘上敲空格键的"羔羊体"诗人。"飘洒的小雨/多像柔曼的乐曲/随着细风温软扬洒/拨动优美跳荡的旋律"(《飘洒的小雨》)大自然中司空见惯的雨丝历来就是诗人信手拈来填词入诗的好素材,君不见,戴望舒笔下撑着雨伞的丁香女子在小巷里幽幽前行的浪漫柔情、袅娜多姿,陆游笔下"小楼一夜听春雨,深巷明朝卖杏花"的孤独寂寞、愁思满腹,杜牧笔下"清明时节雨纷纷,路上行人欲断魂"的伤心欲绝、凄清悲苦……如今,飘洒的小雨在作者笔下却变成了一首首柔曼飞扬的乐曲,跳动着优美和谐的旋律,在天空中悠然前行、余音袅袅。一位铮铮铁骨的军人硬汉,能信笔写出这样温软轻柔的诗句,正是作者身上侠骨柔情的真实写照!让读者更为惊喜的是,这样的诗句在集子当中俯拾皆是,随处可见:

清新透明的空气/飘散着湿漉漉的温情/我不知道是朝霞点燃了爱情/还是爱情点燃了朝霞/朵朵浪花摇曳着彩色的梦(《多情的海滨》)

大凡日常生活中寻常可见的落叶、河流、云朵、雪花、樱花、藤蔓等等,无不在作者的笔下变成美丽的意象、深刻的寓意和意味深长的韵律。寥寥几笔,便让这些原本普普通通的寻常之物赋予人类特有的情感与灵气,如影随形于读者周身上下,读来仿佛吃了人参果一样令全身三万六千个毛孔无一不舒服畅快:兴奋冲动之时,令人血脉偾张、豪气顿生;缠绵悱恻之时,则催人泪下、欲罢不能……

鲁迅先生有诗曰:"无情未必真豪杰,怜子如何不丈夫?"我以为用这句诗来标识《心荷舒卷集》的作者是恰如其分的。只是作者在诗中怜惜的不是"子"是"你"罢了!这个"你"在诗中出现在频率极高,书中几乎有一半的诗句都在写这个"你","你"字音通"女",更准确地说"你"是"伊",可以肯定她就是作者心目当中一位圣洁的女性或者说是作者心目当中的人间天使，美的化身。这种对真善美的追求和向往，让作者笔下流出的文字格外诗情澎湃、酣畅淋漓：

  想你的灯／亮在梦里／让我对你的迷恋／映印成美好的事物／／我看到，优雅的美人鱼／在思念的天空飞翔／美丽的金丝鸟／在孤独的海洋里游动／／我看到，湿润的弯月如肌肤／在枝头绽放成花朵／细软的风似絮语／在枕边激情地飘落／／想你的灯／亮在梦里／在梦里，暗夜不再沉寂／幸福在心头欢唱(《想你的灯，亮在梦里》)

  柔情蜜意的相思、空灵高雅的境界、清新恰当的比喻、明白如话的诉说、巧妙营造的意象，在读者面前三言两语就勾勒出了一位飘飘欲仙的天使画像来，这样技艺高超的丹青佳作出自一位文坛圣手也就罢了，可是偏偏出自一位从军营中走出来的作者之手，这就不得不令人刮目相看，慨叹不已！

  自古以来，军人在世人眼里就是杀人不眨眼的另类人物，所以那些千古流传的诗篇当中除了"但使龙城飞将在，不教胡马度阴山"的冲天豪气，"谁敢横刀立马，唯我彭大将军"的颂扬赞叹，更多的是"一将功成万骨枯"的敬畏与抱怨，"将军白发征夫泪"的无奈慨叹……倘若要用那指挥千军万马、舞刀弄枪的双手来拿笔杆子写文章就不是一件容易的事。可是《心荷舒卷集》的作者却做到了，他不但写得一手好文章，甚至还兼具"精骛八极、心游万仞"的特异功能，在诗歌的太空里，他那双洞穿世情、遥接宇宙的目光所到之处远非千里之外，简直就是万里之遥：

  我看见，你驾着云车／飘过我的头顶／仅仅对视一瞬／你的目光便穿透我的心／我站立的地方／尽管水草丰美，缤纷如梦／但我清楚地知道／仙草不会在地上萌芽／云车不会为我停留／／我步履踉跄／却依然追逐着我／想依托你的翅膀／做一个飞翔的梦／可看着你／渐行渐远的背影／只好踯躅在风中／伴着辽阔的孤独／在这月缺的夜晚／定格成／茫然而苍凉的姿势(《追逐着你的背影》)

  超凡入圣的构思、丰富美艳的物象、博大辽远的境界、苍凉唯美的追逐、奇异独特的画面铸就了作者那超越常人不一般的诗人情怀，一位貌似铮铮铁骨实则柔情似水的硬汉形象悄然伫立在读者眼前。

作为诗人,除了满腔柔情之外,作者身上还充溢着一身浩然正气,一股宁折不肯弯腰的豪迈之气:你看到昨夜天空/划过的流星了吗/那是我执着的/爱的投奔/尽管是/悲剧性的结局/却是一颗/追求的燃烧的心(《追求》)

流星和落叶一样,在平常人的眼中往往是一瞬即逝的自然现象,就算在点铁成金、化腐朽为神奇的作家眼中,也不外乎寄寓着一种人生苦短的低沉愁思。可在作者的眼中,飞逝的流星却成了"执着的爱的投奔",尤其难能可贵的是作者明知是"悲剧性的结局"却依然不管不顾地"投奔",因为作者深谙"胜败乃兵家常事"之真理,不能以一时一刻之胜败来盖棺论定,就算是失败了只要勇敢地去面对,去追求,也是一位值得称道的失败了的英雄!所以作者一语中地指出,流星是"一颗追求的燃烧的心"。这样洞察世情的经典文字当中隐藏着诗人何等炽热的爱恋,何等豪迈的英雄气概?此时此刻,脚踏苍茫大地,头顶无垠夜空,仰望银河里那遥远深邃的流星划过一道道耀眼的光亮,个中滋味也就唯有诗人自己能深蕴其中!

正因为浩然之气充溢于胸,漫长的军旅生涯铸就了作者一身疾恶如仇、不屑与宵小为伍的铮铮铁骨,他从不向恶势力低头弯腰,秉承自己特立独行的个性为人处世,并且愿意以身作则尽可能地去改变诸多不尽如人意的不良风气,这是作者心目中与生俱来的企盼和渴求,也是作者满腔凛然正气的自然流露:

……慈悲的人类/原本不用与苍蝇为敌/但痛定思痛/决心同蝇们/展开一场韧性斗争/于是,行动起来/四路八方/清污去垢/大地山川/播绿撒种/尽管历经艰难/憾恨时有/但自强不息的人们/终归让美洁和绿色/埋葬腐朽/让公理和正义/战胜奸猾和恶丑……(《苍蝇从良》)

自古以来,善恶不能同途,正邪永难共舞。弘扬真、善、美,鞭挞假、丑、恶,是每一个有良知的文化人尤其是诗人永恒不变的写作主题,只是作为气冲牛斗的军人,作者疾恶如仇的表现比其他诗人更为突出、更为尖锐罢了!苍蝇、噪鸦、阴风都成了作者笔下鞭挞假、丑、恶的最佳素材,作者以笔当枪,向社会上那些无孔不入的各种丑恶现象展开针锋相对的斗争和坚持不懈的抗争。这样高尚的品行和操守,这样爱憎分明的尖锐文字,是《心荷舒卷集》中的一大亮点,只是可惜集子当中所选的此类诗作稍少一点,没能让读者痛快淋漓过足瘾!

二

记得有一年最后一天清晨打开手机的时候,收到作者的祝福短信:"新岁又添白发,胸罗几许风尘。柔肠忧道不忧贫。是非成往事,谁复细评论。幸得为人耿厚,方能晚景温醇。会当沽取五湖春。悠然山水间,啸吟无晨昏。"(《临江仙·新年献词》)我为作者的厚道仁义而感动不已,亦为他深厚的古文功底而钦慕。一个看似平常普通不过的贺岁短信在他笔下却显得诗意盎然,短短几行文字,就把许多文人墨客雅士苦苦追求的本真境界勾画出来:"悠然山水间,啸吟无晨昏"。何等高雅,何等淡泊!细细品味,恍如不食人间烟火之仙客,令人向往仰慕不已,其淡泊平和的意境与当年五柳先生"采菊东篱下,悠然见南山"相媲美亦毫不逊色。

接下来的日子里,我不时能接收到作者以短信形式出现的诗词,比如《三亚咏怀》(八首)等,我知道作者平时创作十分勤奋,常常夜深人静之时还在吟哦推敲,但我没有想到的是作者竟在短短一年内就能结集一本诗词专集,这样的写作速度就是专门从事创作的诗词家恐怕也是力所不能逮的,何况作者还在某社会机构任职,事务繁忙,经常到各地乃至边远山区考察和调研。当我接到《明枫诗稿》的电子文件时,内心深感荣幸也颇为愧疚不安:荣幸的是作者视我这个晚辈为朋友,对我信任有加,把尚未正式出版的电子版诗集发送于我,能先睹为快;愧疚的是作者在工作繁忙的情况下依然能够"三更灯火五更鸡"地推敲文字、创作精品,其治学的严谨精神正好映照出我辈少有作为和建树之缺憾。

行万里路,颂万般物。这是作者诗集中最为显著的特点之一。作者因为少小从军的缘故,几十年来可谓用一双铁脚走遍了祖国的山山水水,正是《如歌年华》中"铁步裁山还剪水,妻儿怜我征衣瘦"的真实写照。记得有位作家曾经说过这样一句话:除了读书一生都在行走,因为灵魂与肉体两者之间必须有一个始终行走在路上。我以为作者就是这样的行走者,数十年如一日,特立独行,除了用他那双视角独特的眼睛记录了祖国大地美丽的自然风光外,还用他那生花妙笔创作出数以百篇计的精美诗词,用心血谱就许多赞美祖国大好河山、吟哦人生悲欢离合的神奇颂歌。《明枫诗稿》中描写作者行走途中所思所感所得的诗词占了很大的篇幅,譬如:

　　　日暮雄关暗夕阳,登台凭吊古沙场。
　　　北瞻不听胡笳咽,南蔽犹欣秦陇苍。
　　　边地兴衰同逐鹿,中原朝代几亡羊。
　　　沧桑回首俄顷事,归路萧萧夜气凉。(《榆林访古》)

　　　英雄西去战高台,鼙鼓频频动地哀。
　　　雨打断墙杀劲敌,风摧残垛折英才。
　　　血染黑水波涛起,魂返祁连雾霁开。
　　　先辈创业多悲歌,精神不朽壮我怀。(《高台凭吊红西路军》)

　　这类诗歌写得大气磅礴,撼人心魄,诗中既有北国高天漠漠的粗犷豪放,又有军人驰骋疆场杀伐征战的铮铮铁骨。透过字里行间,我们更多地触摸到了作者对历史经验教训的深刻反思与警醒,特别是那些凭吊革命先烈们为国捐躯壮烈牺牲的诗句,崇敬之情溢于言表,读来不觉心情格外沉重。

　　观今宜鉴古,无古不成今。对历史的经验教训进行反思和借鉴,无疑是希望我们的国家和民族日益强盛起来,只有自身强大了,才能不再陷入"落后便要挨打"的历史泥沼。国家如此、民族如此、家庭亦是如此,个人的生活和事业又何尝不是如此!像这样激情澎湃的诗歌还有很多,如《军营四章》中的"杀气作云雪山暗,飙风追日孤城斜。吾愿吾身长居此,夜夜梦魂绕雄关。良马千里不念秣,战士百虑莫苟营"。《戍边小唱八首》中的"遥思汉将戍边苦,今日犹闻鼓角鸣。崔嵬石嶂百公里,敢忘当年筑路难?不闻边地胡笳咽,风透戎衣半带霜。江山几许兴亡事,尽在潇潇晚照中。将府慕贤诚拜谒,文公入梦笑相迎。漫道识途槽骥老,犹传薪火奉年华。百练精兵多猛志,弓开满月射天狼。依依几许殷勤意,但听霜空雁阵啼"。等等;当然,作者在行走的路途中,除了兴亡盛衰的沉重话题以外,更多的是给予人轻松愉悦的视觉享受:

连屿纵横阡径曲,接墩混沌漏烟迷。
野舟迥转随波起,水鸟翻飞出浴啼。

烟遮竹海潇潇雨,翠隐云峰点点斑。
风动如传林语急,水清犹听瀑声闲。

高杉云曳接天翠,野葛雾迷铺地缠。
石径通幽悬峭壁,兀峰叠浪出清泉。

迳藏九曲婆娑竹,桥隐一湾清澈流。
叠翠菰蒲沾晓露,乱波云影扰沙鸥。(《杭州四题》)

这类诗歌则写得风情万种,柔软绵绵,诗中既有南疆遍地柔情的细腻甜蜜,又有文人雅士诗词酬唱的风流倜傥。让读者跟随着作者的脚步去领略祖国的大好河山,体会一九四九年以来以中国共产党为核心的领导集体率领全国各族人民共同建设美好生活的巨大成就和丰功伟绩,品赏改革开放以来祖国大地焕然一新的崭新面貌,从而激起读者强烈的爱国主义激情。像这样主题鲜明、奋发向上、充满乐观主义精神和爱国主义激情的诗词在《明枫诗稿》中占了很大的篇幅,诸如《三亚咏怀八首》《淞辽纪行三首》《银湖小唱四首》《妙灵山庄小住四首》《岭南散记十首》《黔南三记》《丽江游四首》等等,读来让人久久难忘。

读万卷书,交万家友。这是作者诗词中又一个重要的特点之一。

身为杰出诗人和词家的毛泽东主席曾经谆谆告诫过:"我们的工作首先是战争,其次是生产,其次是文化。没有文化的军队是愚蠢的军队,而愚蠢的军队是不能战胜敌人的。"作者就是这支人民军队中有着深厚文化功底的突出代表。读书是作者自入伍以来就视之如生命一样重要的任务,几十年来从不言放弃,无论是艰难困苦的戍边岁月里,还是身处高层机关的和平建设年代,作者与书籍当真是结下了不解之缘。《明枫诗稿》当中直接写读书的诗词就有十多首,还不包括与诗朋好友往来唱和的诗作和题赠之作,作者读书之多之勤之乐由此可见一斑:

人生苦短感韶华,学海放舟无际涯。

开卷索求真善美,书能香我不需花。(《书能香我不需花》)

思君剪取碧桃红,怜惜夹于诗页中。

从此吾将花作伴,翻书常喜沐春风。(《开卷常喜吟春风》)

四书多宝藏,百典尽华章。

研读不离手,岂嫌更漏长。(《夜读》)

作者曾经说过:"读书的目的,或实用,或消遣,或为获得精神上的启迪和享受,但要有所得,就必须有灵魂的参与。在一个借助文字符号的精神世界里漫游,犹如蜜蜂飞翔在花丛里,悠悠然,陶陶然,浸染和熏陶于日积月累中,博采众长,汲取营养,进而自我发现,自我成长。这里说的读书,当然指的是读好书、读经典,因为好书和经典呈现的是作者独特的精神世界,闪耀着个性的光华。它超越时间和历史,存有一颗不死的灵魂。而只有灵魂的参与,才能使读者与作者沟通,尽管不同的读者对作品的理解因人而异或深度有所不同,但其益人心智的作用是不言自明的。"如果说人生之中有需要选择放弃的话,那么读书则是作者永不放弃的人生底线。我曾经对作者的名字做过一个有趣的解读:祖书勤,即勤奋刻苦地钻研学习祖国浩如烟海的藏书典籍,然后努力创作出歌颂人民、赞美生活、感悟体味人生的精美文字。读完《补拙苦读不计年》《玩物何若读书好》等佳作妙论之后,我对自己这个曾经近乎玩笑的姓氏解读开始深信不疑起来。

记得刘禹锡《陋室铭》中有"谈笑有鸿儒,往来无白丁"的经典之论,作者诗词中亦有这种影子的大量存在:

相见亦无事,不来常忆君。
茶缘休谓浅,弥久自清芬。
经历沧桑后,愈迷茶道深。
一杯擎暖梦,回味总萦心。(《茶友二首》)

人生落寞几心知,你我相逢却恨迟。
管鲍知音交有义,蔺廉刎颈照无私。
寒暄互问茶为酒,危困相扶友亦师。
别后伤怀何可寄?还从梦里赋新诗。(《挚友赋》)

在作者心目中,朋友的位置是占有很重分量的。朋友是人生道路上一个不可或缺的特殊群体,一道赏心悦目的亮丽风景,没有朋友的日子就像是没有波涛起伏的死水一样令人敬而远之。作者深信古今中外文人君子交朋结友之时所持"同门为朋,同道曰友。为朋为友,道路悠久。邀朋于途,结友于道。阅世阅心,同气相求。同仁同路,互扶互助"的高雅美德并极力传承下去:

凄清夜话近三更,感逝伤离叹飘零。
凋残孤花情如诉,冷咽哪堪灯下听?

霜摧雪压叹经年,伤思哪得不凄酸。
伤别但教情似我,几回含恨泪汍澜。

数度灯下读美文,难解斑斑珠泪痕。
听罢艰辛悲往事,参透哀伤冰雪魂。(《听友伤诉往事有感三首》)

书信忽来喜若狂　　勤殷厚望如愿偿
诚哉造化巾帼志　　贺词句拙情韵长

天行健者自不息　　佑滋厚德谦谦意
灵悟起落寻常事　　君心权作有无思（《贺友晋升藏头诗》）

　　这部分诗词写出了作者在朋友落难之时，能够静下心来倾听诉说，与朋友共同分担忧愁痛苦的高风亮节；朋友失意落寞之时，能够推心置腹地开导鼓励，真正起到了良师益友的作用；朋友高升发达之时，则能平心静气、诚心诚意地致以祝福，与朋友共同分享成功的喜悦。这就是作者的交友观，正如他在《交友贵交心》中写道："往来皆是客，交友贵交心。遍数知音少，无缘不可寻。"文如其人，诗词更是写作者人品的真实映照，特别是作者与诗友酬唱相和的诗句写得感人肺腑、真情激荡，丝毫不比边塞诗人高适"莫愁前路无知己，天下谁人不识君"的豪爽奔放逊色，读来真是令人如坐春风，如食甘饴，久久难以忘怀。

　　抒万般情，寄万般意。这是作者诗词当中最值得称道、最具才华的闪光亮点。诗言情，词达意，自古以来，文人墨客无不借助于诗词这一特定体裁来传情达意，抒发自己内心的悲欢离合、喜怒哀乐。《明枫诗稿》中这种抒情寄意的诗词如花开枝头，摇曳多姿，亦如落地花瓣，余香袅袅，遍地皆是，比如：

城头易帜黯商纣，凭吊忠魂泪涕涟。
护法心坚昭日月，伟业一统盖世勋。

九歌哭尽千秋恨，江流滔滔绕祭坛？！
倘知名就谋身退，千古何来憾乌弓。

可怜良相无忠报，汉帝江山带血红。
报国精忠空在背，奈何时策是偏安。

将军但得英魂在，重写甲申三百年。
肃忠谥号休言晚，青白终留天地间。（《荒芜英雄赞四首》）

　　旋转琼楼，徘徊玉宇，乘风欲上神仙府。关山万里几多愁？朝

朝暮暮思相聚。　　鸿雁书传,银河恨阻,漫漫长夜休歌舞。枕边泪落自腮边,而今倍觉相思苦。(《踏莎行·问月》)

这类诗词写得才情横溢、意味深长,作者凭借深厚的古典文学功底和现代汉语知识,在字里行间纵横决荡,任意驰骋:结构上它们不拘一格,承前启后,既有传统诗词中的严格押韵,又不乏现代诗歌的自由奔放;取材上则随意而广泛,大凡自然界中树木、山石、花卉、飞禽、走兽皆能入诗成篇,真个是满目琳琅、流光溢彩;创作手法上则大胆地或用典,或借鉴,或白描,无不信手拈来,恰到好处,佳句频频,韵味满篇:或借古讽今、针砭时弊,或忧国忧民、指点江山,或轻柔浪漫、相思绵绵,或淡淡忧伤、离愁别恨,或久别重逢、倾诉衷肠,或寄情山水、醉卧花草。细细品读,感人肺腑,思绪万千。《〈情祭〉有题六首》《旧忆七首》《遣怀五首》《情殇六首》《闲章六首》《清宵残梦三首》《伤怀八首》《秋夜吟怀七首》等等咏怀之诗,更是让读者有如身临其境之感,正所谓"居庙堂之高则忧其民,处江湖之远则忧其君""舞低杨柳楼心月,歌尽桃花扇底风"。一个舞文弄墨、诗词唱和的世外桃源,一个让灵魂栖居、放飞理念的精神家园,跃然纸上,令人神往。

悼亡之作,是历代诗家创作数量不多且慎之又慎的题材之一,但同时也是诗作者本身内在真情流露的绝妙途径:写得好则千古流传,读者读来如断肝肠,泪流满面;写得不好则兴味索然,泪不愿出,有吃力不讨好之嫌。像东坡先生"十年生死两茫茫,不思量,自难忘"。陆游先生"伤心桥下春波绿,曾是惊鸿照影来"这样催人泪下的悼亡诗句在中国古代诗词长河里不说是绝无仅有之作,恐怕也是屈指可数、寥寥无几吧。可是作者在这块敏感的一亩三分地里也有惊人的创作表现:

清明阴雨细如丝,遥祭双亲断肠时。
饮杯抱痛温犹存,捧书增伤泽未息。
春晖遗恨何时了,菽水承欢哪有期?
镂骨铭心情似昨,追思怕读蓼莪诗。(《清明节遥祭》)

姑母如今乘鹤去,哀思千万泪双垂。

阴阳睽隔衷肠断,骨肉分离天地悲。

负米唯怜哺寸草,怀橘常愧报春晖。

追源知本情无尽,祭洒灵台缅德辉。(《哭姑母》)

百善孝为先,在我们这个有着五千年历史文明的古老国土上,无论时代如何变化,孝敬老人无疑是一个永恒不变的主题。曾几何时,西风东渐,商品经济大潮席卷天下,冲刷着社会上的一切角落包括许多文人的内在良知:有人为了财产分配不均敢不赡养父母,有人为了利益寒冬腊月竟驱父母于家门之外,兄弟反目、父子成仇甚至是虐杀老人的恶性事件层出不穷,导致许多有识之士纷纷摇头叹息世风日下。在这种时代背景之下来品读作者那或直抒胸臆,或借用典故,哭诉自己对亲人长辈养育教导之情的悼亡诗,真是催人泪下,别有一番滋味在心头:小而言之,作者不失为自己家族之中的孝子贤孙;大而言之,作者在为我们这个具有"老吾老以及人之老,幼吾幼以及人之幼"传统美德的东方民族承担起传承薪火之重任啊!

针砭时弊,颂美祛丑。这是阅读先生诗词当中不可不提到的又一个闪光点,此类诗词选入集子当中数量虽然不算太多,但读来却格外精彩夺目,令人深思,久久难忘。大凡文学艺术作品,皆来源于生活而又高于生活,诗词这种体裁更是如此,比之那些一味沉浸于风花雪月之中长吟短唱的诗词家来说,作者的诗词就显得更为真实可信,亲切感人。比如:

躬背弯腰一老身,逐污伴臭无晨昏。

钳钩作杖谋生计,垃圾堆里度光阴。(《拾荒者》)

抹布三堆水数盆,辛劳不必计晨昏。

路边贫妇谁堪记,把尔豪车去旧痕。(《洗车工》)

铁砧板凳破围裙,独坐街角两手勤。

沾雨穿风缝日月,汗酸鞋臭总相闻。(《修鞋匠》)

烈日炎炎汗水流，驱驰街巷不曾休。

殷勤呼客何嫌累，只为平生温饱谋。(《踏车夫》)

这类诗词字里行间处处充满了红尘世俗中的甜酸苦辣咸，特别是作者那关注社会底层弱势群体的深刻目光、悲天悯人的菩萨心肠读后更是令人百感交集，无时无刻不在内心深处暗暗拷问自己那早已被商品大潮荡涤的良知天性尚存几分？

作者身为将军，可谓戎马一生，晚年又在某社会机构任职，任务繁重，放在一般人来说，能够做好手头的日常工作就已经是莫大功劳了。可作者在做好本职工作以外始终没有放下手中的笔杆子，把别人娱乐消遣的时光都用在了诗词创作上面，为什么他能放下好好的悠闲生活不去享受，偏偏要过着"吟安一个字，拈断数茎须"的炼字生涯呢？读了几本诗歌集子后，我终于明白了作者几十年来如一日苦苦经营而又津津乐道他那让灵魂得以栖息的一亩三分地的内在原因：因为作者已经参透了"以大化的超脱心境、依照自己的真性情、质朴地寻求和享受人生即在儒家入世与佛家出世之间又区别于道家的怀有生命忧患意识而逍遥世外"乃是尘世间之最高境界的人生真谛。所以在先生的笔下自然就流露出了像"坐赏楼前月，尘心与月同。无求堪自在，一切总成空。""适世唯求自在天，或为活佛或为仙。人生贵在行胸臆，得失随缘自坦然。"这样富于哲理而又精妙无比的文字。

作者曾经说过这样一段话："在蹉跎岁月中，山川河流便是人们上演一幕幕戏剧的舞台，只是演员在变换，故事情节在变换，而不变的是山川河流的舞台。人们不论是喜是悲，是勇者是懦夫，山川河流都无表情，可是作为怀旧者，他在这个舞台上的成败得失，却是无法无动于衷的。不是吗？你看那旧时的高山，旧时的流水，依旧不动声色地伫立在月光的清辉里。今夜的风和旧时的风相同，也将和来日的风一样。"这也是我从作者诗词当中所得到的最大启发，它让我明白了一个看似复杂其实很简单的人生道理：无论时光怎样转变，无论岁月如何沧桑，无论境况怎么不幸，人只要能坚持与书为伴，自会其乐无穷。

一块玉石的另类守望

——读长篇叙事诗《玉孤志》

世纪老人冰心曾说过：读书好，好读书，读好书。其实能读到好书是需要一种缘分的。

这种莫名的缘分让我想起了一块玉石的前世今生，想起《玉孤志》里一块玉石在地狱里煎熬蹉跎、在人间度劫穿行、在历史烟云中沉浮起伏的冰清玉洁来。古人说，玉有五德，仁、义、智、勇、洁，与之相匹配的是温润、内外一致、敲击声音清脆、不容易损坏和断口平滑不会伤到别人。所以古代佩戴玉石的人都自诩为君子，君子如玉嘛！在民间，玉石被作为辟邪、保平安的圣物。借用现代科学的理论说，玉石能够保健，能够通过皮肤补充微量元素，可以起到按摩的作用，特别是手镯、手链一类，能够活血。另外，用超科学的说法，玉石是有灵性的，可以通过电磁原理记录佩戴者的信息，与佩戴者达成心灵感应，能够替人挡灾难，或者预示灾难的来临。这方面的故事太多了，说起来很玄乎。

但我从《玉孤志》里却看到一块更为玄乎的玉石。这块玉石有通天彻地之能，它的来历开篇"玉的献辞"一章就先声夺人：

只有我，/可以抵达上天，/直接触摸造化的脚凳。/我或者成为天廷的玉阶，/等待祂的踩踏；或者屈曲为婚床，/等候祂的躺卧。/祂的雪像音符一样飘落，/那时，我飞腾起来，/我任祂看我碎如齑粉,/橐橐穿败,粟米弃出的模样……/祂握我,/松亦快,紧亦快。/我握祂,/寰宇震震,/有千钧之锤击我晕厥,/这时,祂是舌铎,我是铃儿,/黄钟大吕经久不息。/我在祂的园中是骄子,/我数遍祂的须发,/晕透祂的骨髓。//我曾经是透明的,/因祂的宠爱临到我,/而散发神麝的奇香。/我有祂精液的灌注,/于是深不可测,/靡丽而幽娟。//祂注我入地,/贯穿泥沙冰川,/撑起地骨,/令云霞有根。/我的粘性叫风尘雨露吸附,/千年万年,/垒聚为群山。/只有我,/知道地脉的走向和通道,/只有我,/有凝聚地土不散的气力,/叫一切金石与植物按序排列。

这块能"知道地脉的走向和通道"的玉,能得到"牠的宠爱和精液灌注""叫一切金石与植物按序排列"的玉,在巴黎的地狱里却是以一盏"盛人血取乐"的残杯面目出现的,它由狡诈的走私犯侯中强从人间盗得来到地狱拿摩提俱乐部:肠肥脑满、吃饱人肉的地狱绅士雅克布,顾盼生姿、妖媚性感的头牌鬼妓墨菲,不甘屈身为奴、时刻瞅准机会卖主求荣的断魂赤佬,博学多才却阴毒无比的文书石页,能制造勾魂幻境、诗情画意的贱影……他们都知道玉石一旦脱离人手,就再也"无力辟邪杀毒,无力辟邪杀鬼"。于是一个个粉墨登场,各施手段,以期能"吸食玉中精气,抑或择英灵面貌而塑形,血肉日渐丰满,无须食人,尽可延寿"。在博学多谋的文书指点下,雅克布们剖玉杯为玉玦,打开了玉的缺口,妄图引出玉中神灵取而代之。

  因为神,玉中之神,/是神圣不可侵凌的,/凡从上帝之手蒙恩的,/都加了封印,/如有铜墙铁壁。//他们将玉玦在酒宴上传看,/从白无常之手到黑无常之手,/从罗刹的股间到狐妖的胸前,/所有名鬼大魔都要摸一摸,戴一戴。/这是圣洁之玉,/造化宠爱过的身体啊!/如今流落在地狱的餐桌上,/由厉声与败色包围,/被烹成菜肴的尸油和凝血浸染。//然而恶鬼是进不到玉体的,/既无床笫之欢,/无肉食之飨,/只好悲泣,不停地悲泣,/用哭声和眼泪将众神呼喊出来。

然而,恶鬼的欲望是一道永远填不满的沟壑,明知玉中之神不可侵犯,但他们还是想要据为己有,原来平静的地狱因玉玦的出现而大动干戈:主管地狱的大司寇储安乐开始出面追查玉的来龙去脉,雅克布改弦更张,文书也躲藏起来了,只有俗不可耐的鬼妓墨菲拿到玉玦后又把屁股翘起来了。

面对地狱蹉跎煎熬的命运,这块蒙尘已久的玉石不禁想起来自己的复杂身世,想起了细玉沟的出生之地,想起了看护者云芳阿婆的善良与悲悯,想起了侯中强的野蛮与虐杀,想起了因爱生恨的告密者艾弗,想起了断魂赤佬工于心计的背叛与出卖,想起了墨菲为保雅布克而自投罗网的愚蠢与不值,想起了威震八方的大司寇、冥王之下万鬼之上的储安乐为了窃取玉玦不惜自降身份迎娶被冥王赐封为伯爵的断魂赤佬,想起了大司冠与猫耳王嘉彬的权力争斗游戏……正所谓你方唱罢我登场,祸从玉石起,贱命的背不起玉贵!此情此景,不禁让读者想起人世间"德不配位"的金玉良言。

玉石本生于天地之间,采日月之精灵,配享人间之尊贵。无奈玉石又何其不幸,因为它的富贵而引八方邪恶丛生,导致沦落地狱深处;玉石又何其通灵,虽经剖、割、切、磨而初心不改,晶莹剔透,藏神灵于其中,纳富贵于其内,虽饱受煎熬,却弄明白了地狱之内有三毒:至上的爱情、精致的脸孔、滚烫的势利,更深味地狱之中"庙堂用道义捆绑人,江湖用道义捆绑人更紧"的宏篇鬼论。在作者笔下,"我本是鬼,怎么说人话,鬼话都是真话,只有人才说谎无耻"。其实,地狱如此,人间又何尝不是?正如诗人在诗中所呐喊一般:

人面桃花相映红 / 在地狱的世界里 / 人面和桃花都是屁股 / 精致而庞大的屁股 / 这就是地狱的壮景啊! / 再一次颠倒着呈现

好在"玉之厄难,沉坠地狱,乃天意预设。令其伤痕累累,污迹斑斑,令其窍穴闭塞,遍体疼痛难忍,直陷谷底,然精体始终不坏,真身不遭亵渎,经九九八十一难复甦再生。直见证天力无上,光明任万般阻挠而不折、虽千重隔遏而不黯,已然全胜无敌"。这块历经九九八十一难的玉石终于在东方人间横空出世了:它比夏商来得更早,见证了东周、西周的杀伐征战;它比秦汉显得更强,荡涤了春秋战国的风云变幻;它比人心更柔软,领略了卑鄙、阴险、贪婪、怯懦、嫉恨、懒惰、残忍、虚伪的人性之根;它比雷电更强大,洗刷了唐、宋、元、明、清的大好江山。它由璞而璧,由璧而玺,由玺而盘,由盘而杯,演绎了一幕幕历史风云变幻,吹奏了一首首玉石进行曲。

《玉孤志》全书共 12429 行,分为五个篇章:序篇《玉的献辞》、上篇《地狱行》、中篇《人间行》、下篇《养孤记》和后述《征信录》。全诗结构庞杂,用极富想象的诗歌语言搭建起了一个空前规模的"玉石帝国":玉的前世今生,玉的悲欢离合,玉的典故逸事,玉的蒙尘堕落,包罗万象,简直就是一部玉的创世纪。作者在文字里写的是玉,论的是鬼,说的是人,在"玉石帝国"的背后,涵盖了社会政治经济、军事战争、权力争斗、皇权更迭、人情世故、爱情悲歌、娱乐至死等各种游戏规则。作者对中西方哲学、历史、文化均烂熟于胸,运用起来灵活自如,特别是中国古代的各种神话、传说、故事,信手拈来,恰到好处,点缀其间,甚至还打通了东西方文化结构的森严藩篱。在作者笔下,正义邪恶,泾渭分明,"地狱中东西方是颠倒的,我们人间叫作东方的,在地狱里叫作西方"。这样我们也就明白作者笔下构建的西方地狱世界的良苦用心了。当然,创作手法的奇特魔幻,也是本书的一大特点,书中甪直宣讲人"王胜"其人身份与《红楼梦》里的贾似甄似曾相识,同样是假托其人,一抒作者之胸臆;地狱里妖魔鬼怪神灵之说,亦如屈原《离骚》《九歌》一般,极尽夸张、想象之奇幻瑰丽,以地狱、人间行走为叙事线索,深得屈子遗风、暗合蒲松龄笔下之奇。从这个角度来解读《玉孤志》可谓有韵之"离骚",诗家之绝唱。

"养孤记""征信录"两章是专为"甪直宣讲人王胜"量身打造的,如换成别人,或许就是狗尾续貂了,但在诗人笔下实属神龙之尾,有翻江倒海、啸傲天地之力。字里行间以虚写实,以实状虚,讲述了宣讲人王胜与玉中之精灵澄澜两者之间的恩怨是非:玉中精魂非男非女,王胜视之为男,路人则视之为女;是男曰清凝,是女曰澄澜。王胜宣讲,传道四方,玉石动情,遂幻澄澜美女之形拜师学艺,从此与王胜形影不离。王胜实乃口若悬河之辈,传道授业,张口就来,先论夫子,接着论道再论道,论道之后又说法。果然是诸子百家,烂熟于胸;天文地理,无所不晓。惹得个玉之精灵澄澜情绪激荡,由敬生爱,由爱生恋,最后在一缸春酒的催化下,师生一夜之间竟成夫妇,往日传道授业竟成日夜欢爱。守身如玉的澄澜时而男身,时而女身,王胜居然越发放纵,男女通吃不误,如此荒淫无道终于让往日的道貌岸然坠入罪恶的底处深渊。由此可见,世间本无圣贤,这正如地上的路,走的人多了,也就成了路。在诗人笔下,人性与兽性从来就是合为一体的,圣贤与无耻原本一纸之隔,善恶只在一念之差,伟岸与渺小又何来明确的界限?好在知错即改,善莫大焉!王胜醒悟之后,仍得善终,葬于无底之棺。佛家有云:放下屠刀,立地成佛。信乎?

  这是宣卷人最后的成象,/这象令镇里人羡慕王师父的一生——/云上王师父,/有谁比他惬意呢?/他过着衣食无忧、随用随取的生活,/像神仙一般,/生不带来,/死不带去。/他的徒弟作为他喜乐的见证,/他作为神天的见证。

玉如其人,人如其玉,人有万般变化,玉亦有百千芳名:玦、圭、璧、琮、珚、北极玉、珣、玗、瑶琨、球琳……但无论时光如何改变,阴阳如何更替,玉的圣洁、尊贵、通灵是永生的,纵使一度蒙尘受辱,终究会迎来新的主人,与主人相伴相依。或许这就是"守身如玉"的另类解读吧!

读完张广天教授的万行长篇叙事诗《玉孤志》后,心情久久无法平静下来,窗外传来节假日的喧嚣声仿佛已渐行渐远,与我无关。掩卷沉思之余,脑海里竟莫名升起一个念头:在一块玉石的世界里深情地守望,我的心中一定会充满喜乐!

平淡之中见真情
——读诗集《荒滩篝火》

冷克明,中等身材,略显清瘦,浓浓的眉毛下面一双清亮的眼睛,大多时候看上去冷峻、深沉,两撇八字胡犹如两首精美的散文诗贴在嘴唇,观之潇洒、飘逸,读之暗藏玄机,平时衣着朴素干净,给人彬彬有礼的深刻印象,翻开他的简历,也见平淡:江西修水人,中学毕业后,当过农民,做过临时工和药店营业员,这样的经历让当过农民的我感到分外亲切。可就是在这样一位平平淡淡的人身上却蕴藏着火一般的热情:对人生的执着追求,对真理的刻意求索,对诗歌的如醉如痴……在短短的十多年间,他用满腔的真情写下了不平凡的经历:在《诗刊》《诗歌报月刊》《绿风》《诗人》《黄河诗报》《散文》《星火》等报纸杂志发表文学作品三百余篇,作品选入《十年散文诗选》等十多种选集,先后二十余次获诗赛奖。已出版散文诗集《荒滩篝火》,主编出版诗集《世纪之吻》《梦幻之旅》《心灵之约》等七部,系江西省作家协会会员、中国散文诗学会会员、中外散文诗研究会理事、世界华人散文诗人协会会员,使得他如同一颗耀眼的新星,从赣西北的夜空升起,闪烁在中国诗坛的上空,发出璀璨夺目的光芒。

记得一九九五年十一月份,正值黄庭坚诞辰九百五十周年纪念会在修水召开,在前来参会的研黄专家、授业恩师梅俊道教授的引荐下,于书法家黄君先生居住的教育局宿舍楼家中初识克明先生;再识克明先生,我已经忝列先生门下,开始尝试散文诗创作,彼时向先生请教交流,深感先生谈锋甚健,言及诗歌创作可以滔滔不绝,用"深入浅出"一词来形容他给我的写作指导是恰如其分的。对于当时苦闷无聊却又无力跳出大山包围的我来说,在小城里能够幸遇这样一位名师真是一件高兴的事,内心更为先生的平易近人而深感庆幸。

我以为,大凡与克明先生接触过的文化人都会有一种相似的感觉:在那平淡的外表下,有着一颗火热的心,一腔滚烫的情。他乐于助人,不摆架子,许多文学青年和爱好者,都从他那精辟的见解、奇妙的构思和缜密的思维中得到启发,他不但从理论上给予耐心指导、精神上给予支持鼓励,还慷慨大方地把珍贵的藏书借与他人,甚至从篇章结构、主题立意、文学语言等具体方面替文学爱好者修改稿子,介绍、推荐发表他们的作品。在他的指导和帮助下,修水不少青年文学爱好者破壳而出,走上文学创作之路并取得了瞩目的成绩,为修水文学气候的形成与发展壮大增添了一抹亮色。

都说"文如其人",读克明先生的散文诗深有其感,他的诗作少有绮丽华美之词,实则哲理深刻,真情流露,启迪开悟遍布字里行间,令人兴奋,把玩不已,读之"三月不知肉味"矣!

克明先生是一位感情丰富的诗人,他看待周围的一切,其情趣往往异于常人,"能与星月对话,让草木含情",日常生活中的各种平淡无奇之物,经他那支生花的妙笔一勾画,就被赋予种种人生哲理和动人情思,成为他散文诗创作中取之不尽、用之不竭的天然素材:

"枯色的草,黄黄的,流着秋的血液/⋯⋯眼前是西风看不到头的足迹/我惆怅/我把手指深深地插进泥土,执意要挖出那个绿的春来;我触到了坚韧湿漉漉的草根/亲爱的,请收下这束带泥土的草根吧⋯⋯/有一天,它会长出我的祝福来⋯⋯(《枯黄的草》)

寥寥几笔,就把出身卑微的、毫不起眼任人践踏的枯草点化成"人生路上奋力拼搏、进取的希望和情深脉脉的爱情祝福",激发人们在平淡的日子里去寻求真善美的真谛,实在令人拍案叫绝。

化腐朽为神奇,让路边、野地、山坡上的丛丛枯草充满希望,充满温情,是克明先生诗意盎然之一种,他还把赣西北幕阜山上随处可见的断木残枝点染成生活里的伟丈夫,把修河两岸夜色茫茫下的荒滩篝火吹奏成奋进的号角:

> 已非树/没有了苍劲的枝挑起鲜花甜果金色的太阳/没有了婆娑的叶托起露珠鸟鸣温暖的风/光香/焦黑/丑陋而倔强/如一截愤怒的断臂直戳天空/……于旷野里站成一尊冷冷的雕像,冷冷地瞧那白的霜雪飞舞里的风暴啸叫以及蝶的献媚鹰的作态……(《雷击树》)

> 荒滩上没有一棵树,一朵花,遍地的乱石杂草,织成一个悠远的寂寞/……突然,荒滩上腾起一股血红的火苗……/我的孤独在瞬间被烧成灰烬/火花剪出一个忙碌的人影/……我不知道火光点燃了他的一个怎样的愿望,/但在我的心里,像火苗突然出现一样,骤然腾起一个坚实的慰藉——只要有光明和温暖存在,人世间就不会有永久的寂寞。(《荒滩篝火》)

多么顽强的斗志,多么坚强的人格,多么乐观的精神,多么绚丽的想象,在平淡甚至是丑陋的外表下,是对生活的勇敢挑战,是对人生的执着追求,是对命运之神不屈抗争的精灵在仰天长啸,一路呐喊地冲破大山的隔膜和包围,去寻求新的生活新的自由新的广阔天地。

修水历来山川深重,灵气浓郁,闭塞落后的生存环境并没有困住幕阜山儿女们寻求诗与远方的坚定步伐,反而激发了有志之士勇敢大胆地走出围困,去闯荡,去打拼。历朝历代,可谓人才辈出,走出了彪炳史册的书法诗词大家黄庭坚、石头城坚守三十六年的抗元名将余玠、名列《清史稿·列传》的一代帝师万承风,史学界令人景仰的天花板陈寅恪家族更是一家四人入编《辞海》,全国独此一家,成就了义宁文化世家的巨大声誉……在这一方文风鼎盛的土地上,不同时期都有为数不少的优秀代表人物涌现,时值二十世纪八十年代风起云涌的文学大潮席卷修河两岸时,克明先生无疑是其中一分子,挺立在诗坛的风口浪尖之上,收获了来自大江南北的鲜花与掌声。

克明先生的诗歌貌似平淡实则多情,在诗歌创作手法上表现出多样性的追求:

> 遥望黄河,黄河成了一根纤绳／一根纤绳,被浑浊的汗水浸透,被苦涩的泪水浸透,湿漉漉的,穿起了太阳穿起了月亮,穿起了无数只不瞑的眼睛。(《遥望黄河》)

他写黄河,不仅使读者视觉上看到"一根纤绳"的形象,而且调动了味觉,"被苦涩的泪水浸透",调动了触觉"湿漉漉的",将黄河写成了一根有形有色有味的、刻有民族灾难和耻辱的大纤绳,使读者体会到灾难深重的黄河只有在中国共产党的领导下,才会幻化成祖国母亲胸前的一条金色项链的真理。总之,克明先生在他的诗歌中灵活地运用铺垫、反衬、对比、隐喻、暗示、烘托、断裂、变形、通感、推移、化入、淡出,静态、动感、比兴、象征、白描、重彩等手法,凡小说、戏剧、电影、绘画、雕塑、舞蹈、建筑、音乐等各种艺术形式的表现手法,都在他的诗中大有施展之用场。使得他的散文诗成为一种美的化身,给人以全方位的刺激、启发,让读者沉浸在美的旋律中受益匪浅。

克明先生诗歌平淡而多情的特点还表现在诗歌的语言上:

> 我的船,失去了桨,在水面任意漂流／……岸,我的梦中的岸哪! 正是迷恋于翠柳掩映、百鸟啼鸣的岸的臂弯,我的船失去了桨／岸,我的希望岸哪／但没有桨、船,就靠不了岸,到不了理想的港湾／于是,我毅然张开双臂在水中奋力划动着……《船失去了桨》

这首精美的散文诗,运用了复沓唱和的形式,可以看出,主调句的反复咏唱,给读者以回环往复的冲击力,在岸、船、桨三种既互相依赖又互相排斥的意象当中,塑造了一个奋勇前行、永不言败的探索者形象,使得全诗所表达的主旨得以自然而然地体现出来。

克明先生的诗歌语言都是自然流畅、平淡朴实的,他不套用陈词滥调,不堆砌华丽浮泛的辞藻,毫无晦涩造作之感,对于一些"创造"性的语言,克明先生也是经过反复认真锤炼文字才使用的,不露刀痕斧迹,他还善于掌握语言的节奏顿扬,注意探索新的表现方法,不拘泥于汉语语法的常规,把所要表现的哲理或潜在含义融汇在情节故事之中,渗透在字里行间,为读者留下思索、领会的余地。

"一语天然万古新,豪华落尽见真淳。"这两句诗既是金代诗人元好问审美情趣的高度集中,也是克明先生为人作诗时的真实写照。最后我想用一首克明先生当年曾点评过的拙诗来结束此文,以表达我对克明先生文学启蒙之恩的致敬!

锁紧门窗,架一盆炭火

煮一壶诗

和几盅老酒喝下:

热气便从心之笛孔吹出,荡成一支"天不下雪天不刮风天上没太阳"的壮阳曲。

红红的火苗如红彤彤的浮云欢快地托起漆黑如墨的壶底,道道不灭的诗魂唑唑作响于狭小的壶嘴袅袅散出扭成迷人的舞姿纠缠浓浓的寒意绕在房梁久久不去凝成网上的金钩。

钓住的:

不知是岁月的苦涩还是囹圄的思念?

管它,统统拌一壶,和着诗魂煮——

三盅二锅头,赛过活神仙。

可不可以也做小小鸟

——读诗集《有人坐在春风里》

记得泰戈尔有一句名诗:世界上最遥远的距离,不是生与死的距离,而是我就站在你面前,你却不知道我爱你。这本诗集名叫《鱼和飞鸟的故事》,我一直在琢磨泰翁笔下鱼与飞鸟的意象,鱼在水中游,鸟在天上飞,二者可以说三生三世都不可能出现交集:鱼不可能飞上天,鸟不可能潜入水。它们有各自的世界各自的舞台,所谓鸟翔天空,鱼游大海,说的就是它们在各自的空间里优哉游哉地生活着,貌似互不影响,互不干涉,但又有谁能确认二者并没有相亲相爱过呢? 相爱的不一定能相守,相守的不一定都相爱。大自然中的鱼与鸟如此,人世间的爱情又何尝不是如此?

小哥哥 / 尽管我一再抗拒 / 这春深如海 / 还是把我包围了 // 明媚的阳光下 / 到处生长着我们的爱情 // 小哥哥 / 我坐在一处小桥流水边 / 想着逃奔去找你 // 两只小鸟 / 在我身旁的枝丫上 / 上演它们的爱恋 / 然后,带着幸福飞走了 // 小哥哥 / 可不可以 / 我们也做小小鸟呢 / 去做望断天涯的我们的爱(《可不可以也做小小鸟》)

品读此诗,我分明感觉到了一只来自江南三月的鸟儿展翅迎面飞来:它轻轻的一声啼叫,一股灿烂的温暖便悄然注入四肢百骸,驱赶岁月残存的寒凉与体内的腐朽陈旧;它优雅的身姿,让人浑身上下像吃了人参果一样,无不神清气爽。轻盈、空灵、深蓝的天空,古朴、安宁、遒劲的小桥,清澈、透明、幽雅的流水,清亮、稚嫩、纯真的情愫,热烈、奔放、甜蜜的爱恋,在春风中翩跹起舞,在阳光里肆意张扬。诗人以情感人,以爱度人,视纯洁为至高无上,以忠贞为朋,视自爱为友,坐看流云飞瀑,仰望龙凤呈祥,情思三匝,可游弋太空宇宙;泪点纷飞,愿坠世俗凡尘。这样轻灵空旷的境界,这样情意绵绵的句子,可以令读者在喧嚣嘈杂间迅速安静下来,聆听字里行间那爱的呼唤在妙曼歌舞,也许春风又绿江南岸才是诗人心目中的理想境界。否则,阅读诗歌时心底为什么会有一种从未曾有过的安静、柔情、刻骨之念悄然升起?

诗集取名"有人坐在春风里",可谓禅意深藏,尘世间就有"如坐春风"一说,凡"春风"者实则温柔在外,滋润在心,友盼富贵,人需真言:近君子知己而言,近山水树木而言,近鸟鸣百草而言,近鹤唳云天而言,近善良忠厚者而言;遇小人莫言,遇邪恶莫言,遇猥琐下流者莫言,遇灵魂污浊者莫言。正所谓非礼勿视,非礼勿听,非礼勿言。身居红尘,修身养性,琴棋书画诗歌舞;神往太空,精骛八极,心游万仞纵横行。让世间充满爱,让真爱永无敌,让红尘万物无枯萎,让人间处处真善美,让白云归于蓝天,让激流奔向大海,让青山年年绿,让竹木节节长。最后,爱情依旧是爱情,诗歌依旧是诗歌,我们依然是我们。

喜欢的浅夏 / 小小风,含香 / 劫持我的慵懒,又 / 停歇在那里,怯怯不举步 // 似水的柔情,入怀 / 是隐藏不住的冒险 / 痴痴把你包围,脉脉 / 将你打探 / 美好得像一个梦……(《陌上花开》)

浅浅的夏风一缕缕透窗迎面而来,它或许是从江南吹来的,带着春天的香味,带着江南的鱼米之香,甚至是带着心仪之人的体香,诗人的慵懒就像一个羞怯的小姑娘,躲在窗帘后面怦然心动,想前去打探又恐旁人说是非,怀春少女欲说还休的羞涩模样呼之欲出,爱其实就是一场甘愿付出不求回报的冒险,追爱的人从来不会去思考错付之后的结局如何?就像是一池清澈的泉水,柔柔地将对方紧紧地包裹,深情款款地试探,让爱与被爱的人儿悄悄笼上一层薄薄的轻纱,眉目传情之间又恍如梦中世界一样缥缈而又神秘。

问世间,情为何物?直教人生死相许。读诗人的作品,你会发现字里行间处处都有一个无忧无虑的小妹妹出没闪现,她像百灵一样穿梭于江南山水之间,在枝头放声歌唱;像一匹灵兽穿越时空距离,在红尘烟火间寻觅前世今生,在文字的海洋里感知天地交合,与古人对话,与今人邂逅,她勇敢地冲破世俗藩篱,走出重重围困,为了一个"爱"字不惜踏遍万水千山,不惜轮回三生三世不分离:

可以是百花开/也可以是万绿临秋/我一个人走,我是自由的/可以任意去往哪里//经过山川,人海/这一次我不骑马,只执剑/会有风/从四面吹拂而来/有些微微的凉意,或者微暖//原以为/我并没有带着一颗心远游/心被我好好封存在/另一个故里。原以为/我可以做到波澜不惊//如果,那个徐徐落幕的黄昏/我不曾在江边舞剑/如果白鹭不飞/如果你不曾出现(《如果白鹭不飞》)

寥寥几行,诗人一幅为爱仗剑走天涯的剪影便跃然纸上,爱是自由的,追爱的人喜欢独自行走,一人一骑一宝剑,任自己的灵魂放飞在路上,白鹭在天上徐徐飞翔,黄昏在大地徐徐落幕,爱你的伊人偏偏不爱红装爱武装,在剑气里寻寻觅觅,在江湖边翩翩起舞,到底是爱江山不爱美人,还是既爱江山又不缺美人,抑或是挥剑断情丝,一路狂风舞。诗人是习武者,笔下的诗句既有男儿骨子里的顶天立地,又有佳人顾盼生辉的柔情似水,如斯,可谓深得武侠小说中"阴阳互补,左右搏击"之精髓矣!

一直想把我们的相遇/写成一首美丽的诗/写在一只风筝的翅膀/趁夜色来袭/悄悄放入你的梦里//当你伏案工作/当你窗下夜读/当你累了,终于睡去/你一定会看见它/从我们初见时的蓝天飞来//小河里,冰雪消融/我的诗句柔软/轻轻阅读你的眼眸/你用春水浇灌/我们的故事涨起潮汐(《涨潮》)

爱情就是一场神奇的邂逅,冥冥之中,你从遥远的天边草原打马前来,而我正站在风筝的翅膀上自由自在地翱翔,你挥动的鞭子恰好击中我四下寻觅的目光,我默默的注视被你马蹄嘚嘚声搅得意乱情迷,含苞待放的点点小花、上下翻飞的蝴蝶、嘤嘤咛咛的蜜蜂组成盛大的乐队:

你是我的白马王子,我是你梦中常常出现的小花公主,三生三世峰回路转的相遇,这当然是一首最美的诗。白天你努力工作,为了生活努力地打拼,晚上我在你的梦中出现,我们一起飞翔在蓝天下,一起寻觅真爱的蘑菇是否开始发芽抽丝?待到春天冰雪消融的时候,我就沿着诗句的小径,轻轻叩击你微闭的双眸,那一池春水浇灌的爱啊,终于长成了潮起潮落的一段故事;诗人如此婉约纯情的爱恋,只需轻轻一点头,便胜过人世间那万万千千的海誓山盟。

亲,我不相信,一次相聚 / 也是一场别离 / 所以,我一直在等你 // 我的面上 // 开始长出小雀斑、小皱纹了 / 你还不回来吗 // 茶几上的杯子、水果、翻开的书 / 都是在等一个归人的样子 / 亲,如果现在你回来 / 看到房间里空无一人 / 那么,你进了门,请先向左转身 / 然后向右 // 看到墙壁上一幅山水画了吗 / 我就睡在那里面 / 你要连唤三声,小倩、小倩、小倩 / 我就会醒来,泊入你的怀中(《睡在山水画里的小倩》)

人生不易,红尘缘浅。读《睡在山水画里的小倩》这首诗,蓦然让我想起《聊斋志异》里的聂小倩来:她妩媚多情,勾人魂魄;她灿若桃花,芳姿灼灼;她还有一点点邪魅,她是有毒的天使,她又像是不食人间烟火的仙子一样令读者着迷入脑入心。而现实中的诗人刘倩儿还是一名画家,用她的纤纤细手描摹着春夏秋冬,用红橙黄绿蓝靛紫涂抹着岁月的甜酸苦辣;她还是一位吉他手,坐在朝阳升起的楼台、坐在夕阳西下的水边自弹自唱,唱出心中的喜怒哀乐与忧愁;她还是一位摄影师,人间美好世上芳容皆收纳镜头,化作一行行水灵灵的诗;她还有一双巧手,能做南方的精致点心,能做北方的桃花饼,将岁月风尘打包入馅,吃出人生百态……这样的真性情内化必定是浪漫喷涌的爱情,外化就是令人耳目一新的优美诗句。诗如其人,文如其人,在字里行间有一种欲说还休的娇羞,又有一种令人怦然心动的春情荡漾,只要你敢读它就让你情牵意动、心驰神摇。

哭鼻子 / 对我真是一件坏事情 / 会让我无精打采,失去水分 / 眼睛像大熊猫,不好看,不可爱 / 不笑,衰老,长皱皱 // 最坏的事情

/ 是你会说不喜欢 / 你嫌弃我 / 再也不会跋山涉水来爱我 // 可是 / 在认识你的第十三天 / 你还是把我弄哭 / 你是不是有意这样子做 / 好借故把我推给痞子、流氓、恶棍……(《你把我弄哭》)

"你的完美,是一笔债,我将终生偿还,以专一的爱。"泰戈尔如是说。爱情很多时候就像是一副魔方,无论你用什么样的手法去转动,终极目的就是如愿以偿地回到原点。哭鼻子在现在生活中确实不是一件愉快的事情,但在爱情当中或许才是最为有效的必杀技,它能让走散的一方回到原点,让迷失方向的一方回归初心,当然也能让蛮横无理的一方低下高傲的头颅,在泪水里土崩瓦解、溃不成军,如斯,则破涕而笑就接踵而至了!都说女人是水做的,男人是泥做的,泥若遇水必成一汪稀泥,何况是爱的泪水在浇灌?雨过天晴之后,"让我的爱,像阳光一样,包围着你,又给以你光辉灿烂的自由"的大结局自然就水到渠成,皆大欢喜了。

有人坐在春风里,细数 / 过往的童年和爱情 / 我从雪花的世界来,那里 / 西风一夜凋碧树 // 小哥哥,这个时候 / 记忆温柔了你的面孔 / 让你那么想,把自己 / 退回到从前的一个梦 / 那是一个好美好美的愿望 // 风在身边轻轻打着旋儿 / 你不理睬,自顾自吹起 / 轻快的口哨 / 小哥哥,我许你:/ 心若不老,青山依旧(《有人坐在春风里》)

春天是阳光妩媚的季节,也是情丝萌动的季节。正所谓:一根柳丝,曾牵动男女多少情;一朵桃花,又错付红尘几许爱。果然是人间四月天,不羡鸳鸯不羡仙。诗人天性单纯,文字干净清新,情感纯真婉约,想象力丰富,可谓天马行空。它美好,它纯情;它温馨,它曼妙。在品味优美诗句的同时,诗人的画作也是可圈可点的,取材独特,内容丰富,举凡太阳、月亮、飞鸟、星星、雨滴,无不信手拈来,甚至是阿猫阿狗皆可入画,寥寥几笔,即可成风景,随意挥洒,意境浪漫,特别是翰墨与线条之间的空灵活泼,令人赏心悦目。

春风十里,不如有你。

有人坐在春风里,等你前来吟哦诵唱,细细品赏,让四月的阳光与诗画沐浴你那干涸的心田吧。